全面解读一生不容错过的古典名著

名家解读古典名著·

世情讽喻小说（中）

解读
《孽海花》
《老残游记》
《官场现形记》
《二十年目睹之怪现状》

侯忠义 主编

辽宁教育出版社

ⓒ侯忠义 2013

图书在版编目(CIP)数据

名家解读古典名著.世情讽喻小说.中/侯忠义主编.—沈阳：辽宁教育出版社，2013.1
ISBN 978-7-5382-9966-3

Ⅰ.①名… Ⅱ.①侯… Ⅲ.①讽刺小说—小说研究—中国—古代 Ⅳ.①I207.41

中国版本图书馆 CIP 数据核字(2013)第 018427 号

辽宁教育出版社出版、发行
(沈阳市和平区十一纬路25号　邮政编码110003)
沈阳新华印刷厂印刷
开本：710毫米×1010毫米 1/16　字数：249千字　印张：14.75
印数：1—5000册
2013年1月第1版　　　2013年1月第1次印刷
责任编辑：严中联　　　　责任校对：王玉昆
封面设计：谭慧丽　张　瑞　　版式设计：王　萌
ISBN 978-7-5382-9966-3
定价：25.00元

目　录

解读《老残游记》 ……………………………………… 1

一　《老残游记》是部怎样的小说 ……………………… 2
二　作者的生平、思想与业绩 …………………………… 6
三　《老残游记》的创作和版本 ………………………… 20
四　《老残游记》初集的思想和艺术 …………………… 28
五　《老残游记》续集的思想和艺术 …………………… 56

解读《官场现形记》 …………………………………… 69

一　轰动一时的"官场现形"热 ………………………… 70
二　《官场现形记》的作者是谁 ………………………… 73
三　《官场现形记》的内容、思想与艺术 ……………… 96
四　《官场现形记》与"官场病" ……………………… 128

解读《二十年目睹之怪现状》 ………………………… 131

一　"生不逢时"的吴趼人 ……………………………… 132
二　魑魅魍魉的生动写照 ………………………………… 139
三　苦闷中的探索 ………………………………………… 153
四　观察人生的特殊视角 ………………………………… 156

1

解读《孽海花》·· 161

一 《孽海花》受到的热烈欢迎和评价《孽海花》的严重分歧 ············ 162

二 《孽海花》独特而曲折的成书过程 ······················ 164

三 以金雯青为主人公的长篇艺术结构 ······················ 176

四 一代名士从晦蒙否塞到开眼世界的三十年心路历程 ············ 185

五 傅彩云的配角地位和《孽海花》难以终篇的内在原因 ············ 203

六 民族传统形式和西方艺术技巧的融合 ···················· 212

七 曾朴的后半生和他对《孽海花》的改续 ·················· 222

名家解读古典名著
世情讽喻小说(中)

解读《老残游记》

王学钧 著

对于《老残游记》，人们并不陌生，但若问到《老残游记》是部怎样的小说，刘鹗为什么要写《老残游记》，就没几个人说得清了。本书不仅很好地解答了这两个问题，还对《老残游记》的思想与艺术进行了论述。

一 《老残游记》是部怎样的小说

《老残游记》初集和二集共二十九回，包括七个单元，每个单元各有主题，而且写法也不尽相同——有寓言，有写实；从梦境到现实，从世俗社会到世外桃源，从官场到民间，从人世到阴间，风格各异。尽管如此，通过对各单元从文到人、从人到文的参比分析，并不难对它做出整体性的概括，以看出它是一部怎样的小说。

《老残游记》虽是一部小说，但实质上却是作者以自我辩白为根本意图的忏悔录。不过这个忏悔录并不是作者自省良心的不安、错误和失败的历史，而是说社会不理解也不了解自己的本心。那些来自官场、留学生，以及太谷学派同门弟子的责难和批评，不是不切实际的造谣，就是不加核实地误信谣言，从而毁损了他的名誉，使他的内心抑郁痛苦，比一刀杀了他还令他难受。由于不了解和不理解他的本心而产生的责难和批评，使他救国救民的菩萨心肠和真才实学被遮蔽和歪曲，以至难以施展。为此，小说从作者的社会经历和业绩、所受到的责难和批评以及自己的思想历程中选材，作为自叙传的材料。之所以说这种自叙传是忏悔录，是因为作为自叙传的材料是经过作者选择、加工改造过的，是为了辩白自己的本心和真才实学这一忏悔目的进行的，即为了凸现作者心目中的自我形象为中心的。

在小说中，作者心目中的自我形象以老残这个中心人物来体现，并配以必要的传声筒。作者据以忏悔辩白的人生观和人生标准，便是他所接受的太谷学派教义。我们在后面介绍刘鹗思想的时候将提到，他是"志在圣贤"的。这个"圣贤"也就是佛。即如李龙川所说，"度尽众生，方许成佛"，"返本还原，学之至也"。或如蒋文田所说："能具菩萨心肠，即证圣贤地位。"刘鹗既以"如来最小弟子"自命，他心目中的自我形象，也就成了以慈悲为怀而先知先觉，甚至无所不能的菩萨。

在《老残游记》里，从老残这个具菩萨心肠的得道高人入世救民开始，而以经过阴曹地府的审判成佛终，每个单元都是围绕着这个中心加以设置来展开的。作者要辩白和凸现的，也就是自己心目中的自我形象。

太谷学派又是主张儒、佛、道三教一家的，但三教一家又有个如何取舍、如何同一的问题。太谷学派不取和尚、道士远离人世而出家的形式，而是采取了儒家重视实践和人世的态度，同时又把圣贤等同于佛。从而，他们的三教一家在心性论上便归结为中国禅——禅宗的禅。中国禅宗仍然属于佛教，尽管它本来就吸取了道家哲学和儒家的重视实践的思想，尽管它与一般持"他力论"的佛教不同，而是持自度自救、"见性成佛"的自力论观念。太谷学派与之不同处，是把它彻底地世俗化。

刘鹗接受并服膺这个教义，形成了一套所谓"因物以付物"，与世浮沉入世"救民"，又不染世俗名利的翛然出世的人生观。见之于小说，于是便有了一套"无人相，无我相"，"无男相，无女相"，又不染世俗利欲的世出世间法。

鲁迅先生曾说《老残游记》"叙景状物，时有可观，作者信仰，并见于内"（《中国小说史略》）。但这个"作者信仰"究竟是什么，鲁迅先生并未说出来。他受到所掌握的资料的限制，大约也不便说，因为鲁迅先生的评论只依据小说的初集，并且大约也不知道刘鹗的思想"信仰"与太谷学派的关系。严薇青注意到了这部小说的思想信仰与太谷学派的关系，但从《老残游记·前言》来看，他对太谷学派的教义又并未实际查考过，以至于尽管小说中表现出浓厚的禅宗气氛，又明白地说了三教的"道里子"是一样的，但论者却说是"以儒家思想为中心，而不是什么三教合一"。如此一来，就不但不能解释这部小说的思想信仰，而且连一些关键性的语词，诸如"攻乎异端""和而不同"都解释不通，至于二集的内容甚至不加论及了。

日本樽本照雄尽管也未依靠对太谷学派教义的直接了解，但依据他对小说的细致分析，却看出了一些实在的含义。这是指他发现了小说"通过玙姑和黄龙子之口，来直接叙述作者的思想"。这个思想也就是"三教同一"和大同和睦的乐天派思想（《试论〈老残游记〉》）。论者对小说二集虽然重视不够，对太谷学派教义缺少直接的了解，但这个判断，比起严薇青的判断要准确、客观得多了。

在小说中，作者直接表述自己的思想信仰或者人生观，是由桃花山论道、泰山证禅和阴曹设教三个单元来完成的。这个思想信仰的哲学基础也就是禅宗心性论。阎罗王说："你须知道：人身性上分善恶两根，都是历一劫增长几倍的。若善根发动，一世里立住了脚，下一世亦长几倍，以至于成就了圣贤仙佛。恶根亦然，历一世亦长几倍。可知增长了善根便救世，增长了恶根便害世。"但是这个"恶根"或"恶性"只是入于"世途"时才会"发达"起来。善根也就是佛性、神性。它的实质含义也就是指人的公心，泛爱一切的爱心或菩萨心肠，恶根也就是魔性，它的实际含义是指人的私欲和唯利是图、损人利己，见之于个人，神性或佛性发露而摒除私欲造成的"魔障"，如逸云的"转识成智"而"见性成佛"。若人人都"无我相，无人相"，万物一体毫无差别，这就是"大同"。当人被私欲所支配，这时就陷溺于魔障。见之于社会，有善有恶，犹如神、魔交战，或如上帝和阿修罗（即魔）交战。上帝呼唤公利而救世，阿修罗损人利己而害世。见之于天，犹如天有四季，春夏时节万物生长，它主生；秋冬时节万物肃杀，它主杀。这套自然主义的泛神论世界观，看起来神秘，其实很简单。

但应当注意，泛神论既然是认为天地人性都具有神性和魔性，因而实质上也就是一种不彻底的无神论。见之于天地，它们只是"势力尊者"的两种表现，而这个势力尊者也就是自然；见之于人类，这个势力尊者便是人的人性。逸云说："无德便是地狱"，即人被自身的魔性所支配犹如处于地狱中承受烦恼的折磨。那么有德也就是天堂，即人被自身的神性所支配，犹如在天堂中获得的满足感和解脱感。总之，这只能是个体的体验和自我感觉的痛苦或快乐的心理状态。

尽管这种观念注意到了社会上有善、恶纷呈的现象和不合理的压迫现象，例如刘鹗确曾注意到外国列强对中国的侵吞，注意到了朝廷对平民的剥削并认为不合理，而且试图解释善、恶、苦恼和幸福的根源。但它的希望却是寄托在个体的精神解脱上的。它一方面肯定人的自然欲望的客观性，例如玙姑肯定了"食色性也"，逸云说"男女相爱，本是人情之正"，但另一方面，则又把它看作是私欲，是魔性，是烦恼的根源，也是罪恶的根源，而欲单凭主观的精神作用来泯灭男与女、人与我乃至万物之间的差别，在无是非的精神领域自我解脱。可是人都有肉体，就无可避免地存在吃、穿、住乃至性这些自然需要。对此它采取了无可无不可的"世间法"，同时又在精神上凭借泯灭事物差别和无是非中翛然远引地出世间，从而构成了心、身分离的一分为二，即所谓世出世间法，或于与世浮沉之中而又翛然远引。

这就是《老残游记》所表现的作者"信仰"，它实质也就是刘鹗所接受的太谷学派教义，即禅宗的心性论为根据的人生观和人生态度。

这种人生观，只有处于一种无利害的审美关系中才有可能实现。只有当我们被大自然的美景所吸引，或为社会中某种美的形象所激动，完全忘记了利害关系，心与物、我与对象之间的界限仿佛不复存在，达到心物为一、物我一体的境界时，才可能在那一瞬间的心灵体验中感觉到。但是在充满矛盾和利害关系的现实社会里，这种机会是很少的，而且在现实中，刘鹗自己也做不到。设若他果真"无人相，无我相"，果真"翛然远引"了，那就既不会在意别人骂他是"汉奸"，也不会有"伤心事"了。换句话说，真正达到他心目中的自我形象那种状态，那种世出世间法的境界，他不但不会写《老残游记》，而且连一切语言也是多余的了。而他之所以写成《老残游记》，便因为他心存是非，有人相我相之别和善恶之分，只是他把自己视为慈悲为怀而入世救民又不染世俗利欲的活菩萨，而把阻挡他的意见、不合他的意见的人们视为众生乃至妖魔罢了。

这也正如作者在初集自序中所说，"吾人生今之时，有身世之感情，有家国之感情，有社会之感情，有种教之感情。其感情愈深者，其哭泣愈痛：此鸿都百炼生所以有《老残游记》之作也"。不但有"感情"，而且因有"感情"而"伤心"，又因"伤心"而"哭泣"。作者曾说他有"三大伤心事"。虽然他只指明一件，但从刘鹗的生平与小说相参比，他为自己的"汉奸"名声，为自己对义和团的预言不被采纳，为自己在山东的治河主张不被采纳，为自己的所作所为不被太谷学派同人所理解而伤心"哭泣"。初集和二集基本上围绕着作者自己的"身世之感情"选材，为自己辩白而映照到家国、社会和宗教上去的。

由于受到自我辩白意图的支配，《老残游记》便弥漫着一种一向使读者诟病而又费解的神秘气氛。这是与刘鹗所接受的太谷学派教义本身有关的。从根本上说，要读懂这部小说，揭开它的神秘氛围，需要直接了解这个教义和刘鹗的经历，乃至他所接受的信仰，因为这不是职业小说家的作品，作者所关心的是他自己的遭际和郁积。他避开了自己失败的历史，从而把失败的原因和郁积归之于社会的曲解和"造谣"，而把自以为高明的经历和预言，诸如治理黄河，反对义和团，对所接受的李龙川教义的自信，作为小说的基本内容和基本思想，针对着来自官场——主要是那些以清官自诩的官僚、留学生和太谷学派内部的指责批评，来为自己辩白。

也由于受到自辩意图的支配，作品宁可为了观念而牺牲形象和故事情节的生动性。小说里几乎没有一个饱满的人物形象和生动的故事，这是一部抒情性和议论性散文风格很明显的小说。尽管作者有很高的"叙景状物"才能和观察的细致，但这些都体现于作品的局部上。例如对济南湖光山色和王小玉说书的描写，独立性很强，几乎是相对独立的艺术价值很高的优美的散文。

由于作者确有关怀民生疾苦的思想，而自己又遭际多阻，小说里到处都有万千感慨。那对曹州百姓连鸟雀的"言论自由"都没有的感慨，那对官场心理的微妙揭示和谈言微中的讽刺等等，几乎成了这部小说之所以诱人而耐于寻味的魅力所在。在很大的程度上，这部小说的受人喜爱，便在于它那描写的细致和万千感慨的散文风格。

至于小说中从整体上体现的思想信仰，如前所说，连作者自己也不可能真正做到无人相无我相和无是非，就已表明了它的荒诞。特别是为自己那种放浪形骸的生活方式辩护，则分明是把肉麻当有趣。但是以救民为宗旨，关怀民生疾苦，从而由此对官场心理的揭示和对平民有冤难申的同情，却也从一个侧面使我们为加深了对那个特定时代和人生的了解而有所启悟。

二 作者的生平、思想与业绩

（一）小引

刘鹗（1857—1909年）本无意于以小说成名，但却以一部《老残游记》享誉人间。它问世以后，仅汉文版本就有五十种以上，并被翻译为英、法、日、俄、捷克等多种外文版。其中的某些章节，如《游大明湖》《王小玉说书》等还被选入中学语文教科书。由于它的文学成就，也由于它的思想的复杂性和部分章节的神秘性，使它不太容易理解和把握，所以研究者们迄今仍怀着极大的兴趣诠释和探究它。同时，也深入到作者生平、思想的探究。在这个领域的探讨，还大有可为。

刘鹗最热衷的社会事业是治河和实业。在清朝末年，他是一个能理论联系实际的黄河水利专家，曾亲自参与治理黄河并著有《治河七说》和《历代黄河变迁图考》。而他的后半生所从事的主要事业，则是开矿山、筑铁路和兴办近代新式工商企业，但处处碰壁，直至被捕流放，客死新疆。他是一个失败的中国早期资本主义新式工商实业家。

刘鹗具有多方面的学识和才能。他是数学家，著有《勾股天玄草》和《弧角三术》。他是中医，曾经做过江湖医生，著有《要药分剂补正》《温病条辨歌诀》和《人寿安和集》。他是一个兴趣广泛的古文物收藏家和鉴赏家，对金石碑帖字画的知识和鉴赏力，使他及时发现了刚出土不久的甲骨文的价值，及时搜罗保存了第一批出土的极为珍贵的殷商文化遗产。他拓印编集的《铁云藏龟》是第一部甲骨文集，使他列为甲骨文搜集和研究的第一代开拓者。另外，他对中国古典音乐也有爱好和研究，著有《十一弦馆琴谱序》。他能写诗，后人辑为《铁云诗存》。而他晚年所写的一部《老残游记》，则又使他成为与李伯元、吴趼人、曾朴齐名的清末四大小说作家之一。与这三位职业小说家不同的是，《老残游记》是一位实业家和学者业余写成的小说。

生当内忧外患频仍、民不聊生的清朝末年，刘鹗能涉及经济、科学和文化如此众多的领域，其知识才能和丰富的阅历，使他具有难得的通材人物的特征。作为水利专家，他曾获得过成功；作为新式实业家，他是那个时代的悲剧承当者和失败者；作为学者，他是中国文化遗产杰出的保存者和开拓者。而这一切，便成为《老残游记》的创作资源之一。

透过这些外显的社会事业，来探寻刘鹗内在的思想和人生观，则需要了解不太为人知晓的太谷学派。刘鹗是这个学派的第三代弟子。从二十岁起，他便接受和信服这个学派的教义，并对他的世界观和人生观的形成产生了深刻的影响。他曾非常自信地表白，他所做的一切，都是依据这个学派的教义。事实也大体如此。不过刘鹗吸取了这个学派的教义后，能够与近代社会需要结合起来，成就了一番社会事业。太谷学派是一个隐晦的民间学派，有一套神秘主义的泛神论哲学和修养、处世心法，以及浓重的民间宗教色彩。这一切都在《老残游记》里有所表现。以至于《老残游记》里有些语言，若不了解太谷学派教义的特殊含义，几乎无从索解。总起来说，这个学派的教义无论是积极还是消极的部分，既是刘鹗从事社会事业的思想出发点，也是《老残游记》的创作资源之一。对于这部小说来说，则主要是既有民主性也有神秘性的人生观。它不仅是一个学者和实业家创作的小说，还是太谷学派中人所创作的唯一一部小说。这一切都使刘鹗和《老残游记》以独特的思想内涵和面貌，出现于清末社会和小说界中。

(二) 生于忧患，志在圣贤

刘鹗生于清朝咸丰七年九月初一日（1857年10月18日），原名梦鹏，又作孟鹏，字云抟。他自己后来改名为鹗，字铁云。他是刘成忠的小儿子。刘家原籍江苏丹徒。咸丰二年（1852年）刘成忠考中进士，起先在京城任御史。咸丰十一年（1861年）被派往河南先后出任知府和道台。后来他在江苏淮安购置田产安家，以后便长住在这里了。刘鹗四岁起由姐姐教他认字，读《唐诗三百首》，五岁起随父亲到河南，七岁开始跟随赵君举先生读书，修习举子业。二十岁那年，刘鹗从河南回到家乡淮安，当年秋天到南京参加乡试。按

名家解读古典名著

世情讽喻小说(中)

照清朝的科举制度，参加乡试之前需有秀才资格，所以刘鹗在这之前一定中过秀才，只是现在已查不清他是哪年中的秀才。

但刘鹗在乡试中失败了。落第而归的刘鹗路过扬州，遇上了李龙川。这一次际遇，对年轻的刘鹗产生了深刻影响，以至改变了他的人生观。李龙川是太谷学派第二代南宗山长，即掌门人。要了解刘鹗以后的行为背后的动机和《老残游记》内含的思想信仰，需要进一步了解这个学派的历史发展。

太谷学派这个名称是后来的研究者给取的。在清朝末年，通常称之为"空同教"，"空同"又写作"崆峒"。学派中人便自称"空同弟子"或"空同子孙"。这个学派最初由安徽石埭（一说池州）人周太谷（？—1832年）所创。太谷自号空同子。这便是空同教或太谷学派名称的来历。

周太谷本出身富家，年轻时爱好神、佛之学，云游四方，访师学道。他曾拜从道士韩子俞（字仰俞）学道，拜从和尚陈少华（字一泉）学佛，又只身到庐山隐居用功并研究儒家的道达十年之久，从而贯通儒、道、佛三教而"明道"。周太谷明道后，陈、韩自认不如，反拜他为师，相从游达四十年之久。道光初年，太谷云游到扬州。据《龙川夫子年谱》记载，他"至诚前知"又"至诚如神"，能知过去未来，又能给人治病，有许多神奇的法术。周太谷以精通《周易》和儒、道、佛三教密意的"炼气士"或"术士"的得道高人形象出现于扬州后，受到狂热崇拜。他在扬州收弟子二十多人，其中包括官员、读书人乃至家庭妇女。道光十二年（1832年）四月初一日，太谷病死于扬州，葬江苏仪征西郊青山。他的语录由弟子辑为《周氏遗书》十卷（又称《太谷经》，未刊）。

太谷生前对自己在1831年底所收的两个弟子最为器重，并指定为自己的传人，这就是张积中和李龙川。张、李都是江苏仪征人，都是出身富家的秀才，且好神、佛之学，又是中表兄弟。他们听说周太谷在扬州，便专程拜访。据记载，他们同太谷反复论辩三昼夜，结果大开眼界，当即拜太谷为师。太谷临终前指定张积中将来"还道于北"，李龙川"传道于南"。这就是太谷学派南北两宗的来由。

张积中（1806—1866年）字石琴，号两溪，又号白石山人，拜从周太谷后得道号子中。因他后来定居山东黄崖山，所以学派中又称黄崖夫子。李龙川（1808—1885年）本名光炘，字晴峰，号平山，道号子炘。因他后来在江苏省江都县设龙川草堂教授弟子，所以学派中称龙川夫子。张、李虽是太谷指定的传人，其实，他们师从太谷学习的时间只有三个多月。这以后他们一面自己钻研，又几次上庐山寻访隐居在那里的陈一泉问道。直到1856年，太平天国攻陷仪征，他们的家园被烧毁，才离开仪征。张积中遵循太谷遗命，举家北迁山东，定居在长清与肥城县之间的黄崖山中。张积中在这里开辟草莱，"乱石堆垣，黄茆盖屋"（《白石山房文钞》卷三《期云馆诗画屏序》），定居下来。他又时常出游，广泛结交，公开收徒讲学。十年间，他所授弟子有万人之多，仅全家移居黄崖山依积中筑寨而居的就有两千家。

那时候的山东是捻军活动的主要地区之一，盐枭活动也很频繁，为了避乱和防止侵扰，积中在这里筑起石寨墙，又筑文学房，武备房，同时也辟璇玑洞，筑太玄坛。作为山中生活的财源，他又派弟子在孝里铺一带开商店，称其为"辅翼圣功"。积中精于医道，常给人治病，赈济难民。黄崖山中比起外界的乱世来，宛如一个大同社会的缩影。这里没有君臣等级，只有师生同学关系，但这一切仍就让地方官很不放心了。同治五年（1866年），山东巡抚阎敬铭怀疑积中传"邪教"和"通匪"，令他出山自白。积中不予理睬。于是清军围剿黄崖山。攻破寨门之后，张积中全家自焚。一部分弟子追随他自杀而死，一部分弟子在抵抗失败后被杀，无一屈服。这就是近代史上所谓的"黄崖教匪案"。太谷学派中称之为"丙寅（1866年）之变"。案发后，清军将领也深为惊讶：张积中传的到底是什么教，竟使两千多弟子如此矢志不移且视死如归？这是一个谜，解开这个谜还需要深入的研究。

"黄崖教匪案"后，那些当时不在山中的弟子幸免于难。其中有些人投奔了李龙川，有些则以朱玉川为领袖，继续活动。朱玉川曾掩埋遇难者尸骸，又设养蒙堂收养和教授难裔。以后便因此而有太谷学派南北合宗的事发生。这一件事在《老残游记》里曾经提到。刘鹗在山东治河的时候，朱玉川曾在济南与他相会。在朱玉川的《养蒙堂遗集》（未刊）里，还收有他赠刘鹗的诗。

李龙川则在南方传道。他的活动地点主要在扬州、江都、泰州一带，有时也到南京、上海活动，但他的弟子分布区域很广，而且多半是政府官员。他自己没有职业，生活和活动经费由弟子供养和筹措。因"黄崖教匪案"的牵涉，他的讲学活动比较隐秘，尽管如此，闻名而来拜从他的人仍然很多，其中包括湖北提督李汉春、上海提督张国英以及后来做到陕甘布政使的毛庆蕃。著名诗人陈三立同李龙川会晤后便很敬佩他而欲拜其门下，可惜未成。1885年李龙川病死于泰州家中。临终前，他遗命弟子蒋文田和黄葆年为自己的传人，这便是太谷学派的第三代。

名家解读古典名著
世情讽喻小说(中)

蒋文田(1845—1909年)字子明,学派中称龙溪先生。他本是秀才,但无意科举。继李龙川之后,他继续在南方传道。黄葆年(1845—1924年)字锡朋,号希平,学派中称归群先生。他是同治朝举人和光绪庚辰(1880年)进士。李龙川死后第二年他出任山东淄阳县令,后又转任朝城、武阳、莱阳、福山、泗水县令,前后共十七年。这十七年间,他一面在山东为官,一面联络"黄崖教匪案"后尚存学派北宗弟子,以完成南北合宗重振太谷学派的使命。1902年黄葆年在完成这件事后,便从泗水县令任上辞官回乡,与蒋文田会合。黄、蒋都是泰州人。同年农历四月,他和蒋文田一起前往上海,由李龙川的另一弟子即当时任江南制造局总理的毛庆蕃当东道主,邀集太谷学派弟子在上海愚园聚会。这次聚会称愚园雅集。刘鹗也出席了这次聚会,并写有《题愚园雅集图抚本后并序》,记载了这次盛会。

愚园雅集后,太谷学派决定在苏州设立归群草堂。1902年农历九月,归群草堂开学。黄葆年移家这里,和蒋文田共同主持。但蒋文田仍居泰州,不时往返两地之间。从此,太谷学派便以这里为中心,又蓬勃发展起来。以后,这个学派以李龙川的孙子李平孙为第四代山长,黄葆年的儿子黄仲素为第五代山长继续活动。直到新中国成立,学派才解体。这是一个纵贯于中国近现代史的民间学派。

刘鹗在接受了李龙川的教义后,便从此确立了自己的人生志向。他曾写有一首《述怀》诗(《铁云诗存》),表达了自己的思想转变:

余年初弱冠,束脩事龙川。
虽未明道义,洒扫函丈前。
无才学干禄,乃志在圣贤。
相从既已久,渐知叩两端。
孔子号时中,知时无中偏。
万事譬诸物,吾道为之权。
得权识轻重,处久循自然。
因物以付物,谁为任功愆。
此意虽浅近,真知良独难。
灵台有微滓,一跌千仞渊。

光绪二年(1876年),刘鹗正当弱冠之年,便决心放弃"学干禄"的人生道路,转而矢志于圣贤。在刘鹗生活的那个时代,学干禄即通过科举考试以求取功名和官职,本是儒家传统视为唯一正途的人生道路。这也是一条名利双收，受到社会羡慕的道路。像刘鹗那样的官宦人家的子弟，放弃此道，便意味着偏离了儒家传统和世俗价值观念。对于刘鹗来说，这是一种新的人生选择。而这种选择也决定了他的毕生志向。

那么，刘鹗心目中的圣贤又是怎样的呢？在太谷学派中，"能具菩萨心肠，即证圣贤地位。"（蒋文田《龙溪先生文钞》卷二《与姊书》）"佛为千古周知人情的一位圣人。"（黄葆年《归群草堂语录》）由于持这种见解，刘鹗在接受龙川教义后，刻了一方图章，自称"如来最小弟子"。他心目中的圣贤，其实是具菩萨心肠的佛。他们之所以形成这种看似古怪难解的观点，是因为他们认为儒、佛、道"三教由来是一家"（张积中《张氏遗书》卷三《赠秦云樵》）。对这个问题，以后还要谈及。

但太谷学派是一个民间学派，又具有中国的民间特点。李龙川要求弟子须"度尽众生，方许成佛"（《观海山房追随录》）。这就是要进入社会，而不是出家当和尚。进入社会即是入世，各人根据自己的条件或以事功，或以德行，或者著书立说，来拯救苦难的芸芸众生。众生得救之日也就是自己成佛之时。在形迹上并不拘泥。如果把这个原则贯彻到底，便带有拯救人类而又拯救自己的意味。太谷学派视所有的人都是"天民"，即天地的儿女，因而是平等的。"百姓中有公在"（《龙川夫子年谱》），因而"天机最浅，圣人所以辨天机必决之于俗人之口。"（张积中《白石山房语录》）老百姓的呼声就是天意。

李龙川曾公然表达了自己的学派与历代圣人的思想的不同。他说：

"吾与石琴受学崆峒，分任南北。昔者庖牺以君臣，文王以夫妇，周公以父子，孔子以师弟，太谷以朋友。后之学人，得友者昌，失友者亡。"（《龙川夫子年谱》）

把周太谷公然与伏羲、周文王、周公和孔子这些被历代帝王树立的圣人相提并论，没有一点胆量是不敢说的。而尤其重要的是他只肯定了中国封建社会"五伦"中"朋友"这一伦。我们知道，在1894—1898年的戊戌维新运动中，冲破封建罗网的最强烈的呼声来自谭嗣同。他从西方民主思想受到启发，要破除封建的君臣、父子、夫妇、兄弟这四伦，而欲保存和肯定的也是朋友这一伦。这便与李龙川的思想有些接近。太谷学派是在不了解西方近代思想的条件下，运用中国传统的思想材料，形成了在明显的宗教色彩之下的自发的民主意识。这便足以提醒我们应对中国民间文化内在生命力刮目相看。

然而在刘鹗生活的那个时代，正是内忧外患频繁不断的时代。在太平天国运动兴起和失败期间，全国绝大多数地区化为战场。帝国主义的入侵，清政府因战败而不断付出大量的战争赔款，财政枯窘的危机自然转嫁给老百姓。外加农田荒芜，天灾不断，仅江苏一地"土著农民十无四五"（范文澜《中国近代史》）。这种民不聊生的凄惨景象，使刘鹗的普度众生意念与此相结合，便形成了以养民为本的具体观念，决定了刘鹗的人生抉择。

（三）以养天下为己任

刘鹗的父亲刘成忠虽是科举出身，但颇注意实学，家里收藏了一些数学、医学和治河方面的书籍。他因长年在河南当官，而河南是黄灾多发区，所以曾研究过治河问题，著有《河防刍议》一书。刘鹗无意于科举后，便注意研究这些学问，并阅读了一些当时已翻译过来的西方科技书籍，对西洋的测绘制图工具也颇赞赏。光绪十年（1884年）刘鹗二十八岁，他的父亲去世。从这年起，他曾在家乡淮安开设烟叶铺和药铺，但不久便倒闭。他又曾到扬州、上海挂牌行医，并不成功。继而又在上海开办印书局，也宣告失败。

光绪十三年（1887年）黄河先后在河南开封、郑州决口，形成重大黄灾。清政府一时慌了手脚，派出几个朝廷大员前往河南协助治河。可是直到第二年六月，仍不见成效，治河大员搞得束手无策。清政府大为震怒，把原治河大员撤职查办，乃至发配边疆，重调广东巡抚吴大澂来负责治河。吴大澂是清末著名的钟鼎文专家，对治河是门外汉。这时刘鹗来投效河工，他说服吴大澂采用了自己的治河方法，又亲身与民工一道参加劳作。同年十二月河堤果然合龙了。清政府因为这次治河成功，大加表彰，实授吴大澂为河道总督。吴大澂则保举刘鹗以道员任用，但刘鹗把这头衔送给了自己的哥哥刘梦熊。

在这次治河中，证实了刘鹗杰出的治河才能、勇于任事的实干精神和对功名的淡泊心志。他之所以去投效河工，"实出于悲悯一念，初非家食不足也"（刘大绅《关于〈老残游记〉》）。他的拯民于水火的志向，得到了一次实现。尔后，吴大澂又请他负责测绘河南、河北、山东三省的黄河水道。为"求黄河所以为患之故"，寻求从根本上把黄河治好的办法。他终日"奔骤河干，与波涛相出没"。而所见所闻，"目击伤心，惨不忍言"。然而官场重重叠叠的机构，官员的拖沓推诿，打官腔误实事，甚至河图未成先争名利，又令刘鹗悲愤不已。经过十个月任劳任怨的艰辛工作，他完成了三省黄河水道的测绘，但"立言之功，并不自居"（《河工禀稿》）。

光绪十五年（1889年），正当刘鹗测绘《豫直鲁三省黄河图》，山东省境内的黄河又连续多处决口,酿成空前黄灾,仅齐河县一处决口所造成的八县灾民,就达"三万三千二百余户"(《清史稿·河渠志》)。山东巡抚张曜把刘鹗从河南商调到山东参与治河。按理说,刘鹗可以有所作为了,但事实却并非如此。

张曜就是《老残游记》里写到的庄宫保。在清末,他以力大出名,是个平民出身的战功卓著的武将,被授予太子少保(即宫保)衔,但对治河,他是门外汉。也许是武将的缘故吧,他喜欢网罗门客,所以他周围的文人幕僚特别多。刘鹗虽到了山东参与治河,但张曜却采取了其他门客的治河方法。这种方法是"不与河争地",即收买黄河两岸民田,弃旧堤,放宽河道,另修新堤。刘鹗认为这是祸国殃民的办法,于是著《治河七说》加以反驳,并申说自己"束水攻沙"的主张。这是说,一面加固旧堤束住黄河水,一面疏通支流直入大海,与海潮相迎送,借以分洪和冲掉黄河淤沙。可惜,这个主张未被采纳。结果山东的黄灾越闹越凶。而刘鹗适遭母丧,按清朝制度,他得回家守孝两年。光绪十七年(1891年)张曜死,继任的山东巡抚福润以奇才异能保举刘鹗到清政府总理衙门考试。刘鹗因此得候补知府衔。光绪二十一年(1895年)刘鹗到了北京。

这期间,正值中日甲午战争失败,由洋务派惨淡经营的北洋海军一朝覆没,日本向中国勒索战争赔款竟达二万万两。清政府的财政已入枯竭境地。而横征暴敛已使中国人民难以聊生。光绪二十四年(1898年)戊戌维新运动发展到高潮。在政治上,维新派要求实行民主改革,在经济上,变"农国"为"工国"以实现资本主义工业化的要求也由康有为提出来了(《戊戌奏稿·请励工艺奖创新折》)。但这次运动遭到守旧派强烈反对,是年八月初六日慈禧太后等发动政变,维新运动终遭失败。温和的改革既不成,以孙中山为代表的革命派随之而起。革命派在政治上要用暴力革命的手段推翻清政府建立共和国,在经济上也主张工业化。但无论是维新派还是革命派,他们的活动都集中在政治斗争领域内,对发展近代化新式工商实业的主张,则未暇实行。中国社会后来赖以进一步发展的工业基础,主要是由洋务派和民间工商实业家经营和积累的。

在政治上,刘鹗不属于顽固派、洋务派、改良派和革命派,但他认为工业化是必由之路。据他分析,外国入侵,是以"盘剥为宗";而清政府对待国内人民,又"以朘削为事"。这内外交迫的剥削、灾难都落到老百姓头上,结果造成"今日国之大病,在民失其养"。老百姓既饥寒交迫,他便要"以养天

名家解读古典名著
世情讽喻小说(中)

下为己任"(《致黄葆年》)。刘鹗虽然通过自己的观察发现了人民困苦的政治原因,但没有想到过要从政治上来解决问题。他对维新派和革命派都不满,认为这样会导致动乱。他对洋务派也不满,说他们办了十几年工业,不是半途而废,就是"无一得法"(《呈晋抚禀》)。

依刘鹗的看法,要得变贫弱而为"民富国强",就得兴办工业。要办工业就得开矿山筑铁路。这样一来,由于铁路便利,土产就可以出口,改变进口货多于出口货的状况,而同时又可以开通风气。既办了矿山铁路工厂,就造成了就业机会,这样工人、农民乃至各行各业的人就可以因互相服务而"得养"。可是国内既资金不足,又技术、设备、人才缺乏,不如引进外资。他认为仅靠官办或官督商办流弊很多,应当改良办法。他的办法是以民间实业家向外国商人借款,合股来办。但要预订章程,若干年后,矿山铁路收归国有。这样一来,外商获得的是暂时的利益,而中国获得的是永久的利益。刘鹗的这个看法,颇有先见之明,但超过了那个时代所能接受的程度。因而,他在实践自己的这个主张的过程中,便处处碰壁,经常被指责为"汉奸"。不过在他自己,因为有他所接受的太谷学派教义为精神支柱,自以为自己是先知先觉,所以也就无视外界的评论,"谤满天下不觉稍损,誉满天下不觉稍益"(《致黄葆年》)。也因此,他也就显得异常固执。由于持这样的见解,刘鹗于甲午战争后便转向工商实业。

由湖广总督张之洞奏请朝廷批准的卢汉铁路(由卢沟桥到汉口)于1889年开始兴办。刘鹗以集资承办人的身份应张之洞之召前往湖北。但乘兴而往败兴而回。这时,英国福公司取得在山西的开矿权,聘刘鹗为中方经理。刘鹗提出以民间商借商还的方式借款,并组织晋丰公司与福公司订立开矿合同。但因山西籍京官指责山西巡抚胡聘之和刘鹗等人把矿产"典与洋人",结果清政府下令不许他与闻山西矿务,撤销公司(刘蕙孙《铁云先生年谱长编》)。1900年春,刘鹗到上海筹办大型百货公司"五层楼商场",但未办成。恰在这时,清末有名的顽固派大臣刚毅听说了刘鹗和福公司的事,奏请朝廷将他就地正法。幸亏刘鹗已在上海,得免杀身之祸。《老残游记》中写到的"立冢"便是影射此人。

义和团运动兴起,八国联军攻占北京,庚子事变发生。慈禧太后带着光绪皇帝及宠臣刚毅等一班大臣,仓皇逃离京城。八国联军在北京进行了疯狂的烧杀和抢掠,北京城笼罩在血腥恐怖之中。出于对难民的同情,刘鹗捐集资金改扮东洋装进京赈难。他掩埋被惨杀的尸体,而自己也被德军抓住,幸以化装脱险。那时的北京粮道断绝，残存的居民面临粮荒。因俄军占领了太仓即清政府的粮仓。他们不吃米，准备烧毁。刘鹗设法以贱价买下太仓米，又平价售给居民，及时救助了许多人。

庚子赈难后，刘鹗继续住在北京，希图实现兴办实业的心愿。他与亲友程恩培等人合组豫丰公司，向英国福公司借款开采河南煤矿与修筑铁路。但仅筑成从道口到清化一段。他又与友人合办宝昌公司借外资开采浙江煤矿，因浙江乡绅和浙江留日学生的反对而失败，并被指责为卖矿的汉奸。

借外资开矿筑铁路的失败，使他转而与亲友集资合股兴办民营工商业。1903年起，他试图兴办上海的织布厂，在湖南办钢铁厂，在北京办电车公司、自来水公司、海北精盐公司等等，都归于失败。

迭遭失败后的刘鹗于1907年转而同亲戚程文炳、程恩培父子等人经营浦口地产，准备开辟商埠而来到南京，并组织三洲地皮公司。这是刘鹗后来被捕的直接原因。

早在1898年，英国以武力相威胁，要求清政府修筑五条铁路。其中的一条是从天津到镇江的津镇铁路。由于国内要改津镇铁路为津浦铁路（由天津到南京的浦口）的呼声很高，1908年1月，清政府采纳张之洞的意见，决定改津镇铁路为津浦铁路，并随即同英、德两国在华银行（英华银行和德华银行）订立津浦路借款合同。这一来，使浦口地价暴涨。刘鹗早在1902年即与亲戚程文炳、程恩培父子等人合伙买下浦口滩地九洑洲一千六百多亩。1907年，又合伙买下浦口及毗连的六合县沿江土地长二十多里，并将六合地产卖给英商镇江丰和洋行。因此引起以乡绅陈浏为代表的地方公愤，并向外务部（即前总理衙门）告发程氏父子和刘鹗为外国人买地。清政府收回地权，引起英国政府的抗议照会。所以刘鹗在当时的处境很危险，政府要拘捕他的风声也很紧。

1908年初，刘鹗与程文炳、程恩培父子等人又组成三洲地皮公司经营地产。由于地价暴涨，陈浏等人要以原价购回土地，争议激烈。又由于津浦铁路即将开工，公司便将建立火车站、货栈等等设施所需地皮捐给国家。也就在这时，袁世凯派专人到南京，密令两江总督端方拘捕刘鹗。但端方以刘鹗已捐出修建铁路所需地皮，无意于拘捕，故再发电报重新请示袁世凯。袁世凯当时是军机大臣、外务部尚书兼会办大臣，正大权在握。光绪三十四年（1908年）六月十九日，以外务部名义所发指示电到达，令端方"密访查拿"。开列的罪状共有三项：即上文已提到的山西福公司事、庚子事变后太仓米事

名家解读古典名著
世情讽喻小说(中)

和办海北精盐公司事。归结起来的罪名是"勾结外人，营私罔利"。第二天，即六月二十日，刘鹗在南京被捕。二十三日，"著发往新疆，永远监禁"，所有产业查明充公（《铁云先生年谱长编》所收两江总督电报房底稿）。尔后，即被押往新疆迪化（今乌鲁木齐）军台囚禁。据刘鹗的难友裴景福说，刘鹗于宣统元年（1909年）"四月病，八月故，余往哭之"（转引自范志新《刘鹗卒年质疑》载《文学遗产》1989年第二期）。其卒年实为公元1909年8月23日，即宣统元年七月初八日病逝于迪化。

从指责刘鹗的三项罪状来看，都有托词的痕迹。因为山西福公司一事，当时的清政府已有处理，只是不许刘鹗与闻山西矿务和撤销晋丰公司。庚子赈难中太仓米事，是在慈禧太后们连京城都抛下，且太仓为俄军所占的前提下进行的，更何况这是为了救灾。至于海北精盐公司一事，其实与山西矿务一样，并未成功。所以刘鹗被捕的直接原因，便是卖地问题。因为这个问题发生而翻旧账，只是为了证明他一贯作恶，"怙恶不悛"罢了（同上）。

但关于刘鹗被捕的原因，一向是有成说的，只是现在看来，这些说法有欠准确。这最初出自于罗振玉《五十日梦痕录·刘铁云传》。连鲁迅先生也据此立论，说"政府即以私售太仓粟罪之，流新疆死"（《中国小说史略》）。此后，刘鹗之子刘大绅说出袁世凯对刘鹗早在山东河工时便结下私怨，所以公报私怨，逮捕刘鹗。严薇青据此说"袁世凯挟私诬陷，借口盗卖仓米，并说他在浦口为外国人购地，在南京加以逮捕"（《刘鹗》，收入《中国著名文学家评传》卷六）。袁世凯对刘鹗早有私怨而公报私仇，这个说法虽只是一家之言，至今引用者不少，也没有新的佐证出现，但从刘鹗被捕的过程来看，确实是袁世凯密令拘捕的。而刘鹗卖地又并非独自进行。陈浏以"为外国人买地即汉奸"罪名告发的，排首的是程文炳和程恩培，其次才排到刘鹗。以地位而论，程氏父子比刘鹗高，也更为重要。但被拘捕的却只是刘鹗一人。注意到这一点，刘大绅所说袁世凯"衔宿憾"而拘捕刘鹗的可能性难以排除。但刘鹗确实伙同程氏父子把一部分地产卖给了英国商人，因而陈浏指责和告发他为外国人买地，就并非没有根据。刘鹗在卖地问题上是有严重错误的，这损害了国土主权。我们不能无视或抹煞这个基本事实，一味强调袁世凯的"挟私诬陷"。

还有一件更有意味的事实需要揭示出来。那就是，正当清政府（其实袁世凯掌权）要拘捕刘鹗的同时，于光绪三十四年十二月二十二日，即公元1908年1月25日，表彰加封了一批兴办实业的官员。在这批官员中，有一个就是程恩培。政府因他创办公司赏给正二品封典（《中国历史大事编年》卷五）。程恩培也是太谷学派弟子，同刘鹗有儿女亲，是多次合伙办公司的人，也是浦口地产和卖地合伙人。所不同的是，他的父亲程文炳是长江水师提督，他本人先是浙江候补道台，而刘鹗则是以民间人士办公司。早在1907年，陈浏同时告发程氏父子和刘鹗，但处理的结果却是：程恩培办公司有功加封升级，而刘鹗却被拘捕流放并抄没家产。两个人合伙干了同一件事，但政府的处理却如此大相径庭。这至少意味着在当时把地产卖给外国商人不一定属犯罪。退一步说，还意味着当时的清政府有法而又无法。关键在于什么人有权用法又施用于什么人，没有统一的依据、判断、执行的标准。所以，作为政府高官，程氏父子公开卖地给外国人而不认为这是犯罪。端方作为两江总督即使在袁世凯派专人传达密令后，也不认为刘鹗犯了罪。由于这个原因，归结起来说，作为一个民间工商实业家，刘鹗最终成了清朝末年官办垄断政策下的牺牲品。而这也正是清末民间近代化新式工商业悲剧命运的一个侧影。

从以养天下为己任始，而以被囚禁终。除了治河一事成功外，刘鹗的实业活动几乎都失败了。但他同情与注目于民生疾苦，注重于实干和发展近代化新式工商业，在国内资金困窘的条件下，借外资以兴办中国实业的大胆设想，造成了刘鹗自己的人生悲剧。作为带有浓厚宗教心理特色的早期民间资本主义实业家，他的失败很难避免。但经济毕竟是基础，工业化无可避免。刘鹗的历史价值，主要就在这里。

（四）文化遗产的保存者和开拓者

刘鹗在热衷于实业的同时，还有一项很深的个人爱好，那就是对古代文物的收藏、鉴赏和考释。在中国，喜爱收藏古代文物的人也很多，但能够鉴赏和考释的人却不多，因为鉴赏和考释是一种专门学问，需要丰富的历史文化知识和研究能力。任何一个民族的古代文物，都是后代得以认识本民族历史和文化的基本材料。现在，我们已经很难查考刘鹗是从何时开始这类活动的，但至迟，他在庚子赈难中便有了这类活动。

1900年的庚子事变中，八国联军在北京大肆烧杀劫掠，对文物的劫掠是一项重要内容。北京是中国的古都和文化中心。自元朝到清朝，这里是连续三朝首都，也是人文荟萃和珍贵文物集中的地方。刘鹗由上海到北京赈难后不久，被洋兵劫掠的文物转而充斥市面，劫后余生的北京居民出售文物的也不少。这期间，刘鹗收购了一些宋代、元代版本的古籍和古代器物。但是，

名家解读古典名著
世情讽喻小说(中)

最为重要的则是对甲骨文的收购、拓印和编书。这是中国文化史上的一件大事，直到今天还对我们了解中国古代史和古代文化发挥着作用。刘鹗对文化遗产的保存和开拓，也以这件事最为重要。

在 1899 年以前，即已有甲骨文在河南安阳小屯出土，但人们不知道它的价值。所谓甲骨文，是商朝后半期即殷时代在龟甲、兽骨上刻写的占卜辞和少量记事文字。人们认识龟甲兽骨，但不晓得刻写在它上面的是古代文字，所以只是把它当作药材化龙骨卖给中药店。1899 年，山东潍县的古董商人范维卿带了十二片甲骨给王懿荣看，并告诉他甲骨出土的经过。王懿荣是当时的国子监祭酒（国子监是当时的国立最高学府，祭酒相当于校长），又是很有学问的金石学家。他发现甲骨上所刻的是从未见过的大篆以前的古文字，就买了下来。第二年秋天，范维卿又带了八百片甲骨，潍县的另一个古董商人赵执斋也带了几百片，一起卖给王懿荣。这一来甲骨的价值陡增，名声也传出来了。和王懿荣同时收购甲骨的还有天津的王襄和孟定生，以及后来拘捕刘鹗的两江总督端方。端方也有金石癖，是个金石学家。所以曾有人怀疑他拘捕刘鹗是出于想吞并刘鹗珍藏的文物（阿英《小说二谈·庚子联军战役中的老残游记作者刘铁云》）。刘鹗被捕以后，他珍藏的名贵文物确实有一些到了端方手里，不过我们现在已很难查证了。

由于甲骨文早已失传，古籍中也没有记载，所以人们在重新见到它之前，并不知道它的存在。再加上古董商想垄断甲骨谋利，故意隐瞒了甲骨出土的地点，谎说出在河南汤阴或是卫辉。由于这些缘故，王懿荣也不知道它是哪个朝代的文字，也认不出是什么字。但是，他认出它是古文字，从而肯定了它的价值，这便是一个重大发现。可惜，1900 年秋，八国联军攻占北京，王懿荣殉难。他没来得及对甲骨文加以整理和研究。

王懿荣死后，他的儿子王翰甫为了还债，出售所藏甲骨一千多片，被刘鹗买下。同时，刘鹗的好友方药雨所收购的三百多片也转让给他。刘鹗又派自己的儿子刘大绅到河南搜罗，得一千多片。他还委托古董商赵执斋"奔走齐、鲁、赵、魏之郊凡一年"（《铁云藏龟自序》），购得三千多片。这样，刘鹗合计得甲骨五千多片。刘鹗的热心搜罗，及时保存了一批极为珍贵的文化遗产。

刘鹗获得这批甲骨以后，便利用办理实业的余暇，通常是夜晚洗刷、比勘、拓印这批甲骨，同时也研究、考释它们。"晚间刷龟文，释得数字。甚喜。""夜作《说龟》数则。"再如："晚圈《说文古籀》，悟得龟文二字"，即"功"字和"酉"字（刘鹗《壬寅日记》）。此外，在《铁云藏龟自序》里也已译出几十字，贯注于论文的甲骨文引文中。一般谈到甲骨学史，往往忽视刘鹗的最初研究，而以孙诒让的《契文举例》为开端，但刘鹗确实是研究并且考释出一些字了。

正是因为他进行了研究和考释，所以他的《铁云藏龟自序》便出手不凡。这篇文章应是中国甲骨学研究中的第一篇学术论文。这篇论文至少有两点是具有开拓性的（除了认出一些甲骨文字而外）：第一，刘鹗已经注意到利用《说文解字》和汉字构字法的"六书"，以及与甲骨文相近的金文来比勘推求甲骨文。第二，看出甲骨文是占卜辞的记录，即繇辞。而且，当时的占卜有四种方式。最后，确证甲骨文是殷商文字。甲骨文以象形字为多，这可以判断为大篆以前的文字。但为什么不是周朝初年而必定是殷商的文字呢？刘鹗的证据是甲骨文卜辞里所记录的人，"以天干为名"。例如人名为"祖乙、祖辛、母庚"等等，而这种现象正与古籍所记载吻合。所以"实为殷人之确据也。"这个论断的意义是很大的。确定了这一点，就可以把甲骨文与殷商联系起来，使我们通过这种文字记载了解殷商社会和文化。从此甲骨文作为实物资料的价值也就确定了。后来的著名甲骨学者王国维，便是从确定殷商帝王和王后都是以天干为名字入手，进一步与古籍相参证，来考证殷商的制度。我们今天之所以能从一般历史书上了解到殷商社会和文化的大概情况，便主要是依据对甲骨文的研究。

刘鹗既确知甲骨文的珍贵，便认为"亟当广谋其传"（《铁云藏龟自序》）。所以从自己珍藏的五千多片甲骨中精选出一千零五十八片，精心拓印下来，汇集成书，于1903年10月石印出版，书名为《铁云藏龟》。这样便出现了第一部甲骨文拓片汇印本。这本书一出，不久便引起了中国学者和日本汉学家的重视。著名学者孙诒让便是以《铁云藏龟》为根据加以研究，写成考释甲骨文的第一部学术专著《契文举例》。以后，由罗振玉、王国维等学者的专心研究，甲骨学开始蔚为大观。甲骨学研究后来有"甲骨四堂"之称，这便是罗振玉雪堂、王国维观堂、郭沫若鼎堂、董作宾彦堂。罗振玉与刘鹗是同乡（淮安人），曾在刘家当家庭教师。后来成了好友和儿女亲家（他的一个女儿嫁给刘大绅）。罗振玉便是先从刘鹗那里看到甲骨实物，从而走上了甲骨研究的道路。王国维则又是罗振玉的朋友和儿女亲家（罗的一个女儿嫁给王国维的一个儿子）。王国维便是从罗振玉那里见到甲骨实物加以研究，成了中国新史学的开山人物。在甲骨文研究者行列里，刘鹗毫无疑问是最初的保存者和开拓者。假如刘鹗不是热衷于兴办实业，而是像许多学者那样专心于甲骨文研究，凭他的学识，大概是会取得更加杰出的成就的。

除了《铁云藏龟》而外，刘鹗对古代器物文字的保存和拓印流布也有贡献，存有《铁云藏匋》，其中附印了《铁云泥封》。这是古代陶器和泥封上所刻文字。另外还有《铁云藏印》，则主要是汉朝印章刻文。以上合称抱残守阙斋三代文字，印刷出版。

刘鹗对文物的爱好，范围很广，收藏的内容也很广。除了以古文字方面最为突出外，其他还涉及古钱币、碑帖和字画。对这些文物，他大体都有考释和评价。他的收藏和鉴赏能力让他在当时便以"鉴、藏名海内"（裴景福《壮陶阁书画录》卷一，转引自范志新《刘鹗卒年质疑》）。刘鹗又爱好古琴，收藏古琴并研究演技和琴谱。只是可惜，他被捕后，这些珍藏都流散了。经过他的后人的努力，查找到一些碑帖字画的题跋，收入《刘鹗及老残游记资料》一书，使我们可以领略一些他的鉴赏力。

刘鹗流放到新疆以后，曾致力于中医的研究。他本来就当过中医，所以有这方面的根基。而在新疆缺医少药，他想："狱中若得病，必无良医，殊为可虑。"（《年谱长编》录《致毛实君》）于是他从难友处借来《内经》《伤寒论金匮要略》等八种医书，潜心研究，写成医学著作《人寿安和集》。

刘鹗的著作很多，仅知篇名而著作散佚，直到目前尚查找不到的还很多。《刘鹗及〈老残游记〉资料》一书，附录了刘鹗著作的较详尽的篇目，这是发现新资料的一个重要线索。

我们大致了解了刘鹗的生平、思想和业绩，即可明白，刘鹗不是职业小说家，而首先是实业家、黄河水利专家和学者。《老残游记》则是他的业余创作。

三　《老残游记》的创作和版本

刘鹗既不是职业小说家，怎么会写起小说来的呢？

刘大绅曾经提供过一个情况，来说明其父刘鹗最初的创作缘起：刘鹗的朋友连梦青，因受沈荩案件的牵连而被通缉，只身逃到上海，生活无着。刘鹗要资助他，可是他性格孤介，不肯受人资助，而这时上海商务印书馆正办《绣像小说》杂志，连梦青便写小说投稿，以换取稿酬谋生。这部小说便是连载于《绣像小说》杂志上的《邻女语》。刘鹗既知道他性格孤介，又知他写小说卖钱，自己也就写了《老残游记》的一部分稿子，赠送给他去换稿酬。连梦青这一次不便推却，于是他也把稿子卖给商务印书馆，并且约定，对原稿一个字也不许改动。这样《老残游记》也就出现在《绣像小说》杂志上了，而作者署名则是"洪都百炼生"。刘鹗起先赠送给连梦青的稿子，只是小说的前三四回。它既已在《绣像小说》上连载，刘鹗也便在实业活动的余暇，于每晚回家后写上几页，第二天早晨即派人送给连梦青，再由连梦青去投稿，所以刘鹗不但从未"着意经营"，也没有复看修改过（《关于〈老残游记〉》）。

那时候，连梦青向《绣像小说》投稿，每千字可得五元钱的稿酬。这个数字符合当时的稿酬水准。清末小说界革命后，小说创作繁荣起来了。而上海又是个商业大都会，小说的版权和稿酬制度，也随着近代化的商业观念和制度的出现而形成。当时的小说稿酬就国内生活水平而言，还是比较高的，每千字三元、五元或八元不等，最高的达到十元。相比较而言，可知当时的稿酬水准，已足以维持职业小说家蛮不错的生活。注意到这个情况，则刘鹗以小说稿酬来资助朋友，也还是有时代根据的。

连梦青确实是刘鹗的好友，也确实受到沈荩案件的牵连。他因被清政府通缉而潜往上海，以"忧患余生"署名的小说《邻女语》，连载于《绣像小说》第六号至第十号、第十三号、以及第十五至第二十号。这部小说写到庚子事变时，八国联军攻陷北京烧杀掳掠，慈禧太后西逃，京官多携眷南逃或做顺民。这时唯有江苏丹徒的青年豪杰金不磨奋身孤往京城纾难。这个金不磨很像刘鹗。沈荩和连梦青、刘鹗都是朋友。戊戌政变后，他曾参加由唐才常组织的反慈禧太后的自立军，并任右军统领。自立军失败后，他潜往北京、天津活动，并任上海《时报》驻京记者，活动于新闻界。他也爱好古文物，有金石癖。刘鹗的诗《沈虞希以采芝所绘兰花嘱题》中所说沈虞希，和《梦中作》一诗中所说"辛丑三月初五夜间，梦在伊犁为沈君设祖帐"之"沈少微"，就是指沈荩。光绪二十八年（1902年）连梦青在天津《大公报》任编辑时，沈荩来到天津，把他所获悉的中俄密约的内容告诉了连梦青和方药雨。方药雨是《天津日日新闻》的主编，便将它作为独家新闻在报纸上公开披露。慈禧太后为此大为震怒，捉拿沈荩，通缉同案犯。光绪二十九年（1903年）闰五月二十五日沈荩在北京被捕，被杖刑活活打死。这就是清末哄动全国的沈荩案。连梦青因与此案有关，故匆匆潜往上海（参见《英敛之日记》）。

刘鹗并不是职业小说家，也无意于以小说成名。他也很不愿意让外界知道这部小说作者的真实姓名。评论界确定《老残游记》的作者是刘鹗，时间

名家解读古典名著
世情讽喻小说(中)

已是刘鹗早已逝世后的20世纪20年代初了。这里需要对这部小说的成稿和发表简要介绍如下：

这部小说由初集、二集、外编三部分组成。初集二十回，已是一部完整的小说了。第二十回回末没有"且听下回分解"字样，这是小说已经写完的标志。而小说的情节到此也可以结束了。但后来刘鹗又继续写下去，并声明这是《老残游记》二集（二集《自序》）。有了这个二集，那么前二十回便被称之为初集。我们现在所能看到的二集，只有九回。第九回的回末写道："未知后事如何，且听下回分解"。这也就是说，二集没有写完。但究竟是作者只写了这九回就不再写了，还是九回以后的书散佚了，这是一个问题。据刘鹗的儿子刘大绅说，二集共写了十四回（《关于〈老残游记〉》），不过第九回以后的书稿，至今没人见到过。至于外编，只是残稿，计有手稿十六页，缺第三页，今存十五页，共计四千七百二十八字，而且内容与二集不衔接，但又仍以"老残"为主角，所以称之为《老残游记》外编。

初集最初连载于《绣像小说》半月刊第九号到第十八号，时间在光绪二十九年八月初一日至十二月十五日，即公元1903年9月21日至1904年1月31日，作者署名"洪都百炼生"。只连载了第一至第十三回便终止了。终止的原因是，《绣像小说》的主编李伯元改动了刘鹗原稿第十回的后半回，又整个儿删除原稿的第十一回，并把原稿第十二、第十三、第十回依次提前一回发表。李伯元违背了原协议，故连梦青停止交稿，而写作也因此中断。

1905年，刘鹗应《天津日日新闻》主持人方药雨的要求，继续写作《老残游记》初集。他把被李伯元改动过的原第十回后半回再改回来，又补写了第十一回，再续写了第十五回至第二十回，又写了初集的自序。这样初集便完全告成，并且从第一回起到第二十回，逐日在《天津日日新闻》上连载。时间在1906年。

初集连载完后，即有《天津日日新闻》的剪报本出现。阿英藏有这个本子的第一至第十回和自序，一册。虽然不是全书，但很重要，因为《天津日日新闻》已散佚，研究者们没有见到过连载初集的原报纸。有了这个剪报本，便可以确定初集确实是连同自序和从第一回开始连载的（阿英《小说二谈·〈老残游记〉版本考》）。

初集最早刊行的单行本，是天津日日新闻社出版的线装本。全书分装两册。上册从第一回至第十二回，下册从第十三回至第二十回。题洪都百炼生撰，但未注明出版年月。

以后，重要的版本有上海神州日报馆于1907年出版的铅印本，全二册。上海亚东图书馆1925年初版铅印本，由汪原放标点，胡适作序。这是一个校勘较精的版本，至1934年已重印十版。整个清末民初时期，《老残游记》得以一印再印，有好几十种版本，兹不多举。但其中也有伪作。如上海百新公司1916年版《刘氏原本老残游记》，分上下两编，上编第一至二十章，是刘鹗原作。下编第二十一至四十章，是伪作。这个版本也曾一再印行。

1949年后，《老残游记》也多次印行，主要的版本有人民文学出版社1957年初版《老残游记》，收入初集和二集六回，陈翔鹤校，戴鸿森注。1982年该社又出了新版横排本，增收二集的第七至第九回。至1983年已第三次印刷，印数达六十八万一千册。

另一种版本是山东齐鲁书社1981年版《老残游记》，收初集、二集九回和外编残稿，并收入刘鹗的自序和自评，以及刘鹗像等九幅图版。由严薇青校注，这是目前最为完备的刊本。1985年第二次印刷，印数则达二十二万册。

《老残游记》二集包括作者自序一篇和正文九回，写于1907年上半年。最初连载于《天津日日新闻》，时间在光绪三十三年七月初十日至十月初六日，即公元1907年8月18日至11月11日。

1929年，刘鹗的儿子刘大经在整理《天津日日新闻》报馆库存时，发现了二集九回的剪报本。刘鹗的另一个儿子刘大绅又令自己的儿子刘蕙孙和刘厚泽抄录一份副本。这个剪报本后来在林语堂主编的《人间世》杂志第六至第十四期上再度连载了自序和第一至第四回。时间是1934年6月至10月。二集自序署名"鸿都百炼生"（注意初集署名是"洪都百炼生"）。1935年3月，上海良友图书公司出版单行本《老残游记二集》，收入二集自序及正文第一至第六回，题刘铁云遗著。1957年人民文学出版社版《老残游记》作为附录收入的二集六回，便是依据上海良友图书公司出版的单行本重排的。1962年中华书局上海编辑所出版了魏绍昌编《老残游记资料》一书。该书据刘蕙孙和刘厚泽所提供的二集剪报本的手抄副本，收入其中的第七至第九回。这部分也就是人民文学出版社1982年《老残游记》新版横排本所附二集新增的第七至第九回的来源。1976年，日本清末小说研究者樽本照雄，在日本京都大学人文研究所发现所藏《老残游记》二集在《天津日日新闻》连载时的剪报本，并撰文介绍，进一步查证了二集自序和九回初刊连载的日期。

至于外编残稿，作者生前并未公开发表过。它的最初出现，在1929年，由刘蕙孙在天津勤艺里旧宅书箱中发现。魏绍昌编《〈老残游记〉资料》收入

名家解读古典名著
世情讽喻小说(中)

了这个外编,这也是外编的首次刊行。齐鲁书社版严薇青校注《老残游记》所附录的外编残稿,便是据此收入。

外编残稿在作者生前既未发表过,而刘鹗的后人在发现它以前也未见到过,那么它写于何时呢?对此,研究者们有争议。时萌认为外编的写作应当早于二集,时在光绪乙巳年(1905年)冬月(《老残游记外编残稿写作年代考》载《光明日报》1983年3月15日《文学遗产》)。樽本照雄不同意时萌的推断,认为他忽视了外编残稿所反映的作者经历和时代背景。樽本照雄推断外编残稿的写作应在二集的写作之后,时间应是1907年上半年(《关于老残游记外编残稿的写作年代》,载同上,4月12日)。刘蕙孙也不同意时萌的推断,肯定外编残稿写于二集之后。他依据外编残稿写到北京巡警和袁世凯已成为"宫保",并查考了北京出现巡警和袁世凯得宫保衔的时间,推断外编当写于1907年9月5日至11月间(《关于老残游记外编残稿的写作年代问题》,日本《清末小说研究》中文版,1983年)。张纯则主要依据袁世凯被实授军机大臣和宫保衔的时间,推断外编写作的时间上限为光绪三十三年(1907年)五月,下限为1907年9月4日(《关于老残游记外编残稿的写作时间》,载《徐州师范学院学报》,1984年第三期)。

据考,清末设京师内外城巡警总厅的时间是1906年1月,而并非刘蕙孙所说的1907年,但外编也不可能写于1907年9月4日之后。外编仅有四千多字,且与二集并不衔接,分明是另起炉灶。我们设定它写于1907年上半年或稍迟一点,不妨碍对作品的理解,也不至于与时代背景相悖。但对这个问题,仍然可以继续查考讨论。

应该看到,刘鹗的写作能力很强,《老残游记》初集第十一回、第十五回和第十六回都是在办海北精盐公司时住在东北奉天南门客栈里所写。而作者当时正为盐务碰壁搞得焦头烂额,住在客栈里等车回北京的时候。在白天通常是应酬交际不断,夜深人静独处时,他便能伸笔展纸写将起来了。从现存的四册刘鹗日记,我们可以分明地感觉到,他被千头万绪的事务和交际、交涉所缠缚。但每当一人独处,通常是夜晚时,或识甲骨,或临碑帖,或观摩字画器物,或写各种题跋,其中也可能是写小说。他果然是个"学道"之人,动静相谐,从容不迫,于错综纷繁的应物处世之中,随时能得翛然出世的移情之乐。这是很难用现代小说家的一般写作习惯来衡量的。他并不一定非得有个完整的时间、安定的环境以及适当的心境才能写作。他随时能够平心静气犹如直入大定,抽空来写上几页,甚至整整一回书。注意到刘鹗的以上特点，对于了解刘鹗这个人来说，似乎更为重要。

归结起来说，《老残游记》是刘鹗利用业余时间断断续续写成的。从1903年至1907年，大体经过了五年的时间。前后可以分为三个时期。即1903年写作了初集第一回至第十四回，并在《绣像小说》上连载，这是第一个时期。第二个时期，则是在1905年改回被李伯元改动过的第十回后半回，补写第十一回，并续写完第十五回至第二十回，完成初集和初集自序。第三个时期即1907年，写作二集和外编残稿，包括二集自序。

然而，《老残游记》创作的最初动机虽然是为资助朋友，但并不妨碍作者在具体的创作中有自己的创作意图。这个意图只有通过对作品本身的分析才能看得出来。同时，由于作者为自己的小说写了自序和一些回评，这些材料代表着作者自己对作品的看法，因而可以作为提示。尤其是对作者的生平、思想、业绩有所了解，则有助于我们由人到文，由文到人互相参比以获得对作品的解释。

这是一部不同于《红楼梦》那样的小说，它没有前后一贯的情节推进线索，而是由若干相互独立的情节单元所构成，这些情节单元也可以说是短篇小说，因而《老残游记》虽是一部长篇小说，但却是由若干短篇连缀而成，而连缀的方式，则主要是通过"老残"这个游历者来承上启下。尽管作者似乎是不甚经意地"信手"写来，但写什么和怎么写总得是意在笔先的。写小说不可能像吟抒情小诗那样脱口而成，因为它必须以情节即故事、人物和场景来表现，要受作者意图的支配。而这些意图又熔铸在情节中。由于《老残游记》艺术结构的上述特点，因此需要将它划分为相应的情节单元来鉴赏和读解。这些情节单元各有自己的主题，因而整部小说是多主题的。它可以这样来划分（这里的情节单元划分借鉴了樽本照雄那篇杰出的论文《试论老残游记》中的段落划分。主题概括方面我只是把他的"山中辩论"换为"桃花山论道"，把他的"尼庵逸云"换为"泰山证禅"，把他的"下阴曹的故事"换为"阴曹设教"）：

初集：

第一回，寓言：自传和自辩。

第二至七回，山东游历和官场批判。

第八至十一回，桃花山论道。

第十二至十四回，黄惠寄慨。

第十五至二十回，方外高人与福尔摩斯。

名家解读古典名著
世情讽喻小说（中）

二集：
第一至六回，泰山证禅。
第七至九回，阴曹设教。
外编残稿。

但尽管这部小说是多主题的，然而在内在的思想信仰上仍然具有一贯性。这便主要是作者所接受的太谷学派教义，以及多侧面的引申。《老残游记》所包含的思想信仰之所以迄今难以把握和解释，甚至产生许多离奇的曲解和独断性的评论，这是一个根本原因。在对这个学派的教义缺乏直接了解的前提下，《老残游记》的某些语言和章节的含义就会显得难以索解。前文已经提到过，这是因为太谷学派是持"三教由来是一家"这个基本观念的；由于持这个观念，原有的儒家经典的一些词句，到了太谷学派这里就有了新的含义了。举一个常见的对理解《老残游记》直接相关的例子也许就容易理解了。

例如，我们一般都认为孟子是持"性善"论的。这里的"善"是"善恶之善"的意思，是说人性本来是善的，但太谷学派认为，这样的理解是错误的。他们说这个"善"字不是道德意义上的善恶之善，而是"情"的意思："性善即是性情"（《归群草堂语录》）。这可以说是太谷学派的特殊理解。至于这样的理解是否合乎孟子原义，并不重要，重要的是我们由此知道，这个学派与清朝的官方哲学即程朱理学不同，他们是肯定人的自然欲望和情感的。而"宋儒"即程朱理学则是不近人情地要否定、取消人的情感。由于这种在人性论的根本观点的不同，所以太谷学派与宋儒即清朝的官方哲学有对立的倾向。他们是："宋儒谈理吾谈欲，宋儒谈性吾谈情"（同上）。宋儒谈理，也就是要"存天理，灭人欲"。而所谓"天理"，也就是性本善的"性"。它的具体内容，也就是一套所谓君为臣纲，父为子纲，夫为妻纲的纲常伦理和封建等级规范。但太谷学派则认为，人的自然欲望和情感就是天理人性，而《周易》、孔子、孟子的"心传"，后世的儒家们都不懂。真正懂得这个奥秘的，"莫如六祖"（同上）。六祖也就是中国禅宗的六祖慧能和尚。禅宗是一种很特别的佛教。剥开它的宗教外壳，实质上是一套"明心见性"的人生智慧。它反对一般佛教的坐禅、念经，也不认为天堂、地狱为实际存在，而只是存在于人心中。它主张"劈柴担水"，即在实际事务中磨砺，从而获得顿悟。它没有严格的戒律，而是把吃饭穿衣男女之情看作都可以悟禅的途径。电影《少林寺》中有一句话说"酒肉穿肠过，佛祖心中留"，其实也是从禅宗经书中来，它典型概括了禅宗的处世态度。刘鹗的《老残游记》二集，便很形象地表现了禅宗的要领。

不过太谷学派只是在心性论方面属禅宗，他们又反对出家当和尚。在形迹上，他们是入世的。这叫作"不出家而成教于国"（《观海山房追随录》）。周太谷临终前，就嘱咐弟子要"大隐朝市"，即隐居于朝廷城市，而不是隐居山林，否则"道"就会废了。要他们"学孟子"那种入世精神，一往无前宁折不弯（《白石山房文钞》卷二阙题文十三）。张积中就是这种典型。他们也当官，但有一套特殊当法，这就是"大隐"。而所谓"大隐"，本来就是来自道教和禅宗相结合的著名道经《悟真篇》。也正是由于这些缘故，太谷学派中人都是以入世救民的方外高人自居。严薇青校注本《老残游记》的"前言"里说，刘鹗和太谷学派是"以儒家思想为中心，而不是什么三教合一"。很显然，这不符合实际，因为这个学派的大量遗书里，已经说得很清楚。如果按严薇青的说法来读《老残游记》，有些内容就难以解释了。与严薇青看法相反的意见，也需要提及。例如任访秋认为"刘鹗在政治思想及倾向上，可以说是典型的洋务派"，如果"认为刘鹗为维新派，这是错误的。"根据何在呢？在于"维新派是反程朱"而"尊陆王的"。因为"刘鹗反程朱，但不信奉陆王"，而是信奉"太谷教"——合儒释道三教于一炉的一种教派，所以刘鹗就不属维新派而属洋务派，而且这个教派不仅是反民主，而且是反科学的"。（《刘鹗及其〈老残游记〉》）任访秋先生似乎根本没有注意到，太谷学派就是反程朱理学而推崇王阳明心学的。他们本来就在心性论上属禅宗，而王阳明恰恰是把儒家格物致知禅宗化的人，他们就很自然地会推崇王阳明。张积中就曾为王阳明辩护，说李刚主、颜习斋一班儒生"以攻佛之见而转攻阳明，嘻，昧亦甚矣。"因王阳明的"致良知"也就是禅宗的"明心见性"，所以他说："至唐慧能而见性之说彰，孔、孟而后千有余年，致知之旨赖佛法以显。"而这一点，是"后儒"们所不懂的（《白石山房文钞》卷二《松园讲学图序》）。刘鹗所信奉的太谷学派既然也推崇王阳明，那么若依据任访秋先生的标准，岂不是应当不属"洋务派"而属"维新派"了吗？由于对实际情况缺乏直接了解，而以意为之，结果便使得自己的前提和推论导向了自己结论的反面。

刘鹗的《老残游记》是我们文学遗产的一部分。取其精华，弃其糟粕，首先便要能够入乎其内，真实地了解和弄懂，才能出乎其外，有所鉴赏和批评，否则它就会不属于我们的遗产了。

四 《老残游记》初集的思想和艺术

（一）寓言：自传和自辩

《老残游记》初集第一回是一则寓言，但它的寓意却具有明显的纪实性。这种纪实性包括两个层面，即事实层面和心理层面。

寓言从山东登州府东门外的蓬莱山和蓬莱阁写起，但仅仅对它略加描述。乍一看似乎也并没有什么特别处。不过作者提示说：

白乐天云："我是玉皇香案吏，谪居犹得住蓬莱。"此书由蓬莱阁起，可知本是仙吏谪落人间。（第一回评语）

不仅写蓬莱阁有这种神乎其神的寓意，写主人公老残也是如此。老残是个走方郎中，也就是江湖医生。他手上拿了一个串铃，又"曾受异人传授，能治百病。"这也有寓意。作者在评语中又说：

举世皆病，又举世皆睡。真正无下手处，摇串铃先醒其睡。无论何等病症，非先醒无治法。具菩萨婆心，得异人口诀，铃而曰串，则盼望同志相助，心苦情切。

这是说，老残不是一个普通的江湖医生，也并不仅仅以给人治肉体上的病。他所要治的病，是广义的病。无论是仙吏谪落人间，还是具菩萨婆心，得异人传授，总之，作者赋予了老残这个人物以入世拯救芸芸众生的方外高人角色。这得道的方外高人，现在已经降临人间，四处游历，来唤醒那些沉迷不悟的众生。使他们觉悟，觉悟到自己所得的"病"，以便自救自度，登达彼岸。

由此可知，尽管刘鹗是为资助朋友而写起小说来的，但当他拿起笔来，他所接受的太谷学派教义的精神，就很自然地流泻于笔下了。他的写作意图很明确，不是为小说而小说，而是为"普度众生"而小说。

这个要普度众生的老残，就是刘鹗自己在小说里的化身。

老残原名铁英，号补残。这个"残"字也大有来历，是因为仰慕懒残和尚煨芋的故事而来。这位懒残和尚就是唐朝衡岳寺的明瓒禅师，他虽然看起来毫不起眼，可是据说能像济公（济颠和尚）一样洞悉天地鬼神的奥秘和过去未来，预见和指示人的命运。这时的老残三十多岁，江南人。在小说的后面章节，又数次写明是"江南徐州"（即江苏丹徒）人。他虽读过诗书，但八股文作不通，因而连秀才也未考取过。他的父亲原是三四品官，可是不会要钱，所以虽当官二十年，又并无多余的钱留给老残。

  对照刘鹗的生平，可以很明显地看出，这几乎是作者在为自己作传记。也就是说，有作者的自述传的性质。稍有不同的是，刘鹗一定中过秀才，不过他又确实不喜欢八股文，未能考取举人。他的父亲当过多年道员，辞职回家时，尚不至于穷到卖了官服做盘川，刘鹗在生活中也不至于被"饥寒"相逼。换句话说，小说中的老残比现实中的刘鹗，更少世俗性。这也许反而更具刘鹗的心理现实性。

  老残来到山东古千乘地方，遇到了一个大户，叫黄瑞和。黄瑞和害了一种奇病，浑身溃烂，每年都要烂出几个窟窿，今年治好这个，明年别处又烂出几个窟窿，经历多年，没人能把这个病治好。而且这个病都是在夏天发作，一过秋分也就不要紧了。这病虽然难治，多年没人能治好它，可是这在老残眼里，却算不得什么难治之症，因为他身怀绝技。这种绝技，是大禹传下来而又为王景所得。老残懂得它，其余的人却都不知道。他只"略施小技"，黄瑞和的病也就手到病除。这种绝技所发挥而造成的奇迹，是十多年没有过的。

  刘鹗三十二岁即1888年时，投效河南河工，曾取得过巨大的成功。可是在山东，因为他的治河主张——大禹传下来的方法没被张曜采纳，所以并不成功。但在小说中，他则把自己在河南的成功，很方便地安排给了在山东的老残。刘鹗把小说的地点设在山东，并且从治河写起，显然是运用了自己颇为惬意的经历和回忆。尤其有意味的是，他把自己的治河能力，作为他所得的那高深莫测的"道"的一个部分，注入于老残，从而使老残这个角色给人一种高深莫测和潜力无穷的印象。这也许可以说是刘鹗对自己的估价，或者说是他心中潜藏的自我形象。这样的形象在日常生活中是很难得到自我实现的。但在小说中却不能不给人强烈的印象。

  然而，正是这个具有无限潜力的得道的老残，他的"菩萨婆心"和知识能力，除了在给黄瑞和治病一事中创造奇迹而外，还自以为能挽救整个中国。这是由一个梦境来表达的。

  梦中的老残和文章伯、德慧生一起来到登州蓬莱阁，本想观赏海市蜃楼。可是海市蜃楼没出现，却看见了挣扎在洪波巨浪中的一只帆船。船虽很大，有二十三四丈，可是已经破损。东边一块，有三丈长短，已经破坏，浪花直灌进来。仍在东边，还有一块，约长一丈，水波亦渐渐浸入；其余的地方，无一处没有伤痕。

名家解读古典名著
世情讽喻小说(中)

刘鹗至少是一个有良心的而且试图救国的中国人。老残梦中的这条破损的大帆船，就是刘鹗眼中的中国形象，而且是1894年中日甲午战争失败以后的形象。甲午战争以后，把中国比作一条破损的大船，在欧风美雨的疯狂冲击下，岌岌可危，是一般试图救国的中国人经常采用的比喻。也可以说，这是一个富于时代性的比喻。在这个比喻中，寄托着人们的忧患意识和焦虑：中国有沉船的危险，每一个中国人都有挽救它的责任。至于如何挽救，则因人们的看法而异。刘鹗在其他的地方便表示过，天下兴亡，匹夫有责。他"自甲午以后，痛中国之衰弱，虑列强之瓜分，未可听其自然。"因而"亟求防御之方，非种种改良不可"（《矿事启》）。对照着中国近代史可以知道，当时的中国有十八个省，称十八行省。除了建立省的地区外，新疆、台湾、奉天、吉林、黑龙江等地则未建省。一起加起来，则如小说所说，为二十三四丈。甲午战争后，东三省和山东失去，这便是东边的三丈再加一丈。由此可知，小说中的这条大船，是甲午战争后的中国形象。它正面临沉没的危险，也就是亡国灭种或被瓜分的危险。

那船上的"船主""驾驶的人""专管转舵的"人以至"水手"，便是指从皇帝、军机大臣以至一般官吏，而那坐船的男男女女，是指平民百姓。老残注目的中心，犹如刘鹗一贯的特点，首先是平民百姓。他们正处于民不聊生的困境，而官吏对他们的盘剥却愈发厉害：

"船面上坐的人口，男男女女不计其数，却无篷窗等件遮盖风日——同那天津到北京火车的三等客位一样——面上有北风吹着，身上有浪花溅着，又湿又寒，又饥又怕。看这船上的人都有民不聊生的景象。"

可恨的是：

"那水手只管在那坐船的男男女女队里乱窜，不知做何事。用望远镜仔细看去，方知道他在那里搜他们男男女女所带的干粮，并剥那些人身上穿的衣服。章伯看得亲切，不禁狂叫道：'这些该死的奴才！你看，这船眼睁睁就要沉覆，他们不知想法敷衍着早点儿泊岸，反在那里蹂躏好人，气死我了！'"

这也就是刘鹗曾经分析过的"朝廷以朘削为事，民不堪矣"（《致黄葆年》）。而在小说中，官府盘剥平民的衣食，以至使民不聊生，缩影在一只快要沉没的船上，也就显得异常集中而且触目。

不过船上也有英雄豪杰，在试图挽救这条船。老残对这些英雄豪杰的看法却很复杂，与那些属于管船人之列的"水手"赤裸裸的盘剥不同，这些英雄豪杰是在"高谈阔论的演说"。他们演说些什么？值得分析。老残对这些演说持什么看法？也值得分析。小说写到船上"有一种人在那里高谈阔论地演说"。当然是对坐船的人演说，并且说道：

"你们各人均是出了船钱坐船的，况且这船也就是你们祖遗的公司产业，现在已被这几个驾驶人弄得破烂不堪，你们全家老幼性命都在船上，难道都在这里等死不成？就不想个法儿挽回挽回吗？真真该死奴才！该死奴才！"

众人被他骂得直口无言，内中便有数人出来说道："你这先生所说的都是我们肺腑中欲说说不出的话，今日被先生唤醒，我们实在惭愧，感激得很，只是请教有什么法子呢？"那人便道："你们知道现在是非钱不行的世界了，你们大家敛几个钱来，我们舍出自己的精神，拼着几个人流血，替你们挣个万世安稳自由的基业，你们看好不好呢？"

刘鹗在评语里说，他是在"为近日造时势的英雄写一小照。"在清朝末年，"英雄造时势"这样的话，在改良派和革命派的宣传品里极为流行。《老残游记》所描写的这一段演说，便是对这种思潮的带有偏见的概括。老残也要挽救这条船，所以也同意"挣个万世安稳自由的基业"这个目的。不过他又认为，"这等人恐怕不是办事的人，只是用几句文明的辞头骗几个钱用用罢了！"

非常有趣的是，在当时的现实生活中，革命派也经常指责改良派的领袖康有为和梁启超，并不是真心救国，而只是为了谋取官位和骗钱。革命派的小说家黄小配后来甚至专门写了一本小说，题目叫《大马扁》，便是骂康有为是大骗子的。而戊戌政变后，康有为、梁启超流亡海外，他们为成立保皇会和筹措活动经费，也确实到处募捐，内部也曾为钱的问题闹矛盾。唐才常自立军的失败，有一个原因便是康有为未能及时把募集的钱寄出买军火。至于说中国平民，乃至中国民族性里有一种根深蒂固的奴才性，则又是改良派和革命派经常说的话。但上面的那一段演说，大体上比较适合于改良派。

至于下面的这一段描写，则更像是影射着革命派了。小说写到那种高谈阔论的英雄豪杰敛了许多钱以后：

"找了一块众人伤害不着的地方，立住了脚，便高声叫道：'你们这些没血性的人，凉血种类的畜生，还不赶紧去打那个掌舵的吗？'又叫道：'你们还不去把这些管船的一个一个杀了吗？'哪知就有那不懂事的少年，依着他去打掌舵的，也有去骂船主的，俱被那旁边人杀的杀了，抛下海的抛下海了。那个演说的人，又在高处大叫道：'你们为什么没有团体？若是全船人一齐动手，还怕打不过他们么？'"

名家解读古典名著
世情讽喻小说（中）

刘鹗也许恐怕读者看不出他的含义，又特加评语说："'去找了一块众人伤害不着的地方立住了脚。'我想不是上海，便是日本。"这么一提示，小说中描写的含义也就显豁了。

从1898年到1903年，是改良派逐渐衰落而革命派逐渐兴旺的年头，但无论改良派还是革命派，他们的活动中心确实在上海和日本。梁启超主编的《新民丛报》，是改良派的舆论中心，地点在日本。孙中山和章太炎也曾在日本多次集会鼓吹反满革命。而章太炎等人组织的爱国学社和作为舆论阵地的《苏报》，便在上海租界内。改良派反对暴力革命，所以没发表过上面那样的言论。革命派主张反满革命，驱除鞑虏，有时则喊出杀尽满人的口号。那时革命派力量不足，便竭力募捐，又因受俄国无政府主义的虚无党的影响，搞暗杀活动，不少志士因此而献身，所以像刘鹗那样的描写，虽然片面，但也还是影射着革命党的。

而改良派反对暴力革命的种种理由中，有一条理由是说：如果用暴力革命，则国内首先大乱。这样一来，不但救不了国，外国列强反倒有机可乘，就会加速亡国了。这个理由，梁启超不但在许多文章中强调过，而且在他的小说《新中国未来记》里反复申说过。改良派的这个看法，则与刘鹗一致。所以在《老残游记》里，借用一个"老年晓事的人"之口，来反对打船主，并说："诸位切不可乱动！倘若这样做去，胜负未分，船先覆了。万万没有这个办法。"

经过比较性的分析，我们可以看出，小说所描绘的英雄豪杰们的言论行为，有些是影射改良派，有些是影射革命派。作者对改良派和革命派大约也是不太分得清，有所反对又有所撷取。老残也想挽救这条船，挣个万世安稳自由的基业。但他是从一个特殊的视角来看问题的。他首先注目的并不是政治，而是民生问题。这也犹如刘鹗在其他文章里所表述的那样："四百兆之民日就穷困为大可虑也。""当民不聊生之日，有孙汶亦乱，无孙汶亦乱"（《风潮论》）。孙汶就是孙中山。而这又是刘鹗的一贯看法。老百姓的衣食不足，穷困到活不下去的时候，无论有没有革命党出现，都会发生内乱。反过来说，正是因为民不聊生，所以才会出现革命党。刘鹗不单反对革命党，而且对一切他所认为的动乱，都深怀忧虑且加反对。这是因为，在他看来，愈动乱就愈是无法生产，愈加民不聊生，中国这只船，就沉得更快。由单纯的民生问题出发来看政治斗争，他于是便把这一切都看作不是办实事，而只是争权夺利。

对待清政府也是如此。老残既愤恨"管船的搜刮众人",把船弄得"狼狈不堪","民不聊生",又说"驾驶的人并未曾错"。这岂不是自相矛盾吗?假如弄清刘鹗的特殊的思考方式,就会明白,在他这一面看,是不矛盾的。在他看来,驾驶的人"心里不是不想往好处去做",但由于两个原因,把事情越办越坏:第一个原因是他"只会过太平日子",享福享惯了,一遇风浪便"毛了手脚",不能适应新的生存环境。第二个原因,"是不知东南西北,所以越走越错。"把这样的分析同对改良派和革命派的分析加以比较,是颇有意味的。无论改良派或革命派,要"挣个万世安稳自由的基业",这并不错。驾驶的人即清朝皇帝的本心也不错。但是他们都达不到自己的目的,都不是办事的人,而且都错在方法、途径上,又都迷恋钱财而搜括老百姓。老残和刘鹗,毋宁说是依据佛性论的思考方式在看现实。所有的人本心是一样的,但都迷误着而不觉悟,因而他们都救不了这条行将颠覆的大船。他们需要救世主。

这个救世主不是其他人,而只是老残。只有这个得道的方外高人,这个满怀菩萨婆心的先知先觉,才能挽救中国这条破船。所有的人都浑浑噩噩、争权夺利又迷此不悟,看不破这些钱与权只是身外物。苦海无边,回头是岸,得靠老残来点化他们,唤醒他们,从而拯救他们。他比一切人都高明,比一切人都毫无私心地热心救世,也比一切人都更实实在在。就像所有人的都治不了黄瑞和的病,可是老残则手到病除;现在这条破船,所有的人也都救不了,只有依赖老残了。于是,他把象征着他的绝技和方法的"向盘",送给了船主。只要按照它的指引,这条破船就能化险为夷,安然渡过狂风恶浪,脱离苦海,抵达幸福的彼岸。这老残不是个普度众生又神通广大的活菩萨又是什么呢?

这就是作者的创作心态,他是何其自负啊!

殊不料,老残这位活菩萨的救世热情,竟撞在化不开的冰山上。那些沉迷不悟的众生,不但不领他的情,反倒骂他是"汉奸":

"哪知那下等水手里面,忽然起了咆哮,说道:'船主,船主,千万不可为这人所惑!他们用的是外国向盘,一定是洋鬼子差遣来的汉奸!他们是天主教!他们将这只大船已经卖与洋鬼子了,所以才有这个向盘。请船主赶紧将这三个绑去杀了,以除后患。倘与他们多说几句话,再用了他的向盘,就算收了洋鬼子的定钱,他就要来拿我们的船了!'谁知这一阵嘈嚷,满船的人俱为之震动。就是那演说的英雄豪杰,也在那里喊道:'这是卖船的汉奸!快杀,快杀!'"

名家解读古典名著
世情讽喻小说(中)

　　1897年，刘鹗因山西福公司办矿，被山西京官邢邦彦——"水手"弹劾，说他把山西矿山"典与洋人"。尔后，那个有名的利用义和团仇杀天主教民的刚毅又奏请朝廷要将他就地正法。1903年，中国留日学生在日本创办的《浙江潮》又连续载文指责他是"卖矿"的汉奸。《浙江潮》便是革命派刊物——"演说的英雄豪杰"。刘鹗开首写作《老残游记》时，对这一切一定记忆犹新。他的自负和颇含委屈的心情，在这里得到剖白，自辩而又有些无可奈何的自我解嘲。由此，我们不难看出刘鹗的创作意图。他要借助于自己的经历来自白即自辩。而这一切又都明显地包含在他的自叙传式的寓言中。

(二) 山东游历和官场批判

　　老残一梦醒来，辞别了由他所创造了奇迹的黄瑞和，继续摇着串铃游历到济南。酷吏玉贤的政声和老残要考察他实际政绩的心，又把老残吸引到曹州府。从济南到曹州，是第二至第七回所设定的空间。济南明丽的风光令他心旷神怡，白妞黑妞的大鼓书艺术使他如临仙境，但酷吏的苛政和平民的苦难又使他悲愤交加。与第一回因是寓言而需详加解析不同，这个情节单元则畅达明快而含义显豁。

　　"家家泉水，户户垂杨。"一进济南城，济南风光的这个最显著的特点，便从老残眼里反映出来。在高升店住下后第二天，便游览济南风光。最令人叹赏的，莫过于湖光与山色相映，使人与天然相融，物我为一：

　　"到了铁公祠前，朝南一望，只见对面千佛山上，梵宇僧楼，与那苍松翠柏，高下相间，红的火红，白的雪白，青的靛青，绿的碧绿，更有那一株半株的丹枫夹在里面，仿佛宋人赵千里的一幅大画，做了一架数十里的屏风。正在叹赏不绝，忽听一声渔唱。低头看去，谁知那明湖业已澄净的同镜子一般。那千佛山的倒影映在湖里，显得明明白白。那楼台树木，格外光彩，觉得比上头的一个千佛山还要好看，还要清楚。"

　　这是一幅天然图画，而以文字所绘出，那明澈灵动之气贯人心脾，除尽万般尘垢而令人移情于自然，廓然无我。湖光山色因有人移情于其中而美，而人又因这美的自然灌注心胸而回肠荡气。李龙川每每教弟子"移情换气"。这四个字用理论的语言总是解说不清，因为它是这个学派所追求的一种境界，即美的境界。如何移情换气？是"手挥五弦，目送飞鸿"，即与自然为一。

　　许多中国文化学者都注意到，中国文化的最高追求是审美的境界、艺术的境界，而不是宗教和伦理。晚年的孔子使门下弟子言志而独赞同曾点的心志"浴乎沂，风乎舞雩"是如此，庄子、禅宗更推向极端，太谷学派也是这样。因为这个问题用理论语言的条分缕析很难说清，但在身临其境的自然与艺术的审美情境中又易于悟到，所以在这里把它指出来倒似乎是恰当的机会。

刘鹗在小说中做了许许多多的景色描绘，而且写得出神入化，便与此有关。例如在第一回老残说"天风海水，能移我情"，便是这个意思。但对于小说鉴赏来说，很遗憾的是我们无法在这些地方多事停留。

与自然美相颉颃着的是艺术美。所以老残从令人沉醉的天然美景中醒来，便转向听白妞唱鼓书。作者对这一部分的描写，可以说是用足了力气。"王小玉说书，为声色绝调。百炼生著书，为文章绝调。"（第二回评语）由此可知，刘鹗对这段文章何其看重而又得意。

老残一路闲逛，首先看见一张"招子"（相当于今日所谓海报），写着"说鼓书"并注明"二十四日明湖居"。对不明妙处的老残，这种过于简略的招子则不免有些奇怪，究竟谁说鼓书呢？然而街市上的人们却轰动起来了。老残只是"听"和"看"。听到的是白妞要出台说鼓书，而且街谈巷议不离这个话题，竟有铺里的伙计为听白妞说书轮班"告假"的。而看到的是举国为此若狂。这是以侧面烘托渲染造成悬念。悬念的格局一经造成，于是老残又"问"。他来到高升店，才从茶房口里得知原因——原来有白妞、黑妞姊妹善说"梨花大鼓"，尤其是白妞即王小玉博采多种表演艺术之长"都拿来装在这大鼓书的调儿里面"，"创"出了新调，才风靡听众，令之神魂颠倒。而茶房的话，又具另一番诱惑力："你不信，去听一听就知道了。而且还得早去，否则也就听不到。"这是又一重渲染和悬念。

下午一点钟才开唱，可是果然不到上午十点，戏园子里就坐满了人，甚至连抚院、学院也是早就预订了座位的。这就逼得老残只好贿赂了看座的人二百个钱才挤进去。至此，听、看和问所得的消息便证实了。

现代散文大家周作人曾深有体会地说，"文学之难"，难在"白描人生"。中国古代乐府民歌里有一首很著名的《陌上桑》，要写美女罗敷之美，只好全从侧面烘托："行者见罗敷，下担捋髭须。少年见罗敷，脱帽著帩头。耕者忘其犁，锄者忘其锄。来归相怨怒，但坐观罗敷。"从观者的惊羡之情，我们可以知道罗敷一定美得出奇。然而正因如此，她究竟长得怎么样，却写不出。有形的容貌美尚且如此，而要用文字语言来描绘无形的音乐美，就更难了。刘鹗采用了那种犹如登山观景，妙处在前而终不可及的办法，来渲染、烘托、描绘白妞说书的音乐美。他本人就懂音乐，这是独特的长处。

名家解读古典名著
世情讽喻小说(中)

首先是一个男人琴师出场，那抑扬顿挫的琴音就已令人入耳动心。但这是开场。接着是黑妞出场，令人叹为"观止"，以为登峰造极了。所以有的听众便以为她就是白妞。然而不是。"白妞的好处人说不出"，分明能感受到，然而说不明道不清，所以艺术美能迷人。王小玉出场了。她手中的两片顽铁竟不再是顽铁，仿佛"有了五音十二律似的"活起来了。她"左右一顾一看"，"就这一眼，满园子里便鸦雀无声，比皇帝出来还要静悄得多呢，连一根针掉在地下都听得见响。"人间至高无上的权力代表皇帝，不及王小玉的那一顾一盼的吸引力，可知艺术美的力量。这接下来就是作者的白描和体验的比喻性描绘了：

"王小玉便启朱唇，发皓齿，唱了几句书儿。声音初不甚大，只觉入耳有说不出的妙境：五脏六腑里，像熨斗熨过，无一处不伏贴；三万六千个毛孔，像吃了人参果，无一个毛孔不畅快。唱了十数句之后，渐渐的越唱越高，忽然拔了一个尖儿，像一线钢丝抛入天际，不禁暗暗叫绝。哪知他于那极高的地方，尚能回环转折；几啭之后，又高一层，接连有三四叠，节节高起。恍如由傲来峰西面攀泰山的景象：初看傲来峰削壁千仞，以为上与天通；及至翻到傲来峰顶，才见扇子崖更在傲来峰上；及至翻到扇子崖，又见南天门更在扇子崖上：愈翻愈险，愈险愈奇。

"那王小玉唱到极高的三四叠后，陡然一落，又极力骋其千回百折的精神，如一条飞蛇在黄山三十六峰半中腰里盘旋穿插，顷刻之间，周匝数遍。从此以后，愈唱愈低，愈低愈细，那声音渐渐的就听不见了。满园子的人都屏气凝神，不敢少动。约有两三分钟之久，仿佛有一点声音从地底下发出。这一出之后，忽又扬起，像放那东洋烟火，一个弹子上天，随化作千百道五色火光，纵横散乱。这一声飞起，即有无限声音俱来并发。那弹弦子的亦全用轮指，忽大忽小，同他那声音相和相合，有如花坞春晓，好鸟乱鸣。耳朵忙不过来，不晓得听哪一声的为是。正在撩乱之际，忽听霍然一声，人弦俱寂。这时台下叫好之声，轰然雷动。"

王小玉的说唱虽然已停止，但余音绕梁，三日不绝。深切的美感易于体会而难以言传，所以文学家们经常为寻找一个恰切的比喻或形象来传达、来寄托这种美的体会而绞尽脑汁。刘鹗自称他的这段文章为"文章绝调"，虽不免自负，倒也不过分。

自然美和艺术美能够移人，能使人的心灵得到净化而升华。然而老残所经历的这一切，又都仍然是纪实。刘鹗在山东治河期间，曾有一段时间住在济南，所以老残对济南的风景那么熟悉而又亲切。黑妞、白妞——王小玉则不但确有其人，连身世、年龄、艺术造诣也都与老残所听到、看到的相吻合（阿英《小说四谈·从王小玉说到梨花大鼓》）。换句话说，刘鹗仍然是在把他的经历和记忆小说化。

但是一面能沉浸在自然美和艺术美的记忆中而心旷神怡，另一面，则恨事也在心头升起。这是指两件事：第一件仍然是在山东治河时代的事，第二件则是那个酷吏玉贤。

老残给巡抚内文案高绍盈的小妾治好了喉疾，因而得到揄扬。而庄宫保正在为治河罗致人才，自以为天下人才都已入了他的幕府。殊不料还有个高人老残未曾请到，赶忙"礼贤下士"把他请来，向他请教治河的方法。老残所提供的仍然是大禹和王景传下来的法。不过这一次则又增加了反驳贾让"不与河争地"的内容，告诫庄宫保"要知贾让只是文章做得好，他也没有办过河工。"老残虽然说得条条在理，可是庄宫保究竟采不采用他的办法，老残却没法干预，也不想等下去了。而且，他完全没有成为庄宫保的幕僚的心思。

老残向庄宫保贡献的治河方法，也就是刘鹗《治河七说》的大旨。小说里的庄宫保也就是现实中的张曜。但与刘鹗的生平比较起来，老残与他有一点很不相同。那就是刘鹗曾在张曜手下任职，而老残却不屑于这么做。从而这也就使老残这个角色仍然保持了"方外"高人的形象。

尽管庄宫保爱才若渴，非常器重老残的人品才学，执意挽留他来做官，但老残还是悄悄上路，向曹州去了。这是因为他在济南时便听到人们议论纷纷，说玉贤代理曹州知府政绩特别好，已把一府地方治理得路不拾遗。庄宫保听到汇报，便对他特别赏识，要专折明保他为正式曹州知府。但也有人说他实是一个酷吏，不到一年，用站笼站死了两千多人，而表面上做得好看罢了。

但老残并不径直去曹州，而是先在董家口落脚细细在民间察访，再到马村集察访，然后才去曹州。这一察访，老残了解到玉贤造下的三桩冤案。

老残来到董家口下榻于董二房老店，便向掌柜的老董了解玉贤的政绩。可老董虽口称玉贤是"清官"，却又不禁叹气，于是向老残讲了于朝栋一家四口人的冤死案。

于朝栋有两儿一女。两个儿子也都娶了媳妇，生了两个孙子。女儿也已出嫁。一家人本来过得很安逸。可是去年被强盗抢了一次，就去报案。玉贤办案倒是积极，捉住了两个强盗伙计。可是这样一来，强盗头便与于家结了

名家解读古典名著
世情讽喻小说(中)

仇,便在城里抢了两家人,把一点旧衣服之类的赃物暗暗放到于家,要栽赃陷害于家。玉贤捉不住强盗,反被强盗引到于家去搜查,一下就查出了强盗所栽的赃物。仅凭这一点,玉贤就认定于家是强盗,把于朝栋和他的两个儿子于学诗、于学礼逮捕,要用站笼站死。可是十二个站笼早已站满。玉贤便将前天投进站笼的人拉出,发现他们还有一点儿游气,于是用板子打死。然后把于家父子三人投进站笼。第三天,于朝栋便站死了。于学礼的妻子赶到城里来,原想请自己的父亲设法救人,而自己则照料他们。于朝栋一死,于学诗又奄奄一息。她悲愤交加,在衙门口自尽身亡。衙门里的师爷、捕快人人心中都知道于家冤枉,便以她自杀可视为烈妇向玉贤求情,放了于学礼。可是玉贤却说:"这人无论是冤枉不冤枉,若放下他,一定不能甘心,将来连我前程都保不住。俗语说的好'斩草除根'就是这个道理。"(第五回)第四天,于学礼也就站死了。

这桩四条人命的冤案,连栽赃的强盗听了都深感后悔。衙门里的衙役看于家四口死得太冤枉,动了公愤,齐心合力捉住强盗破了案,可是玉贤却把栽赃的强盗放走了。

也是在董家口,一个王姓青年到城里做买卖,因为在饭店里多喝了酒,议论玉贤冤枉好人。可是这一议论不料被玉贤的爪牙听见,就把他抓进衙门,以"造谣惑众"投进站笼。好端端一个青年,不到两天就给站死了。仅仅因为讲了老实话,就以"造谣惑众"罪处死了。这一来,人们嘴里也就自然一条腔地称玉贤为"清官"了。

离开董家口,老残来到马村集下榻,可是客栈掌柜的却进城收尸去了。经过老残打听,店伙也斗胆悄悄说出那缘故来。原来玉贤手下有一个马队什长花胳膊王三勾搭上了一个姑娘,不料被这姑娘的父亲碰见,就把这姑娘锁在家中。王三诬告这姑娘的父亲是强盗,玉贤就把他投进站笼站死了。客栈掌柜的妹夫认识这姑娘的父亲,晓得他是好人,死得冤枉。因为这妹夫经常到城里卖布,又晓得王三勾引了这姑娘又诬陷她父亲。一天他在城里卖布,只因多喝点酒,便在饭店里议论起王三来。殊不料这给王三得知,便又向玉贤诬告。玉贤也不问青红皂白,把妹夫投进站笼站死。

老残查证了玉贤"清官"名声之下的种种酷吏劣迹,离开马村集,来到曹州。可是令他奇怪的,知府衙门口的十二个站笼竟是空的,没站人。这时,恰好遇到他在济南时的一个熟人申东造。申东造也刚出济南分发到曹州府的城武县任知县。老残向他一打听,才知道玉贤果然升官了,由代理知府升为正式知府，赏加二品衔，所以他停刑三天，让大家贺喜。

小说中的玉贤，影射清末著名的顽固派官僚毓贤。刘鹗在第四回的评语里说："毓贤抚山西，其虐待教士，并命令兵丁强奸女教士，种种恶状，人多知之。至其守曹州，大得贤声，当时所为，人多不知。幸赖此书传出，将来可资正史采用。"

毓贤于1900年任山西巡抚。在太原，他命令士兵集体强奸天主教女教士。对于《老残游记》来说，这些都是后事。但毓贤任山东曹州知府，则是在1890年。而这时的刘鹗正在山东治河，当时的山东巡抚便是张曜——庄宫保。由此可知，刘鹗笔下所写玉贤的种种恶事，一定是运用了自己在山东时了解到的情况。他是有意要用小说的形式来纪实，来揭露毓贤的"贤声"所掩盖的"酷吏"实质。

那么在小说中，酷吏的实质又是什么呢？老残给玉贤加以了总结，那就是有才而一心想做官，又急于做大官，所以伤天害理，逼民为盗。因为急于做大官，势必要在"上官面上讨好"，求得加官晋级。这在上级看来，当然讨喜。但是平民老百姓可就遭殃了。老残怀着激愤的心情写下一首诗，来揭破玉贤这样的官吏，表面上是"清官"，而骨子里却是无耻而凶残的酷吏。他"杀民如杀贼"，以求取所谓"政绩"，以平民百姓的冤屈和鲜血来染红自己的官帽，踏着冤死者的尸体升官晋级，而他的所谓"前程"，就是由平民的尸山血海冤魂呻吟所铺平。这就是"血染顶珠红"。像这样的酷吏居然还能加官晋级，他的"政绩"为什么得不到实际的核实，从客观上讲，这不能不令人对相应的政治制度发生疑问了。但作者显然没有朝这方面去考虑。

然而，作者的同情又显然属于平民。小说对平民在酷吏专制之下那种敢怒而不敢言的神态，有着细致的描写，而且对其心理原因也揭露得入木三分。例如老残听完了于朝栋一家的冤案，便问老董，他们为什么不上告呢？老董说：

"那有什么法子呢？民家被官家害了，除却忍受，更有什么法子！倘若上控，照例仍旧发回来审问，再落在他手里，还不是又饶上一个吗？"

平民的苦难积累起来便成了经验。这种经验使他们知道，没有说理和伸冤的地方，从而无言地忍受着。而这种无言的忍受便包含着巨大的愤怒和对官场的绝望。在这些地方，就足以使人们对那个统治着他们的官场制度的合理性，发生深刻的怀疑了。

老残了解到这些情况，异常悲愤。老百姓不但身受"饥寒"，而且在"饥

名家解读古典名著

世情讽喻小说(中)

寒之外,又多一层惧怕"。他们的生活连鸟雀也不如。鸟雀尚能自由地鸣叫,"有言论自由的乐趣"。但老百姓动辄得罪,"吓得连一句话也说不出来"。不是老百姓说不出话,相反,他们心中明白,明白在酷吏的统治下,会因一两句话招来杀身之祸。这又怎能不令老残怒发冲冠呢?

小说的写实所发生的客观意义是一回事,尽管它可以引起人们对现存社会永世长存的合理性发生怀疑,但老残的愤怒仅仅是针对玉贤这样的酷吏。他在揭露酷吏的另一面,则仍然寄希望于真正的"清官"或真正的"父母官"。

作为一个方外高人,老残便谆谆教导申东造,当官决不能像玉贤那样,为了升官,为了自己的"前程",只顾讨上官的好而伤天害理。而好官是可以做到的,那就是必须以"救民""为民除害"为宗旨。

由此我们知道,老残并不从政治制度上考虑问题,他的希望只是寄托在个人的道德完善上面。申东造对他很是服膺,但老残再一次谢绝了申东造试图请他出来做官的劝说。老残不肯做官,便仍保持方外之身。但他向申东造推荐了另一位隐士刘仁甫来帮助申东造。申东造欣然接受,并派自己的族弟申子平,带着老残的介绍信,从曹州出发,迢迢数百里,前往肥城县境的桃花山去请刘仁甫。而老残则又摇着串铃去访私家藏书了。不过作者没忘记交代,让老残又在路上遇上一位老朋友金二哥,请他再带封信给刘仁甫,并代向"山里朋友"问好。不过,这只是小说将要发生重大转换的一个过渡性场景,作者对诸如此类的衔接性头绪,是很留意的。

(三)桃花山论道

申子平轻装简从,由曹州到平阴,向西四五十里,进入桃花山。几经周折,几经惊吓,也领略一路山色风光,终于到了玙姑家中。因为早已得到消息,所以申子平受到玙姑的热情接待。小说的第八至十一回的场景便设定在桃花山中,主要则是玙姑的家里。而主要人物只是三个:玙姑、黄龙子和申子平。老残没有在场。作为《老残游记》,这一部分里没有了老残,就算不得是老残的游记了。主题则是由玙姑和黄龙子两人用谈论的方式向申子平传道,仿佛是两个先生教一个弟子。而这两个先生,则属观念的载体,是说教者,一个虽然是年轻美貌,楚楚动人,但只是当教具用的;另一个的样子则非仙非俗又亦仙亦俗,叫你弄不清而又肃然起敬,肃然起敬又觉得他随和可亲,这也就到了作者的目的了。换句话说,作者所要造成的,也就是这种方外的而又随俗可亲的形象。他们身居世外桃源一般的境界，而又洞悉人情事理，关注着也洞察着人世的命运。就其精神而言，摇串铃的老残虽然不在场，但仿佛是刘鹗摇身一变，化作两个不同的形象，从不同的侧面来传他的"道"。这个部分的主题便是说教性的传道。

如果细分一下，桃花山论道又包含三个主题：首先是由玙姑讲解儒、佛、道三教一家，揭破宋儒的虚伪矫饰。这是在传达太谷学派教义。然后便是一场小型音乐会，表达"君子和而不同"的意蕴。这里包含刘鹗的自辩动机。最后则由黄龙子预言"北拳南革"和中国的命运。其中则有一部分是重述刘鹗在1899年的预言。总起来说，桃花山论道仍然具有思想层面的自叙传特点。

申子平进入桃花山中，便惊异这里"真是仙境，迥非凡俗"。境如此，人也如此，令他以为是"仙家"。如同狂风巨浪中迷途而破损的帆船需要老残的向盘一样，身临仙境的凡夫俗子申子平当然也需要高人的点化。小说把玙姑和申子平设置于这样的情境中，目的也就是构成传道者和受教者共处一室，便于传道。玙姑的传道说教从儒、佛、道三教一家开始。她说的教义本是太谷学派里的老生常谈，但对申子平来说，却是闻所未闻的新鲜见解。她说儒、佛、道三教的"道面子"不同，"道里子"却是一样的，都是为了诱人为善，使人大公无私。不过佛、道两教又都有些偏心，用些天堂地狱的话来吓人。而儒教则"公到极处"。严薇青校注本便据此论定，这"充分说明"了刘鹗和太谷学派是"以儒家思想为中心，而不是什么三教合一"。显然，这不符合太谷学派的原意，也不符合小说的原意。

玙姑的意思是说，儒教之所以"公到极处"，是因它"攻乎异端"。"攻乎异端，斯害也已"这句话，本是孔子在《论语》里说过的。孔子是中国的圣人，那可不是轻易敢触犯的。他的话就是圣经，有权威性的。可是对他的话加以新的解释，那就既有权威性又可以表达自己的思想了。这是中国文化的一个奥秘，也是中国语文之所以难学的一个原因。依孔子的意思，那句话是说：应当攻击那些异端邪说，邪说的危害才会消失。宋儒便也是这么解释的。但玙姑的理解却很特别。这也是读懂这一部分的关键之一。现行的两种注释本《老残游记》都注意到了这一点，可惜注释仍不合玙姑的意思。例如严薇青的注释说："意即如果去攻击不合儒家的学说，那就是场灾祸"。这是与玙姑的意思不同的。其实，玙姑的意思，也就是上文引述过的刘鹗《述怀》诗里的意思，即"真知良独难"的那"叩两端"。它之所以难知，就因为有特别理解。玙姑说,这"异端"的"异"字当"不同"讲,异端也就是两头,犹如一根棍子的"两端"。佛、道两教是两端,各有偏心。孔子"攻乎异端",也就是"执其两端",把佛、道两教加起来执中,从而成了儒教,这样就没有了偏心,所以公到极处。"攻乎异端"、"执其两端"、"叩两端"是一个意思。而孔子、老子、如来,这三教圣人本是一回事。严薇青的失误在于把"攻"当作"攻击",把"异端"解释为"不合儒家的学说"即邪说。但玙姑对申子平说得很明白:"若'异端'当邪教讲,岂不'两端'要当桠杈教讲?'执其两端'便是抓住了他个桠杈教呢,成何话说呢?"

玙姑的解释是否符合孔子原意,并不重要。这正如我们在上文已经提到过的,例如把孟子的"性善"说成是"性情"一样。重要的是,玙姑(也就是刘鹗和太谷学派)借此提出新的观点,并且用这个观点说明儒教"失传已久"。儒教既已失传,就是后世儒生并不懂儒教,那么谁又懂得它呢?玙姑懂。所以玙姑自然也就成了当仁不让的"明师"。由这位"明师"来教导被宋儒所迷惑的申子平,这又怎能不让申子平如雷轰顶,如闻至道呢?

玙姑驳斥儒家道统也果然能抓住要领。她说韩愈是个"通文不通道的脚色,胡说乱道!"而韩愈的《原道》事实上确也是程朱理学的先声,是论证封建纲常天经地义的重要文章。《原道》说:"君不出令,则失其为君;民不出粟、米、丝、麻,则诛。"那意思是讲,皇帝是天生发号施令的人,他的意志就是天经地义;人民则是天生服从他,供奉他的人。人民若不如此,就该杀头。但在玙姑的眼中,这是"是非颠倒"。很显然,应把被韩愈所颠倒的是非重新颠倒过来,才是合理的。那么颠倒过来后,又将怎样呢?那就是大家都该自食其力,都平等才对。这是太谷学派的重要思想。

驳斥了韩愈,再来揭发"宋儒"之所谓"天理""人欲"之辨和"主敬""存诚"的虚伪性。宋儒也就是指宋代的程颢、程颐、朱熹为代表的理学家,其中又以朱熹为集大成者,通称程朱理学,这也是清朝的官方哲学。人类社会存在的第一个事实是有生命的人的存在。而生命存在本身必然具有相应的自然需要和情欲,例如维持生命的食欲和种族延续的性爱。但宋儒把这些称为"人欲"而加以否定,又把一套封建道德教条作为"天理"强加给人,说"天理"才是人的本性,是至善的。人要保持着这个至善的本性也即是封建道德教条,需要"存天理,灭人欲"。"存天理,灭人欲"也就是"主敬""存诚"。换句话说,宋儒是从否定人的自然情欲从而达到否定人的精神,来维护封建社会秩序的,所以它也就被清朝统治者所看中,作为官方哲学了。

小说中玙姑"嫣然一笑，秋波流媚，向子平睇了一眼"。殊不料，本来信仰程朱理学的申子平竟然不由自主地觉得一阵幽香"沁入肌骨，不禁神魂飘荡"起来。玙姑又紧接着握住他的手，那申子平不由得内心激动也就自不待言了。女性美对于正常的男子来说，具有异性的魅力。这首先是生命的自然存在，是事实，而不关道德问题。它不会因为人的地位和信仰而被淹没，否则人类就早已灭绝了。所以，玙姑便进一步启发性地询问申子平："此时此情，你的体验如何？""你爱我的心，比爱贵业师何如？"这是不待说明就可知道的。人有食欲和性欲，这才是人性。而宋儒要"灭人欲"，要"存诚"，只不过是"自欺欺人"罢了。

刘鹗设置了这么一个特定的情境，仿佛是做一场实验。通过这场实验中申子平的不由自主的反应，使他的亲身体验与他所信奉的理学相冲突，从而说明理学的不近人情和虚伪。作者的目的并不是为了塑造艺术形象，而是为了证明一个道理。从哲学上讲，从人的自然本能来解释人性，称作自然主义或自然人性论。这虽不是什么好理论，但反对程朱理学却是足够了，也比它进步得多。甚至直到"五四"新文化运动中，这也仍然是反对封建道德的一种理论武器。不过这种理论有导向纵欲主义的可能。小说中则既肯定了人的自然人性，同时又注意到节制，这就是发乎情，然而又"不及乱言"，即止乎礼义。

玙姑达到了她传道的目的时，黄龙子也就接着出场。小说便从一个主题过渡到另一个主题，即通过音乐会的"合奏"来阐释"君子和而不同"的道理。太谷学派本来并不拘形迹，并不要求弟子在行事、表现上一律，这与和尚、道士有一律的服饰，形象和生活戒律完全不同。因此他们不是宗教团体，而是以师友关系和教义来维系的。这就好像音乐中的"合奏"而不是"同奏"一样。每个人据自己的特长演奏一种乐器，发出的音并不相同，然而合起来则又组成一首和谐的乐曲。由音乐的"合奏"便可悟出"君子和而不同"的道理。这是说，众人"相协而不相同"，"殊途又同归"。这种理解也确是一种新的理解，所以玙姑说，"和"这个字，"后人误会久矣"。

作者在小说中借玙姑传达这一特殊理解，包含着明显的自辩动机。早在1902年，太谷学派在上海愚园聚会，称愚园雅集。这次聚会是这个学派的南宗和北宗合宗的大会，刘鹗也出席了聚会。小说第九回的那组六首七绝中，有一句说"南北同传一点灯"，便是指这件事。但由于刘鹗热衷于实业活动，为人又很是自负，而行为又狂放不羁，不拘小节，不仅在社会上被指责为

名家解读古典名著
世情讽喻小说（中）

"汉奸"，而且也为太谷学派的同门弟子所不满。作为学派山长和其同学的黄葆年曾连连写信批评他，又当面说他"不虚心"。刘鹗一面表示自己对太谷学派"海枯石烂，无有贰心"，一面也为自己辩白。他曾致信黄葆年说："屡奉手教，皆以不谨小节，曲为原谅。"又说"闻诸夫子云：'君子和而不同'，每蒙不以强同苦我，真知我者矣。弟与诸君子殊途而同归，必不能共辙者也"。再则说，自己行事几乎无一事不与黄葆年"相反"，然而又无一事不与黄葆年"相合"。（《致黄葆年》，文中"夫子"指李龙川）而黄葆年其实又对刘鹗的评价很不高，说"刘铁云误于成家、学道两事双全"（《归群草堂语录》）。这里所说的"成家"，是说刘鹗贪图世俗名利。

我们看《老残游记》中的老残，处处表白自己"浮云富贵"，鄙视世俗名利，就可知这些地方带有作者自白的意味。而这一部分借玙姑之口来谈论"君子和而不同"，便也与作者自己的表白一样。严薇青曾"设想"，这里的玙姑是影射张积中的一个女弟子素心（《老残游记·再版后记》）。作为一种"设想"自然无可无不可，但关于素心这个人的史料留下来的很少。据查考，她年轻守寡，早在张积中去山东以前，便依张积中居住在仪征浅碧山房，1866年随张积中一同死难。与其说玙姑是影射谁也不了解的素心，倒不如依据实证性的材料说玙姑是刘鹗自己的艺术替身，来传达作者自己所接受的太谷学派教义，并为其自白。更何况素心根本不知道"北拳南革"呢。

谈论完了"和而不同"这种很富于哲理性和启发性的道理，小说便转入另一个主题。这一次则是由黄龙子来传道，来预言天下大势，而核心则是反对"北拳南革"，即北方的义和拳（即义和团）和南方的革命党。这也是《老残游记》中最显神秘的地方。但我们只要摸清了它的思路，也不难剥开它的神秘外衣。

黄龙子传道的实质在于这样的一个逻辑思路。他说世界上最高的主宰不是上帝也不是阿修罗（佛经中所说的魔），而是"势力尊者"。这个词是刘鹗杜撰的。它的实质性含义便是老子《道德经》中所说的"道法自然"的"道"，它自自然然，犹如四季变迁周流不息，又循环不止。春、夏两季便是它所体现的主"生"的一面，而秋、冬两季，则是它所体现的主"杀"的一面。所以玙姑插话说："上帝同阿修罗都是'势力尊者'的化身。"上帝代表着"生""爱""公利"，而阿修罗代表着"杀""恨""私利"。上帝和阿修罗则又势力相当，互相斗争，谁也胜不了谁。它的实质含义便是阴阳两极，相辅相成。这就像数学中有"正"数和"负"数一样，有正便有负。同理，人世中也有生便有杀，有杀便有生，相辅相成循环不已。这就是历史循环论。

黄龙子把"北拳南革"归入阿修罗一类，说他们是妖魔鬼怪，会造成杀伐动乱和劫难，而加以诅咒。其政治上的反动性是很明显的。

然而，上帝和阿修罗既然是势力尊者所体现的两方面，又是相辅相成的。因而有杀便有生，有乱便有治，杀里包含了生，生里又包含了杀。所以，黄龙子又说"此二乱党，皆所以酿劫运，亦皆所以开文明也。"这就是说，北拳南革尽管是"乱党"，但它的出现却是必然的和合理的，并且是为文明的到来开辟先路的。不但如此，它还能促使"由欧洲新文明进而复我三皇五帝旧文明"，从而由这种旧文明统摄世界，达到"大同之世"，人人都成为"圣贤仙佛"。尽管其说荒唐可笑自不待言，然而作者的大同理想却于此显露出来了。至于文中"三元甲子"这种说法，则是毫无意义而故作神秘的比附而已。

不过即使实现了大同之世，若按黄龙子的循环论来推论，它还是站不住脚的。因为阿修罗既然是势力尊者的一种化身，它就不可能消灭，所以它终究还会出现，还会得势，就像春、夏过后秋、冬就会到来一样。循环论之所以荒唐，首先就在于它的前提和结论并无必然的关系，又互相取消。而作者的本意，只是借用"三元甲子"说所包裹的循环论，以预言的形式来反对"北拳南革"罢了。

事实上，刘鹗早在1899年就公开发表文章，呼吁制止义和团，并且预言，若不这样，必然酿成大祸。庚子事变发生后，刘鹗便以为自己的预言准确灵验而自以为高明。例如他说："犹记己亥（即1899年）吾厕《国闻报》馆主笔之日，其时义和拳已纷纷于乡野间矣，美其名曰'兴清灭洋'。吾于报纸力诋其非，一则曰地方官不禁，将成大患；再则曰地方官不禁，将成大患。地方官非惟不禁，且宠异之。卒酿成庚子之祸。此鄙人之言不幸而中之一端也。"（《风潮论》）文中提到的"宠异"义和拳的"地方官"，实质是指毓贤，也就是《老残游记》中的玉贤。《国闻报》则是《天津日日新闻》的前身，刘鹗曾投资这份报纸。1899年，毓贤任山东巡抚。他和刚毅是主张利用义和团围剿天主教堂杀害天主教徒的两个主要官员。庚子事变之后，毓贤被政府处死的原因之一，便是八国联军指责他在山东纵容义和团，虽然毓贤其实又是杀害义和团领袖朱红灯和心诚和尚的凶手。

《老残游记》第六回曾写到玉贤手下的马队什长叫花胳膊王三，就是"义和团里的小师兄"。这一点，毫无疑问地是刘鹗硬安上去的，因为毓贤任曹州知府是在1890年，而曹州义和团的兴起则最早在1896年。刘鹗之所以要在

名家解读古典名著
世情讽喻小说（中）

玉贤手下安排一个欺男霸女的义和团小师兄，又听信他的话而造成冤案，即包含了影射他"宠异"义和团的意味。同时，这样来写则又可以为黄龙子的痛诋"北拳南革"伏下一笔。

黄龙子是以预言的形式来痛诋"北拳南革"，小说所设定的时间因此只能在义和团兴起以前，而申子平由曹州到桃花山的时间，正值玉贤实补曹州知府，也就是1890年，所以他若直接痛诋玉贤纵容义和团，在时间上就会与"预言"相冲突。但是作者却巧妙地借助于一首题为《银鼠谚》的寓言诗，来影射毓贤在1899年以后实际上已做的事。这些事便是指毓贤在山东利用义和团来仇杀天主教徒，盲目排外，即所谓"扶清灭洋"，以及毓贤次年调任山西巡抚，再度仇杀教民，甚至令士兵集体强奸女教徒，致使"亚当孙子，横被摧残"。也由于这个缘故，激怒了西方列强，"四邻震怒"，攻入北京，导致庚子事变。从而迫使慈禧太后的朝廷向西边的太原逃窜，"天眷西顾"。事变后，两个利用义和团的主要官吏刚毅在西逃中死去，而毓贤最终则被处斩。这就是"毙豕殪虎"。"豕"指刚毅，"虎"指毓贤。

为了使这首寓言诗的含义显豁起来，作者还特意让申子平以疑惑的口吻说"其中必有事迹"。黄龙子则叫他"静候数年便会知悉"。而玙姑的回答则进一步点明"'乳虎'就是你们玉太尊，其余你慢慢的揣摩，也是可以知道的"。这就几乎是对读者的提示了。

由此我们可知，刘鹗是把自己在1899年的预言写进了小说。这也是一种纪实和自叙传，并且也把自己治河的成功写进小说，具有同样的自以为高明的意味。而当他写作小说时的中国社会，又正当革命派兴起。他在小说的第一回里就已表露了对革命派的不满，现在则又把他对革命派的看法，一并化为黄龙子的预言。这就构成了"北拳南革"。

总之，桃花山论道的黄龙子仍然是刘鹗的艺术化身。无论是小说中的黄龙子还是现实中的刘鹗，是相互吻合的。我之所以要强调桃花山论道的黄龙子，是因为这个黄龙子和二集中又提到的黄龙子不同。至于严薇青设想第九回出现的黄龙子是影射黄葆年（《老残游记·再版后记》），显然属难以成立的猜测。他似乎并不知道黄葆年这个人根本不谈时事政治，甚至对办报纸这样的事都很鄙薄，告诫弟子们不要陷到这些事里去（《归群草堂语录》）。盛成与严薇青的看法不同，他认为这里的黄龙子是影射李龙川（《关于〈老残游记〉》，载日本《清末小说研究》中文版，1983年)。然而李龙川死于1885年，他又怎么可能谈论"北拳南革"呢？而其实，刘大绅早在20世纪30年代便已说,这里的黄龙子并不影射什么人,只是刘鹗自己(《关于〈老残游记〉》)。他虽没有说明理由,但依据刘鹗在现实生活中的经历和言论中所表达的思想,则可以证明他的判断不错。

正因为桃花山论道的黄龙子是刘鹗的艺术化身,所以无论在现实中还是在小说里,对义和团和革命派的看法,既不公允也很反动。然而,那个时代的无论改良派还是革命派,甚至连孙中山,也主张借英国的武力来"剿平"义和团(范文澜《中国近代史》上册)。而庚子事变以后,记述这次事变的文学作品很多,例如李伯元的《庚子国变弹词》,便也是把刚毅和毓贤利用义和团看作是庚子事变的祸首,并痛诋义和团为妖民作乱,以至招来巨灾。在那个时代,人们对义和团还无法形成公允的评价,刘鹗自然也不例外。而革命党中,也确乎有些投机分子或同路人,借革命以营私,这可以从辛亥革命的过程中看出来的。而清末小说中,讽刺革命党人为升官发财而革命的作品,不在少数,李伯元的《文明小史》就是突出的例证。《老残游记》反对革命党便也是从图"私利"这个角度发议论的。这便也是那时代思潮的一种偏狭观念的反映。

(四)黄患寄慨

申子平在桃花山中听完玙姑和黄龙子论道,才去请了刘仁甫一同回城武县。而当申子平去桃花山时,老残则去了东昌府访柳小惠的藏书。藏书没看到,他打算回省城济南,路过齐河县时,正赶上黄河封冻,不能过河,便在客栈里住下。在客栈,老残遇到了在济南时的熟人黄人瑞。他正在河工上任职,也因黄河封冻被阻,住在客栈里。"最难风雨故人来"。黄人瑞遇到了老残,非常高兴,便邀请老残到他的房间里去共进晚餐。席间,黄人瑞又叫来两名妓女翠花和翠环弹唱助兴,其实是为救翠环。

小说从第十二至十四回所设定的场景,便是这个客栈里的四人彻夜谈。以一夜的交谈,来展开故事。而中心题旨则是揭示由于治黄不得法,致使黄灾空前惨厉。这主要是由翠环的身世来表现的。这一部分所设定的时间非常明确,是在1891年的冬季。追述的黄灾则是"前年的事情",也就是"己丑年的事",即1889年山东齐东县黄河决口所形成的空前黄灾。

翠环本姓田,齐东县人。她家在齐东县南门外原有二顷多地,在县城里还开了一家杂货铺。但1889年的一场黄灾,使她家破人亡。小说通过翠环之口,详尽叙述了这场黄灾来势的猛烈:往年的黄河决口泛滥,洪水至多不过

名家解读古典名著
世情讽喻小说(中)

三尺深,但这年的洪水来势之猛,犹如山崩一样。城外百姓逃往城里,洪水又直冲城下,水深竟超过一丈,有吞没县城之势。为了阻挡城门缝隙漏水,居民连米袋都已用作堵水之物。翠环的父亲被洪水冲没,家中店铺自然也就荡然无存。洪水过后,翠环与母亲、幼弟侥幸存活,讨饭到齐河县。而翠环仅以二十四吊钱卖身为娼,但母亲仍被饿死,仅存一个六岁的幼弟,寄养在旧街坊李五爷家。像翠环这样本属殷实人家的小姐,在一场黄灾之后,命运尚且如此悲惨,其余的平民的命运也就可想而知了。小说写翠环那样的身世,显然是作为这场黄灾所造成的灾难的缩影。

作者本人当时正在山东治河,亲眼目睹了这场黄灾,自别有一番悲愤在。他在第十三回的评语里写道:"野史者,补正史之缺也。名可托诸子虚,事须证诸实在。此两回所写北方妓女,一斑毫厘无爽,推而至于别项,亦可知矣。"换言之,这是纪实。北方妓女翠花、翠环可以是虚构,但是北方的妓女所身受的惨厉命运却是如实写出。以翠环的命运推及其他人,翠环的命运即可以作为代表了。但作者本人既是治黄的专家,有一套治黄的主张,当然也就不满足于这场黄灾造成的结果,而要进一步写出这场黄灾之所以空前惨厉的原因。这个原因是通过治河官员黄人瑞和另一个妓女翠花之口说出来的。于是我们也可以从这种安排,看出作者设置这两个人物的用意。

翠花和翠环同是一家妓院的妓女,她也经历了齐东县的这场黄灾。她年龄十七八岁,比翠环大两岁。通过她的亲历和描述,则从更为广阔的视野来概括这场黄灾及其原因,也更多地传达出作者的悲愤。翠花说,这次黄灾所以比以前更加惨厉,在于治河方法上,因为有个江南来的有名的"才子"拿了一本书给庄宫保看,说山东黄河的毛病是太窄了,非放宽河身不可,也就是需要废弃民埝,退守大堤。他的主张一出来,庄宫保身边的那些"候补大人个个说好"。然而,从民埝到大堤有五六里宽,六百里长,总共有十几万家。废除民埝,放宽河身,重新退筑大堤,就意味着牺牲掉这十几万家的生存之地和农田。所谓埝,也就是堤。民埝是平民修的河堤,非官方河工所筑。庄宫保身为山东巡抚,本负有治河守土的责任。对于这样的主张感到担忧,本是理有固然。因为最终是得由他来负责的,所以提出花钱收购民田,迁移人民。翠花说,"谁知道这些总办候补道王八蛋大人"又主张这不能让老百姓知道,恐怕百姓守住民埝,这民埝也就废不掉了。庄宫保无奈,只好同意。于是,这年春天赶修了大堤和一道隔堤。"这两样东西就是杀这几十万人的一把大刀!可怜俺们这小百姓哪里知道呢!"既然废弃民埝,到了夏天河水陡涨,所以这一次的黄灾也就空前惨厉,以至于漂尸满目,几十万人的生命财产,被一朝吞没。而追究其根源,黄水泛滥固然无情,但更为重要的则是这一次的治河方法更是罪过,成了屠杀这几十万人的一把大刀。

作者对此及时下了评语说:"庄勤果慈祥恺悌,齐人至今思之。唯治河一端,不免乖谬,而废济阳以下民埝,退守大堤之举,尤属荒谬之至。惨不忍闻,况目见乎!此作者所以寄泪也。"庄勤果即庄宫保,也就是山东巡抚张曜(字勤果)。显然,作者对他的印象是很好的。但这也并没有妨碍作者如实记载他所犯下的罪过,和对这场空前灾难所应负的责任。而且,也没有妨碍作者借一个妓女之口来表达自己的悲愤。在第十四回的评语里,作者又进一步指明:"废济阳以下民埝,是光绪己丑年事。"那时,"作者正奉檄测量东省黄河,目睹尸骸逐流而下,自朝至暮,不知凡几。"洪水泛滥已与屋顶相齐,灾民只好站在屋顶上。"一日,作者船泊小街子",亲眼看见屋顶上有八九十口人,便购买了五十斤馒头散发给他们。到了夜里,起了大风雨,一片屋坍声盈耳。天麻麻亮时,风雨停息,"急开船窗视之,仅十余人矣!不禁痛哭"。又说自己"生平有三大伤心事,山东废民埝,是其伤心之一也"。而这个部分的主题和所描写的景象,便是作者的一大伤心事。

黄人瑞这个人物既是河工上的官员,便通过他的叙述来揭破内幕。翠花所不可能知道的那个"才子",便是候补道员史钧甫。他拿给庄宫保看的书,就是贾让的《治河策》。他的主张也就是贾让《治河策》中的"不与河争地"。庄宫保采纳了他的主张,也筹措了三十万两银子,准备用来收购民田迁移人民,但结果却没有迁。早在小说的第三回里,老残就对庄宫保说:"贾让只是文章做得好,他也没有办过河工。"而他的治河办法,并不适于山东黄河。老残主张用王景的治河办法,这个办法又是大禹传下来的办法。在现实生活中,刘鹗曾写了《治河七说》,同主张"不与河争地"的施少卿(即小说中的史钧甫)一班幕僚争辩,认为这是祸国殃民的办法,而提出自己的主张"束水攻沙"。但张曜最终还是采纳了施少卿的办法,而没有采纳刘鹗的办法。在小说中,尽管没有让老残和庄宫保的幕僚面对面地争议,但作者对"不与河争地"这个主张的反驳,和自己的治河主张既已写明,而"不与河争地"所造成的恶果也已暴露无遗,则他的一大伤心事和悲愤,也就借小说的形式完全吐露了。

总起来说,治理黄河与黄灾这个主题,从第一回以寓言的形式写起,到第十四回,作者本人的治黄经历,也就大体写完了。而从第一回到十四回,

名家解读古典名著
世情讽喻小说(中)

也正是《老残游记》创作的第一个阶段。于此可见，刘鹗拿起笔来写这部小说时，不只有意运用自己的经历来作自叙传式的小说，而且是以治理黄河的经历作为中心事件和基本构架的。

在这一部分，围绕着对黄灾的描述和感慨，还埋下了两个重要的伏笔，作为小说继续写下去的情节发端。从良家女沦落为娼家妇，只有十五六岁的翠环已是欲死不能，欲活不得。六岁的幼弟要她抚养，她有义不容辞的责任。按照中国的传统，她的幼弟是她们田家独存的根苗，接续香火的唯一希望。她自己无论受怎样不堪的凌辱，也得咬牙活下去，承担起自己的责任。但是她活下去的唯一能够维持生计的手段，只有卖身。然而，鸨母因为赌输了钱，除了靠虐待以迫使她挣钱，还打算把她转卖给以酷虐著名的另一个娼家蒯二秃子。只要一天拉不到客，就会有火筷子烙身的酷刑等待她。黄人瑞有心为她赎身，但因有官职在身，不便以自己的名义出面，于是请老残这位"方外"的义士来搭救她。同情于翠环悲惨的命运，老残慷慨承诺，愿意为她赎身，然后再为她择配。但后来，黄人瑞玩弄了一个善意的手腕，导演了一场使老残意外的婚礼，使翠环成为老残的小妾。像这样的事，用今天的眼光看来，自然无甚可取，但在那个时代和特定环境下，还算得上一桩义举，因为这毕竟使翠环脱离了妓女生涯，也使她的幼弟有了依靠。有意味的是，小说很注意暗示翠环忍辱负重的性格和良知的闪烁，虽身为妓女，但并未泯灭羞耻心。小说写她对于文人才子的观察和对诗的见解，别具只眼又表述得那般直率和切中时弊。她说她所遇到的文人才子所作的诗，不外乎两类：一类是自命才高而世人莫识，一类是自作多情而其实只是造作。总之，她说："我想，作诗这件事是很没有意思的，不过是造些谣言罢了。"（第十三回）

这里其实又是在传达刘鹗的两个重要观点，而这两个观点又都与太谷学派的教义有关。孟子曾说，人皆可以为尧舜。但李龙川讲有三种人是教不好的，这就是"考州县、开钱店、吸鸦片"的人（《龙川夫子年谱》）。考州县、开钱店，是指一心想升官发财。但是强盗、妓女却多半是为生活所迫，不得已而为之，他们比起一心想升官发财的人来，反倒是良心未泯，所以可教。翠环就是这样的良心未泯而不得已为娼的妓女。老残要帮她脱离娼家而"从良"，黄人瑞又劝老残出来当官，翠花说："环妹由此从良，铁老由此做官"，实在可喜可贺。然而老残却说了一句意味深长的话。他说："依你说来，她却从良，我却从贱了！"（第十五回）

当官，在世俗观念里是令人羡慕的；娼妓，在世俗观念里是卑贱的。但在刘鹗和太谷学派的观念中，当官比娼妓还要下贱，所以老残有如是不无刻薄的说法。这个观念，在《老残游记》的二集里，还将得到进一步的展开。然而，清末官场的腐败和普遍存在的无耻，也正是那个时代较为正直的文人鄙视它、谴责它的重要原因。在这些地方，《老残游记》和李伯元的《官场现形记》、吴趼人的《二十年目睹之怪现状》这两部最为典型的谴责小说，有共同处。清末的官场腐败，所造成的结果，其实也只能如此地令这些作家对它失去信心。

而翠环所传达的对于诗的看法，也正是刘鹗对诗的见解。太谷学派中不少人能写诗，主张写诗应发自"性情之自然"。刘鹗也是如此。他作诗从不刻意求工，而是随"兴之所至，任意咏歌"（《铁云诗存》）。因为持这种见解，自然也就有了翠环那样对中国诗坛风气的批评。质言之，作者实际上是把自己的诗学见解和对中国诗坛风气的看法，注入了地位卑贱，然而又是肯定性的人物翠环。

黄人瑞引老残同自己作彻夜谈的一个诱饵，是一桩人命案。但小说总使他引而不发，作为一个悬念，直到小说写完了黄河泛滥这个主题，便由老残的追问，再回到这个悬念上来。但我们知道，《老残游记》第十五回的创作，距离前十四回的创作，相隔了两年的时间。待到续写时，便被铺展为一侦探故事。

（五）方外高人和"福尔摩斯"

紧接着第十四回的伏线，小说第十五至二十回，是一个侦破十三条人命案的侦探故事。地点仍以山东齐河县为中心。

这个人命案的情节很简单。在齐河县东北方有个齐东村。村里有贾、魏两亲家。魏谦的独生女是贾老翁的大儿媳。贾老大在去年八月十三日病死。魏谦怕女儿寂寞，就常常接她回娘家住上个十天半月。贾老翁有个女儿，长得"如花似玉"，又精明干练，家中大小事情都由她做主。所以村民送她个诨名叫贾探春。贾探春年方十九，还没有婆家。不过，邻村的吴二浪子曾向贾老翁求过亲。这吴二浪子虽然一表人材，伶牙俐齿，但因为在乡下早已偷上了好几个女人，又好赌，所以贾老翁不肯允亲。但吴二浪子又因为同贾家是老亲，所以仍然来往密切。到了今年的八月十三日，正是贾老大周年忌日。贾家请了和尚来家念经，超度亡灵。佛事完毕，魏谦就把女儿贾魏氏接回家去住了。殊不料，当天下午就听说贾家全家丧命。魏家父女慌忙赶到贾家，

名家解读古典名著
世情讽喻小说(中)

才知道一共死了十三口人,唯有贾探春没死。

第二天,齐河县令王子谨带了仵作来查验。验尸的结果发现死者无一受伤,而且尸体既不发硬,也不显青紫色,既不是杀伤,也不像服毒死亡。王子谨破不了这个无头案,准备请庄宫保派官员来会查。正在这时,贾探春和贾家刚由族中公议推选的过继儿子贾干派人到县衙门投诉,说已发现那十三条人命是因贾魏氏与人通奸,把毒药砒霜放在月饼里谋害的。这么一来,这桩人命案也就成了通奸谋杀案。

王子谨当即审理,才知道魏谦曾在十二日送过月饼给贾家作为中秋节的礼物。这月饼是在四美斋定做的,可是月饼馅子却是魏家做好了送去的。由于这个原因,王子谨只好把魏家父女收监待查。由于投诉的原告追得紧,王子谨只好上报庄宫保派官员来会审。不料,派来的官员竟是刚弼。

王子谨因为参与过验尸,并未看出死者有中毒致死的痕迹。而且,即使是因吃月饼中毒,也不至于十三个人同时吃;即使是十三个人同时吃,也还会有中毒的轻重之别,不至于全死。所以,他并不相信贾魏氏会是凶手。

刚弼这人以"清廉"自许。他一来就严刑逼供,把魏家父女撑得晕绝过去。但这父女俩不承认是凶手。可是魏家的管家是个愚忠的老实人。他看魏家父女遭了这样的冤枉官司,于心不忍,就拿了一千两银票交给胡举人,请他到刚弼那里通融说情。刚弼很客气地接见了胡举人,但他玩了一个花招。他对胡举人说,一千两银子太少了。若按一条人命一千两算,十三条人命该是一万三千两。现在减半价,以每条人命五百两算,魏家应出六千五百两。假如贾家同意,无须立即交付银子,只要立个字据,明天就可以结案。胡举人不知是计,还以为刚弼同意结案了呢,就兴冲冲地告诉管家。管家也信以为真,就签了字据。

不料第二天升堂,刚弼就以魏家管家的字据,作为他已承认魏家父女毒杀贾家十三条人命的证据,又严刑逼迫魏家父女承认罪状。这父女俩极口呼冤,刚弼只是不睬。无奈,贾魏氏在严刑之下实在难熬,又不忍心老父受刑,只好屈打成招,承认自己因姑嫂不和,有心谋害贾探春,不意竟毒杀了十三个人。刚弼得了这个口供,仍不罢休,还要她承认有意谋害贾老翁,承认其父魏谦是同案犯,还要她交代奸夫。

王子谨明知贾魏氏是屈打成招,但也没法可想,气得要命,却又不敢开口。这是什么缘故呢?

以上的案情,都是黄人瑞在客栈里告诉老残的。讲到一半的时候,客栈失火。小说安排了王子谨来勘查失火现场，使老残和王子谨得以会面。黄人瑞对王子谨说，要解决这桩人命案，须得请老残写封信给庄宫保，派白子寿来才行。只有白子寿才能镇得住刚弼。这就有点奇怪了，难道黄人瑞和王子谨就不能写信么？原来，这里面还藏有官场奥秘。黄人瑞又对王子谨说："我们都是同官，不好得罪他（按指刚弼）的。补翁是方外人，无须忌讳。"王子谨听了，非常欢喜，说："贾魏氏活该有救星了！好极！好极！"这可就一语道破了天机。原来这些官员其实是沉浸在官场利害网中，即使明知贾魏氏落入冤狱，有心救她，可是因为自己的患得患失，不但不敢与刚弼就事实真相相争辩，连封向上级官员反映真相的信都不敢写。设若没有老残这个"方外"的"救星"，他们势必只会眼睁睁地看着一场冤狱冤沉海底而不敢开口了。尽管不忍心，但结果却仍然是官官相护。像这些地方，作者的观察和讽刺，都是相当周密而微妙的。并且，这种官场心理的描写，又恰好与在曹州玉贤统治下的平民受冤，而因明白官官相护，无从上告，相呼应起来。

官场既如此被利害关系网所牢牢束缚，无怪乎老残要说，当官比妓女还要下贱。从而，老残这个"方外"的"救星"角色，也就由黄人瑞和王子谨的交谈中，确定了下来。

老残当仁不让，写了一封详细的信，差人立即送给庄宫保。第二天，庄宫保的回信就来了。老残带着回信，来到县衙门时，公堂上正在审案。刚弼以大刑相威胁，勒逼贾魏氏供出奸夫，要坐实她通奸谋杀的罪名。如果不供，那她父亲的命也就难保。贾魏氏不屈，既然并无奸夫，实在无从捏造。刚弼大怒，又要动刑。老残忍无可忍，怒冲公堂，责问刚弼："用重刑责打老翁弱女，是何居心？"王子谨看见老残闯公堂，连忙站起身打招呼，口称"补翁"。刚弼正要发作，一看王子谨对老残这般尊敬的样子，以为老残一定有"来历"，也就软下来了。

老残把庄宫保的信交给王子谨。那信上命令把魏家父女俩取保释放，等白子寿来再审。王子谨立即执行。刚弼因此反而敢怒不敢言了。

至刚弼从首席审判官的位置上撤下，是侦探故事的第一阶段。很显然，老残之所以敢于闯公堂，以至扳倒刚弼，都凭借着庄宫保的信。而老残之所以能给庄宫保写信，则又依赖于庄宫保对他的器重和信赖。至于束缚在官场利害网里而不敢出面主持正义的黄人瑞和王子谨，则依赖于"方外"的"救星"老残。而庄宫保之所以能做出明智的抉择，又因为老残那封详细的信。没有老残的信，他仍将被蒙在鼓里不知下情。所以老残果然是"救星"。即使

名家解读古典名著
世情讽喻小说（中）

庄宫保，也属有待于老残的指教。老残在曹州时，也曾写信给庄宫保，要他撤掉玉贤这个酷吏，可惜一直没有下文。到了小说的第十九回，才把这个谜揭开。

老残问巡抚衙门的内文案姚云松，庄宫保为何不撤玉贤？姚云松回答说，因为宫保刚保举了他，岂有刚保举就撤下来的道理。又说："天下督抚谁不护短？这宫保已经是难得的了。"这便意味着，即使"难得"的庄宫保，也还是有天下督抚的通病，要"护短"的。老残仍不放松，又直接问庄宫保。他的回答与姚云松如出一辙，说刚保举，就撤下来，"似非对君父之道"。可见，即使被玉贤冤枉的平民上告到庄宫保这里，也是枉然。这是对"官官相护"的又一证明。只是护谁与不护谁，因人而施，表现不一罢了。所以老残便对他说，"救民即所以报君"，撤掉玉贤则是应该的。可是庄宫保并不予理睬。

当官应以"救民"为宗旨，这是老残对庄宫保的教导，他也这么教导过申东造。正是依据这一基本价值尺度，小说愤怒谴责了玉贤那样的酷吏，微讽了庄宫保、黄人瑞、王子谨这些官吏陷溺于官场利害网而患得患失的心理，同时也愤怒谴责了刚弼这样的"清官"。作者在第十六回的评语里说："赃官可恨，人人知之。清官尤可恨，人多不知。盖赃官自知有病，不敢公然为非；清官则自以为我不要钱，何所不可？刚愎自用，小则杀人，大则误国！吾人亲自目睹，不知凡几矣。试观徐桐、李秉衡，其显然者也，《廿四史》中指不胜屈。作者苦心，愿天下清官勿以不要钱便可任性妄为也。历来小说，皆揭赃官之恶，有揭清官之恶者，自《老残游记》始。"

这里所谓"清官"，实质是"清廉"的酷吏。不过玉贤是只顾自己的官场前程，一味在上司面前讨好而"杀民如杀贼"。刚弼则是一个理学化的清官。小说着意暗示了这一点。例如，刚弼见了庄宫保的信后，当即要检点行李回济南。王子谨怕他回济南后在庄宫保面前说坏话，就劝他不要走，说：你这一走，"岂不是同宫保怄气吗？恐不合你主敬存诚的道理。"这主敬存诚便是理学的要义。所谓"以理杀人"，就是指这个。在桃花山论道里，已经揭发理学主敬存诚的虚伪和扼杀人情。在这里，则进一步揭露它在政治上的以理杀人。由于刚弼是理学化的清官，所以总是自以为清廉，把别人都视为贪图利欲的恶人，必置诸死地而后快。在现实生活中，徐桐、李秉衡就是这样的官吏。徐桐是清末大学士，著名的理学家和顽固派。李秉衡号称"北直廉吏第一"而受到张之洞的举荐。这人于1894年升任山东巡抚，重用毓贤，真正

"刚愎自用",草菅人命,故又有李二铜锤这个诨名。在小说里,作者安排了刚弼是"吕谏堂的门生,专学他老师,清廉得格登登的"(第十五回)。这吕谏堂便影射李秉衡,所以刚弼便有一套"主敬存诚的道理",以清廉自许而刚愎自用。

有人说,这刚弼是影射刚毅(刘大绅《关于〈老残游记〉》),但事实明显不合。质言之,作者是有心把刚弼作为一代理学化清官,诸如徐桐、李秉衡的典型来塑造。这在小说的行文和评语里都已暗示出来了。

与刚弼不同,白子寿由于"就事论事,细意推求",便很快弄清了魏家父女确实冤枉。月饼馅子确实是魏家做好后送到四美斋加工的,但四美斋的工匠尝过,并未中毒。贾家尚存没吃的月饼,与残存的有毒的月饼一比较,发现砒霜是在十三人死后加在月饼里的。因此,魏家显然无罪。问题反而很可能出在报案人身上。报案人就是那位又漂亮又能干的贾探春。

但对于整个案件来说,弄清这一点,仅仅是案件的前半截。要弄清更难以查明的后半截,白子寿却无能为力,要请老残这位"福尔摩斯"了。原来,尽管白子寿人品学问早已得到公认,但他还是自认不如老残,说老残"是肝胆男子,学问极其渊博,性情又极其平易"(第十八回)。小说很巧妙地借白子寿之口来表达他对老残的概括和崇拜,这一方面倒是很符合整部小说对老残的描绘,另一方面则我们不难想到,这其实带有作者的自我评价的意味。

老残当仁不让,当起福尔摩斯来。他找了一个精明的助手许亮,就像福尔摩斯有个精明的助手华生那样。老残估计,那十三条人命是因服毒所致,但这毒药却一定不寻常,所以他派许亮去齐东村调查,自己则前往省城济南,调查有无让人服了看不出痕迹的毒药。但他请教了既通西医又通化学的外国神甫,结果却一无所获。他又折回齐东村,摇着串铃暗中察访。正巧魏谦要请医生为女儿贾魏氏治伤。老残为贾魏氏治好了伤,又从魏谦那里了解到一个新的情况:原来贾探春早就和吴二浪子勾搭上了。王二亲眼看见是吴二浪子把毒药倒进了贾家的面锅,结果贾家便死了十三口人。至于是什么毒药,则不知道。这时许亮查明吴二浪子在济南和妓女小银子打得火热,白天则和些不三不四的人聚赌。

老残一面让许亮潜入土娼家,结识另一个妓女小金子,和吴二浪子搞熟。又请历城县派差人协助破案。结果许亮查明,吴二浪子用的是一种叫"千日醉"的药水,醉倒了贾家十三口人。这十三口人其实并没有死,但解药却只有住在泰山里玄珠洞道士青龙子有。于是老残进入泰山找到青龙子,取来解药"返魂香",把那十三个人熏醒。贾、魏两家对老残的救命之恩感激不尽,又是赠物又是送钱,但老残一概不要,而是悄悄回到齐河县城。在客栈里恰逢德慧生,又知吴二浪子已判了三年监禁,便带上由翠环改名为环翠的小妾,同德慧生相伴回江南去了。

从小说艺术上讲,由前十四回的自叙传式的纪实,转为后六回的侦探故事,前后风格的差别就很不小。而这个侦探故事,写到最后却又是"千日醉""返魂香"这一类半神话式的虚幻结局。这一切都不能不说是败笔。但是,通过这个侦探故事,则又很现实地暴露出清末官场利害网的内幕,和对理学化清官的批判。这一切则又体现出作者观察的细密。但这个侦探故事所要表现的中心人物则是老残。作者赋予他在品格和才能上高于所有的其他人物,也比其他的人物更有见识更勇于承担教导和拯救的责任。而且,尽管这个方外的高人这一回承担的是"福尔摩斯"角色,但他体现的却是主张以救民为宗旨和求实的分析精神,甚至表现出对整个官场能力的不信任。没有老残这个方外高人,冤案便无法避免。而这个官场又根本没有"救民"的意愿。尽管老残不断地出入官场,但却是方外人,在精神上与这个官场泾渭分明。从这一点上看,在《老残游记》初集中,老残的性格和精神特征仍然是一致的。作者所赋予他的便是一个得道的方外高人和救民者的形象。这也正是作者心目中的自我形象。

五 《老残游记》续集的思想和艺术

(一) 泰山证禅

《老残游记》二集共九回。第一至第六回是一个完整的故事,它的主题是证禅。这也是整部小说里集中剖白作者人生观和相应的处世态度的部分,即作者所接受的太谷学派教义。中心人物则是泰山斗姥宫尼庵里那个美丽的世俗化尼姑逸云。这个人物是作者的传声筒或化身,与老残和赤龙子一样。

取逸云这个人物作为作者的化身,有很明显的意蕴。即是说,她既不易为世人所识,而她又思想精深,出淤泥而不染。禅,或者说太谷学派的心性论,与一般单纯出世的佛教不同。它要入世而又出世,入火坑而不伤毫毛,犹如莲花出淤泥而不染污浊。于人世,则是住世间而不沾世俗名利习气,从这个精神来说，取逸云这个角色，那是再恰当不过的了。

老残带着环翠，和德慧生夫妇同行，离开齐河县回扬州，途中经过泰安县，顺道观赏泰山，其间在斗姥宫用膳息脚。这斗姥宫因为地处泰山，虽是一座尼庵，但也同时是酒楼饭馆，进山朝拜神佛或观泰山景致的官商游客常在这里息脚用膳。庵里在三十岁以下的年轻尼姑都不剃和尚头，并且都着世俗打扮，实际是当女招待陪客，其中还得应游客的要求承当妓女的角色。由于这个原因，斗姥宫在清代很有名。它实际上是个尼庵、酒楼饭馆和妓院的混合体。这在清代的诗文和笔记野史里屡见不鲜。例如著名诗人王闿运的《斗姥宫尼院》，就是专门吟咏它的一首诗，诗中即有"仙地宜分玉女房""川中脂粉带天香"这样的句子。

尼庵本应是佛家清净地，但事实上却是世俗化的火坑泥潭。这是尼庵的不幸，也是对当时社会的讽刺性存在。《老残游记》写到的斗姥宫的特点，属于写实。逸云就是这里面的青年尼姑，也是脂粉女子，所以说她是世俗化的。

老残在济南时就已听说过斗姥宫有个靓云，名声很大。谁知到了这里，才知道靓云已被逼逃下乡去了。这是老残他们来到斗姥宫遇到的第一件事。小说以这件事为引子，借逸云之口来展开官场批判。原来，泰安县令宋次安的儿子宋公子看中了靓云，要强迫她与己奸宿。靓云忍无可忍，又无力反抗，只好逃下乡去。宋公子并不放松，又以封庙要挟威逼，试图迫使靓云就范，斗姥宫因此大难临头。逸云愤怒地指出："倒是做买卖的生意人还顾点体面，若官幕两途，牛鬼蛇神，无其不有，比那下等的还要粗暴些。"

逸云对中国官场的奥妙和双重人格，洞若观火，有如老残的透彻。所以她对官场的心理分析和批判，真也是入木三分：

"像我们这种出家人，要算下贱到极处的，可知那娼妓比我们还要下贱，可知那州县老爷比娼妓还要下贱！这是什么缘故呢？就因为官场里只有等级权势，所以畏上欺下的现象比比皆是。遇见驯良百姓，他治死了还要抽筋剥皮，锉骨扬灰。遇见有权势的人，他装王八给人家踹在脚底下，还要昂起头来叫两声。"

在小说初集里，老残也曾说过当官比娼妓还下贱——不是地位下贱，而是官场内这种双重人格没人性而下贱。在这里，则由逸云阐发开了。由于洞悉个中奥妙，一如老残给庄宫保写信要求撤掉刚弼，这回是逸云赞同德慧生写信给宋次安，要他教训儿子。小说安排了德慧生是京城朝廷里的京官，而

名家解读古典名著
世情讽喻小说(中)

宋次安只是一介地方县令。德慧生的信果然灵验。宋次安果然怕丢了官而不敢得罪京官,不得不管束宋公子,使他有所收敛,从而靓云和斗姥宫才免遭厄运。

但小说集中笔力所写的是逸云由"华云"转为"逸云",由"迷"而"悟"的禅悟过程。这个过程又称为"转识成智"或"明心见性"的"顿悟"过程。它不是通过静坐念经远离世俗来实现的。小说特别指明,逸云根本不相信观音庵里的那两个只会静坐念经的尼姑能够"悟道",这便是在暗示禅与一般佛教的不同。

一般佛教属他力论,即相信在事实上存在着个佛主能够拯救自己,相信天堂、地狱等等是事实存在着的。禅与之不同。禅属自力论。它不认为佛主、天堂、地狱这些是实有,而都是人心的产物。佛、天堂、地狱等等只是人的心理体验和智慧状态。这种观念在禅里称为"万法在自性"。例如"佛者,觉也","思量恶法化为地狱,思量善法化为天堂,毒害化为畜生,慈悲化为菩萨"等等(《坛经》)。佛只是一种觉悟;念头恶是地狱,念头善即是天堂,以慈悲为怀就是菩萨。在小说中对这种观念,都有很明白的说明。德慧生问老残:"天堂地狱究竟有没有呢?"老残回答道:"天堂如耳目之效灵,地狱如二阴之出秽,皆是天生成自然之理。"老残又说:"阎王爷也是人做的。"等等。这一切都在于表明,天堂、地狱只是寓言,不是实有,而是人自己的心理体验和智慧状态。

因此,禅并不承认外在于人心的权威,而是肯定只有自己才能拯救自己。这就是自力论。既然佛、天堂、地狱并不是外在于人,而是存在于人的自心中,那么一切外在于自心的权威也就是没有意义的了。从而人人都可以成佛,并且只有在世俗世务和世俗知识中,才可能通过自心的觉悟而激发出佛智慧而成佛。这种智慧又称作"阿耨多罗三藐三菩提"或"菩提"。而激发出这种智慧就叫作"悟",即觉悟。既然人人都可以成佛,而有些人之所以尚未成佛,那只是因为他沉迷于世俗事务和世俗利欲,被它牵着鼻子走而不能自拔。这就是"迷"。人们当"迷"时,便是凡夫俗子即众生,一旦"悟"了,也就是佛了,这叫"迷则众生悟则佛"。所以凡夫俗子和佛的区别仅仅是心理和智慧状态的不同。转迷为悟,也就是"转识成智"。小说所写的逸云的恋爱心理和达到的"无相"境界,也就是这种"转识成智"的过程。

逸云原叫华云。和任何正常的女子一样,她也有童年和青年。童年时并未发生男人和女人有何区别的见识,即不分男相女相。相,是指事物外显的形象。这是因为她那时候性意识尚未萌生，所以尽管也看见男人和女人，但她自己却在心中无视男女之别。待到由童年成长为青年，随着性的成熟，性意识也就萌生，并且知道男女有别，有了性爱的欲望。爱美之心，人皆有之。华云也不例外，她产生了自己的初恋，爱上了任三爷。

这是华云由童年成长为青年，由不分男女相发展到有男女相的阶段。既然在心中已存在着男相和女相，性爱的欲望也就随之产生，从而陷入性爱的烦恼。性爱不再是一个人的事，而是男女双方的事，具有社会性，即世俗性或世间性，因此便要受到各种世间法则的束缚，不是个人能够随心所欲的。而要使这种世俗性的具体性爱欲望得以实现，需要相应的条件，这就不免会产生种种烦恼。

华云同任三爷一见钟情，陷入情网。那初恋的情火使她焦虑，激动不已，吃不香、睡不好，生活失去了常态。小说对她的恋爱心理有细腻的描写，不亚于写到这种心理的任何现代小说。在初恋的焦灼中不能自拔的华云，想了种种办法企图实现自己的欲望。但是每当她自以为有了可以实现的办法时，又被另一种可能性所否定。每当她为理想的美妙而开心时，另一种见解就会冒出来揭破这种理想其实只是幻想。她费尽心机盘算，各种念头就像野马一样在脑际奔驰，但是不是对人不利，就是对己不利。小说设定了她不能自拔，也找不到于人于己都有利的出路。这就是沉迷的阶段。在这个阶段，她执着于世俗性的利欲，仿佛在无涯际的苦海里挣扎、烦恼，然达不到彼岸。

经过种种盘算和烦恼的华云，也就在这烦恼之中仿佛灵感突降，一个梦境告诉她："只因为贪恋利欲，埋没了你的智慧，生出无穷的魔障。今日你命光发露，透出你的智慧，还不趁势用你本来具足的慧剑，斩断你的邪魔吗？"魔障也就是自己的利欲，梦境只是灵感的代名词。苦海无边，回头是岸，灵感忽至，转识成智，这便是"顿悟"。所谓"迷时叫华云，悟时就叫逸云了"，也就是迷时众生悟时佛的意思。

悟到什么呢？悟到"我辈种种烦恼，无穷痛苦，都从自己知道自己是女人这一念上生出来的，若看明白了男女本无分别，这就入了西方净土极乐世界了。"这就是获得了佛智慧时的觉悟境界。从凡人的眼光去看，既执着于自己的情欲，便会分别出男相、女相；而不执着于自己的情欲，用佛的眼光去看，男人和女人便都只是人，并无男相女相的区别。这在禅里，称为"无相"。用这种眼光看待一切，与辩证法恰好相反。

名家解读古典名著
世情讽喻小说(中)

　　辩证法看事物，是注意到对立事物的差别，例如男和女的差别，并且在这种对立中发现矛盾，依据矛盾的内在联系来解决问题。但是禅并不这样，而是注意到事物的对立时，却唯心地通过心的作用消除这种对立，无视这种对立，使自己的心灵从事实中解脱出来。不单是无男相、无女相，而且是"无人相，无我相"，以至于万物一体。达到这种精神境界便是"出世"。并不是说身体脱离世间到"极乐世界"去了，而是由于在对立之中的种种烦恼里，获得了解脱感。换句说，也就是尽管身体还住在世间，而心灵却逃避了现实。逃避到哪儿去呢？是回复到童年时的心理状态。

　　逸云童年时并不知道男人与女人的区别，因而也没有性爱的烦恼。回复到这时的心理状态，她也就不再爱那个具体的男人了。在禅里，这便叫作回复到"本来面目"，从而也就消失了具体的爱，消失了私欲，而是爱一切人。"总之，无不爱之人，只是不管他是男是女。"毫无疑问，这是一种抽象的爱，而持这种爱心，也就是慈悲为怀。它的宗教性是极其明显的。

　　达到了这种精神境界的逸云，也就把自己分做两个人：一个是"住世的逸云"，一个是"出世的逸云。"住世的逸云身体还生活在人世间，而心灵却无私无烦恼，超越这人世间。"无相"不是看不见形象和形象之间的区别。对于肉眼来说，是看得见的。但是心灵却不执着于这些形象及其分别，而且无视它罢了。住世间的逸云，既然生活在污浊的环境里，凡"应做的事都做"，不管什么人，搂抱都无不可，甚至"明道不明道，关不到头发的事"。即使喝酒吃肉也无妨，济公和尚吃狗肉，也并未妨碍他成佛。甚至妇女失节也无妨，"因为失节不是自己要失的。为势所迫，出于不得已，所以无罪。"而"男女相爱，本是人情之正"。这一切就叫作"不拘形迹"，而心灵却保持着不染红尘的超然。

　　这个住世间又出世间的逸云，其实也就是作者所持有的"与世浮沉"又"翛然远引"，入世间又出世间人生态度的图解。而这种人生态度，又是作者所接受的太谷学派教义在人生观方面的表现。小说尽管把老残安排为一个观察和评论者，然而老残的观察和评论却别有一番意味。他早就听说靓云的名声很大。来到斗姥宫后，也就把逸云误以为是靓云。德慧生夫妇看逸云，也是依据传说的名声，因为逸云的见解高深，反而越看越以为是靓云。这种现象代表着人们常犯的一种错觉，即经常因名而误实。殊不知要了解一个人的真实面貌，仅仅依据传言而不加实际的了解，就会被传言所误，从而把真相给遮蔽了。所以老残说："我在省城里只听人称赞靓云，从没有人说起逸云，可知道曲高和寡呢!"逸云的见解，比靓云高得多，可惜"曲高和寡"，犹如阳春白雪，这就是那些只能鉴赏下里巴人的凡胎肉眼所无法领略个中奥妙的了。逸云的形迹，表面看上去，"仿佛妓女一样"，因为此，才又正是"莲花出于污泥"，一尘不染。这是老残的感叹，也是作者内心的感叹。

再用逸云的眼光来看赤龙子，又正好相互映衬。这赤龙子和青龙子、黄龙子是同一个师傅传授的弟子，但从表面形迹上看，很不一样。青龙子和黄龙子道貌岸然，虽然也很和气，但令人一望而知是"有道之士"。赤龙子"年纪最小，却也最放诞不羁"。他虽然也是有道之士，却令人"看着说不出个所以然来，嫖赌吃着，无所不为，官商士庶，无所不交。同俗人处，他一样的尘俗，同高雅人处，他又一样的高雅，并无一点强勉处，所以人都测不透他。"而现实中的刘鹗便常有这种世人莫识，甚至连太谷学派同学也不察其真心的慨叹。

这里的青龙子、黄龙子便影射着蒋文田和黄葆年。刘鹗和他们都是李龙川的弟子，他也年纪最小，曾自称"如来最小弟子"。蒋、黄持身严谨，与刘鹗的放浪形骸不同。他确实嫖赌都来，经常寻花问柳，倒也并不讳言。他曾自称"所阅美人逾千数"，而且不独在中国经常出入青楼妓馆，就连在1906年两趟去日本，也还是如此。且看他《新桥地游》这首在日本嫖妓所写的诗：

征歌选舞酒亭中，真个消魂别有官。
参透禅宗欢喜法，春宵二十五圆通。

这也是中国禅的一个特点，常被人称作狂禅。远的不说，单从近代文学史上看，像龚自珍这样的人，一方面是近代开风气的思想家和作家，但一方面也是狂嫖滥赌的狂禅。苏曼殊一向被人称为"革命和尚""革命诗人"，可他一面也是青楼妓院的常客而且还自作多情，居然还说从未一破其"禅定"。刘鹗在这方面也属一路角色。禅，相对于儒家道德教条，有精神解放的一面，即不假作正经地"吃冷猪肉"，但也有为这一类低级乐趣制造理论的一面。黄葆年就曾批评过刘鹗在这方面的不拘小节。

赤龙子这个人物，便是作者自身在这个方面的写照和自白。他对来自黄葆年的批评，不但不接受，还要为自己辩解。逸云说，赤龙子曾来过斗姥宫，和自己同睡一张床达一个多月，但这位赤龙子果然是有道之士，比那有名的坐怀不乱的柳下惠还要圣洁。比起赤龙子来，那古代的圣人柳下惠简直是不能比的。他白天满山里乱跑，而晚上却又如佛主"讲道"，总讲得大家皆大欢喜。这赤龙子也并非假正经，像道学先生想吃"冷猪肉"，而是自自

名家解读古典名著
世情讽喻小说(中)

然然，不拘形迹，又是得道高人。赤龙子说："我精神上有戒律，形骸上无戒律，都是因人而施，譬如你清我也清，你浊我也浊。或者妨害人，或者妨害自己，都做不得，这是精神上戒律：若两无妨碍，就没有什么做不得，所谓形骸上无戒律。"形骸也就是身体。这个身既然住世间，便雅俗自如，不造作不矫饰，遇见像逸云那样清白的，他也清白；而妓院里的妓女既然是妓女，他也就是对应的嫖客，"两无妨碍"，无可无不可。这也就是逸云的世出世间法，或刘鹗的与世浮沉又翛然远引，犹如莲花一般虽植身污泥而精神不染。

由此我们可以知道，作者对来自黄葆年的批评不但不以为然，还自以为自己并未违背李龙川的教义。这正如他在《致黄葆年》中所说："弟之所为，几无一事不与公相反；然至于所以为，窃又自以为无一事不与公相合也。"形迹不同，但精神上所遵循的"道"（即戒律）却是一样的。而刘鹗的形迹放浪，确实也和李龙川相吻合。他曾在《述怀》诗里说到从龙川那里学来的那真知良独难的"因物以付物"，也就是逸云的世出世间法，或赤龙子的不拘形迹。这李龙川也经常嫖娼宿妓，到七十多岁时还想在上海讨漂亮妓女做小老婆。讨不到合意的，还向弟子们发发脾气。而这一切，在他的弟子们眼中，又视为"圣人无定相"，被神圣化。这是说，七十多岁的老者，也能显多情才子相。而青楼妓馆，也是"移情"场所。既"征歌选舞"，又于师生之间"穆穆彬彬"（《龙川夫子年谱》）。先生既如此，刘鹗嫖妓以参禅，也就是理所当然的了。所以他根本听不进黄葆年的劝。相反，若从赤龙子和青龙子、黄龙子相比较而言，青龙子和黄龙子就显得太"执着"拘谨了。

总之，逸云的证禅和世出世间法，赤龙子的不拘形迹和心存戒律，老残对逸云的赞叹，都传达了作者自己的精神境界和行为特征。而这一切又都来自作者所接受的李龙川的教义。这是作者在自述心怀和自辩心曲。

其余的附设情节，也都是围绕着这一点。德慧生夫妇和环翠，对逸云和赤龙子都佩服得了不得。环翠终于"善根发动"，拜了逸云为师，当了不剃头的尼姑。德慧生"心上已脱尘网"，据逸云说，"不出三年必弃官学道"。至于德夫人，只要不被"富贵拴住了腿"，也就是成佛之日可待。至于老残，既是"佛理精深"，就不必说了。总之，这一群都会"超凡入圣"。

作者所要吐露的心曲既已讲完，也就安排老残和德慧生夫妇上路。很显然，"泰山证禅"也仍然是作者的心灵自叙和自辩。

（二）阴曹设教

二集从第七至第九回，又是一个完整的故事。虽然小说第九回末有"未知后事如何，且听下回分解"的文字，但作为这个故事则已经写完了。这个故事的场景设在阴曹地府里。猛一看，这是很荒唐的。但无论是中国禅还是刘鹗本人，都不认为天堂、地狱为实际存在，那么阴曹地府自然也是如此。老残在上一个故事即泰山证禅里已经说过"阎王爷也是人做的"，"天堂如耳目之效灵，地狱如二阴之出秽"。逸云也说"无德便是地狱"。即可知刘鹗并不认为阴曹地府为实际存在。这个故事仍然是个寓言，犹如《周易》的设象以传意，或"神道设教"一样。

老残离开泰山来到淮安。一天正在看《大圆觉经》，不觉迷迷糊糊睡着了，"梦见"阴曹地府的差人把他的灵魂勾去，带到阴曹地府去接受审判。既然是"梦"，而梦境中的阴曹地府，也就不是实际存在，就像初集第一回的"梦"境寓言一样，借梦境来吐露怀抱罢了。

然而取阴曹地府为场景，也有作者吐露怀抱的方便处。这个寓言，是借阎王爷对老残的审判，来达到老残的忏悔录式的自白和自辩。所以，这个故事在心理上写得比较细腻。行文之间，潜台词较多。

俗话有：阎爷要命在三更，岂能留人到天明。但这一回来要命的阴差对老残却很客气，先送个信，好让老残有时间预备预备。可是老残却很干脆，"我没有什么预备，也没有什么吩咐，还是就同你去的好。"他对阴差这么说，便意味着自己没有干过亏心事，故君子坦荡荡；也意味着他参破了生死关。生即是死，死即是生，无所谓。也因此，当他掀起帐子准备"睡去罢，管他什么呢"时，发现自己却已躺在床上，于是他心里明白："此刻站着的是真我，那床上睡的就是我的尸首了。"心、身相分，以精神的我为"真我"，而以肉体为臭皮囊，这本是禅的观点，也是逸云之所以能将自己一分为二的根据。这个"真我"，也就是本来面目。

现在，下阴曹地府接受审判的，便是老残的"真我"。一如住世间的老残，来到阴曹地府里的老残自我感觉仍是良好。小说安排了老残的"阳寿"尚未到期，而是被人诬陷被拘到阴曹地府里的。有人"一口咬定"，他与一桩人命案有"牵连"。然而，当老残在阴曹地府里所遇到的一位熟知内情的人说，阴曹地府里的五神问案，是"专讯问那些造恶犯罪的人"。而老残又其实与人命案"毫不相干"。

名家解读古典名著
世情讽喻小说（中）

由此我们知道，老残是被诬陷的，而其实他是个善人，与那些"造恶犯罪"的人不是一回事。

所以，当阎罗王问到老残在"阳间"是否犯罪时，老残的回答颇具深意。他说：

"我自己见到是有罪过的事，自然不做。凡所做的皆自以为无罪的事。况且阳间有阳间的律例，阴间有阴间的律例。阳间的律例颁行天下，但凡稍知自爱的皆要读过一两遍，所以干犯国法的事没有做过。至于阴间的律例，世上既没有颁行的专书，所以人也无从趋避，只好凭着良心做去，但觉无损于人，也就听他去了。"

即使按照佛教戒律来看，老残也没什么罪过。阎罗王问了老残是否犯了"杀律"、"盗律"，老残的回答也只是"茹荤"、"登山摘果"之类，这自然不算罪过。至于"淫律"，老残的回答却很肯定："犯。长年作客，未免无聊，舞榭歌台，眠花宿柳，阅人多矣。"再则至于"口、意等业"，即恶语伤人、心术不正等罪过，则是没有。阎罗王没有问老残是否贪财。但这似乎不必问，因为老残自己已经表白。审判之前，老残就已遇到了一熟人死鬼梁海舟，这人大约在生前是个财迷，然而生前的钱财带不来，倒因财而把"罪孽"带来了。老残便教导他："你这个罪人真正糊涂！生前被几两银子压得气也喘不得一口，焦思极虑地盘算，我劝了你多回，决不肯听。结果便因贪财而造下罪孽。"既如此，那么老残生前也就不但是不贪财的人，而且这钱财生不带来死不带去，反倒会诱人犯罪的道理，他是看得很清楚的了。

由此，我们可以很清楚地看出，作者安排老残来到阴曹地府接受审判，实质是让老残便于进行一次近于全面的忏悔式的自白，以便对自己做出全面的评价。一如阎罗王所宣布："方才我问你杀、盗、淫，这事不但你不算犯什么大罪，有些功德就可以抵过去的。"老残既未杀过人，也未偷过别人财物，这自然不算犯罪。然而老残又确实招认了经常"眠花宿柳"而"犯"了淫律，这又如何"抵过去"呢？小说安排了一个别出心裁的情节，即让老残在阴曹地府遇到了生前的亲戚"石家妹妹"。这石姑娘的死鬼丈夫折礼思又是阴曹地府里的官。谁料不但阳间有青楼妓馆，这阴曹地府里也有，而且这位折礼思似乎一向知道老残"最喜招致名花"，便也请他去逛阴间的窑子。老残不大放心，问他："人在阳间挟妓饮酒，甚至眠花宿柳，有罪没有？"于是折礼思讲出了阎罗王所没讲的那何以能"抵过去"的奥妙。妓女卖淫以得钱，嫖客付钱以买淫，"因出钱者算官罪，可以抵消。"既然算"官罪"，也就是

"公罪",所以不算"私罪",当然可以抵消了。总而言之,老残近乎全面忏悔式的自白,其结论便是无罪。

而这老残、阎罗王和折礼思的对话,也就是作者仿佛口问心、心问口式的独白,以此表白自己是问心无愧的坦荡君子。那寻花问柳既算"公罪",也就如赤龙子所说,你浊我也浊,"两无妨碍",没什么不可以。这就显然是把肉麻当有趣。然而"公罪"也是罪过,那是社会性的罪过,是"浊"。但作者虽意识到这一点,而自己虽解脱出来,实际上却像是在精神上患了花柳病,乐此不疲又不以为病罢了。

然而阎罗王判罪的最为奇特处,却是以"口过"中的"毁人名誉"为最重要的罪过。他对其中原因,大发了一通微妙的议论,这是很值得注意的:

"若口过呢,往往一句话就能把一个人杀了,甚而至于一句话能断送一家子的性命。"

"盗人财帛罪小,盗人名誉罪大,毁人名誉罪更大。毁人名誉的这个为甚么更大呢?因世界上的大劫数,大概都从这里起的。毁人名誉的人多,这世界就成了皂白不分的世界了。世界既不分皂白,则好人日少,恶人日多,必至把世界酿得人种绝灭而后已。故阴曹恨这一种人最甚,不但磨他几十百次,还要送他到各种地狱里去叫他受罪呢!你想这一种人,他断不肯做一点好事的,他心里说,人做的好事,他用巧言既可说成坏事;他自己做坏事,也可以用巧言说成好事,所以肆无忌惮的无恶不作了。""若随口造谣言损人名节呢,其罪与坏人名节相等。若听旁人无稽之言随便传说,其罪减造谣者一等。"

小说不但借阎罗王发了一大通关于"毁人名誉"罪的议论,把这个罪的严重性加强到会导致"绝灭人类"的程度。而且说这是令人"最恨"的罪过。并且,小说也没忘把造谣和传谣纳入这种令人最恨的"口过"之中。与此相应,小说设置了从佛经里搬来的种种惨厉的酷刑,把那些"毁人名誉"的"造谣"者"下油锅",上"磨子"左一遍右一遍磨得粉身碎骨。作者似乎觉得这样含义还不显豁,又特地让老残站出来向阎罗王提建议:"臣以为就用如此重刑,就该叫世人看一看,也可以少犯一二。"然而阎罗王的回答却也很微妙,说那被人造谣损害名誉的,"挫折抑郁以死,其苦比一刀杀死者其受苦犹多。"尤其属别出心裁的,是小说故意把阿旁与"留学生"联系起来。这一来,作者的意图也就泄露无遗了。

刘鹗是以"救世"自命的,然而如阎罗王所说,"害世容易救世难"。这

名家解读古典名著
世情讽喻小说(中)

位以"救世"自命的大"善人"、"活菩萨",却被政府官员、留学生骂为汉奸,这也就如阎罗王所说,是造谣、传谣"毁人名誉",使得被毁名誉者挫折抑郁,比被一刀杀死还难受。

在现实生活中,刘鹗于1903年确实因此而公开自辩过,因为他与浙江乡绅高子衡(字尔伊)合伙借外款开浙江矿,社会上盛传他们"得贿三百万巨款"而"私卖"浙江全省矿产。浙江籍留日学生同乡会所办的《浙江潮》上曾连续刊登六篇文章指责他们是"卖矿"的"汉奸",如《刘铁云欲卖浙江全省路矿乎》(第六期),《卖浙江全省路矿者非刘铁云一人也,别有人也》(第七期)等等。留学生在日本,他们的消息来源是国内。加上刘鹗从办山西矿时,就被京官指为"营私罔利,通洋卖矿"的汉奸,这一切大约使刘鹗觉得名誉被毁,内心抑郁,不得不为辟谣而自辩,所以他为自辩而写的《矿事启》里,开头就说:

"近来读各报纸,痛责仆与浙绅高子衡私卖全省矿产,云得银三百万两,每百万两与高十二万。……致动留日学生之众怒,有指仆为罪魁者,且逐日登报,冀激动全省绅商与高为难。此事仆本可不辩,因其论说有害大局,故不得不详陈始末,俾天下明哲,共决此案,以定是非。"

而三百万两这样的巨款,是非得经过银行、汇号和钱庄不可的,有底可查,可以证明他刘鹗并未受外国商人贿赂。又说,"诸公未必随意捏造,自当有所见闻",若查出他受贿,则愿意罚款充公,若查不出实据,岂不是造谣而毁人名誉了么?(《矿事启》)

这件事是刘鹗研究中的一桩疑案。当时怀疑刘鹗的人很多,但无论从《矿事启》的自辩,还是从这段"阴曹设教"来看,刘鹗因此而感到委屈,内心抑郁,有名誉被谣言所毁而不得不辩的情绪则是一样的。

很显然,小说安排老残的"真我"来到阴曹地府,进行的忏悔式的自白,有明确的意图。这自白更重要的是为攻击以"谣言"来"毁人名誉"作出铺垫,从而为自己委屈的内心自辩。同时,又忍不住地对造谣、传谣者发出诅咒。他的满怀积怨,似乎非如此不足以发泄,就像诅咒造谣者毁人名誉该下拔舌地狱一样。在《老残游记》中,作者尽管没有直接写到自己的工商实业活动,但是至少已经把自己失败的懊恼,情绪化地归咎于自己的名誉被毁,归咎于谣言造成的灾难。尽管小说的形式是如此荒诞,但在心理内容上却仍然是纪实。

经过审判和忏悔的老残,不但毫无罪过,而且还验证了他是"活菩萨"。

阎罗王审案以后，他的专管"江南省"的幕僚便请老残吃饭，告诉老残将要"回府"。然而老残对阴曹地府却有游兴，要"考察地府里的风景"。而地府的市面竟"与阳世毫无分别"。折礼思说得最有深意。他告诉老残"等到阁下游兴衰了，自然就返本还原了。"而依据太谷学派的教义，如李龙川曾教导弟子的便是："返本还原，学之至也。"（《观海山房追随录》）果然，老残身上发出阵阵檀香，让他的石家妹妹好不为这位"铁二哥哥"开心。她说：

"这是二哥哥你身上发出来的檀香，必是在阳间结得佛菩萨的善缘，此刻发动，顷刻你就要上西方极乐世界的。我们这里有你这位佛菩萨来一次，不晓得要受多少福呢！"

正在议论，只觉那香味越来得浓了，两间小楼忽然变成金阙银台一般，那折礼思夫妇也变得华丽了，面目也变得光彩得多了。这就是老残已经成佛。檀香氤氲，佛光四闪，是他成佛的标志。

从小说的第一回起，作为怀菩萨婆心的谪仙人临世，在世间、阴间的一通游历，仍然回归于成佛。这就是作者借老残所进行的内心剖白和自我评价。然而刘鹗一生自1897年办山西矿以后，在社会上备受责难。他不会对毁誉毫不措意，便在《老残游记》里面尽情为自己的"慈悲"心怀做出了剖白和自辩。

阴曹设教的故事已经写完。如果再接下去写，无非两种可能：一是一梦醒来，再去游历；一是只好写到成佛以后的佛世界。但无论哪种可能，都有些无聊，因为作者的忏悔录式的自白和自辩，已经把他自认为的内心主要委屈吐露殆尽，而他为自己所做的评价也已无以复加。所以二集九回虽然看似未完，但也不能排除他其实只写了这九回的可能性，并且这种可能性，从小说所表现的意图来看，是很大的。

至于外编残稿，则全然是另起炉灶。但是它的精神也一如初集和二集。作者自称是鸿都百炼生。而这个"鸿都"也就是白居易《长恨歌》里那个"临邛道士鸿都客，能以精神致魂魄"的鸿都，仍然不离谪仙人的意味。老残讽刺警官知法犯法，官员患得患失，谴责"倚官犯法""倚众犯法"和"倚无赖犯法"的三种人，讽刺新式女学生连妓女也不如。

因为残稿并未构成可供小说分析的故事规模，这里也就不必多谈了。但据已有的四千多字看来，即使写下去，恐怕就连作者也会感到还是老一套而乏味的吧。

名家解读古典名著
世情讽喻小说(中)

解读《官场现形记》

张 中 著

《官场现形记》是晚清首屈一指的"官场"小说,当时引起轰动一时的"官场现形"热。本书在考证、评价其作者的基础上,详细剖析了它的内容与结构,系统解读了它的思想特点、社会意义及讽刺艺术。

名家解读古典名著
世情讽喻小说(中)

一 轰动一时的"官场现形"热

清朝末年，有一部书在读者和作家中都引起很大轰动，此书就是《官场现形记》。

先从一位官场上的读者谈起。

清末光绪年间，北京有一所赫赫有名的官僚第宅，主人孙宝瑄，一名渐，字仲玙（一作"愚"或"瑜"），浙江钱塘（今杭州）人。他的父亲孙诒经，是光绪朝户部左侍郎。

光绪三十三年（1907年）九月二十九日晚，孙宝瑄送走一位客人，拿起从朋友处借到的《官场现形记》，立即被书中的内容吸引。当日，他正在病中，本该早一点休息，却被《官场现形记》吸引住，"夜眠稍迟"。第二天，续读此书，"终日不去手"。想到自己非常熟悉的各种官场人物，浮想联翩，不禁慨叹："是书写今日外省官场中内容，可谓穷形尽相，惟妙惟肖。噫，我国政界腐朽至此，尚何言哉！"第三天，十月一日晚，他在日记中写道："《官场现形记》所记多实有其事，并非捏造。余所知者，即有数条，但易姓改名，隐约其词而已。"十月三日，孙宝瑄在卧室中继续读《官场现形记》，夜以继日，兴趣盎然，一边读，一边击节赞赏，读到生动之处，不禁放声大笑。"连阅得数人事，皆笑不可仰。"读完全书，已不知深夜几时，他在日记中挥笔写下了自己的印象："观《现形记》，其刻画人情世态，已入骨髓。"

这位官场人物连用五天时间读完了《官场现形记》，并且由《官场现形记》想到吴敬梓的名著《儒林外史》。他遂在书斋中"手《儒林外史》一编，坐而览之"，发现"《现形记》即脱胎于是也"（孙宝瑄《忘山庐日记》）。

对于《官场现形记》来说，孙宝瑄是一位颇具有代表性的读者。他的父亲孙诒经，与官场人物多有来往。哥哥孙宝琦（1867—1931年），字慕韩，历任直隶道台、中国驻法国公使、中国驻德国公使暨顺天府尹等。辛亥革命后，曾在北洋政府任外交总长，并曾一度兼任国务总理，官运亨通。清末孙宝瑄以父兄之荫得分部主事，继得保补员外郎，历工部、邮传部及大理院等职。民国初年，曾任宁波海关监督。他的妻子也出身名门。妻父李瀚章，即为清末著名人物李鸿章的胞兄，历任知县、道台、按察使、布政使、湖南巡抚、江苏巡抚、湖广总督、浙江巡抚、四川总督、两广总督等，宦迹半天下。

孙宝瑄出身官僚世家，所交皆一时豪俊，其中既有旧式官吏，也有许多新进著名人物。这使他对于官场的上上下下、方方面面都有深入了解，洞悉内情，知其奥秘。

以思想论，他介于新旧人物之间。他的朋友中，有反对君主专制，主张"废官制，去阶级"、张民权、设议院的思想家宋恕，有戊戌变法时期的风云人物梁启超、谭嗣同、汪康年、夏曾佑、张元济，有最早向中国介绍西方民主思想的严复，有后来成为资产阶级革命家的章太炎。英国的李提摩太和日本、法国等外籍人士，也和他有过交往。这使他对于晚清官场，既能置身其中，又能超脱其外，易识庐山真面。

以年纪论，孙宝瑄当时只有三十三岁，正当盛年。这使他既不像有些无知少年，看小说只是看看热闹，博得一笑而已；又不像某些老年读者，世故渐深，火气全消，借小说玩观世事，缺少应有的情感参与。他是一个成熟的读者，对一部作品的直观感受，是很有代表性的。

当时，爱读《官场现形记》的读者很多。"《现形记》一书流行甚广"（顾颉刚《〈官场现形记〉之作者》）。"刊诸报端，购阅者踵相接，是为小说界极盛时代"（孙玉声《李伯元》）。"每出一纸，见者拍案叫绝。熟于世故者皆曰：'是[此]非过来人不能道其只字。'而长于钻营者则曰：'是[此]皆吾辈之先导师。'智者见智，仁者见仁。"（1930年世界繁华报馆刊印《官场现形记》初版本序，作者自称李伯元之"老友"，未署名）有人称它为"官场之照妖镜，燃渚犀"，"刻画宦途恶劣处，颇有入木三分之妙"（《谭瀛室随笔》）。有人称它"如[吴]道子丹青，地狱变相"（邱菽园《新小说品》）。当时，"读者咸称赏之"（雷瑨《文苑滑稽谈》），使它成为"脍炙人口之书"（冥飞《古今小说评林》）。

《官场现形记》是小说，小说自然免不了虚构。作者说他是"随手拈来，绝无成见"。借用鲁迅的话来说，则"所写的事迹，大抵有一点见过或听到过的缘由，但决不全用这事实，只是采取一端，加以改造，或生发开去，到足以几乎完全发表我的意思为止。人物的模特儿也一样，没有专用过一个人，往往嘴在浙江，脸在北京，衣服在山西，是一个拼凑起来的角色。有人说，我的那一篇是骂谁，某一篇又是骂谁，那是完全胡说的"（《南腔北调集·我怎么做起小说来》）。可是，偏偏有人读了《官场现形记》之后，对号入座，以为书中的某个人物写的就是他。有一位姓赵的督幕官员，"竟因此辞馆"，使作者感到"殊出意外"（李伯元《致刘聚卿书》）。

1905年8月出版的《新小说》第二年第八号上刊载一则《新笑史〈堂上

名家解读古典名著
世情讽喻小说(中)

亲供〉》，颇有趣：

上海有著为《官场现形记》者，以小说之体裁，写官场之鬼蜮。其书近经人翻刻，著者乃控之于会审公堂。据《中外日报》载此案，中有句云："问官断得此书，毁谤官场，历历如绘。"夫问官，官也；历历如绘，写真之意也。以官而曰《官场现形记》"历历如绘"，吾敢谓之堂上亲供矣。

由于《官场现形记》描写"历历如绘"，当时的官场读者中，大约有不少人如同"督幕赵君"，对号入座，或如孙宝瑄，以为书中"所记多实有其事，并非捏造"。"连阅得数人事，皆笑不可仰"。1904年6月17日出版的《世界繁华报》第一一二三号上刊载一则广告说：

此书描摹官场丑态，无微不至。某京卿谓：邹应龙打了严嵩，严嵩犹说：打得好！打得好！今之官场中人无不喜读此书，同此意也。

据说，慈禧太后听人说《官场现形记》如何如何，点名"索阅是书"，阅后"按名调查，官吏有因以获咎者"，《官场现形记》也因此而"书名大震，销路愈广"（顾颉刚《〈官场现形记〉之作者》）。

尤其值得注意的是，这部书不仅在广大读者中引起了巨大反响，而且它在当时的小说界引起了令人惊奇的连锁反应。《官场现形记》发表之后，在创作界迅即掀起了一场"官场热"与"现形热"。

我做了一番粗略的统计，《官场现形记》之后，以"官场""宦海"命名的小说，有二十四部；以"现形记"命名的，除《后官场现形记》《新官场现形记》《特别新官场现形记》，还有二十一种。

此外还有一些小说，虽然在标题上没有"官场""现形"之类的字样，实际上也是暴露"官场"或社会某一方面的"现状"的，明显是受了《官场现形记》的影响，如白话道人（林獬）《新儒林外史》、姬文《市声》、黄小配《廿载繁华梦》、讷夫《上海之秘密》、新中国之废物的《商界鬼蜮记》、八宝王郎（王静庄）的《冷眼观》等。至于《官场现形记》作者李伯元的《文明小史》《活地狱》等，则分明是《官场现形记》的续篇。

无论中国、外国，都出现过一书既出，群起仿效的现象。一部《红楼梦》，引出了一大批《红楼梦》的续书；一部西班牙的流浪汉小说《小癞子》，在欧洲文坛上引出了一长串流浪汉（请参看杨绛著《关于小说》，吉列斯比著《欧洲小说的演化》）。可是，这种现象毕竟不多。像《官场现形记》这样在短短数年间引出四十多部仿效之作的，更是少而又少。这不能不说是中国小说史上的一场奇观。

解读《官场现形记》

二 《官场现形记》的作者是谁

《官场现形记》的作者是谁？近些年来，随着一些资料的发掘和对资料的解释，成了一个引人注目的问题。

过去，大家公认为这部书的作者是李伯元。近些年，日本学者樽本照雄认为，《官场现形记》是李伯元和欧阳钜元"共同写的作品"。于是，此书是一"元"之作还是二"元"之作，便值得重新研究。

李伯元，名宝嘉，又名宝凯，字伯元，别号南亭亭长，笔名有游戏主人、讴歌变俗人等。江苏武进（今常州市）人。清穆宗同治六年（1867年）四月二十九日生于山东，清德宗光绪三十二年（1906年）三月十四日病逝于上海，活了不到四十岁。

李伯元的祖先是唐朝宗室昭王李汭的后裔。昭王第三子李京的后世子孙，繁衍于安徽歙县、休宁、祁门及江西昌水一带。明末清初，世居安徽休宁的李汭后裔李遇龙（仲徽）迁居江苏常州，入籍武进。李家的这一支，从此成为武进人。

李伯元的个人生活是非常不幸的。他的祖父活了不到三十岁，祖母年轻守寡，父亲年幼失怙。不料这种悲剧在下一代人中又重演了一次。伯元的父亲李翼辰逝世时年仅二十七岁，遗子女各一，子即伯元，当时才六岁；胞妹李淑方，是遗腹女。母亲年轻守寡。两代人的经历，极其相似。幸亏这个家族的凝聚力很强。伯元祖上三世同居，没有分家。伯元的曾祖逝世后，家乡的房产被兵灾所毁。其时伯祖李锡琨（嗣卿）和他的儿子李翼清即伯元的堂伯同在山东服官，家属均避居山东，同住一起。伯祖去世后，全家即由堂伯李翼清负责照料生活。

李翼清字念仔，监生，历任山东肥城、胶州等知县，兖州同知，光绪十四年（1888年）升东昌府知府，山东候补道。翼清有七子七女，因正室管夫人早亡，将家务委托堂弟妇即李伯元的母亲代为主持。因此，伯元在其童年仍能得到一些家庭温暖，使他的聪明才智得以正常发展。

李翼清秉承家教，笃于亲情。堂弟逝后，他视子侄均如己出，对李伯元尤悯其早孤而爱其聪慧，期望小侄儿早成大器，以振家门。伯元的母亲吴氏（1843—1909年），甘泉人，候选通判吴荥之女，有文化。她是一位贤母，对于年幼失怙的儿子毫不姑息，要求很严格。李伯元因此学业精进，多才多艺，

73

名家解读古典名著
世情讽喻小说(中)

青年时期便表现出多方面的才能。他不仅擅长制艺，而且能诗善赋，能书会画，工于词曲，精于篆刻，对于金石、考据之学，也无不触类旁通。此外，他对音乐也有特殊爱好，对语言音韵之学做过比较深入的研究。平时风流自喜，"颇以东山丝竹、南部烟花为乐"（郑逸梅《南亭亭长》）。月明风清之夜，有时品箫吹笛，自娱娱人。

李翼清在山东做官多年，为官清正廉明，是一位与众不同的官吏。据民国十一年（1922年）《增修胶（胶州）志》记载，他曾在当地兴办学校，"捐廉延师"，使家庭贫寒的孩子也能"入塾肄业"。他还曾"平反冤狱"，为民伸冤。此外，注意发展经济，造福乡里，曾在沿海地区植树造林，达"数十万（株）之多"。荒年歉收，民生艰苦，李翼清曾开仓赈济，平抑粮价。由于他为地方做过这些好事，当地的人一直记着他。

李伯元在这样的家庭环境中度过了他的童年、少年和青年时期，加上过人的敏感与聪慧，便使他在观察社会和用文学手段反映社会时，有了自己独具的眼光、胸怀与气度。

李伯元像当时所有出身于仕宦人家的子弟一样，小时候曾经熟读四书五经，想通过科举考试，求取一官半职。按照当时的规定，参加乡试的考生，必须是本籍人。因此，李伯元曾不止一次从山东回原籍江苏武进参加考试。此外，他的堂兄以道员总办滁州厘局，"招襄办文案"，他曾到过安徽。他可能还到过一些别的地方。

李伯元在大江南北多次往返，增长了知识、见闻，思想日趋成熟，他对官场的态度，也因而变得矛盾复杂：一方面，"其家庭上自祖父辈下及兄弟侄辈俱以科第显，外官则从牧令以至监司，京官则或居枢要，或登清秘。"他并非出身于一般佐杂小官之家（李锡奇《李伯元生平事迹大略》），并且自幼养育他的伯父又有良好的政声，非一般贪黩之徒，"官"在他心目中的形象并不全坏。因此，如果认为他从小就对科举与官场有清醒认识，绝意仕进，或者以为他像某些人那样，对官场与科举怀有本能的仇恨或酸葡萄心理，那是不符合事实的。但是，另一方面，正因为李伯元出身于世代仕宦之家，对于官场中的所见甚多，一旦有感于时代风云，产生比较清醒的认识，他对官场与科举也就容易富于理性的态度。他对于科举仕途的冷淡，将会是真正的冷淡，他对于官场的否定，也会是彻底的否定。在山东时，李翼清为李伯元捐纳了一个本省府经略的功名，在家候补，可是伯元本人却无意于此，终于未去报到。

光绪十八年（1892年），李翼清在山东东昌府任职期满，辞官归里。李伯元和他的母亲吴氏、妻子钟氏、胞妹淑方，随同伯父回到故乡。这时他已二十六岁。李家原在常州北门青山桥罗卜坝居住，祖宅在战争中毁于兵火。全家归常后，卜居常州市青果巷。这所房屋直到20世纪50年代还存在，当时的门牌是257号。

第二年，光绪十九年（1893年），李伯元以第一名考中秀才，补廪生，光耀门庭。李伯元的兄弟叔侄辈中，有几个人和他年岁相若。同辈中有李宝箴、李宝泩，侄辈中有李祖曜、李祖年、李祖杰等，多是翩翩公子，英俊少年。大家经常在一起出入，在邻里士绅中颇引人注目。

1894年中日甲午战争，在中国历史上揭开了新的一页。《马关条约》签订后，法、英、德、俄、美一起向中国伸手，兴起割地狂潮。正当此时，李伯元的堂伯李翼清在常州病逝。"伯元内伤门庭的多故，外感国势之阽危，慨然有问世之志。"他决定到上海去，开创一片自己的新天地。

在离开常州前，李伯元曾从传教士学习英文，又协助族人编修了李氏宗谱，为胞妹淑方筹办了婚事。他尽了自己为人之子和为人之兄的责任，然后便同老母吴氏、妻子钟氏到上海去了。

当时的上海，只有《申报》《新闻报》《字林沪报》等几家报馆，所刊印的都是大型报纸。1896年6月6日（光绪二十二年丙申四月二十五日），在上海英租界大马路东头新开设一家报馆，创办了大型报纸《指南报》。李伯元到上海后，先在《指南报》馆任职。

第二年，1897年6月24日（光绪二十三年丁酉五月二十五日），李伯元在上海创办了《游戏报》。这是一种小报，与大报颇有不同。大体首列一文，以下就连排趣味性的新闻，末附诗词、杂著。每天约五千字，排成两个方形版。反面是广告。共四版，用中国纸，单面印。

《游戏报》的报名和报中一些内容，容易使人产生误解。其实，李伯元的办报宗旨是相当严肃的。在1897年8月25日出版的《游戏报》第六三号上，有一篇《论〈游戏报〉之本意》曾予说明：

《游戏报》之命名仿自泰西，岂真好游戏哉？盖有不得已之深意存焉者也。慨夫当今之世，国日贫矣，民日疲矣，士风日下，而商务日亟矣。有心世道者，方且汲汲顾景之不暇，尚何有恒舞酣歌，乐为故事而不自觉乎？然使执涂人而告之曰：朝政如是，国事如是。是犹聚瘖聋跛躄之流，强之为经济文章之务，人必笑其迂而讥其背矣。故不得不假游戏之说，以隐寓劝惩，亦

名家解读古典名著
世情讽喻小说(中)

觉世之一道也。

在1897年11月19日《游戏报》第一四九号上，有一篇《论本报之不合时宜》，再次予以说明"语涉诙谐，意存惩劝"之意。吴沃尧《李伯元传》说伯元创办《游戏报》是"以痛哭流涕之笔，写嬉笑怒骂之文"，可谓知言。

《游戏报》在大报之外别树一帜，"以诙谐之笔，写游戏之文。遣词必新，命题皆偶。上自列邦政治，下逮风土人情。文则论辩、传记、碑志、歌颂、诗赋、词曲、演义、小唱之属，以及楹对、诗钟、灯虎、酒令之制，人则士农工贾，强弱老幼，远人通客，匪徒奸宄，倡优下贱之俦，旁及神仙鬼怪之事，莫不描摹尽致，寓意劝惩。无义不搜，有体皆备。"（《游戏报》重排书版印本《告白》）这正好适合当时上海滩上各阶层读者的阅读需要。因此，"一纸风行，中外称颂，一时朋辈咸为主人庆，以为《申（报）》《新（闻报）》各报开创伊始，无若是易也"。（《游戏报》第二〇七号）

《游戏报》的成功，充分显示了李伯元办报的才能。当时的报馆，不像现在的报社，它既没有庞大的机构，也没有众多的人员。报馆里的各种工作，主要是由李伯元一人承担。他既是编者，又是作者，又是发行者，"内外之事，仆以一身独任其艰。往往日过晡，论说未脱稿，手民（排字工人）环于前，友朋集于后，手挥口应，日不暇给"（《游戏报》第二〇七号）。

伯元兢兢业业，勤勉工作，"只辞之斟酌，一字之推敲，稍有未协，心即不能释然，盖数月以来如一日也。"他深知"报纸一出，实千万人之属睹"，常劝勉报馆同人："毋以新闻之无关重要而敷衍了事，毋以告白（广告）之获赀微薄而校对稍疏，坚守初心，宏兹茂誉。"因此，《游戏报》在上海滩上声誉日隆。"于是冠裳之辈，货殖者流，莫不以披阅一纸《游戏报》为无上时髦。南亭亭长李伯元，名乃大噪"（郑逸梅《南亭亭长》）。

上海是一个商业化城市，各行各业大都竞争得很厉害。一样东西赚了钱，仿效者群起；一样事情出了名，追随者鱼贯。李伯元创办的《游戏报》，是上海第一家小报，由于编者经营得法，销路甚广，名利双收。于是报界纷纷仿效，一时靡然成风。《游戏报》报馆设在四马路大新街惠秀里。在相距不远处的迎春坊口，当时的著名小说家海上漱石生孙玉声创办了《笑林报》，与惠秀里望衡对宇。周围一带，小报纷纷蔚起，"踵起而效颦者，无虑十数家"（吴沃尧《李伯元传》）。

在办报过程中，李伯元逐渐显露出多方面的才能。他不再甘心于仅仅做一名报人，而想在文学艺术的许多领域中一展身手。1897年11月，他在《游戏报》上连续刊登了组织文艺社团"艺文社"的告白、缘起、例略和章程等四篇文章,俨然以文坛组织者自期。后来,1899年,他又发起组织了书画社。

"嘤其鸣矣,求其友声"。为了广交文友,扩大影响,《游戏报》上经常出题征文。1899年,鲁迅在南京江南陆师学堂附设的铁路矿务学堂读书,曾参加《游戏报》的征文活动。在1899年12月19日《游戏报》公布的征诗得奖名单里,周树人(鲁迅)的名字列在前十名中。从这里"可以看出鲁迅在后期具有高度战斗性的杂文的风格,和巧妙的运用民间笑话、寓言、歌谣、谚语去讽刺当时政治的黑暗,是受到了晚清讽刺文学不少的影响"。(路工:《鲁迅与民间文学》)由此也可见李伯元所编的《游戏报》对东南一带的文学创作起过一些积极作用。

由于游戏报馆和各方面的人士取得了广泛联系,号称"游戏主人"的李伯元很快成了上海滩上的大忙人。过分忙碌的李伯元,需要有一个得力的助手。正当此时,欧阳钜元(源)找上门来。欧阳钜元,原名欧阳淦,字钜元,有时书做"钜源"。他原籍湖南或安徽,因读书应考都在苏州,被视为苏州人。欧阳钜元和后来成为著名小说家的包天笑是老朋友,两人同时进学,在乡、会试称为同年。包天笑后来回忆道:"他比我年纪小得多,进学时不过十四五岁,然而身躯魁伟,有如成人。当时苏(州)城是长、元、吴三县,不过我考的是吴县,他考的是长洲,'茂苑'两字,就是长洲的别名。"后来欧阳钜元起笔名为"茂苑惜秋生",即因长洲之故。此人早慧,十六岁时,文章词赋已典赡富华,并且笔下极快。1898年(光绪二十四年),欧阳钜元从苏州到上海,向《游戏报》投稿。他以不凡的文才得李伯元赏识,两人很快结为知己。1899年1月12日《游戏报》第五六九号上发表了欧阳钜元的《上游戏主人小诗四章聊博一粲》,署名"惜秋生"。诗云:

彰瘅居然擅史才,诙谐讥刺意兼赅。
瀛洲弱水三千丈,手墨数行飞渡来。

胭脂南部寄风流,都付调人椽笔修。
一例贬褒参史意,蛾眉从此有春秋。

过江名士多于鲫,独让元龙意气豪。
一纸烟云供驱使,无端笑骂是牢骚。

名家解读古典名著
世情讽喻小说(中)

雄辩能摧四座锋,秘书十万早蟠胸。
李邕自是投时器,出匣干将便化龙。

从诗中可以看出,欧阳对伯元非常理解,也非常敬重。两人对社会上一些丑恶现象都很憎恶,并予以"诙谐讥刺","无端笑骂"。这是他们结为朋友的思想基础。对这一点,应该首先给予充分肯定。

他们的友谊产生了积极的后果。当时,李伯元的手下,最需要的就是像欧阳钜元这样的人。欧阳钜元多才多艺,不仅诗、词、歌、赋,样样来得,还会写小说、戏曲。序跋一类的文章也写得不错。后来,他写过长篇小说《负曝闲谈》,戏曲《新上海传奇》《维新梦传奇》《拿破仑》《玉钩痕传奇》(与庞树柏合作)等。

《负曝闲谈》,共三十回,署名蘧园("钜元"谐音),在晚清谴责小说中是较好的一种。阿英认为,"他有李伯元不到的长处,即是文笔爽健灵活"(《晚清小说史》)。还有人认为"《闲谈》工于描写,笔墨极超脱,极灵活。趣味最为浓厚。除以讽刺或谴责的意味来烘托或描写社会的罪恶或丑态之外,写景状物,都有特长,生趣盎然,情韵不匮,有引人入胜的力量,实在是很值得称赞的"。看了这部小说,当时"中国各种社会的情态,如同活动电影一般,一幕一幕地复演在我们面前"。甚至有人认为,在艺术技巧方面,《负曝闲谈》有的地方"比李伯元的《文明小史》《官场现形记》高明;与《老残游记》相比,也各有短长"(徐一士《〈负曝闲谈评考〉序》)。

不久之后,欧阳钜元便被正式请进《游戏报》馆,成了《游戏报》的顶梁柱。

据包天笑《钏影楼笔记》说,欧阳钜元告诉他,李伯元自得这位好友,便把《游戏报》"完全交给了钜元,自己完全不动笔,即小说亦由钜元代作。伯元一天到晚,就是应酬交际,作花界提调而已"。这些话是否可靠?钜元所说的情况,是指李伯元初得欧阳的一小段时间,还是指以后许多年?这都有待研究,很难以包天笑转述的话作为可靠依据。但是,李伯元自有欧阳之后,编报、写作等各项事业便别开生面,进入了一个新的时期,这却是事实。因此,研究李伯元和《官场现形记》,不能不注意欧阳钜元。二元相聚,实为李伯元创作生涯中的一件大事。魏绍昌先生编《李伯元研究资料》,特为欧阳编成一辑,可谓善举。

欧阳之来,使李伯元不仅能有时间重温旧好,绘画篆印,并有时间与各界人士广为联系,相互切磋。这对他从事编报工作和小说创作都大有好处。

当时报界著名人士、著名小说评论家邱炜菱（菽园）在《广诗中八友歌》中这样描写李伯元：

> 游戏主人昂首搔，搔首问天心则劳，筝琶混混皆哺糟，羞着摩诘郁轮袍，批风抹月月旦操。

当时号称诗坛盟主的著名诗人王闿运（湘绮）在论同人诗八绝句并序中称"李伯元诗，专拟唐人，以神韵为主，下字矜慎，殆为炉锤"。诗云："丽句清词似女郎，风情绵邈骨坚苍。如今江树垂垂发，怀旧伤春一断肠。"

由此可见，李伯元在19、20世纪之交，已成为文学界非常知名的人物，虽然他那时还没写《官场现形记》等著名小说。

多财善贾，长袖善舞，朋友多容易出名，名声大容易办事。光绪庚子（1900年）初，李伯元继创办"艺文社"、"书画社"之后，又兴致勃勃地创设了"海上文社"，并于同年3月创办了《海上文社日报》。《日报》是海上文社的机关报，"内容为社说、社榜、社谈、谈薮、笔记、杂著、艺苑。刊有邱菽园等人的著作。馆设大马路亿鑫里。油光纸，单面印，每张售钱四文"。（阿英《晚清文艺报刊述略》）

海上文社，以文会友，有些活动带有文字游戏的性质，但却吸引了很多人。文社月分诗、钟等三课，应课者每卷交钱二十文。"海内才人，一时毕集。远如香港潘兰史，厦门林菽庄，皆与其盛焉。"有一天，文社收到一份文卷，署名"黄琼英女士"。看其笔迹，簪花细字，分明出自一位名门闺秀之手。卷中之诗，迥绝恒流，遂将黄女士这份文卷列为本次应征文卷的冠军。从此之后，这位黄女士经常来信问候李伯元，但却对自己的地址保密，使李伯元无法与她联系。有一天，忽然有一位客人到大马路亿鑫里海上文社拜访李伯元。李伯元一看名片，正是那位在应征文卷中夺得冠军的黄琼英女士，大喜过望，连忙倒屣出迎。到了门外，见到来客，原来是老朋友沈寿康。沈寿康是上海中西书院山长，巍然男子。两人相视大笑。这桩趣事，反映了当时上海文坛上活泼有趣但却不够严肃的风气。后来被人称为"海派文人"的作风，于此已见端倪。

海上文社的创立，对于团结上海文人，形成上海地区专业作家队伍起了一定的作用。

同时，伯元进一步总结了海内外各家报纸的经验，意欲有所作为。他在给邱菽园的信中写道："海内外日报诸家，足以令人服善者，唯天津《国闻报》为最；次则新嘉坡之《天南新报》，为其首持公论，力任开化，不随世运

名家解读古典名著
世情讽喻小说（中）

为转移，不窥祸福而趋避也；此外，香港《华字日报》亦堪引为同论。"

邱菽园（1874—1941年），名炜萲，号菽园居士、星洲寓公、啸红生等，福建海澄人。光绪举人，入赀为道员。后去南洋经商，成为星洲（新加坡）很有声望的华侨。戊戌变法失败后，康有为流亡海外，曾得到他经济上的援助。邱既工诗文，又从事小说的创作与研究，著有《啸虹生诗钞》、小说《两岁星》、评论《客云庐小说话》《挥麈拾遗》《菽园赘谈》等。当时，他是新加坡《天南新报》的主编。李伯元在来信中对《天南新报》的评论，使邱菽园叹为知己。

从这些文字记载中可以看出，李伯元的《游戏报》中虽不免有许多游戏文字，但伯元本人却并非一个不关心国家大事、缺乏政治理想的人。他称赞《天南日报》首持公论，力任开化，不随世运为转移，不窥祸福而趋避，这也正是他对自己的期许。因此，他才能在不久之后写出《官场现形记》。

《游戏报》自光绪二十三年五月二十五日（1897年6月24日）创刊以后，风行上海，销路一直见好。由于它很受读者欢迎，光绪二十五年（1899年）还曾重排书版本一次，自第一号起，每二十日为一册。这份报纸何时终刊，现已不详，仅就阿英访求所得，可证明已发行至宣统二年（1910年），约五千号。李伯元只在前三年即1901年以前任主编。这时，仿效《游戏报》的小报纷纷蔚起，有广东番禺人李芋仙任主笔的《寓言》报，上海高太痴任主笔的《消闲报》，安徽歙县人周病鸳任主笔的《同文消闲报》，广东南海人吴趼人任主笔的《采风报》等，无虑十数家，群起竞逐，"名骎骎驾于《游戏》"，但"均望尘不及也"。李伯元面对上海报界这种踵起效颦的局面，不禁笑道："一何步趋而不知变哉！"于是，他决定变换一种方式，另编一报。

光绪二十六年庚子（1900年）是中国历史上一个特殊重要的年份。这一年，北方爆发义和团运动，"数月之间，京城蔓延已遍，其众不下十数万。自民居以至王公府第，处处皆是，同声与洋教为仇，势不两立"（五月三十日上谕）。清政府迫于形势，于五月二十五日（公历6月21日）对洋人宣战，并悬赏购洋人头："杀一男夷赏银五十两，女夷四十两，幼夷二十两"。德国公使克林德被杀，各国使馆被围。京城一片混乱。昨天还在对民众坚决实行镇压的慈禧太后，今天却企图利用团民与洋人"一决雌雄"。"生杀予夺，皆在团，团曰可，不敢否，团曰否，不敢可"（李译楼《义和团事实》）。自称明朝后裔的义和拳首领朱红灯，不久前以"反清复明"号召群众起义，不久之后改提"扶清灭洋"。团民内部在"反清""扶清"方面意见很不一致。政府内部，帝党、后党在对内对外的政策上，意见也很不一致。形势瞬息多变。荒唐的思想、政策，必然造成荒唐的结局。自鸦片战争以来，久蓄侵略野心的帝国主义列强组成八国联军，于六月十七日（公历7月13日）攻陷天津，向北京进发，在京津及所到地区，烧杀抢掠，无恶不作。慈禧太后携光绪皇帝仓皇逃出北京，到西安避难。七月二十日（公历8月14日），八国联军攻陷北京。本已灾难深重的中国，陷入新的黑暗的深渊。人民对政府彻底失望。

在这样的时代背景下，李伯元把《游戏报》卖给他人，在光绪二十七年辛丑三月十九日（1901年4月7日）创刊《世界繁华报》。《世界繁华报》继续采用嬉笑怒骂的方式，寓议论于"消闲"之中。馆址设上海大马路泥城桥东亿鑫里，日刊一张，先售七文，旋改八文，后又涨至一分。大小如现在大报一张之横裁半页，仍属"小报"之列。内容约分为讽林、艺文志、野史、官箴、北里志、鼓吹录、时事嬉谈、谭丛、小说、论著诸类。其中有许多反映当时所谓"洋场才子"生活的游戏笔墨，但也时有严肃的内容寓于轻松的形式之中。"讽林"一栏，每天登一首诗词，有如卷头诗、开场白，大都是讽刺、幽默作品。有些作品对当时的官场予以无情暴露，辛辣讽刺。"艺文志"与"小说"栏内，刊出过不少近代文学中的名作。

庚子（1900年）是李伯元创作生涯的转折点。这以前，他"喜为俳谐嘲骂之文，庚子后始致力小说"（阿英《清末四大小说家》）。

自1901年10月开始，李伯元在《世界繁华报》上发表《庚子国变弹词》，逐日连载，至1902年10月完毕。同年10月朔望，由世界繁华报馆印行线装巾箱本六册。全书共四十回，署南亭亭长著。这部书，"不仅替一向把题材局限于男女私情的弹词小说，开拓了一条富有社会性的新路，也是中国反帝文学在弹词方面的最初一部书"（阿英《弹词小说论》）。

从此李伯元这位"游戏主人"成为一位辛苦耕耘的著名小说家，真有"讴歌变俗"之志。欧阳钜元随同李伯元一起由游戏报馆转入《世界繁华报》馆，仍然是李伯元最得力的助手，对伯元编报帮助很大。两位挚友，在各自的小说创作活动中都从对方受益匪浅。二"元"之间，帮助、启发，不是单方面的。只看到李伯元对欧阳钜元的帮助，或如包天笑所言，只强调欧阳钜元对李伯元的帮助，甚且认为伯元所做的一切，均有欧阳钜元代劳，不合事实，也不合情理。

李伯元与欧阳钜元之间，有相同处，也有不同处。《世界繁华报》与《游戏报》之间，也有相同处和不同处。

名家解读古典名著
世情讽喻小说(中)

  《游戏报》是中国小报之祖。当时所谓"小报",是对《申报》《新闻报》等大报而言。它是上海这片十里洋场上的特殊产儿,是适应都市精神生活的特殊需求而创办的。都市中人,有人太闲,有人太忙。这两种人,在物质方面,可能处于生活的两个极端,在精神方面,却有某些共同的追求,其一是消闲。李伯元从常州到上海,创办《游戏报》,正适应了这一方面的需求,因此一举成功,骤享盛名。

  《游戏报》"为文典赡风华,得隽字诀",滑稽、打油,"得松字诀";报中"谈风月,说勾栏","有谐文,有笑话,有花史,足以倾靡社会"。(郑逸梅:《孤芳集》)是一种典型的消闲读物。李伯元因创办《游戏报》而驰名海上,但也颇受声名之累。这得从当时的社会环境说起。

  清末民初,由于中华帝国久已沦为半封建半殖民地社会,颓唐之风弥漫城乡,士风、民风在有些方面很不健康。即使在正正经经的读书人中,玩妓女、吃花酒之类的事情也并不少见。特别是在十里洋场的上海,包天笑回忆说:"在19世纪之末,我乡父老都不愿子弟们到上海去,说这像是一个黑色大染缸",是一个"污浊的租借地"(《补述茂苑惜秋生事》)。

  李伯元身处这只"大染缸"中,不仅自己没能逃掉"近墨者黑"的命运,并与朋友、读者以"墨"相濡。他为了迎合读者趣味,扩大报纸销路,曾在《游戏报》上将林黛玉、陆兰芬、金小宝、张书玉四位上海名妓树为"四大金刚",并在丁酉(1897年)、戊戌(1898年)和庚子(1900年)这三年中在报上举办了三次"花榜"。他还搞过几次"叶榜""武榜""艺榜",选色征歌,评定甲乙。这已经足以使他招致物议。更何况文人相轻,自古皆然,声名所至,谤亦随之。因此,如何认识与评价李伯元,就成为一件至今犹待深入研究的事。

  其实,平心而论,号称"游戏主人"的李伯元,并非一名游戏人生的人。他是恭世而玩。李伯元的知友,《二十年目睹之怪现状》的作者吴沃尧称他"夙抱大志,俯仰不凡,怀匡救之才"(《李伯元传》)。伯元的堂弟李锡奇说:"伯元愤于满清政治腐败,戊戌变法未成,甲午惨败之后,国家瓜分之祸迫在眉睫,非大声疾呼,不能促使全国上下觉悟,而欲唤起群众,须以报纸为宣传利器。"因此,他才离开家乡,去上海办报纸。李伯元之所以以"小报"办起,是由于他认为:"报纸要吸引群众兴趣,则非用游戏一类软性文字不可,否则不易见效。"离开家乡之前,李伯元曾与亲友讨论过自己的这种办报主张,还一起商量过办报方法。"后来他在上海编小报,写小说,确乎始终如一地体现了这种主张，未背初衷"（李锡奇《李伯元生平事迹大略》附记六）。这些话都是可信的。

　　结合李伯元的这些主要方面来看《游戏报》和《世界繁华报》，便不难看出，谈风月，说勾栏，轻佻文字，游戏笔墨，在很大程度上只不过是李伯元为了适应上海这个商业都市以便扩大报纸销路的"一种手腕"。这种经营手段或有未当，但它并非办报人的主旨。庚子事变，使夙抱大志的李伯元在思想上受到很大的刺激，他新创办的《世界繁华报》，也因而有所变化，吴沃尧称它"又别为一格"（《李伯元传》）。周桂笙称它"别树一帜"。"一纸风行，千言日试，虽滑稽玩世之文，而识者咸推重之"（《新庵笔记·书繁华狱》）。张乙庐说，《繁华报》"体裁仿《中外日报》（时名《时务报》，为汪穰卿主笔，后为法捕房封禁，改《中外》）"。"时人推为小报牛耳"（《天涯芳草馆笔记》）。从这些当时人的评论中，都可见《繁华报》有它不同寻常之处，不可过于轻视。在当时的所谓"花报时期"中，《世界繁华报》一花独秀，颇具特色。因此，胡适说，他初到上海时，"还见着《繁华报》。当时上海已有好几种小报专记妓女的起居、嫖客的消息、戏馆的角色等事，《繁华报》在那些小报之中，文笔与风趣都称得第一流"（《〈官场现形记〉序》）。

　　光绪二十七年辛丑（1901年），清朝政府为了挽救自己行将灭亡的命运，宣布开始"变法"，推行所谓"新政"，其中之一是重开经济特科。这一年，由内外大臣保荐各地人才，定于癸卯（1903年）闰五月十六日在京举行考典。李伯元也在被推荐之列。推荐他的是曾国荃的孙子湘乡曾慕涛侍郎。李伯元这时早已绝意仕进，坚辞不赴。他说："使余而欲仕，不及今日矣！"有一位名叫周树模的御史，湖北天门人，曾任副主考，见到推荐奏章，上疏弹劾，指控李伯元"文字轻佻，接近优伶"，不应荐举。据说，这位周御史之所以将李伯元列诸弹章，是因为李伯元所编的报纸中，嬉笑怒骂，"曾以文字开罪于周"（顾颉刚《官场现形记〉之作者》）。李伯元得知遭受此人弹劾，"笑曰：是乃真知我者。自是肆力于小说"（吴沃尧《李伯元传》）。李伯元的这一举动，颇受当时人的尊重。魏如晦（阿英）在《清末四大小说家》中称他："尝被荐应经济特科，不赴；又曾为显者所劾，亦不惧，抨击时政如故，时以为高。"吴沃尧、周桂笙、邱菽园等人在传记、诗歌中称李伯元为"征君""征士"，都借以表示了对李伯元绝意仕进、征而不赴的敬意。

　　一声鼙鼓，惊破霓裳；江湖岁晚，少陵忧思。自从发表了《庚子国变弹词》之后，李伯元进入了文学创作的高峰期。经过长期酝酿，光绪二十九年

名家解读古典名著
世情讽喻小说(中)

癸卯（1903年）春，李伯元开始在《世界繁华报》上连载他的代表作《官场现形记》。这部书立即受到广大读者的欢迎，"购阅者踵相接"，几乎每天都有人到繁华报馆订购全书。李伯元决定将全书分编陆续出版，以应读者之需。在1903年9月8日出版的《世界繁华报》第八九二号上刊出过一则出书预告：

南亭新著《官场现形记》：本报所撰之《官场现形记》一书，虽甫成十二回，已得九万余言，颇为阅报诸君所称许。来馆指购全书者，几无旦蓂有。本馆特将前十二回先行刊印成书，以应远近之购取。定于重阳节前出版，谨此布告，以慰殷盼。本馆谨启。

这是《官场现形记》的初编，包括全书第一回至第十二回，分六册刊印。书前载有茂苑惜秋生（欧阳钜元）作于癸卯（1903年）中秋后五日的一篇序文。这是一篇写得很好的"官场论"，对于全书宗旨作了深刻的揭示，文笔犀利，富于感情，可以当作独立的文章阅读。以后各种版本的《官场现形记》大都转载了欧阳钜元这篇序文，它曾经一度被人误以为是李伯元假托他人名义自作之序。

1904年，出版了《官场现形记》的续编（第十三回至第二十四回）和三编（第二十五回至第三十六回）。李伯元在致刘聚卿的信中，曾托在南京任商务局总办的刘聚卿代销初续编，并在致刘的另一信中谈到："拙著《官场现形记》，随手拈来，绝无成见，不料督幕赵君，竟因此辞馆，殊出意外。"可见此书在官场上已赢得许多读者，并产生强烈反响。

1904年6月17日出版的《世界繁华报》第一一二三号上刊出的一则售书广告云：

（一）中国官场，魑魅魍魉靡所不有，实为世界一大污点。然数千年以来，从未有人为之发其奸而摘其覆者，有之，则以南亭此书始。此书措词诙谐，不减于《儒林外史》，叙事详尽，不亚于《石头记》。有欲研究官场真相者，无不家置一编，洵近来小说中唯一无二之钜制也。

（二）此书描摹官场丑态，无微不至。某京卿谓：邹应龙打了严嵩，严嵩犹说打得好！打得好！今之官场中人，无不喜读此书，同此意也！

这虽然是一则广告文字，却很值得注意：第一，它明白地表示了作者对于"中国官场"的鲜明立场。作者的目光所及，不是官场上的某一个人，而是"中国官场"这个整体。所谓"中国官场"，即中国政府。当时，"戊戌变政既不成，越二年即庚子岁而有义和团之变，群乃知政府不足与图治，顿有掊击之意矣"（鲁迅《中国小说史略》）。李伯元的这部书，发抒了当时群众的心声。借用鲁迅评《儒林外史》的话来说，"乃秉持公心，指摘时弊。"只不过它的"机锋所向"，不是重在"士林"，而是"尤在官场"。虽然它在艺术上不能与《儒林外史》相媲美，故鲁迅"别谓之谴责小说"，但它和《儒林外史》属于同一脉路并在某些方面有所发展，则是显而易见的。第二，这段文字将《官场现形记》初编、二编的艺术特点概括为"措词诙谐""叙事详尽"八个字，是比较准确的。第三，作者在艺术上为自己树立了两个榜样：《儒林外史》和《石头记》（《红楼梦》）。他有意识地摆脱了中国古典小说中类似《三国演义》那种"七分真，三分假"的"讲史"小说传统，也摆脱了类似《忠义水浒传》那种颂扬忠义、描写英雄的"传奇"小说的传统。他在小说的内容上是"反英雄"的，在艺术上重虚构。这都表现了中国人在小说观念方面的可喜转变，具有近代色彩。此外，文中说《官场现形记》"洵（实）近来小说中唯一无二之钜制"，"今之官场中人，无不喜读此书"，也都符合史实。它从一个侧面反映了作者良好的创作心态。这种心态，是全书得以成功的保证。

距以上这段文字之后不到一周时间，1904年6月23日，李伯元在《笑林报》第一一七一号上，又发表了这样一则告白：

古人著书，稿至三四易五六易而成。此著乃初脱稿耳，阅者倘为纠谬绳愆，或以个中丑状详细胪示著者，拟俟投函齐后，评定甲乙。第一名赠本书五十部，二名赠三十部，三名赠二十部，以下酌赠。如欲现洋，即照批价付值。本埠一月为限，外埠两月，函交繁华报馆。著者附志。

这则告白，使我们想起两则古代故事：一是吕不韦以千金重赏征求读者对《吕氏春秋》的修改意见；一是蒲松龄设烟茶于道路，征集《聊斋志异》的创作素材。这则告白，表现了作者严肃认真的创作态度和虚心求教的风格，同时也可见作者在初编、二编获得极大成功之后的喜悦心情以及他继续写好全书的坚实信心。这样一位作家，绝不会像包天笑在《钏影楼笔记》《补述茂苑惜秋生事》等文中所说的那样，"自己完全不动笔"，把由自己辛苦构思的小说交由欧阳钜元"代做"。至于说"《官场现形记》开头是李伯元自己写的，后来是伯元搜集了材料，交给欧阳写的，他忙于应酬交际，而且也乐得省力"。这更是无稽之谈。李伯元当时正处在文学创作的峰巅期，精力充沛，意气风发，他只需要一个助手，而不需要"枪手""替身"。

李伯元放弃了做官的机会，专心一意地从事小说创作，有如长吉呕心，

名家解读古典名著
世情讽喻小说(中)

他自然会像所有严肃的作家一样,很重视自己的著作权。《官场现形记》全书还没有写完,刚出版初编、二编,已经大得读者欢迎。书商看到有利可图,立即盗版偷印。李伯元为了维护自己的著作权,上法庭控告,打了一场官司。1905年,梁启超在日本编的《新小说》第二十期上登过一则消息:

上海有著为《官场现形记》者,以小说之体裁,写官场之鬼蜮。其书近经人翻刻,著者乃控之于会审公堂。据《中外日报》载此案,中有句云:"问官断得此书,毁谤官场,历历如绘。"

这大约是中国出版史上最早涉及版权纠纷的一个案例。由此亦可见李伯元对自己著作的珍爱。这样一位作家,他会把自己毕生中最得意的作品交由别人去写吗?

当时的李伯元,既是小说家,又是出版家。那时候,人们的社会分工不像现在这样细密。李伯元写小说,既是创作者,又是发行者;他编报纸,既任经理,又任主编。这使李伯元不可能像今天的专业作家那样埋头著书。他不得不与社会各界广泛联系。联系一广,流品必杂,上至达官贵人,下至妓女羽士,到处有李伯元的朋友。现存李伯元一张照片,大约摄于1904年左右,地点在上海龙华镇南首瓜豆园中。园主名陆绍庠,字云僧,别号瓜豆道人,上海人。秀才,浙江候补知县,拥房地产为业。瓜豆园占地十余亩,颇具台榭花木之胜。据刘文昭《李伯元瓜豆园雅集》介绍,照片中共十九人,李伯元之外,有日商三井洋行丝绸部买办金祖埙、房地产主宋赓棠、经营以丝绸为主的对日贸易业的辛仲卿、经营丝厂及纱厂的资本家徐仁杰、曾任华俄道胜银行及中法实业银行买办的席锡藩、中西药房创办人顾松泉、曾有活财神之称的施凤翔、浙江候补道、上海房地产巨擘周鸿孙,还有父亲是法国人的混血儿葛乐意、父亲是英国人的银行买办惠雨亭等,"都是当时上海有'身价'的著名绅商"。由此可见李伯元交友之广,也可见这位小说家生活积累之厚。

光绪三十二年丙午(1906年)正月,《官场现形记》在《世界繁华报》上全部连载完毕,并由繁华报馆出版。全书六十回,分订三十册,线装。第一册扉页注明系五版本,可能是指初编复印的版次。

自从《官场现形记》问世以后,世人对长篇小说刮目相看。晚清长篇小说的创作,进入了一个新的时期。长篇小说,不同于《游戏报》上那些篇幅短小的嬉笑怒骂之文,它有连贯的情节,宜于连续阅读。在报纸上逐日连载,虽不失为一种吸引读者的发表方式,但它毕竟有所不便。因此,凡是长篇小说创作比较繁荣的时期，大型刊物必应运而生。后来的《小说月报》《创造》《文学》《文季月刊》等大型刊物的相继问世，都说明这个问题。光绪二十九年癸卯（1903年）五月，李伯元在发表《官场现形记》的同时，主编了《绣像小说》半月刊，由商务印书馆发行。这是继1902年梁启超主编的《新小说》之后的又一个小说刊物。虽然其中也刊载戏曲、小唱之类，但主要是刊登小说。刊中小说，逐回绣像（插图），故名。第一期上，以"商务印书馆主人"的名义，刊出了《本馆编印〈绣像小说〉缘起》。这是中国小说发展史上一份重要文献：

  欧美化民，多由小说；榑桑崛起，推波助澜。其从事于此者，率皆名公巨卿，魁儒硕彦，察天下之大势，洞人类之颐理，潜推万古，豫揣将来，然后抒一己之见，著而为书，以醒齐民之耳目。或对人群之积弊而下砭，或为国家之危险而立鉴，揆其立意，无一非裨国利民。支那建国最古，作者如林，然非怪谬荒诞之言，即记污秽淫邪之事；求其稍裨于国、稍利于民者，几几乎百不获一。夫今乐（yuè）忘倦，人情皆同，说书唱歌，感化尤易。本馆有鉴于此，于是纠合同志，首辑此编。远摭泰西之良规，近挹海东之余韵，或手著，或译本，随时甄录，月出两期。藉思开化夫下愚，遑计贻讥于大雅。呜呼！庚子一役，近事堪稽，爱国君子，倘或引为同调，畅此宗风，则请以此编为之嚆矢。著者虽为执鞭，亦忻慕焉。

  李伯元曾被邱菽园称为"骈文专家"（《挥麈拾遗》）。这篇骈散兼行的《缘起》是否出于伯元之手，已难确考，但却不难从中看出这位《绣像小说》主编的文学思想与办刊宗旨。文中有几个方面很值得注意：一、作者有感于中西文化的碰撞，主张大力学习欧美与日本，"选摭泰西之良规，近挹海东之余韵"。二、作者认为，小说创作应考虑社会效果，力求"裨国利民"，因而他念念不忘于"庚子一役"，并望"爱国君子""引为同调"。三、他认为：小说的作用在于"醒齐民之耳目，或对人情之积弊而下砭，或为国家之危险而立鉴。"四、作者反对古代小说中"非怪谬荒诞之言，即记污秽邪淫之事"的写作方法。五、作者主张在艺术上力求创新，并求通俗，采用令人忘倦的"今乐（yuè）"而不用使人昏昏欲卧的"古乐"。

  在《官场现形记》和别的小说作品中，李伯元都实践了这些主张。在他的小说中，确实没有神仙鬼怪之类脱离现实的"怪谬荒诞之言"，也不记污秽邪淫之事，确实表现了作者"裨国利民"的爱国志愿，并在艺术手法上吸收了西方小说的优长。

名家解读古典名著
世情讽喻小说(中)

在《绣像小说》第一期上，李伯元发表了他的另一部著名小说《文明小史》。从1903年5月至1905年9月，连载五十六期。连载的时间和《官场现形记》在《世界繁华报》的连载时间（1903年4月—1905年6月）几乎相同。有人认为，"这是晚清一部最伟大的小说"，"在讽刺的笔调上，这部比较《官场现形记》还要大胆，在写实的技术上，这部比较《官场现形记》尤为进步"，（杨世骥《文苑谈往》第一集《文明小史》）。

令人惊奇的是，在上述两部小说不断连载的同时，李伯元还发表了另一部小说《活地狱》。全书连载于《绣像小说》半月刊，从1903年5月直到1906年李伯元病逝。阿英认为："这是一部非常重要的社会史料书，中国监狱史。"（《晚清小说史》）遗憾的是，它没有写完。

此外，《时报》自1904年6月12日创刊号起，陆续连载李伯元的另一部小说《中国现在记》，至1904年11月30日第一七二号为止，共十二回。《时报》上发表时未署作者名，李伯元逝世后吴沃尧为伯元作传，指出这是伯元的作品，世人才得知作者。这是"和《官场现形记》相类似的一部章回小说"，"写作技术，与《官场现形记》颇难分其轩轾。"

除了以上四部长篇小说外，在《绣像小说》还断断续续地连载了李伯元的说唱文学作品《醒世缘弹词》、戏曲作品《前本经国美谈新戏》十八出。这两部作品均署名讴歌变俗人，作者为李伯元无疑。

至于在李伯元身后多年才公开出版的《南亭笔记》十六卷，约十三万字，《南亭四话》（诗话、联话、词话、丛话）一〇七则，约二十五万字，其中的一部分可能也写于这一时期。

在《绣像小说》第一期上，李伯元以不同的笔名发表了《文明小史》《活地狱》《醒世缘弹词》和《前本经国美谈新戏》。而后，四部作品陆续连载，同步进行。与此同时，他在《繁华报》上连载《官场现形记》。写作之外，他还同时主编一报一刊（《世界繁华报》《绣像小说》）。他像一名将军，同时指挥着五路军马，在两个不同的战场上齐头并进，全军浩浩荡荡，好不威风。

在这种情况下，无论李伯元何等精力过人，没有一个得力的助手总是不行的。欧阳钜元这位年轻热情、"早慧丰才"的洋场才子帮了李伯元的大忙。二"元"如双驾马车，没有钜元的奋力拉拽，伯元的事业要想进行得那样顺利，几乎不大可能。

谈到欧阳钜元与李伯元的关系，不能因为他们并肩出入于青楼酒肆，就把他们看作"酒肉朋友"。他们的关系中虽有当时许多文人共有的不够健康的一面,但在主要的方面还是起了积极作用。在《游戏报》《世界繁华报》和《绣像小说》这两报一刊繁忙的编务中,欧阳出了大力。没有他,李伯元哪有那样充裕的时间去从事小说创作?

二"元"之间,首先应该注意的是他们共同的政治态度。他们都热爱自己的祖国,关心国家命运。庚子之后,李伯元怀着满腔爱国热忱,写了《庚子国变弹词》;欧阳钜元在《题乌目山僧〈庚子纪念图〉》中,表达了同样的感情。在《绣像小说》创刊号上,李伯元以"讴歌变俗人"的笔名,发表了《爱国歌》和《送郎君》:

爱国歌(仿时调叹五更体)

一更里,月初升,爱国的人儿心内明,锦绣江山须保稳,怕的是人家要瓜分。一解

二更里,月轮高,爱国的人儿胆气豪,从今结下大团体,四万万人儿是同胞。二解

三更里,月中央,爱国的人儿把眉扬,为牛为马都不愿,一心心只想那中国强。三解

四更里,月渐西,爱国的人儿把眉低,大声呼唤唤不醒,睡梦中的人儿着了迷。四解

五更里,月已残,爱国的人儿不肯眠,胸前多少血和泪,心里头一似滚油煎。五解

送郎君(仿时调送郎君体)

送郎君送到北京城,北京城里闹哄哄,今朝有酒今朝醉,忘记了八国联军来破京。一解

送郎君送到天津城,天津的城墙一铲平,金银财宝都搜尽,还有那狼和虎张口要吞人。二解

送郎君送到大连湾,外洋的兵来好靠船,卧床让与他人睡,保不定那一年方肯归还。三解

送郎君送到凤凰城,凤凰城外好经营,一条铁路几万里,穿过了东三省直到北京。四解

送郎君送到欧罗巴,走到了外洋休恋家,三年耐得风霜苦,等将来转回

名家解读古典名著
世情讽喻小说(中)

程报效国家。五解

送郎君送到美利坚,游学不成不回还,他年成就学和业,乐得把好名儿海外流传。六解

在癸卯(1903年)八月十五日出版的《绣像小说》第十期上,欧阳钜元以"蘧园"的笔名发表了《破国谣——悲东三省也(仿凤阳花鼓调)》:

说奉天,话奉天,北京唇齿正相连,一朝入了俄人手,最伤心满城弹雨又硝烟。长将军,胆气粗,办理外交还不算糊涂,有个无耻人辱没了大清国,甘心情愿做人奴。

庚子年,天步艰,旌旗一片早已出函关,黑龙江纵守得住咽喉路,铁路如飞又往还。……说可怜,话可怜,眼前没有太平年,发祥之地那有闲情管,巍巍两圣终朝坐在奈何天。

两位作家在涉及祖国命运的作品中,不仅思想感情比较一致,就连他们所用的文字形式、文学语言,以及他们在悲愤惨淡的情绪中对清政府的讥讽语调也很接近。无怪他们能够那样配合默契地在一起共同工作了八年之久。

二"元"在对待"官场"(即清政府)的态度上也是完全一致的。这是他们友谊长久的又一块基石。李伯元的所有小说,有一个共同的攻击对象——"官场"。在这一点上,欧阳钜元是他最得力的战友。欧阳为《官场现形记》写的那篇精彩的序文,使全书如加冠冕,顿生威仪。在《现形记》所有的序文中,这是最好的一篇,它"对于当时官僚,穷骂极诋,无所不至","把官场的丑恶罪状,全都说尽了",至今可做《官场论》读。阿英说它"不啻是一篇讨伐当时官场的檄文"(《晚清小说史》)。欧阳当之无愧。

欧阳在《绣像小说》上以惜秋生笔名发表过一部《维新梦传奇》(六出,未完)。阿英认为,"就思想方面说,惜秋生较之李伯元进步得多","他对于官僚的愤恨,也比李伯元更甚。""在思想感情上,茂苑惜秋生比李伯元年轻得多!"(《小说闲谈·惜秋生非李伯元化名考》)

"二人同心,其利断金。"(《周易·系辞上》)"友谊是一棵可以庇荫的树。"(柯尔律治《青春与暮年》)李伯元能够得到欧阳这样一位年轻的朋友和助手,对他的毕生事业无疑有着极为重要的意义。从这种意义上说,谈李伯元,不可不谈欧阳钜元。

欧阳不仅帮助李伯元办报,为伯元的小说作序,还曾多次帮助伯元修润作品。包天笑曾见过《文明小史》等书的原稿,其中"确有钜元的笔墨在内"(《钏影楼笔记》)。

解读《官场现形记》

这里便涉及著作权问题。日本学者樽本照雄在《〈官场现形记〉的真伪问题》一文中说：

有人认为《官场现形记》的后半部并非李伯元所作。

这也不是最近乍乍提出的问题：或谓后半部系李伯元的友人欧阳钜元所写，或谓不然，时至今日已亘五十五年光景，两派意见依然相持不下。

假如《官场现形记》后半部果非李伯元的作品，情况又当如何呢？恐怕一般依据《官场现形记》的记述以探讨李伯元之政治立场、思想倾向、作家意识等论文，顿时即会失去其立论的根据和基础。

他所说的"有人"，是指胡适、阿英、周贻白、林瑞明、包天笑。胡适说过："此书的第五编也许是别人续到第六十回勉强结束的。"（《〈官场现形记〉序》）阿英说过"我还怀疑《官场现形记》的最后几回，也是此君（按：指欧阳钜元）所续"及类似的话。周贻白、林瑞明承袭胡适、阿英之说。包天笑之言，见前引《补述茂苑惜秋生事》等资料。这些话，多得自传闻与推测。樽本照雄根据以上资料，对于"《官场现形记》是否有一部分为欧阳钜元所作"提出疑问，而后又提出一项新证据——《官场现形记》增注本。

增注本有："上海世界繁华报馆校刊"本，（刊行年月不详）；"附加插图的粤东书局本（光绪三十年〈1904年〉十一月，石印线装本，已见第四编第四十八卷及第五编卷五十二至卷六十）"；崇本堂本（刊印日期不详）等。

樽本照雄就原本与增注本的本文作一对照，并且调查加笔、删除、改写，代换等究竟各有若干字数，列为一表、一图。他据此指出三点事实：一、有改写痕迹。二、有改写颇多的卷帙，也有改写不多的卷帙。三、不仅第五编，其他各编也都有改写之处。而后，樽本做出五点"诠释"，认为"原书一开始就杂有欧阳钜元所写的部分，所以李伯元才会允诺出版改写的增注本"。"欧阳钜元参与《官场现形记》全文写作的可能性极高。"如果樽本照雄的"结论"能够成立，今后《官场现形记》的作者署名便应该并署李伯元、欧阳钜元，而不应只署李伯元一人。可是，这个结论恐怕是不能成立的。

第一，胡适一贯主张"大胆假设，小心求证"。可是，他在这里只说"也许"，仅有"假设"，并未"求证"。阿英只是"怀疑"，但未能提出任何证据。包天笑仅是听别人说如何如何，很不可靠。所有这些，都不能作为立论的根据。

第二，"增注本"不能作为证据。增注本与原本并行于世，不能说明欧阳曾经"参与《官场现形记》全文写作"。恰恰相反，两本并行，恰正说明它们各有其独立性。不然,它从一开始即可以统一的定本问世,何必两本并行?

第三,一百多年来,为当时及后来广大读者所接受的《官场现形记》,是李伯元的原本,而不是欧阳钜元的增注本。欧阳增注本并未被广大读者长期接受,自然也不能据此论述原著及其作者李伯元。

第四,从樽本先生所制一表一图可以看出,增注本的增、删、改写,所占的比率确实是"少之又少"。以字数论,少者数字,多者百余字,加笔总数为二百三十二字,删除总数为八百三十二字,改写总数为一千四百零七字,代换总数为一百八十五字,全数总共两千六百五十六字。在一部将近八十万字的长篇小说中,这个数字实在是"少之又少",算不了什么。即使增注本被原书作者李伯元和广大读者毫无保留地完全接受了,欧阳对原作也只能算做"一字师",而不能称为合作者。更何况增注本并没有被李伯元和广大读者接受。

第五,欧阳对于《官场现形记》以及李伯元的其他作品进行过修改,这一点,并不奇怪。当时,欧阳身为《世界繁华报》和《绣像小说》的主要编辑,兼为李伯元同心同气的挚友,又是李伯元全然信赖的助手,他对李伯元以及其他投稿者的作品迳行修改、补充、润色,是完全合情合理的事。这样的事,在任何一家报刊和出版社的编辑部里,都是经常发生的,至今犹然。

第六,为什么染有欧阳钜元笔墨在内的增注本,"在李伯元生前即已问世,而且是由李伯元所经营的世界繁华报馆发行"?此举是否曾得李伯元的应允?我想,这是由于当时的人们对于著作权的理解和今人颇有不同。特别是小说、戏曲创作,经原作者同意或未经原作者同意,加评、增注、改编、改写、扩充、删节、挪用,这一类事多次发生。无论原作者、评注改写者或是读者,都不把这类事看得很重。只要不是书商牟利翻刻盗版,当时的作者读者都不予追究。

譬如,吴沃尧《李伯元传》,原载 1906 年 11 月出版的《月月小说》第一年第三号,后来,《上海县续志》第三十卷中《李宝嘉》条,武进张维骧编著《清代毗陵名人小传稿》(1944 年 11 月刊)《李宝嘉》条、尘梦《中国近代两小说家传》(原载《小说世界》第九卷第四期,1925 年 1 月 23 日出版)中李伯元传,均据吴传抄录或改写。刘鹗《老残游记》原在李伯元主编的《绣像小说》上连载,因《绣像小说》删去了原稿第十一回,作者停止为该刊撰稿,将《老残游记》拿到《天津日日新闻》从头登起,并按原稿补登了第十一回。可是,时隔不久,李伯元在《绣像小说》上连载《文明小史》至五十九回时，却将《老残游记》中被《绣像小说》删去的一大段文字稍加改动移入《文明小史》。"连续一千五百多字，一股脑儿照原样全抄"。刘鹗当时已与《绣像小说》失和，却从未就此事提出抗议。"《文明小史》和《老残游记》在当时已经很风行了，为什么读者对这两部小说中整整半回书的照搬，始终没有引起过注意呢？"（魏绍昌《李伯元与刘铁云的一段文字案》）我想，主要是由于当时的人（无论是原作者、袭用者、读者、评论者、出版者）对于著作权（特别是小说、戏曲的著作权）的理解，与后来的人不同。当时的人们都并不以为这是剽窃，是侵犯著作权，是不光彩的行为。他们并不以此为非。因此，即使是著名作家之间，甚至相互已生龃龉，亦可公开地、心安理得地、毫不掩饰地去抄。这一类的事，当时的人概不追究。对于欧阳钜元在李伯元《官场现形记》原本连载、刊印的同时出版经过少量改写的"增注本"，亦可做此理解。

此外，前引1904年6月23日《笑林报》李伯元《著者附志》云："古人著书，稿至三四易五六易而成。此著乃初脱稿耳。"他公开征求对此书的修改意见，说："阅者倘为纠谬绳愆"，将"评定甲乙"赠书以谢。第一名赠书五十部，二名赠三十部，三名赠二十部，以下酌赠。（在当时，这可不是一个小数目。）而且，作者声明："如欲现洋，即照批价付值"。樽本先生所见粤东书局增注本刊于1904年底或1905年初，距李伯元《著者附志》发表不久。因此，它未尝不可视为李伯元征求意见，望阅者"纠谬绳愆"的一个样本。做此理解，则许多疑问均随之解决。

第七，《孽海花》的著作权问题，可以有助于我们理解《官场现形记》的著作权。众所周知，《孽海花》的初作者是金天翮（松岑）而非曾朴。金对全书做了通盘考虑，先写了六回，并已在《江苏》杂志上发表了两回，而后才由曾朴接手续写。他们还在一起共同拟定了全书六十回回目。俗话说，好的开头等于成功的一半。一部仅有三十五回的小说，金天翮不仅创意于初，并已写过六回，又参与全书回目的拟定（即全书构思）。他对全书的完成，真可谓举足轻重，称他为"《孽海花》之父"亦不为过。金天翮当时已在思想界、文化学术界有很高的声望，不像欧阳钜元那样还只是一位几乎湮没无闻的小文人，而且金（1874—1947年）比曾（1872—1935年）晚去世十二年。

可是，无论在曾朴生前或其身后，世人公认为曾朴是《孽海花》的作者而不认为它是金、曾二人之"共同作品"。金、曾二人从未因此发生任何纠葛。我们不可以今论昔。

名家解读古典名著
世情讽喻小说(中)

第八，欧阳钜元和李伯元是创作风格截然不同的两个作家。根据文艺创作的一般规律，可以断定，这两位作家不可能"共同创作"。更何况这是一部长达七十多万字的小说。文学史上没有这样的先例，也不可能有。

欧阳钜元的《负曝闲谈》，"文字以劲练见长，与李伯元作风不相类。李伯元每逢大段描写，魄力非常雄厚，文字亦如火如荼，《闲谈》作者，在这些地方是赶不上的。"李伯元的《文明小史》与《官场现形记》，"无论怎样变更，总还有一条内在的主线存在"，《闲谈》则书同其名，缺少内在的统一性。欧阳钜元"有李伯元不到的长处，即是文笔爽健灵活。也有不如李伯元的短处，即是魄力不大"（阿英《晚清小说史》）。

欧阳钜元和李伯元的创作风格相差得这样远，他怎么可能去和李伯元共用一个笔名，共同完成一部长篇小说呢？

现在来回答本章开头提出的问题：《官场现形记》的作者是谁？是一"元"还是二"元"？

答案只能是一"元"——李伯元。

我们否认欧阳钜元与李伯元有"共同"写作的可能性，并不意味着忽视欧阳钜元对李伯元的巨大帮助。前面说过，正是在欧阳钜元的大力协助下，1899年以后，李伯元在编报、写作以及社交活动方面，均获成功。他在个人事业的各个方面都进入了自己的黄金时代。

不料，正当此时，一个可怕的魔影已在追随着李伯元和他的一家人。

1903年，李伯元的妻子钟氏病逝，年仅三十六岁；1904年，李伯元的胞妹淑方不幸病逝，年仅三十二岁。一种不祥的阴影，笼罩着整个家庭，对李伯元打击很大。

古人说，不幸有三：幼年丧父，中年丧妻，老年丧子。李伯元已罹其二。古人又说：不孝有三，无后为大。李伯元这时年近四十，尚无子嗣。李伯元的母亲吴氏望孙心切，为伯元聘娶侧室王氏。钟氏去世后，母亲又从家乡常州为伯元娶了继氏庄氏。可是，伯元先后有妻妾三人，均无一子半女。伯元奉母至孝，有负老母厚望，心情能不沉重？

悒郁的人，祸不单行。李伯元自到上海后，终年劳碌，几无闲暇。过度繁忙的生活，使他本来就不够健壮的身体进一步受到损害。他不断咳嗽。有一天，忽然咯出血来。他得了肺病。肺病在当时是不治之症，犹如今人谈癌。

肺病患者必须精心调养，少做事，多进补。这两点，李伯元都做不到。第一，他太忙，此事不言而喻。第二，他并不富裕。虽说当时编报、写稿收入不少，但他开销太多。他家中上有老母，下有妻妾，每月费用，数目不小。伯元奉母至孝，按月交给母亲四百元钱，一切经济往来由她掌管。加以他自己在外交游广泛，花费也大。日久天长，便不得不借债为生。有一年除夕，要债的人接踵而至，李伯元不得不遁出家门，逃避年关，"与友踽匿小楼，饮酒联句达旦。"等到大年初一，写成律诗三十首，题之为《避债吟》，"一时传诵"，引为佳话（郑逸梅《南亭亭长》）。他另有一首诗，题为《客中秋感》，有句云："无端作客此淹留，触绪能消万斛愁。""粮空直学餐霞去，书富犹堪负笈游。"亦可见其困境。

李伯元靠着诙谐的天性，支撑日渐衰弱的病体，写完了名著《官场现形记》。全书近八十万字。他的朋友谭瀛室主在《谭瀛室随笔》中写道："惜成书未久，遽患瘵疾卒，天不假年，使社会失一小说家，伤哉！"冷泉亭长在《〈后官场现形记〉序》中说，李伯元曾对他说："生平所著小说不下数十种，皆有尽意，唯《官场现形记》要与天地同千古。"可见李伯元生前对这部书何等重视。不写完这部书，他会死不瞑目的。

《官场现形记》从1903年开始在《世界繁华报》上连载，到1905年登载完毕。光绪三十二年丙午正月（1906年1至2月间），繁华报馆出版的《官场现形记》三十册，已是完整的六十回全帙。作家总算了却了一桩最大的心愿，可以松一口气了。

久病之人，生命的琴弦一旦松弛下来，病情就会很快加剧，一曲《广陵散》，也往往因此而不远了。光绪丙午二月初一（1906年2月23日）出版的第六十九期《绣像小说》上，还继续连载李伯元的另一部长篇小说《活地狱》，及至二月十五日出版的第七十期上，已经改由吴沃尧续写第四十回。李伯元这时已病势沉重，不能执笔。

光绪三十二年丙午三月十四日，即1906年4月9日，李伯元病逝于上海大马路亿鑫里寓所，享年三十九岁。

一年之后，一个寒冷的冬天，他的朋友欧阳钜元病逝于上海小客栈中，享年不足二十五岁。

又过了两年，李伯元的母亲吴氏，这位年轻守寡的不幸妇女溘然长逝，享年六十三岁。

一年之后，1910年，李伯元的侧室王氏，因长年劳累，心力交瘁，咯血而亡，年仅三十六岁。

这位著名文学家，身后门庭黯然。幸有孙菊仙等一班朋友为他料理丧事，又送他的灵柩及眷属返里，事事如礼。"至于彼等亲族，则不过吊丧吃饭而已"（秋帆《菊部轶闻》）。

李伯元一生无子无女，直到死后次年，才按照当时风俗立堂兄之子年已十三岁的李祖佺为嗣。他病逝时，孙菊仙协同其家眷扶柩回乡，赁居于常州市白云渡刘氏故宅抗风水榭。一年后，筑墓于常州市南郊茶山乡李家村，即清凉寺东南方田野。1966年4月，《李伯元研究资料》的编者魏绍昌先生去常州，还见到过李伯元墓，并拍摄了照片。墓碑上刻着"皇清诰授奉政大夫五品衔候选训导显考伯元公封宜人显妣钟宜人墓"。是以其继子的名义树立的。联系李伯元一生经历看这种为了光耀门庭不惜伪造历史的做法，使人感到滑稽。后来，由于众所周知的原因，墓已无存。据说，李伯元的尸骨乱埋在李家村东南角的大河滩坟地，因无标记，杳无踪迹。荒烟蔓草，后人已无从凭吊。

三 《官场现形记》的内容、思想与艺术

（一）一部关于"官"的专著

鲁迅说，《官场现形记》"骤享大名"，是由于"时势要求，得此为快"。（《中国小说史略》）这是真知灼见。俗话说：时势造英雄。正是当时的时势，造就了李伯元这部名著。

当时"时势"，大体如鲁迅所言："盖嘉庆以来，虽屡平内乱（白莲教，太平天国，捻，回），亦屡挫于外敌（英，法，日本），细民暗昧，尚啜茗听平逆武功，有识者则已翻然思改革，凭敌忾之心，呼维新与爱国，而于'富强'尤致意焉。戊戌变政既不成，越二年即庚子岁而有义和团之变，群乃知政府不足与图治，顿有掊击之意矣。"（同上）

在当时的中国，何谓"政府"？即官场也。既然广大群众已对清政府深感失望，"有掊击之意"，"官场"自然就成为各种矛盾的焦点，众所瞩目。李伯元称得上是一位"有识者"。当时的小说界，无论是读者还是作者，大都注目于情场、坟场、文场、战场这几个旧有的小说热点上，李伯元却脱颖而出，专写社会生活中另外一个"场"——"官场"，这便抓住了社会的主要矛盾。无怪在他身后，数十支军旅继起，形成了开头一章中所说的"官场""现形"热。

清朝末年,"官军"在战场上败得一塌糊涂。无论对付外来的侵略者,还是内部的农民起义军,"官军"都大丢脸面,没有多少"力"与"美"可言。在这样的时代,李伯元凭借他艺术家的敏感,一眼盯住了官场这块生荒地,勤加垦植,写出了《官场现形记》。接着,他又写了《庚子国变弹词》《文明小史》《活地狱》等,无不围绕官场。他由此为中国小说开辟了一片新天地。

官场是当时一切重大社会矛盾的交汇口。鸦片战争以来,一种古老的社会制度(封建制度)被埋葬了,代之而起的是半封建半殖民地社会。农民阶级建立起来的最后一个政权——太平天国被埋葬了;仅仅半个世纪之后,埋葬太平天国的地主阶级政权清朝政府也被埋葬了。这一个个巨大的坟场有一个共同的入口——官场。李伯元抓住这个入口进行专门的描写,可以称得上是一位中国社会的精明的勘察者。

他在书中偶涉军旅之事和男女之事,如《官场现形记》第十四回"剿土匪鱼龙曼衍,开保案鸡犬飞升",第三十回"认娘舅当场露马脚,饰娇女背地结鸳盟"等,但都只是作为官场故事的陪衬。他在书中尽量避免反映个人命运或家族命运的坟场故事,不借此煽动读者的感情。这种写法,不可避免地要在很大程度上削减小说的生动性,降低它的阅读效果,冒一种对于小说作家来说是最大的风险——失去读者的风险。可是,他却毅然地选定了自己的道路,走下去,写出一连串的官场小说来。结果他反而获得了其他作家所不可能获得的成功。后人无论如何褒贬抑扬,却怎么也抹杀不了《官场现形记》的独特地位。

(二) 官场层层观

中国封建社会中的官僚机构,像一座体积庞大的金字塔。各级官吏,一层层地堆叠上去,构成了从中央到地方的各级政府。金字塔的底层,压着广大的民众;塔尖上是中央政府和至高无上的皇帝。

封建政治,具有特殊的封闭性和欺骗性。官僚金字塔的各个阶层之间,有紧密的依附关系,一层松动,上层不保;一块石头松动,会影响相邻的某些石头。因此,官官相护,是中国封建官僚必然的手段;欺上瞒下,是中国封建社会永存的痼疾。瞒和骗的文艺,遂由是应运而生。被层层叠叠的官僚重压在下面的一般民众,一方面觉得这世界暗无天日,同时又总以为地狱之外,别有天堂,上一级的官吏或许要清明些;至高无上的皇帝,也许是一个

名家解读古典名著
世情讽喻小说（中）

圣明天子。于是，一边反贪官，杀污吏，一边颂清官，呼万岁。"只反贪官，不反皇帝"，带有一定的必然性，并非由于《水浒传》的作者特别反动所致。

"溥天之下，莫非王土；率土之滨，莫非王臣"（《诗·小雅·北山》）。可是，压在塔底的民众，只能看到身边一级的官吏，只知道完粮纳税，对于上面的事情，几乎全然无所知。他们常常受蒙蔽，受欺骗，也常常用各种推测、幻想自欺。高踞于塔尖上的皇帝，一眼也只能看到近处，对于下面的人和事，几乎毫无所知。下面虽知有皇帝存在，其实对他的一切并无所见。皇帝遂成为一个最容易欺骗别人也最容易受别人欺骗的人。

金字塔式的社会结构，这种结构所特有的封闭性、稳定性，乃至神秘性，是造成中国封建社会各种祸患的重要根源之一。要想认识这个社会，打破人们对这种社会结构所存在的幻想，就必须通过层层透视、剖析，使人们从总体上把握它。《官场现形记》在这一点上比较成功。

小说专写"官场"，开头便先从官场底层写起。先写未入官场之人为何踏入官场。

话说陕西省同州府朝邑县城南一个村庄，村中赵姓地主的孙子赵温（遭瘟）中了秀才，方姓地主方必开眼热，立即请了一位名叫王仁（忘仁）的举人来乡间教子弟读书。王仁教育弟子的第一课是：读书可以中举，"中举之后，一路上去，中进士，拉翰林"，"拉了翰林就有官做，做了官就有钱赚"。后来，赵温中了举人，赵家得意非凡，大摆宴席。赵温带着王乡绅推荐的管家贺根（祸根）和王乡绅的妻舅钱典史钱伯芳（钱不放）进京，参加会试。赵温会试落榜，用二千两银子捐官，做了中书，在京供职。下面接着写下层官吏钱典史。

清代官分九品，不能列入九品之内的官吏叫"未入流"。典史是一种未入流的小官，比七品芝麻官还要小，在知县属下掌管缉捕、监狱。如无县丞、主簿，则典史兼领其职。钱伯芳在江南做过一任典史，仅仅三个月，即因公务牵累去职，但他却在任上弄了不少钱，免职归来，在县城盖了一片新房子。人们一进县城，就看得到他的新住宅。钱典史随赵温进京，托人情，找门路，要求继续做典史，不想做知县。他有他的哲学："千里为官只为财"。做州官、县官，"有些事情自己插不得身，下不得手"，反不如做典史的，"可以事事躬亲"，捞钱方便，好处更多。他向人介绍为官经验说：品内官员，虽说有下面的官儿前来孝敬，然而碍于职分，"隔着一层，到不大顺手。何如我们做典史的,既不比做州、县的,每逢出门,定要开锣喝道,叫人家认得他是官;我们便衣就可上街,甚么烟馆里,窑子里,赌场上,各处都可去得。认得咱的,这一县之内,都是咱的子民,谁敢不来奉承?"别的不说,单说做生日,办喜事,一年之内,自己一个生日,贱内一个生日,下来老太爷生日,老太太生日,少爷做亲,姑娘出嫁,"一桩事情收一回份子,一年有上五六桩事情,就收五六回的份子;一回收上几百吊,通扯起来就有好两千。"即使父母早已去世,膝下并无儿女,仍然可以借着父母、儿女的名义搜刮钱财。大不了说他们现在原籍,"不在任上"。"只要有本事,总可以生发"。这种"未入流"的小官儿,"等到做顺了手,那时候给你状元,你还不要呢!"

《官场现形记》通过这位小小的典史,掀开了官场黑幕的一角,使读者看到官场何等黑暗。可是,深居幕后的那些大官僚们景况如何?他们是不是要比较清廉一点?这是熟悉《包公案》《彭公案》《施公案》之类清官故事的中国读者必然会产生的一个问题。

作者接着写江西省里远比钱典史高出许多级的何藩台。"藩台"是承宣布政使司布政使的敬称。读过《杜十娘怒沉百宝箱》的人,大约都记得李公子的父亲李布政。明代分全国为十三个布政使司,相当于行省,每司设左、右布政使各一人,为一省最高行政长官。后以总督、巡抚主持省政,布政使成为巡抚属下管理民政和财政的长官。清代官制,布政使位于督、抚之下,专管一省的财赋、人事、地方官考绩等事,与专管刑名的按察使(臬台)并称两司。康熙六年后,每省设布政使一员,不分左右。这位何藩台,掌握着江西省的财政大权和人事大权,可以秉承督、抚的意旨,撤调任免所辖的文官;有时可以自作主张,督、抚很少驳回。因此,全省的官员都不能不巴结他。"他这人生平顶爱的是钱。"他原是盐法道(道台),在布政司之下,是省以下府、州以上的高级行政长官,因得机会临时署任为藩台。这位藩台大人听说新任巡抚不久就要接印,担心自己指日也要回任盐法道,不能久做藩司,"他便利令智昏,叫他的幕友、官亲,四下里替他招揽买卖",公开卖官鬻爵。"其中以一千元起码,只能委个中等差使;顶好的缺,总得投两万银子。谁有银子谁做,却是公平交易,丝毫没有偏枯。有的没有现钱,就是出张到任后的期票,这位大人也收。"于是,何藩台门庭若市,生意十分兴隆。九江府知府因故暂时出缺,第二天就有一位知县拍电报来,托银号里的朋友垫送二千银子,求委代理一两个月。何藩台嫌银子太少,开价五千现银,"一个也不能少",并要求对方"当天电复"。因为他从自己历任各官的经验,

名家解读古典名著
世情讽喻小说(中)

推知对方"代理虽不过两三个月",但现在"离着收漕(征收钱粮)的时候也不远了,这一接印,一份到任规、一份漕规,再做一个寿,论不定新任过了年出京,再收一份年礼,至少要弄万把银子。现在叫他拿出一半,并不为过"。而且,"省里的候补知府多得很哩","有个缺在这里,还怕鱼儿不上钩?""他不要,还有别人呢!"

何藩台有个绰号,叫作"荷包"。他的兄弟三大人,人称"三荷包"。荷包,即钱袋。这两只"荷包","有多少,装多少",有人称他是"无底的"。两兄弟联手卖官,坐地分赃。仅"三荷包"替"大荷包"经手办的买卖,至少也有二三十注。卖得少的,一个官职一千、八百,卖价高的,萍乡周小辫子一职,卖价八千,新挂牌的玉山县令王梦梅,出价一万二千块。"大荷包"赚足了钱,回任盐法道。"三荷包"用卖官得来的钱去行贿买官,被任命为山东胶州知州。

官场如同做买卖的市场。《官场现形记》中写到的地方官,有知县、知府、道台、巡抚、总督,大大小小的官员近百人,无不是这个肮脏的市场上卑鄙的市侩。虽然他们手法各有不同,共同的目标则是一个——钱!

地方如此,中央如何?李伯元笔下的中央官员,除了在捞钱的时候更方便一些,贪婪的本性与地方官毫无二致。

第四十六回至四十八回,写户部尚书、钦差大臣童子良。当时,朝廷府库空虚,急需款项,童子良奉旨到江南、闽、粤一带查办事件。此人所到之处,首先传谕所属,无非说"本大臣砥砺廉隅,一介不取。所到之处,一概不许办差。倘敢不遵,定行参处"。地方上"以为这位钦差是清廉自矢,决计不用地方上破费银钱的了"。其实,这位钦差大人所费更多。他带着少爷,还有随员六七十位,有的坐轿,有的坐车;随员又各有各的跟人,都有行李。轿子二三十顶,轿车、大车一百多辆,马也要一百多匹,浩浩荡荡,所费无算。童钦差床头有个拜匣,住室一步一锁。一路上所得的贿赂,都换成银票,锁在拜匣内。"老头子或是清晨起来,或是灯下无事,一定要一天早、晚查点两次。统计在山东境内,得了十五万六千银子"。所得银票,数目少的,每张一百、二百,数目大的,每张一千、两千。他的家里,有一间银库,"四面墙上贴的,一张一张,很像账条子一样",都是银票。

请看,这就是清末的官场!李伯元揭开层层封闭着的帷幕,使我们几乎看到了官场全景。他从尚未做官的秀才、举人写起,写到未入流品的下层小官典史,然后写到中央和地方的各级官吏。中央官员中,有位居枢要的军机大臣、官至一品的大学士（中堂）、部院尚书、都察院都御史（都老爷）、下及中央机关郎中、主事。地方官员中，有封疆大吏，方面大员。作者写了一连串的总督（制台）、巡抚（抚台、抚院、中丞），下及河道总督（河台）、学政（学台）、布政使（藩台）、按察使（臬台）、道员（道台）。道以下有府，府以下有州、县。作者写了许多知府、知县、同知（二府）、通判（三府）、学官、县丞、主簿、吏目。武官中，上至提督（军门），下至哨官。笔锋所及，几乎囊括了封建官僚机构中的所有阶层。全书使我们看到了封建社会一个巨大的纵剖面。层层官吏，无层不污，无层不朽。

既然这座庞大的金字塔的每一层都腐朽了，整个金字塔还有什么希望吗？

（三）官场处处观

中国人爱乡守土，"父母在，不远游"，常常以为"好出门不如歹在家"，"在家千日好，出门一日难"。这种传统心理，造成了整个民族特有的闭塞性。加以中国国土广大，历史上传播媒介十分落后，消息难以流通。凡此种种，很容易使一些人以为东方不亮西方亮，黑了南方有北方；以为这方的老虎吃人，那方的老虎大约不吃人；这里的官僚贪污，别处的官僚也许要好一点。

《官场现形记》以独特的构思打破了人们的这种幻想。作者不仅通过纵的解剖使人们看到：各层官僚，无层不朽，同时又通过横的解剖使人们看到：各地官僚，无处不糟。全书从地处西北的陕西省写起，写到江西、山东、浙江、河南、广西、江苏、山西、湖北、安徽、湖南，并几次由地方官吏写到中央官员，又由中央写到地方。作者的笔锋，西北东南，流转于大半个中国，引导读者看到：整个晚清官场，无处不贪污，无处不秽恶，无处不腐败，无处不昏暗。没有哪一个地方的官僚是稍微干净一点的，天下乌鸦一般黑！

小官且不说，这里只看总督、巡抚一级的封疆大吏。

清代以总督为地方最高长官，管辖一省或两三个省的军政大权，"厘治军民，综制文武"。官阶为正二品，通常兼兵部尚书及右都御史衔，为从一品。尊称为制宪，别称为制台。巡抚与总督平行，是省级地方政府的最高长官，总揽一省的军事、吏治、刑狱等，"抚安齐民，修明政刑"。巡抚的官阶为从二品，以例兼兵部侍郎和都察院右副都御史衔，为正二品，地位略次于兼兵部尚书及右都御史的总督。巡抚别称抚军，亦称抚院、抚台；因其所兼右副都御史职与御史中丞略同，故又称中丞。

《官场现形记》中所写到的总督、巡抚一级的大官，有江西总督某、江南

名家解读古典名著
世情讽喻小说(中)

总督某、湖广总督湍多欢、湖广总督贾世文（由抚台升署制台）、江南总督文明、直隶总督某、山东巡抚某、继任山东巡抚胡鲤图、浙江巡抚刘中丞、浙江巡抚傅理堂（副钦差大臣留任）、山西巡抚某、湖北巡抚、江苏巡抚徐长绵、安徽巡抚蒋愚斋、湖南巡抚某、山东巡抚赖养仁（后升任湖南巡抚）、山东新任巡抚窦世豪，先后多达十七名，覆盖了南北许多省。

第六回写山东巡抚。这是一个极其虚伪的人物，表面清廉，内里不一。他原为济东道，做道台的时候，请起客来，不过四盘两碗，还要弄些豆腐、青菜在里头，以示节俭。其实，他的上房里另外有个小厨房，饮食极其讲究。在官场上，无冬无夏，他只穿一件灰布袍，一件天青哈喇呢外褂，还要打上几个补丁。一顶帽子，也不知从哪里古董摊上拾得来的。外表看去，实在清廉得很。其实，他的内宅里，太太们珠翠满头，绫罗遍身。

第十九回《重正途宦海尚科名，讲理学官场崇节俭》，写浙江省新任巡抚傅理堂。此人比前人更虚伪。他接任的头一天，便颁出朱谕一道，抨击"浙江吏治之坏，甲于天下"。又传谕巡捕官：嗣后凡遇年、节、生日，文武属官来送礼的，一概不收。又传谕各官道：

吏治之坏，由于操守不廉，操守不廉，由于奢侈无度。今本署院力袪积弊，冀挽浇风，豁免办差，永除供亿。凡所属官吏，有仍蹈故辙，以及有意逢迎，希图尝试者，一经察觉，白简无情，勿谓言之不预也。

"各官看见，俱为咋舌。"

傅巡抚不仅大张旗鼓地公开声言要整肃吏治，并且"身体力行"。一日辕期，司、道各官上去禀见，"只见署院穿的是灰色褡裢布袍子，天青哈喇呢外褂，挂了一串木头朝珠"。"脚下一双破靴；头上一顶帽子，还是多年的老式，帽缨子都发了黄了"。"左右伺候的人，身上都是打补丁的。"他与下属谈话，首先大讲节俭，宣扬"'俭朴'二字，最是人生之美德"，并自称"一顶帽子，足足戴了三十多年"。由于"老太爷一生讲究理学，兄弟是自小谨守庭训，不敢乱走一步"。下属官员，鲜衣丽服者，便遭到讥评；一旦改穿了极破极旧的袍套再上衙，便可能得到表彰。他在下属面前，开口"理学"，闭口"慎独"，大谈"我们讲理学的人，最讲究的是'慎独'工夫，总要能够衾影无惭，屋漏不愧"。道貌岸然，大有正人君子之风。

"从此以后，浙江官场风气为之大变。官厅子上，大大小小官员，每日总得好两百人出进，不是拖一片，就是挂一块，赛如一群叫化子似的。从前的风气，无论一靴一帽，以及穿的衣服花头、颜色，大家都要比赛谁比谁的时样；事到如今，谁比谁穿的破烂，那个穿的顶顶破烂的人，大家都朝他恭喜，……所有杭州城里的估衣铺，破烂袍褂一概卖完；古董摊上的旧靴旧帽，亦一律搜买净尽。大家都知道官场上的人专门搜罗旧货，因此价钱飞涨，竟比新货还要价昂一倍。"

浙江吏治，自从傅署院到任以来，竭力整顿，局面为之一变。"若从外面子上看他，却是真正的一个清官：照壁旧了也不彩画；辕门倒了也不收拾；暖阁破了也不裱糊。"朝廷因为他"居官清正"，大加表彰。"他出京（做副钦差）的时候是一个三品京堂，如今半年之间，已做到封疆大吏"。可是，俗话说得好："千里为官只为财。"傅理堂一面大讲"理学"，大谈"慎独"，吃亦不要，穿亦不要，却有几十万两银子存在钱庄上生利。下属官员黄三溜子做错了事，惴惴不安，送来三千银子的银票，以求谅解，傅理堂却"赏收"了。一个妓女找上门来，带来一个孩子，说是傅理堂八年前的私生子。傅理堂一边不得不在心中默认此事，一边却又为了顾全自己的名声，想要利用手中掌握的大权，惩治他的旧相好。后来为了了结此事，接受下属官员六千银子的贿赂。不过，他在收受大宗贿赂的同时，仍然顾及自己的"清名，"一切委托心腹仆人汤升办理，自己不肯亲自经手，以求"问心无愧"。临受贿前，他还不忘嘱咐汤升一句："只要这钱不是我拿的，随你们去做就是了。但是也只好问人家要六千，多要一个便是欺人，欺人自欺，那是断断不可！"请看，这是何等虚伪！

晚清官场上，大约有不少这样的假道学，巧伪人。他们既想当婊子，又要立牌坊；一边贪污受贿，一边欺世盗名。他们往往采用掩耳盗铃的办法，既做坏事，又要自慰。这类人物，很富于欺骗性。特别是那些高高在上的大官僚，尤其容易迷惑下级官吏和一般民众，使人们从他们貌似"俭朴"的外表把他们误认为是清正廉明之人。殊不知他们在两袖清风的外表之下，掩藏着一双罪恶的黑手。

除了以上这类以"俭朴"自饰的"正人君子"，还有一种人也富于欺骗性，就是那些身居高位而又喜欢附庸风雅的官僚。《官场现形记》第四十二回《欢喜便宜暗中上当，附庸风雅忙里偷闲》所写的湖广总督贾世文是一个典型。

贾世文的底子是个拔贡；做过一任教官，后来过班知县；连升带保，不到二十年工夫，居然做到封疆大吏，任湖北巡抚；三年之后，抚台升署，任湖广总督。他这年六十六周岁，由于生平保养得很好，精神充足。此人自称

名家解读古典名著
世情讽喻小说(中)

生平有两桩绝技:一桩是画梅花,一桩是写字。其实,他毫无真才实学,谈论书法,笑话百出;所画梅花,俗不可耐。"幸亏官场上有学问的人也少,究竟王右军是那一朝代的人,一百个当中,论不定只有三个两个晓得。"贾世文(假斯文)便借以盗取风雅声名。下级官吏知道贾世文有此雅好,便借此趋奉他,每于上来禀见的时候,谈完了公事,有的便在袖筒里或是靴页子里,掏出一张纸或是一把扇子,双手捧着,说一声"卑职求大人墨宝",或是"求大人法绘"。这种时候,常常成为下级官吏投其所好,逢迎拍马,以求官职的好机会。此人官居高位,却常常过着"艺术家"的生活,"号令不常,起居无节,一时高兴起来,想到哪个人,无论是藩台,是臬台,马上就传见;等到人家来了,他或是画画,或是写字,竟可以十天不出来,把这人忘记在九霄云外。"他有时三更半夜会客,辕门里灯火通明,异常热闹。"巡捕、号房晓得他的脾气,便也不敢回家,大家轮班在院上伺候"。外面不知底细的人,还以为这位大人勤于政事,昼短苦夜长,夜以继日,通宵办公。

这样的官吏,怎么能把事情办好?可是,他却能够利用人们尊重文化知识的心理,博得好名声。他的下级们,又可以利用他的这种爱好捞取好处,干了肮脏买卖,彼此都不脏手。

官场上还有一种人,也容易示人以假象,使官运亨通。第五十三回《洋务能员但求形式,外交老手别具肺肠》中所写两江总督一伙人,即属于这一类。

鸦片战争以来,中国沦为半封建半殖民地社会。洋人侵略势力步步深入,"洋务"成为时髦的差使。戊戌变法后,"维新""变法"成为新话题。及至光绪二十六年年底(1901年初),就连扼杀了戊戌变法的慈禧太后,也声言要开始"变法"了。此后数年,清政府推行了一系列的所谓"新政"。官场上,"新"派人物应运而起。《官场现形记》正写于此时。因此,全书后半部常涉及所谓"新政"的一些内容。两江总督属于"新政"中的要员。

北宋至道三年(997年)始分天下为十五路,其一为江南,治所在江宁(今江苏南京市),辖境相当于今江西全省、江苏长江以南及安徽省长江以南部分。清初分江南为江南、江西两省,合称"两江"。康熙后,江南分置为江苏、安徽两省,但此后习惯上仍合称这两省为江南。口语所称江南总督,实则为两江总督,统辖江苏、安徽、江西三省军政。《官场现形记》第五十三回前面写尹子崇卖矿,"不料事为两江总督所知","电谕一到,两江总督便饬藩司遴选委员前往提人",同一回书中写同一件事,又称总督为"江南制台"（后面又称"南京制台"），其实写的是同一个人。他一个人管了三省事情，故自称"三省之主"。

"此时做江南制台（按：即两江制台）的，姓文，名明，虽是在旗，却是个酷慕维新的。只是一样：可惜少年少读了几句书，胸中一点学问没有。"这样一个草包，做了江苏、安徽、江西"三省之主"，虽"酷慕维新"，有时不免胡来。他自称和外国人办过不少交涉，又说："洋务人员在我手里提拔出来的也不计其数"，对此得意非凡。可是，书中仅以文制台见洋人一节，即将这位"维新"大吏、洋务"专家"暴露得淋漓尽致。由此亦可见清末的所谓"新政"和洋务活动是怎样一种情景。

这位文大人，依仗着自己是满族官员，脾气暴躁，待人蛮横。"无论见了什么人，只要官比他小一级，是他管得到的，不论你是实缺藩台，他见了面，一言不合，就拿钉子给人碰"。道、府、州、县级的官员们更不必说。在他手下当差的人甚多，巡捕、戈什，"喝了去，骂了来，轻则脚踢，重则马棒"，全然不当人对待。可是，他对待洋人，便是另一副姿态。凡是中国人同洋人发生矛盾，"一直只怪地方官员同百姓不好，决不肯批评洋人一个字"。

一天，省里主持民财两政的长官布政使（藩台）为了公事前来求见，递上一个手折，"他接过手折，顺手往桌上一撂"，带理不理，"藩台下来，气的要告病"辞职。淮安府知府上省禀见，"将开的手折恭恭敬敬递了上去。制台一看是手折，上面写的都是黄豆大的小字，便觉心上几个不高兴；又明欺他的官不过是个四品职分，比起藩台差远了，索性把手折往地上一摔。"巡捕前来禀事，说"有客来拜"，因为违反了文制台吃饭时间概不会客的规矩，"话言未了，只见拍的一声响，那巡捕脸上早被大帅打了一个耳刮子"。接着是一顿臭骂，骂着，举起腿来又是一脚。可是，及至听说"来的不是别人，是洋人"。"那制台一听'洋人'二字，不知为何，顿时气焰矮了大半截，怔在那里半天"，而后对巡捕又是一顿打骂："混账王八蛋！我当是谁！原来是洋人！洋人来了，为什么不早回，叫他在外头等了这半天？"等到巡捕把洋人引进大厅，"此时制台早已穿好衣帽，站在滴水檐前预备迎接了"。洋人走后，"制台送客回来，连要了几把毛巾，把脸上、身上擦了好几把，说道：'我可被他骇得我一身大汗了！'"而后随即吩咐巡捕、号房："以后凡是洋人来拜，随到随请！记着！""无论什么时候，就是半夜里我睡了觉，亦得喊醒了我"。

"江南官场上，自从这位贤制军一番提倡，于是大家都明白，他的宗旨所

名家解读古典名著
世情讽喻小说(中)

在是：见了洋人，无论这洋人如何强硬，他总以柔媚手段去迎合他，抱定了'衅不我开'四个字的主义，敷衍一日算一日，搪塞一朝算一朝。制台如此，道、府如此，州、县越发可想而知了。"下级官员甚至借着应酬外国人来巴结制台大人，巴结得好，便升官有望。

清朝末年，政府对帝国主义列强奴颜婢膝，一味退让，干尽了丧权辱国的丑事。当时有人称清政府为"洋人的政府"。《官场现形记》中这位姓文名明的总督，简直就是清政府的缩影。当时江南一带以至整个中国官场的情况，由此也就可想而知了。

以上三位，一位讲理学，一位爱字画，一位慕维新，都还多少带有一点文明气息。书中写到的其他一些总督、巡抚，有的贪财，有的好色，有的阴险，有的昏聩，有的公开依赖洋人，做洋人的奴才，丑恶嘴脸，益加难看。例如：第三十一回写江南某总督，上房里一共有十一个姨太太，偶感风寒，即连病五天，一切公事都因此停办。到了第六天，由两三个跟班的架着，才能勉强出来会客。

第三十六回写湖广总督湍多欢，旗人，内宠极多，原有十个姨太太，湖北人称"制台衙门十美图"。后来，又有一位下属官员想谋差使，特地在上海买了两个绝色女子送他，以投其所好。湍制台一见大喜，立刻赏收，从此他有了十二个姨太太，湖北人改称"十二金钗"。山东巡抚赖养仁，对洋人百依百顺，以至外国公使对他大加称赞："赖抚台是开通极了，所以我们各国都欢喜他。以后贵政府都要用这种人，国家才会兴旺"。就是这样一个丧权辱国的家伙，清政府竟然接受外国人的提议，把他调往湖南，顶替了不受外国人欢迎的湖南巡抚。而后，清政府又遵照外国人的意愿，"再拣一个同赖某人一样的人做山东巡抚"。继任山东巡抚窦世豪，原是佐贰出身，养成一身奴骨，生平最讲究的是应酬。他曾任津海关道，常同洋人办交涉，练就了一套外交功夫。他的秘诀是"默许"：凡是洋人来讲一件事情，如果是遵条约的，固然无甚说得；倘若不遵条约的，面子上一样同人家争争，到后来洋人生气，或者拿出强项手段来办事，他亦听那洋人去干，决不过问。他如今从津海道升了山东巡抚，"自然是过了几年，阅历愈深"。外国人"一听他来，个个欢喜"。

身为地方最高长官的，就是这样一批货色！

明代自宣德三年（1428年）以后，境内的府、州分统于两京（北京、南京）和十三布政使司。十三布政使司简称十三司，俗称十三省，即山东、山西、河南、陕西、四川、湖广、浙江、江西、福建、广东、广西、云南、贵州。习惯上称京师（北直隶）、南京（南直隶）为省，合称十五省。清初沿用明制，康熙初分陕西为陕西、甘肃两省，湖广为湖北、湖南两省，江南为江苏、安徽两省，共为十八省。边疆地区不置省，由将军、督统、参赞大臣、办事大臣、驻藏大臣等统辖。光绪年间，新疆、台湾、奉天、吉林、黑龙江陆续建省，但仍沿称原十八省为内地十八省。李伯元在《官场现形记》中所写的各级官吏，遍布十余省，占内地十八省大部分地区，并且有九个省的最高长官（总督、巡抚）被反复曝光。作者显然是有意这样安排的。他想以这样众多的人物告诉读者，当时的官场，不仅是一层一层地烂透了，而且全国各地几无净土，就如全书结尾处借一个久病之人的梦境所写的那样："无奈遍山遍地，都是这班畜生的世界！"

这样的国家，这样的政权，还能有什么出路吗？

(四) 官场面面观

官有多种，因人而异。以《官场现形记》中写到的大量官员而论，其中多数是文官，但也有武官（职位高的有舒军门，位居提督，官阶为从一品。职位略低的有胡统领、羊统领、柏都司、鲁总爷、冒得官等），多数是汉族官僚。也有满族官僚（如刑部官员拉达、宗室老爷溥四爷、江南官员乌额拉布、藩台噶扎腾额、北京派往江南考查机器制造的两位委员呼里图、塔拉祥、湖广总督湍多欢、两江总督文明等），多数是执政官员；也有监察官员（如第十八回派往浙江查办大案的钦差、第二十八回参奏舒军门的御史、三十三回参奏江南吏治的三名御史、四十六回派往江南等省的钦差童子良、五十三回参劾尹子崇卖矿事件的四名御史），多数是正途出身，一步步爬上去的；也有捐班出身的（如开头写的赵温、钱典史，后面的江南候补道刘大侉子、黄三溜子，河南的贾大少爷），其中既有出身于乡曲或市侩者，也有所谓世家子弟，偶有文墨不通者（如刘大侉子、黄三溜子），但更多的是经过十年寒窗、饱读诗书的人。作者通过这些方方面面的人物，使我们看到了官场上各种各样的丑恶嘴脸。

第三十回写江苏武官羊紫辰和冒得官。羊紫辰本是别省的一位实缺镇台，即总兵，是绿营兵高级武官。因为他本缺十分清苦，便走了门路，由两江总督奏留他在南京统带防营，人称羊统领。羊统领接事之后，借虚报兵丁，吃空额军饷，大发其财。譬如一营之中本是五百个人，实实在在只有二百个人，

名家解读古典名著
世情讽喻小说(中)

他上报五百，吃三百人的空额。等到总督阅兵的时候，羊统领让前头一排点过名赶紧退了下来，改换衣服军械，跟着后头的人再上去应名。如此一排排地上来下去，轮流倒换，"前后接应"。有的是临时招人顶缺。统领如此，营官自然也是如此，大家都靠吃空缺兵饷发财。营官是一个肥缺，调换营官便成为羊统领的又一个生财之道。出了一个缺，便一定预先就有人钻门子，送银子。这些人，一个个都像觅缝的苍蝇，千方百计找门路。他们不是走羊统领姨太太的门路，就是走那些成天和羊统领在一起吃喝嫖赌的朋友们的门路，甚至有人去找那些羊统领的滥相好，什么私门子暗娼，南京钓鱼巷的下等妓女，只要是和羊统领沾过边的，都有人找。羊统领借此大赚其钱，过手的人也借此捞取不少。

这时，有一个在江阴带炮划子的哨官，姓冒，名得官。哨官统辖百人，即百长；百长以下有什长。此人因故被撤职，到南京钻头觅缝地寻找差使。他按照别人出的主意，下水磨工夫。先从羊统领的门房结识起，送了许多东西，天天跑去厮混。跑的时间久了，对羊的家中底细了解得一清二楚。羊统领共有八个姨太太，他打听到其中哪一位最得宠，便专走她的门路，终于谋得护军右营一个管带的职位。后来，他为了保住这个职位，竟利用羊统领极端好色的弱点，以伪装自杀逼迫女儿，又巧设计谋骗羊上钩，终于把自己年仅十七岁的亲生女儿，以卑鄙手段奉送给羊统领，做了羊紫辰名不正言不顺的暗室情妇。

书中这样刻画冒得官：

一天绝早，冒得官急匆匆地跑进他太太的屋里，问太太要鸦片烟。而后，他自己找出盛鸦片烟的盒子，当着太太、小姐的面，"顺手揭开盖，拿烟抹了一嘴唇，把烟盒往地下一丢；趁势咕咚一声，困在地板上，喊道：'我哪里要吃烟！我是要寻死！我死了好等你们享福！'说完这句，便四脚照天，一声不言语了。"太太、小姐慌了手脚，连哭带喊，把合公馆的人都闹了起来。人们为了让冒得官呕吐解毒，要给他往嘴里灌粪。冒得官急了，抵死不肯，挥退家里的众人，一骨碌坐起来，坐在地板上，向太太、小姐诉说原委，要求女儿答应给羊统领做外室。冒小姐见过羊统领，一个又粗又蠢的大汉，实在心里不愿意。冒得官便从地上拾起鸦片烟盒子，再次声言要自杀。女儿终于被逼应允。这时，冒得官"心上暗暗欢喜，便做出假欲呕吐之状，吊了几个干恶心，吐出了些白痰"。他装假作弄了一番，"又忙爬下替女儿磕了一个头，说：'我这条老命全亏是你救的！'"弄妥了女儿这一头，冒得官又去设计骗羊统领上钩。羊统领深夜酒后，被骗进冒得官的公馆，钻进冒小姐的房中睡了一夜。第二天清晨，听到大门外有人敲门，打得震天价响，这位偷花老手以为中了什么人的圈套，不免惊恐。不料"房门开处，朝外一望，只见一个男人直僵僵地朝着房门跪着不动"。他就是冒得官。羊统领至此方才恍然大悟。"自此之后，羊统领便天天到他家走动"。冒得官险些丢失的乌纱帽自然也就因此得以保全。

大约不少读者读到这里，都会有一种令人欲呕之感。堂堂政府官吏，上上下下，下流到这种田地，官场的黑暗与腐败，就到了无法救治的地步。

无独有偶，《官场现形记》第三十六回至四十二回中所写的湖广总督湍多欢、兴国州州官瞿耐庵，是又一对活宝。他们演出了类似的戏。

湍多欢是满族人，从前曾做过云南臬司，后来官运亨通，升为贵州藩司，又调任江宁藩司，升江苏巡抚；不上两年，又升湖广总督，一帆风顺。湍多欢原有十个姨太太，九姨太是天津妓女出身，最为得宠。不久他又添两名内宠，十二姨太后来居上。九姨太身边的大丫头宝珠，十八岁，与湍制台关系暧昧，因做十三姨太未成，被湍总督认做干女儿，嫁给了下属官员戴世昌，人称"宝小姐"。于是，下级官员便经常通过总督大人的这位姑爷和小姐走门路。一位名叫瞿耐庵的，据说是个知县班子，夫妻俩都四十七八岁。瞿太太有心巴结宝小姐，便想方设法搭勾，趋前跟后，做出千奇百怪的样子来奉承宝小姐，比贴身的奴婢更加殷勤。一天，宝小姐酒醉之后，拿瞿太太开心，偶出戏言，说来世愿有个像瞿太太这样的孝顺女儿。瞿太太听了，急忙搭腔说："只要姑奶奶肯收留，我就情愿拜在膝下，常常伺候你老人家。"此时宝小姐已有十分酒意，忘其所以，便冲口而出道："既然如此，你就替我磕个头，叫我一声'娘'吧。以后我疼你。"一句话直把个瞿太太乐得要死，果真爬在地下替宝小姐磕了一个头，叫了一声"干娘"。第二天，瞿太太身穿补褂，腰系红裙，头戴一支四寸长的小花翎，带了大批礼物，前来拜见干爹、干娘。就这样，一个十八岁的女人，认了一个年近五十、脸上起了皱纹、鬓边已生华发的干女儿，而后又带着这个老太婆去拜见了她的干外公、干外婆——湍总督和九姨太。不久之后，瞿太太的丈夫瞿耐庵就凭借年轻干娘的通天本领，做了兴国州的州官。

以上诸位代表了官场人物中的一种类型。其中有文官，有武官，有汉族，有满族，虽然职务不同，民族不同，有一点却何其相似——极端无耻！

官场上还有另一种类型的人物，他们在外表上极其重视忠孝节义、礼义

名家解读古典名著
世情讽喻小说(中)

廉耻，俨然正人君子。有人在同外国人的关系方面，与洋人洋货势不两立，似乎很有民族气节。可是，一当李伯元揭开这些人物的华衮，使读者看到他们的灵魂，事情就成了另一样。

第二十二回写浙江省督粮道贾筱芝，是孝廉方正出身。"孝廉方正"是清代特设的制科之一，根据汉代选拔官吏的孝廉、方正两个科目合并。雍正元年（1723年），诏直省每府州县卫各举品行端正、素有孝行者，赐六品服备用。乾隆五年（1740年），定荐举后赴礼部验看考试，任用为州、县和教职等官。贾筱芝因为早有孝子之名，由知县直爬到道员。封建社会，以孝为本，认为"百善孝为先"，贾筱芝便尽力装成一个孝子。他在到浙江督粮道上任的时候，和母亲事先串通好，一路前行，演了一出出贤母孝子的假戏，收到了很好的宣传效果。后来，他用六千银子向巡抚行贿，得到巡抚一本密保，被任为河南臬台（按察使）。赴任路上，这位贾臬台和母亲串通好，又一次搬演旧戏：将到省城时，每到一站打尖住店，离店还有二里路（今一千米），贾臬台一定叫轿夫抬着自己坐的轿子，先赶到店门口。贾臬台先下轿，垂手恭立，站在街旁。前来接站的地方官为之肃然，也只好陪他站着。老远望见老太太坐的轿子，贾臬台便跪倒在地。等他母亲的轿子到了跟前，他便毕恭毕敬地报告："儿子贾筱芝，迎接老太太的慈驾。"然后从地上爬起来，扶着母亲的轿杠，把轿子慢慢地扶进店门。这时，她的母亲便按照事先准备好的台词，在轿子里吩咐儿子道："筱芝！你现在是朝廷的三品大员了，一省刑名，都归你管，你必须忠心办事，报效朝廷！你万万不要辜负我这一番教训！"贾臬台听到这里，一定要回过脸来，对着轿门，回答一声"是！"接着说一句："儿子谨遵老太太的教训！"说话间，老太太下轿，贾臬台亲自上前，搀扶母亲进屋，又张罗了一番，然后才出来会客。打尖如此，住店如此。到了出店的时候，贾臬台又一定跪送母亲上轿，然后才肯起身。这一招非常灵验。看热闹的老百姓和沿途各站接差的官员们，一齐啧啧叹赏，称这位贾臬台"真正是个孝子！"贾筱芝的名声于是随风播扬，人还没到，已是名满省城。"大家晓得他是个孝子，都拿他十分敬重"。

古罗马政治家西塞罗说："在所有堕落的行径中，没有比伪君子的所作所为更加邪恶的了。伪君子总是在最虚假的时候，小心翼翼地装出最善良的样子"（《论责任》）。官场人物中最常见的特点就是这样。《官场现形记》揭开了许多人物虚伪的面纱，显露了他们的本相。这一点，颇令读者快意。

虚伪有多种。如果一个人虚伪到连他自己都以假为真，并能在内心中自圆其说的地步，这虚伪就到了极至。官场人物往往能在这一点上远胜常人。这可以使他们做起任何事情来都能心安理得。《官场现形记》第四十六回中所写的钦差大臣童子良便是这方面的代表。

童子良生平有一个脾气——最讨厌洋人。无论什么东西，吃的、用的，凡带着一个"洋"字，他决计不肯亲近。他浑身上下，穿的都是乡下人自织的粗布，洋布、洋呢之类，找不出一点。洋烟、洋酒之类洋人的食品，他决不吃，只吃本土自己生产的。甚至，洋钱他也不要，只要银子。当时有几个省奏请朝廷批准，铸造中国洋钱（即银元），童子良为此长吁短叹，伤感不已，整整两天，又气又愁。他十分慨叹地说："好好一个中国，为什么要用夷变夏！中国人用惯了银子，为什么要铸造洋钱？这样下去，岂不成了洋人的天下？我情愿早死一天，免得日后看着心里难过！"第二年他奉旨署理户部尚书，恰正负责银钱之类的事务。有两个省的银元铸造成功，解到部里，司员检了一包，请尚书大人过目。童子良一听说是洋钱，立即紧闭着眼睛，连连摆手："拿走！拿走！我不忍看这些亡国的东西！"司官知道尚书大人有讳洋厌洋的脾气，只好拿着银元（"中国洋钱"）退了下来。后来这事传遍了京城，大家都当作笑谈。

童子良真不愧为民族主义者。当时北京到天津已通火车，天津到上海已通轮船，交通大为便利。可是，火车、轮船都是洋人的玩意儿。童子良被派为九省钦差，南下办事，宁可由旱道走，十八站到清江浦，然后坐了民船，再下江南。他宁可费时费力，也决不乘坐洋人的交通工具。他的理由是："我是天朝的大臣，应该按照国家的制度办事。什么火车、轮船，都是洋人的奇技淫巧，我若坐了，有伤国体。"

到了山东境内，地方官知道这位钦差大人不喜欢洋货，行辕之内一切摆设，凡是和"洋"沾边的，什么洋钟、洋表、洋毯、洋灯、洋桌、洋椅之类，一概不用。到了晚上，宁可点无数的牛油蜡烛，不点洋灯。"一切陈设，都是中国土货"。时已四月，天气渐热，当差的为了让钦差避避疫气，给他买来一打香水。童子良一听说这是洋货，又是从洋货店里买来的，大光其火，嚷道："我就同女人守节一样，已经守到六七十岁了，难道还要半路上失节不成？你们想着法子来害我，是何居心？"风声传了出去，合省肃然，官员们来禀见钦差，先得浑身上下做一番检查，凡是稍微带点洋气的东西，都不敢叫这位钦差大人看见。

可是，自从鸦片战争以来，中国人已无法完全避开洋人洋货。童子良因

名家解读古典名著
世情讽喻小说（中）

病抽上了鸦片烟，再戒不脱。一天在朝房里，有位王爷同他开玩笑："子良，你不是犯恶洋货吗？那你为什么抽洋烟呢？"童子良回到家里，把烟灯、烟枪统通摔掉，立志戒烟。谁知他烟瘾很大，眼泪鼻涕地熬不住，时间长了，一息奄奄，说不出话，险些到了送命的程度。家人劝他，他发誓宁死也不破戒，只等着办后事了。后来，多亏他的儿子聪明，让家人端了烟盘送去，告诉老爷："这不是洋烟，是云南土熬的广膏。云南、广东都是中国地方，不是外洋来的。"童子良听了，才接过烟盘，一连吸了十几口。"这一顿，竟比平时多吃了三钱，方才过瘾。"童大人的一条命就此保全下来，并且由此推演出一番冠冕堂皇的道理：多吃本土，可以抵制洋货。

虚伪，常常会使人陷入尴尬之境。晚清政府，一直陷落在左右为难的泥淖里，原因之一，是它不敢面对真实，在许多方面很虚伪。童子良从一个侧面反映了清政府的这种本质。

这样的政府，还有救吗？

（五）《官场现形记》的思想特色

《官场现形记》的内容，不止以上这些。但从上述方面已可看出，这部小说在思想方面相当大胆。至少有三点很值得注意：

第一，全书的选材与描写，显示了作者过人的创作勇气。

在中国封建社会，"官"拥有各种各样骇人的权力，而又缺少必要的制约，因此，百姓如果对官有所冒犯，就会带来许多出乎意料的麻烦；轻则影响个人生活和前途，重则可能引祸杀身，甚至毁家灭门。民间酒宴上有一种名叫"打扛子"的游戏，一种口令是："老虎吃鸡，鸡吃虫，虫蚀扛子，扛子打老虎"。又一种口令是："百姓怕官，官怕皇上，皇上怕洋人，洋人怕百姓"。后者大约产生于清末。在当时老百姓的心目中，官吏实在像虎狼一样可怕。《官场现形记》中所写的人物，几乎全部是官，而且都并不是果戈理笔下的那种小官吏。其中有些还是很大的官僚。

中国的长篇小说一向有揭露官府的传统，但是，不论这些小说的艺术成就有多么高，现实感有多么强，自传成分有多么大，大都在故事开始时首先交代明白：本书所写乃前朝之事，故事发生在几百年甚至一千年前。有时还有意将"真事隐去"，让读者难以确指故事发生的年代和地点。这种现象很值得注意。

《官场现形记》则不然，书中明白地写到"旗人"（满族人）、洋人，写到维新、守旧，甚至写到"佛爷"（慈禧太后）、赛金花，读者大都知道书中写的是眼前之事。这就必然发生一个问题：书中写了十一个省的总督、巡抚，并一一点明某省某省，那么他们指谁？他们下面那些藩台、臬台、道台，又指谁？万一有人对号入座，枷杠自招，该怎么办？而且作者把整个官场写得一团黑暗，天下乌鸦一般黑，洪洞县里没好人，"打击面"非常之大，一把手十个指头，没有一个不长脓疮，全身手足四肢，没有一个不生坏疽，那么倘若引发官场人物的"公愤"，犯了众怒，一起来说你"讪谤本朝"，那怎么办？这类事在中国历史上不是没有发生过。面对这些显而易见的问题，作者恐怕不是没有考虑。但是，他忠于自己的艺术良心，还是按照他想写的那样写了，不避影射之嫌。

李伯元敢这样做，固然在很大程度上是由于清朝统治力量已经是强弩之末，势不能穿鲁缟，它已不可能再像康、雍、乾时期那样大施淫威，大兴文字狱；但是，鉴于中国的国情、民情，我们还是不能不佩服他的创作勇气。当时的评论者称《官场现形记》为"官场之照妖镜，爇渚犀"（《谭瀛室随笔》）。照妖，烛怪，没有很大的勇气是不可能的；须知，中国人向有"太察渊鱼恐不祥"的告诫，那是经验之谈。

第二，这部书体现了新的美学思想。

"温柔敦厚，诗之教也"。按照中国人传统的美学观念，文艺作品应该乐而不淫，哀而不伤，怨而不怒，即使看到非常令人生气的事，也要含蓄，要婉转陈词，要含而不露。按照这种观念来看《官场现形记》，作者就做得太过分了。他不仅在作品中嬉笑怒骂，尽情暴露，一点余地都不留，而且，在1903年（清光绪二十九年）世界繁华报馆的初刊本上，还刊登了两篇序，在序文中直截了当地痛骂当时的官场。

在署名茂苑惜秋生（欧阳钜元）的序中，作者一开头便长戟直指地骂道："官之位高矣，官之名贵矣，官之权大矣，官之威重矣"，"盖官者，有士农工商之利，而无士农工商之劳者也"。"所谓'衣食足而知荣辱'者，直是欺人之谈"。"沿至于今，变本加厉"，"天子寄其耳目于督抚，督抚寄其耳目于司道，上下蒙蔽，一如故旧"。所谓官者，"送迎之外无治绩，供张之外无材能"，"田野不辟，讼狱不理，则置诸不问；应酬或缺，孝敬或少，则与之为难"。

评论《官场现形记》者，每引用鲁迅《中国小说史略》中的话，批评作者不够含蓄，"无自序所谓'含蓄蕴酿'之实，殊不足望文木老人后尘"。其

名家解读古典名著
世情讽喻小说(中)

实,这是缺少分析的。鲁迅的话并没有说错。放在整个小说史上,用史家的眼光来看,艺术中缺少必要的含蓄,确实会显得缺乏诗意,有伤其美,有碍久传。这不禁令人惋惜。可是,20世纪以来的中国,一直处于由旧中国向新中国、由旧文化向新文化的过渡时期,许多时候,广大读者对于文学艺术所最渴望、最企盼的,不是浓郁的诗意,而是正面人生,直触现实。这使作家、艺术家往往处于两难的境地。为了艺术,他自然应该"含蓄蕴酿","悼红轩中,批阅十载,增删五次";可是,为应广大读者及时势之需求,他又不能不朝书夕发,快箭射出。这就不可能不露出匆促草率的痕迹。"书被催成墨未浓",浓厚的诗意缘此大失。可是,作家,艺术家往往会自觉地做出这种牺牲。李伯元是其一。五四新文学运动以来的许多作家,都也曾经有过这类经历,盖由时势使然。

第三,《官场现形记》是一部爱国主义的杰作。李伯元为什么要写这样一部书?全书第六十回结尾处的一番话,就是作者的命意所在:

中国贫弱到这步田地,一心要想救救中国。

李伯元不是革命者,他当然不会像孙中山等革命家那样提出推翻满清政府的革命要求。但是,他在《官场现形记》《活地狱》《庚子国变弹词》等作品中,表现出对于清政府的彻底失望,已远远不是一种补偏救弊的态度。

历史进程很复杂。在革命到来的时候,并非所有的人都明白地分成两大营垒;不是站在革命者的一方,就是站在反革命的一方。事情哪有这样简单!许多人并不理解革命,甚至对革命有些反感,但是他们对反动政府非常失望,甚至怀有绝望和愤恨的情绪。这时,他们的各种言行就往往在实际上起着帮助革命者的作用。他们在实际上已是革命者的同盟军。如果有哪一个当时的或是后来的革命者,牢牢抓住这些人在当时或过去咒骂过"北拳南革"的话语或类似的言论,硬要把他们推到反对革命的一方去,那么,这样的革命者就太愚蠢了!他实际上在给革命帮倒忙!

李伯元在《文明小史》第五十九回前半回"论革命幕府纵清谈"中,将刘鹗《老残游记》第十四回中一大段文字稍加改动,抄入书中。这段文章痛诋"北拳南革",说明李伯元和刘鹗都反对农民起义和资产阶级民主革命,停留在维新派的立场上。但是,李伯元对义和团所反对的洋人和革命党所要推翻的清朝政府,也都抱着对立的态度。他在《官场现形记》中,通过形象生动的描述,使人们看到:清朝政府已经堕落为"洋人的政府";作为国家机器代表者的大大小小的官吏,都已经成为国蠹民贼。他对这个国家、这个政府,早已不抱什么希望。从这个角度看，李伯元与"拳"与"革"又不无一致之处。他的《官场现形记》也因此具有进步性。

《红楼梦》中写过一个"护官符"，借应天府一个门子之口，揭露官僚家族"一损俱损，一荣俱荣，扶持遮饰，皆有照应"。红学家们一向对此津津乐道，称作者写得深刻。《官场现形记》在艺术上无法与《红楼梦》相比，但书中时有揭露清末官场（即政府）的妙语，如第十四回借妓女龙珠之口，论所谓"清官"如同娼妓中所谓"清倌人"：

龙珠道："我们吃了这碗饭，哪里还有什么'清'的！我十五岁上跟着我娘到过上海一趟，人家都叫我清倌人。我肚里好笑。我想我们的清倌人也同你们老爷们一样。……去年八月里，江山县钱大老爷在江头雇了我们的船，同了太太去上任。……从杭州动身的时候，一家门的行李不上五担，箱子都很轻的。到了今年八月里，预先写信叫我们的船上来接他回杭州。等到上船那一天，红皮衣箱一多就多了五十几只，别的还不算。上任的时候，太太戴的是镀金簪子；等到走，连奶小少爷的奶妈，一个个都是金耳坠子了。钱大老爷走的那一天，还有人送了他好几把万民伞，大家一齐说老爷是清官，不要钱，所以人家才肯送他这些东西。我肚皮里好笑：老爷不要钱，这些箱子是哪里来的呢？来是什么样子，走是什么样子，能够瞒得过我吗？做官的人得了钱，自己还要说是清官，同我们吃了这碗饭，一定要说清倌人，岂不是一样的吗？……"

周老爷听了她的话，气的一句话也说不出，倒反朝着她笑。歇了半天，才说得一句："你比方的不错。"

第十八回又借太监总管和慈禧太后之口论清官：

老公（太监）鼻子里扑嗤一笑道："现在还有难办的事情吗？佛爷（慈禧太后）早有话：'通天底下一十八省，哪里来的清官？但是御史不说，我也装做糊涂罢了；就是御史参过，派了大臣查过，办掉几个人，还不是这们一回事。前者已去，后者又来，真正能够惩一儆百吗？'这才是明鉴万里呢！……"

第十八回写太监老公如何向奉旨去浙江查办贪官污吏的钦差面授机宜：

"你如今到浙江，事情虽然不好办，我教给你一个法子，叫作'只拉弓，不放箭'：一来不辜负佛爷栽培你的这番恩典；二来落个好名声，省得背后人家咒骂；三来你自己也落得实惠。……"正钦差听了，别的还不在意，倒于这个"只拉弓，不放箭"两句话，着实心领神会。

名家解读古典名著
世情讽喻小说(中)

第四十回写夏口厅马老爷如何向即将赴任的瞿耐庵传授"做官的法门":

马老爷说:"耐庵,你虽然候补了多年,如今却是第一回拿印把子。我们做官人有七个字秘诀。哪七个字呢?叫做'一紧,二慢,三罢休'。各式事情到手,先给人家一个老虎势,一来叫人家害怕,二来叫上司瞧着我们办事还认真;这便叫作'一紧'。等到人家怕了我们,自然会生出后文无数文章。上司见我们紧在前头,决不至再疑心我们有什么;然后把这事缓了下来,好等人家来打点:这叫作'二慢'。千里为官只为财,只要这个(钱)到手……无论原告怎么来催,我们只是给他一个不理;百姓见我们不理,他们自然不来告状:这就叫作'三罢休'。……至于别的法门,一时也说不尽。……"瞿耐庵听了,甚是佩服。

诸如此类的议论,一针见血地刺中了当时官场病的要害,必然使读者对清朝政府感到绝望和愤怒。人们在绝望和愤怒情绪的推动下,就必然会对清朝政府持反对态度。因此,《官场现形记》实际上是为日益高涨的革命风潮帮了忙。

清末有一位革命者,名王钟声(1881—1911年),他在上海建立了话剧团体春阳社,宣传革命。在他演出的新剧中,除了《秋瑾》《徐锡麟》《热泪》《爱国血》等正面歌颂革命的戏,还有一部《官场现形记》。这些戏,宣传革命,揭露清政府腐败政治,"或嬉笑怒骂,或慷慨悲歌,皆足励人观感。"

与春阳社同时,光绪三十三年(1907年)六月,中国留日学生曾孝谷、吴我尊、欧阳予倩等组织了中国早期话剧团体春柳社。在春柳社的演出剧目中,除了根据外国小说改编的《黑奴吁天录》等,有些剧是根据中国古今小说改编的,其一是《官场现形记》(欧阳予倩《回忆春柳》)。

中国早期话剧运动中的这些史料,从一个侧面说明《官场现形记》对革命运动起了有益的作用。

李伯元在《活地狱》的"楔子"中写道:"世界昏昏成黑暗,未知何日放光明?书生一掬伤时泪,誓洒大千救众生"。"救中国"与"救众生"原是一致的。一个怀有救国救民之心的人,应该被视为革命事业和进步事业的朋友。即使仅仅从这一点出发,我们也应该对《官场现形记》给予较高的评价。

(六)《官场现形记》的艺术特征

《官场现形记》的艺术特点,主要有以下几个方面:
第一,它是一部带有喜剧色彩的小说。在戏剧中,有悲剧、喜剧、正剧之分。它们有不同的美学特征。小说作品在这一点上和戏剧有类似之处。有些小说带有较多的悲剧色彩，有些带有较多的喜剧色彩，多数作品则兼有悲、喜剧因素，类似戏剧中的正剧（狄德罗称之为"严肃的喜剧"）。这几类作品在选材、构思等许多方面都有明显的区别。倘有人以悲剧或正剧的一般写法来要求喜剧，必然会得出一些令人啼笑皆非的结论。

《官场现形记》是一部带有喜剧性特征的小说，我们应该用看喜剧的眼光去看它。有些评论家习惯于看正剧或悲剧性的作品，有时会不自觉地对它提出一些有违喜剧性美学特征的要求，这就非但不能发现它特有的长处，也不能恰如其分地指出它的弱点。

前面我们说过，李伯元自幼生活在官宦人家。他的亲戚、朋友中，有不少大大小小的官僚，其中有的（如文廷式）是当时官吏队伍中非常杰出的人物，道德文章，光照一世。李伯元并非不知道，官场中也有许多好人，有些人还是民族的精华。他也不是不知道，每一个人都有自己的个性，既有好的方面，也有不好的方面。纯粹类型化的人，在现实生活中并不存在。可是，在《官场现形记》中，他所写的却几乎全是类型化的人物。不仅从全书开头的赵温（遭瘟）、钱伯芳（钱不放）、贺根（祸根）到全书结尾的梅飏仁（媚洋人）、赖养仁（赖洋人）、甄守球（真守旧）等每一个人物是类型化的，而且书中全部人物加起来，也只是现实生活中某一类型的人。

作家为什么这样写？因为他在作品中所要表达的内容，采用喜剧的方式比采用正剧或悲剧的方式更为合适。当时的清朝政府，已经腐败不堪，到了不像一个政府的地步，所有稍有良知的人，都会对它产生憎恨和鄙夷的感情。可是，这个政府却还要极力把自己装扮成天朝大国的代表者，冠冕堂皇，极尽虚伪掩饰之能事。这就使它的一切举止都显得滑稽可笑。李伯元给自己的作品命名为"官场现形记"，而不是"官吏（或官僚）现形记"，因为他所要表现的，是整个政府的形象，而不是某一个或某几个、几十个官吏的个别的形象。这就需要进行总体的把握，而后给予最有效力的鞭笞。于是他选择了喜剧。

喜剧和"笑"天然地联系在一起。笑是人们进行社会斗争的有力武器。"每当我们感到一个人变得不像人时，我们就会笑起来。"（让·诺安《笑的历史》）笑，在这时候能够最强烈地表达人们的憎恨和鄙夷。这时候，笑，是人们对被笑者强有力的惩罚。清朝政府已经失去了应有的尊严，堕落到了不仅可恨而且可笑的地步，这时，作家采用喜剧的手段，对它投以轻蔑的笑，让

名家解读古典名著
世情讽喻小说(中)

万千的读者一起来笑它，是一种聪明的选择。这时候，"笑首先是一种纠正手段。笑是用来羞辱人的，它必须给作为笑的对象的那个人一个痛苦的感觉。社会用笑来报复人们胆敢对它采取的放肆行为。""它的任务就是通过羞辱来威慑人们。"（伯格森《笑——论滑稽的意义》）

《官场现形记》中之所以搜罗官场贪污、贿赂、敲诈、勒索、迎合、钻营、蒙混、罗掘、倾轧、盘剥、拖延、伪善等种种故事，"联缀此等，以成类书"，其重要原因是为了最有效地发挥笑的力量，而不是作者对艺术无知、无能。作者并不是对生活素材无所选择，一味罗列现象，恰恰相反，他是经过精心选择的。他"选择"的，都是那些"能重复产生"的，"并非与人的个性不可分地结合在一起的特性"，即官场人物"共同的特性"。（同上）这正是为了适应作品自身的需要。作家这样"选择"，并没有错。胡适指摘《官场现形记》"所谴责的往往都是当时公认的罪恶，正不用什么深刻的观察与高超的见解"，指摘"书中的人物几乎没有一个有一点个性的表现"，指摘"书里没有一个好官，也没有一个好人。作者描写这班人，只存谴责之心，毫没有哀矜之意"，说它是"一部摭拾话柄的杂记小说"（胡适《〈官场现形记〉序》）。

柏格森认为，喜剧最常用的手法有三：一、重复；二、倒置；三、相互干涉。《官场现形记》中大量运用了这些手法。

所谓重复，是指"情景的重复，也就是某些景况的组合的反复出现"。这很容易引人发笑。"所重复的场面越复杂，发展得越自然，这种重复就越发滑稽"。其中最常用的形式之一"就是让一群角色一幕又一幕地在各种不同的环境中出现，使得在各个不同的新环境中，老是出现同样的一连串互相对应的事件或事故"。法国伟大的喜剧作家莫里哀的作品中，就有许多这类例子，它们都具有良好的戏剧效果。《官场现形记》中，这类例子也不少。例如：第一回，先写方必开的儿子老三又哭又闹，被叔叔拍打，后面又写他被父亲打了耳光哭闹；前面写王举人大讲做官之道，后又写王举人如何讲做官之道；前面写江南总督十一个姨太太，伤透精神，后面写湖广总督"十二金钗"，干扰政事；前面写"浙江吏治之坏，甲于天下"，后面写"山西吏治，早已坏到极处"；前面写黄知府的"门上"戴升，后面写傅巡抚的"心腹门上"汤升；前面写贾筱芝（假孝子），后面写贾润孙（假顺孙）；前面写"胡"（狐）统领，后面写羊统领；前面写御史奏参浙江吏治，涉及大大小小的官员一百五十多个，后面写御史奏参江南吏治，大大小小共有二十几官；前面写刘进吉犯了湍制台祖老太爷的名讳，湍制台耿耿于心，后面写瞿耐庵送贺礼，犯了知府喜元的名讳，喜府台大光其火；前面写傅钦差下江南，极力装做清廉节俭，后面写童钦差下江南，极力伪装清廉节俭；前面写童钦差讳洋守旧，后面写甄阁学守旧……诸如此类"情景的重复"，在《官场现形记》中触目皆是。

如果我们用习惯的看正剧的眼光来看，不免会感到纳闷：为什么李伯元总是重复自己写过的情节？如果我们改换一种眼光，用看喜剧的眼光去看，就会明白，这些"情景的重复"，恰正是喜剧性作品中惯用的合乎喜剧性规律的安排。它们正是作家的匠心所在。笑，就是由此产生的。

柏格森举了一个浅显的例子：有一天我在街上碰见一个多时不见的朋友，这情景毫无滑稽之处。可是如果在同一天，我又碰见他，甚至再而三，三而四，结果我们就要对这种"巧合"发笑。喜剧作品中的"重复"，正是从这儿延伸出来的。

"倒置"是喜剧中惯用的第二种手法。作家时常写一些挖了陷阱想坑人，结果自己掉了进去的人物。搬起石头打自己的脚，欺人反倒被人欺，是许多喜剧的基础。骗子被骗，贼被偷，这一类角色情景的颠倒，常常成为笑料。"只要一暗示这种倒霉事情，只要说一句叫人想起这件倒霉事情的话，就够滑稽的了"。

《官场现形记》中，多次出现这种角色转换的滑稽场面。文制台见洋人是一个典型的例子。

两江总督文明，在下级面前大摆主子的威风。他号称"三省之主"，凡是江苏、安徽、江西三省的官吏，无论是什么人，只要官比他小一级，他便倚势欺人，就连省级、府级的地方官布政使、知府等，也概莫能外。对下层官吏巡捕、戈什等，他更是"喝了去，骂了来，轻则脚踢，重则马棒"，一律视为卑贱的奴才。可是，他在洋人面前却卑躬屈节，奴颜媚骨，完全失去了做人的尊严。"一听'洋人'二字，不知为何，顿时气焰矮了大半截，怔在那里半天"。巡捕把洋人引进大厅，"此时制台早已穿好衣帽，站在滴水檐前预备迎接了"。及至谈完公事，送洋人——一位领事走后，这位号称三省之"主"的大官僚已经被吓得满身大汗，连要了几条毛巾，把脸上、身上遍擦一番。读者看到这里，会不由自主地从内心中笑起来。作者在这里成功地使用了喜剧中常用的情景倒置。骗子被人骗了，贼被人偷了，一个威风凛凛的主子在顷刻之间转变成了卑躬屈膝的奴才。这种反宾为主，反主为奴的角色转换，情景颠倒，使人感到滑稽莫名，充满了喜剧效果。

名家解读古典名著
世情讽喻小说(中)

喜剧中常用的第三种手法是相互干涉。"当一个情景同时属于两组绝不相干的事件,并可以用两个完全不同的意思来解释的时候,这个情景就必然是滑稽的"。

喜剧中常用的手法是"误会"。《官场现形记》写钦差童子良接见江苏藩台施步彤(十不通),便用误会法造成滑稽可笑的喜剧效果:

(童钦差)回过脸同萧臬台议论江南的枭匪,施藩台又抢着说道:"前天无锡县王令来省,司里还同他说起:'无锡的九龙山强盗很多,你们总得会同营里,时常派几条兵船去"游弋游弋"才好;不然,强盗胆子越来越大,那里离太湖又近,倘或将来同太湖里的"鸟匪"合起帮来,可不是玩的!'"施藩台说得高兴,童钦差一直等他说完,方同萧臬台说道:"他说的什么?我有好几句不懂。什么'游戈游戈',难道是下油锅的油锅不成?"萧臬台明晓得施藩台又说了白字,不便当面揭穿驳他,只笑了一笑。童钦差又说道:"他说太湖里还有什么'鸟匪',那鸟儿自然会飞的,于地方上的公事,有什么相干呢?——哦!我明白了,大约是'枭匪'的'枭'字。施大哥的一根木头被人家扛了去了,自然那鸟儿没处歇,就飞走了。施大哥好才情,真要算得想入非非的了!"施藩台晓得童钦差是挖苦他,把脸红了一阵……

施藩台识字不多,白字连篇,将"游弋"读成"游戈",将"枭匪"读成"鸟匪",这是一种误会;童钦差明知他读错了,却将错就错,再往更错的地步推进一层,将"游戈"解为"油锅",将"鸟匪"解为"会飞的""鸟",这就造成更深的误会;而后再进一步,说施步彤(不通)读"枭"为"鸟",是因为"施大哥的一根木头被人家扛去了,自然那鸟没处歇,就飞走了。"误会就更深了一层,喜剧性也就更加增强。

李伯元有时将重复和误会并用,如第三十一回写龙占元接洋人即是一例。龙占元是两江尽先补用都司,现在新军左营当哨官。他总共读过三个月的英语,自称通学堂里只有他"天分高强",一本"泼辣买"(英文文法)只剩八页没有读。可是,到后来只记得一句"亦司"。一次,这位龙都司奉了营官的差遣,带了本营的翻译到南京下关码头迎接本营的洋教习,一连五天没有等到。第六天,洋教习乘轮船来了,适逢下雨,行李被雨淋湿。龙都司去迎接,大献殷勤,并冒充内行:

洋人打着外国话问他:"你可是来接我的不是?"龙都司接了一句:"亦司!"洋人又问:"既然派你来接我,为什么不早来?你可是偷懒不来?"龙都司又答应了一声"亦司!"洋人听了他"亦司""亦司",心上愈觉不高兴。

又问他道:"你不来接我,如今天下雨,你可是有心要弄坏我的行李不是?"……谁知他不慌不忙又答应了一声:"亦司!"

洋人大发雷霆,举起手中的棍子就打。棍子断了,又一把夺过龙占元手中的马棒,没头没脸地痛打龙占元,把龙打得头破血流。可是,这位"天分高强"的龙都司的嘴里,"还在那里'亦司!''亦司!'"

李伯元在这段故事里巧妙地运用了双重误会:洋人听了龙占元的第一句"亦司",误以为他懂得英语,于是便咕咧呱啦地继续用英语讲下去;龙占元不知洋人说的是什么话,但他误以为"官场上向来是上头吩咐的话,我们做下属的人总得'是''是''是',"既然洋人是"上头"来的,自然也需要"拿对待上司的规矩待他","亦司!""亦司!"不料却引出这番小悲剧,被打得头破血流。六十岁的人了,事后用一块白毛巾扎着头,毛巾上还有许多鲜血,让人觉得又可怜,又可笑。这段故事收到了很好的喜剧效果。试想,如果没有用双重误会,或者只用一个、两个"亦司",而不是"重复"多次地使用"亦司"这个词来"重复"造成误会,现有这种滑稽可笑的喜剧味儿就会大减。

《官场现形记》的第二个艺术特点是:刻画了一组组浮雕式的人物。

雕塑有圆雕与浮雕之分。圆雕是立体的,可以表现雕塑形象(或人,或兽,或物)的各个侧面,人们可以从四面欣赏;浮雕则仅在平面上雕出凸起的形象,它仅让人看到形象的一个侧面,有时还只是一个局部。浮雕是凸出平面的三度空间雕刻,兼有绘画和雕刻两种艺术的要素,但却又不像绘画那样着色渲染,不像圆雕那样让人们看到形象的各个侧面。浮雕有它特有的艺术效力,我们不能用看惯了圆雕和绘画的眼光去要求它,就像不能用正剧、悲剧去要求喜剧一样。

前面说过,李伯元创作此书的目的,是要表现整个"官场",让人们从总体上把握它,否定它。作家本无意为一个一个的官僚塑造立体的形象。李伯元从陕西写到广西,在全国内地十八个省的广阔背景上,东写一群人,西写一群人,并在刻画每一个人的时候,又仅取其一喙一爪,使其凸现于整个背景之上,其意在于以若干局部、细部构成一个整体。如果读者要求看到书中每一个人物的全体或不同侧面,要求知道每一个人物的完整的故事,就有违作家的本意了。

书中有几组人物,写得相当成功。如第一、二两回,作者围绕赵温乡试中举、进京会试,刻画赵、方两姓地主,王乡绅、王孝廉叔侄,颇为生动。

名家解读古典名著
世情讽喻小说(中)

陕西乡间一个土财主方必开，看到乡邻赵家的孙子赵温中了秀才，"瞧着眼热"，便请一位老举人来做私塾先生，教自己的儿子。后来，赵秀才中了举人，方必开越发心急眼馋，以至精神恍惚，痰迷心窍。他"跑进书房，就跪在地当中，朝着先生一连磕了二十四个响头"，一句话也说不出来。后来，"方必开听了先生教他儿子的一番话，心上一时欢喜，喉咙里的痰就活动了许多；后来又听见先生说什么做了官就有钱赚，他就哇的一声，一大口的黏痰呕了出来；刚刚吐得一半，忽然又见他儿子回驳先生的几句话，驳得先生顿口无言，他的痰也就搁在嘴里头，不往外吐了。直钩钩两只眼睛，瞅着先生"。先生受不了学生的冲撞，叫嚷"一定要辞馆"，方必开"满肚子里的痰，越发涌了上来，要吐吐不出，要说说不出，急得两手乱抓，嘴唇边吐出些白沫来……"整个这场戏，紧紧围绕着方必开的一口"痰"反复刻画。方必开一言未发，只有动作。但这场无声戏却活灵活现地刻画出了一个乡间地主复杂的心态。他是一类人的心理写照。

下文写赵姓地主，自从孙子赵温中举，得意非凡，摆酒宴客：

王乡绅饮至半酣，文思泉涌，议论风生，不禁大声向王孝廉说道："老侄，你估量着这'制艺'一道，还有多少年的气运？"王孝廉一听这话，心中不解，一句也答不上来；筷子上夹了一个肉圆，也不往嘴里送，只是睁着两只眼睛，望着王乡绅。……

这里，作者刻画了三个"圆"：王孝廉那两只睁得鼓圆的眼睛，加上停在半空中的两根筷子，筷子头上夹了一个肉圆，两根棍棍，三个凸圆，相映成趣，颇富于浮雕效果。

《官场现形记》在塑造人物形象时，经常采用这种近于浮雕的写法，选取一面，凸出刻画，其他方面，则有意忽略。前面说到的文制台、童钦差等等形象，大都如此。

如果将以上两点（喜剧性，浮雕化）结合起来看，对这部书的写法就更容易理解。鲁迅说，《官场现形记》"头绪既繁，脚色复夥，其记事遂率与一人俱起，亦即与其人俱讫，若断若续，与《儒林外史》略同"（《中国小说史略》）。这段话高度概括了这部书的写作特点。那么，为什么《官场现形记》等书会这样写？难道仅仅是因为《官场现形记》模仿了《儒林外史》吗？

其实，《儒林外史》和《官场现形记》等书，采用这种写法，都与它们内在的喜剧性特征有关。这就是《儒林外史》和《官场现形记》写法上"略同"的原因。

《官场现形记》之所以在刻画人物时采用浮雕方式，也和它是一部喜剧性作品有关。因此，作者才使全书"头绪既繁，脚色复夥"，才采用浮雕的方法，在一个平面上凸现一个个人物乃至一群群人物的同类特点，才能达到暴露整个官场（而非某些个人）的目的。这似乎有违艺术应该充分表现个性的原则，似乎是在有意冒"写作的风险"，但他"别无选择"。

第三，《官场现形记》运用了多种讽刺手法。

阿·尼柯尔在《戏剧理论》（中译名《西欧戏剧理论》）中，将喜剧分为许多种类：其一是浪漫喜剧，又称幽默喜剧，以莎士比亚的《仲夏夜之梦》《第十二夜》等为代表；另一类是"和浪漫喜剧公然对立的"，称情绪喜剧，又称讽刺喜剧，以本·琼生的《脾气人各不同》《福尔蓬奈》等为代表。后者"主要处理夸张的典型，或夸张的情绪。"《官场现形记》中的喜剧因素，主要属于情绪喜剧（讽刺喜剧）这一类，只在少数篇章中带有幽默喜剧的特征。

幽默与讽刺不同。"在幽默中，感情和理智结合在一起，敦厚的精神与讽刺的精神结合在一起。""幽默给予喜剧的，总是一种醇美的情调。"（同上书）鲁迅称《儒林外史》"戚而能谐，婉而多讽"，即属此类。它是讽刺，但却能不失幽默，常会引发人含泪的笑。单纯的讽刺则不是，这种"讽刺可能是非常辛辣的，辛辣到不再令人发笑的地步"，甚至会严峻到"连微笑都没有"。（《戏剧理论》）《官场现形记》中的描写，多半属于这一类。前面谈到的文制台、童钦差、傅巡抚、羊统领，等等，在这些人物形象的身上，我们每每可以看到作者喷发出来的怒火。他恨不得用这种含怒的笑（而不是含泪的笑）把他们统统烧焦！这种笑，或如胡适所云："只存谴责之心，毫没有哀矜之意；谴责之中，又很少诙谐的风趣，故不但不能引起人的同情心，有时竟不能使人开口一笑。"（胡适：《〈官场现形记〉序》）

诚然，这样写出来的讽刺小说，必然会在艺术上造成一些损失，以致鲁迅称它"似与讽刺小说同伦"，而又"别谓之谴责小说"，胡适更直截了当地说"这种风格，在文学上，是很低的"。（同上）可是，这样写也有它独到的效果：辛辣，甚至是毒辣。

当时的作者们所处的时代，是中国历史上最令人痛苦的时期。戊戌变法失败不久，人们记忆犹新。菜市口上，谭嗣同等人头颅堕地，血迹还没有干。紧接着，庚子事变，八国联军的兽迹遍布京华，慈禧偕光绪仓皇出逃。历史的大耻唯此为甚。李伯元等人不是革命者，他们一时还不能如孙文、章太炎那样看到中国的明天。他们的心中所有的，只是伤心，只是失望，只是愤怒。

名家解读古典名著
世情讽喻小说（中）

于是作而为小说。在这种情况下，他是不可能从容并且冷静的。"遂不得不牺牲他的艺术而迁就一时的社会心理"，"以合时人嗜好"。（同上）此无他，"特缘时势要求，得此为快"之故。这便使《官场现形记》具有一般暴露小说、黑幕小说所没有的严正性，并在选材、构思等方面显得眼光阔大，胸界宏伟，从而具有当时其他小说所没有的美。

书中有些部分，技巧圆熟，在运用讽刺艺术方面已渐臻佳境，一向为人称道。如第四十三回至第四十五回写湖北佐杂小官那一段。作者一级级地写下来：先写年已六十六岁的湖北巡抚贾世文抚台升署，担任了总督（制台），下级立即想方设法去巴结他。蕲州州官姓区，号奉仁（趋奉人），利用贾制台的表弟萧秃子过境失窃这样一件极小的事，专程上省，花了一千两银子疏通门口，求见贾制台。区奉仁"进去的时候，唯恐大人见怪，两手捏着一把汗。及至见了面，制台挨排问话，问到他，只说得两三句"，"马上端茶送客"。不料区州官一入侯门，身价陡增。他回到寓处，新选蕲州吏目随凤占（随风转）前来求见。"此番区奉仁见下属，不比见制台了，大模大样的"，随意谈问几句，"立刻端茶送客。也同制台送下属一样，送了一半路，一哈腰进去了"。作者在这里又一次成功地使用了喜剧艺术中常用的"情景的重复"，引人发笑。

后来，随凤占为了能早日赴任，天天到武昌府禀见。一天，武昌知府叫他进去，"随凤占马上满面春风，赛如脸上装金一般"。谈了几句，知府照例送客。可是，随凤占"出来之后，他那些同班的人接着，一齐赶上前来拿他围住了，问他：'太尊（知府）传见什么事情？'随凤占得意洋洋的还不肯说真话"，有意拿捏，撒谎说有两个差使，知府叫他保举人。"大众一听首府有什么差使，于是一齐攒聚过来，足足有二三十个，竟把随凤占围在垓心"，认定了他"一定有什么大来头了"。

这段故事并不很长，却三次写到同一情节：一个下级官吏想方设法求见上级，上级稍加应酬，立即端茶送客。被接见者出来，虚荣心得到了满足，得意非凡。读者在看这几场戏的时候，会自然地发出微笑而不是大笑。作者笔下，颇有"哀矜"之意，遂使文章带有"婉而多讽"之致。

李伯元紧接着写申守尧（伸手要）、秦梅士（卿没势）两个久不得志的吏目，就颇见艺术功力。申守尧今年六十八岁了，是个府经班子，二十四岁上就出来候补，至今仍然以府经补用。他官卑职小，人穷志短，经常借出差之机，以借为名，"伸出手去"，向地方讨要，行同乞丐。可是，他又很爱虚荣,"常常拿从前的事情告诉别人,以鸣得意。还说什么'你们不要瞧我不起,虽然是官卑职小,监生老爷都被我打过的!'……"这颇有一点鲁迅先生笔下的阿Q之风。申守尧已经穷困潦倒到了没米下锅的地步,但官架子却不能倒,虚荣不能不顾,家里雇着一个老妈子,每天上班下班,得要老妈子跟班伺候,替他拿着靴子、帽子、衣包,表示自己是个有身份、有地位的老爷,以求得一点心理上的满足。他心里明明知道,自己这类"当佐杂的,连制台衙门里的一条狗还不如",可是,一当听说制台有话:自从明天起,凡是佐杂一班,一概有个座位,不像以前只是站在大堂上见制台了,他便立即高兴得了不得,"一进家门,拍手跳脚",对着等米下锅的太太叫道:"好了!好!……如今好了,有了出头之日了!"

李伯元在描写下层官吏、佐杂老爷时,常常从他们的虚荣与造作入手,投以令其如芒在背的笑。这些笑声中常常含着幽默,使《官场现形记》中的喜剧因素偶有接近浪漫喜剧(幽默喜剧)之处,并从而提高了这部小说的美学品格。

胡适对《官场现形记》中描写佐杂小官的部分非常赞赏。他在1927年为亚东图书馆本《官场现形记》所作的序文中,详细地摘引评介了书中描写武昌府"佐杂太爷"们的段落。他说:"第四十三、四十四、四十五回,这三回的'佐杂现形记'真可算是全书最精彩的部分。这部'佐杂现形记'共有好几幕,都细腻得很。""这一长篇的'佐杂现形记'真可算是很有精彩的描写,深刻之中有含蓄,嘲讽之中有诙谐,和《儒林外史》最接近。这一部分最有文学趣味,也最有社会史料的价值。倘使全书都能有这样的风味,《官场现形记》便成了第一流小说了。"

(七) 《官场现形记》的思想局限和艺术缺陷

以上从六个方面分析了《官场现形记》的思想特色和艺术特征,意在充分肯定这部小说所取得的成就。但我无意于夸大这部书的成绩,也不同意对它给予过高的评价。

李伯元是一位可敬的爱国主义者,感怀世事,别有怀抱,鬻文为生,原非夙志。像包天笑那样,对他的人品、文品,一并持怀疑甚至是否定的态度,是不应该的。但是,在爱国者的队伍中,思想有先进、后进之分,在先进者的队伍中,思想有深刻、浅近之别。在同时代人中,李伯元的思想,无论就其先进性还是深刻性而言,他都还算不上是第一流人物。

名家解读古典名著
世情讽喻小说(中)

从思想方面来看，李伯元仅是一个浅人。在他一生创作的大量作品中，无论从政治思想、文艺思想方面看，他都没有提出过什么深刻的见解。

在政治思想方面，李伯元是一个改良主义者。改良主义在历史上有过不朽的功绩，但到20世纪初期，革命派已经兴起并且日渐深入人心之后，它就成为落后的了，有时还会起阻碍历史前进的作用。而且，李伯元的改良主义，还只是停留在一般的谋求国家富强的水平上。他为"中国贫弱到这步田地"感到忧虑，感到痛苦，"一心要想救救中国"，可是，怎样才能"救救中国？"他便有些茫然了，以至面对"中国现在"，悲叹"成效无期，河清难俟"，"独立苍茫，怆然涕下"（《中国现在记·楔子》）。

在19、20世纪之交的中国，涌现过几支强大的政治势力：一是以康有为、梁启超为代表的资产阶级改良派；一是以义和团拳民为代表的农民革命力量；一是以孙中山、黄兴、章太炎等为代表的资产阶级革命派。他们都明确地提出过自己的政治主张，无论是非对错，都曾轰动一时，左右政局。李伯元对这几支势力却全都既缺乏了解，又缺乏理解。他骂康有为、梁启超"邪说惑世"，"敛钱愚人"，是政治骗子（《文明小史》）；骂义和团烧杀抢掠，是"拳匪"（《庚子国变弹词》）；骂革命党"不敬祖宗"，"反背国法"，"反背天理"，"反背人情"，是国家败类（《文明小史》）。与此同时，却颂扬李鸿章、张之洞，说他们"鞠躬尽瘁"，"颇思为民兴利"。历史很复杂，当时很多知识分子和一般民众对革命、对改革、对义和团均不理解，不免多所贬责。我们绝不能因为李伯元的著作中有过这样一些话语，便把他看得特别反动。这是大可不必的。

在文艺思想方面，李伯元也仅是当时受过新文明洗礼的一般人的水平。他不保守，能够跟得上时代的潮流，自称"讴歌变俗人"，确比许多人开明，通达。但读者很难通过他的作品说出他有什么特别先进、特别深刻的文艺思想。他仅是一个赶得上潮流并能站在潮头的人。通过他，我们可以看到这个时代文艺思潮，美学趣味的变迁。他的作品对这种变迁起了推波助澜的作用。若论对文艺思想的贡献，比之他的先代龚自珍、魏源、梁启超、黄遵宪以及在他之后的辛亥人物、五四巨子，他要逊色得多。

以上所述，和前面讲的《官场现形记》的思想特点岂不是有些矛盾吗？是的，是矛盾的。在李伯元的身上，本来就存在着许许多多的矛盾：一方面，他是爱国的，有宝贵的爱国热情，但另一方面，他又不知道应该建设一个怎样的国家，缺少先进的政治理想；在他的作品中体现了新的美学思想，但他缺少更高的美学追求；面对当时的政府——官场，他是一位勇敢的斗士，以一支椽笔横扫全场，投以无情的蔑视，尽情的嘲笑，但他对于真正能与腐败的官场相抗争，足以摧毁这个腐败政府的社会力量又缺少应有的理解。他不知道真正的民主、自由为何物，对于当时兴起的民主思想很隔膜，以至一边在作品中辛辣地嘲讽张之洞，却又在《文明小史》中颂扬他"讲究新法"，"为民兴利"。这种种矛盾，严重地影响了李伯元的眼光与气度，也在很大程度上限制了他所有作品的艺术格调，使所有比较理解他的人一边对他大加赞赏，一边又为之惋惜。鲁迅、胡适、阿英等人对《官场现形记》的评论中，都反映出读者、评论者必然会有的矛盾态度。

《官场现形记》以及李伯元其他作品的艺术缺陷也是比较明显的。它本当属于讽刺小说之列，但因思想深度与艺术水平不能与中国讽刺小说的代表作《儒林外史》相比，故鲁迅谥之为"谴责小说"。

鲁迅说："戊戌变政既不成，越二年即庚子岁而有义和团之变，群乃知政府不足与图治，顿有掊击之意矣。其在小说，则揭发伏藏，显其弊恶，而于时政，严加纠弹，或更扩充，并及风俗。虽命意在于匡世，似与讽刺小说同伦，而辞气浮露，笔无藏锋，甚且过甚其辞，以合时人嗜好，则其度量技术之相去亦远矣，故别谓之谴责小说"（《中国小说史略》）。

胡适认为，鲁迅"这种区别是很有见地的"。胡适说，《官场现形记》在写作方面有四条短处，虽不全准确（见前），但有些看法很有道理。

读者只要认真比较一下，就不难发现，吴敬梓的《儒林外史》，是一种"真正艺术性的喜剧"，它的讽刺中常常深含着幽默。譬如，范进中举中所写的范进，胡屠户以及那一帮乡邻，都能使人在丑的后面看到美，在非人性的情节的背后，感到作者对于人性的赞美与企盼，在被扭曲的人情后面，看到作者对于正常人情的理解和颂扬。他在笑乐中含着苦涩，甚至含着泪光，笑得并不轻松。《官场现形记》则不然，它经常不自觉地徘徊在艺术性喜剧与非艺术性喜剧之间。作者太多地被那些"话柄"、笑料所吸引，这就使他笔下的人物失去了永久性。就总体而言，《官场现形记》也可称为一面时代的镜子，可是，就其局部、细部而言，这面镜子就往往会令人遗憾。它有时会像一面单纯逗人笑乐的哈哈镜，过度地夸张与变形，使人在引起笑趣的同时，感到不愉快，不自在。这就在无意中造成了对于美的损害。

《官场现形记》中的有些段落，有些人物，写得比较成功（如前面所列举的一些章节），故胡适说它"和《儒林外史》最接近"。但作者在很多地方把握不住艺术的分寸，故鲁迅说它"殊不足望文木老人后尘"。

在《官场现形记》中，我们经常会看到将"讽刺性的愤慨和玩笑性的谐谑"不恰当地混淆在一起的情景，"使人同时品出两种相反的韵味而感到苦恼"。以此书所写的内容、作者所要暴露的对象而言，有些已是可憎的邪恶事物，或属于"严重的恶德"，李伯元却以轻松的谐谑笔墨出之；而有些可笑的事物，作者却又施予过重的讽刺。譬如：贾世文与湍多欢、瞿耐庵与冒得官、羊统领与胡统领、童子良与尹子崇、傅理堂与刁迈彭……这些人物就其人品行事而言，应该属于不同档次，施以不同笔墨，而在《官场现形记》中却混淆在一起，缺少必要的层次感与分寸感。因此，读《官场现形记》，每令人感到笑得不是时候，也不是地方。

《官场现形记》有时会不自觉地滑到闹剧的轨道上去。《官场现形记》中所写的情节，就常常是一些"表面事件"。在刻画人物的时候，常常缺少对于人物精神世界的洞察力。作者对于人物的过火戏谑，有时简直如同恶作剧。有时就连一些写得较好的段落中，也不自觉地带上了滑稽剧（闹剧）的特点。例如：何藩台同他的弟弟"三荷包"因分赃不均突然打起来，堂堂藩台竟"一面竭力抵挡，一面嘴里说'你打死我吧！'"众人劝架，哥儿俩还是揪在一块儿。后来，"三荷包"竟一下扑空，一头顶在了他嫂子的肚皮上。他嫂子又凑巧怀着三个月的身孕。兄嫂又凑巧没有子息，要靠肚子里的这个孩子传宗接代，等等。这一切，都是杂凑来的过火戏谑。诸如此类的情节，书中甚多，都在不自觉中反映出作者的低级趣味。

由于《官场现形记》在思想和艺术方面有以上这些缺点，它就不可能成为讽刺小说中卓越的范例。以它为代表作的李伯元，自然也就不可能成为一位"讽刺大师"，也无法与吴敬梓、果戈理、肖伯纳等人比肩。

四 《官场现形记》与"官场病"

随着大清王朝的覆灭，清末官场已经永远不可能再生。描写清末官场的《官场现形记》，随之失去了它的现实批判意义。

但是，后世读者并没有对这部书完全失去兴趣。五四运动以后，北京清华学校的学生，在不愿听课的时候，便在课桌下饶有兴味地偷读小说，其中有一部就是《官场现形记》，可见这部书仍然对读者具有非凡的吸引力。

几十年来，《官场现形记》多次再版，印数颇高。在晚清小说中，它至

解读《官场现形记》

今是读者较多的一种。港、台地区也不例外。日本出过不止一种译本,并不断有研究文章发表。

在这部小说中,既没有男女恋情,又没有战火硝烟,既没有飞仙剑客,也没有家族兴衰,为什么它对后世读者有吸引力?主要有两个原因:一是它可以帮助人们认识历史,二是它能够帮助人们认识"官场病"。

凡有官,必有官场;凡有官场,必有官场病。虽然不同国家、不同历史时期的官场病各有不同,有些还有实质性的区别,但作为"官场病",却不免有某些相似之处。

抗日战争时期,张天翼的《华威先生》和陈白尘的《升官图》,轰动一时。它们无异于新的"官场现形记"。读者欢迎它们,除了别的原因,很重要的一点,是它们揭露了当时的官场病。抗日战争时期,还有一部书驰名当世——《厚黑学》。它的作者李宗吾。

《厚黑学》围绕着"官"大做文章,认为整个官场,脸"厚"心"黑"。脸"厚"如城墙,心"黑"如煤炭;"厚"而坚硬,"黑"而光亮;"厚"而无形,"黑"而无色;至"厚"至"黑",天下后世却以为不"厚"不"黑"。求官有六字真言:空、贡、冲、捧、恐、送(六字俱是仄声);做官又有六字真言:空、恭、绷、凶、聋、弄(六字俱为平声)。官场办事,有二妙法:锯箭法,补锅法。作者对每一条详加解释,妙语连珠,令人捧腹。这部书是一部用嬉笑怒骂的杂文手法写成的"官场现形记",而且所"现"是官场之心。它对人们认识国民党反动政客起了其他书籍无法替代的作用。

名家解读古典名著
世情讽喻小说（中）

解读《二十年目睹之怪现状》

袁健 著

《二十年目睹之怪现状》被誉为晚清"四大谴责小说"之一，他的作者吴趼人是晚清"四大谴责小说家"之一。本书分别对吴趼人的文学创作及其《二十年目睹之怪现状》等重要作品进行了全面的解读。

名家解读古典名著
世情讽喻小说（中）

一 "生不逢时"的吴趼人

　　清朝最后三个皇帝同治、光绪、宣统当政时期，是中国几千年封建社会最腐朽、最黑暗、最无能并走向全面崩溃的时代。在这期间，帝国主义列强不断对中国进行侵略，相继爆发了中法战争、中日甲午战争、八国联军入侵等战事。各帝国主义国家强加给中国的一系列不平等条约，宰割中国领土，侵犯中国主权，掠夺中国资产，瓦解了中国自给自足的封建经济体制，使整个中国逐步沦落为半封建半殖民地的畸形社会。中国面临着被世界帝国主义列强瓜分的危险，民族危机空前严重。

　　吴趼人就生活在这样一个风雨飘摇的动乱时代。吴趼人名沃尧，原名宝震，字趼人，以其字行世。他另外还有小允、茧人、我佛山人等二十几个笔名、字号。

　　吴趼人是广东省南海县佛山镇（今广东省佛山市）人。据《佛山忠义乡志》记载，吴氏出自延陵。延陵为春秋时吴邑，故址在今江苏省常州市。宋朝时由福建迁往广东新会，明末又迁至南海佛山。

　　吴趼人的曾祖父吴荣光，1799年中进士，当过湖南省巡抚，兼署湖广总督。文章学术具有渊源，爱好书法、绘画和金石，又是当时著名的收藏家。曾著有《吾学录》《辛丑销夏录》《历代名人年表》《筠清馆金石录》等著作。吴荣光晚年告老还乡，正值英国侵略者进犯广州、佛山等地。他以当地老乡绅资格出面，领导佛山官绅捐资办团练，修筑炮台，准备固守抵抗。是一位有爱国思想的官僚。

　　吴趼人的祖父吴尚至，于1829年赴工部任职，后当过工部员外郎（五品），家眷也迁往北京居住。1860年英法联军侵入北京，火烧圆明园，到处烧杀抢掠，还闯进吴家，刀劈吴趼人祖母棺木。国仇家恨，吴家的子孙铭记在心。

　　吴趼人于1866年5月29日出生于北京。1868年，祖父在北京去世，吴趼人的父亲吴升福奉丧回乡，吴趼人亦随父亲回到佛山老家。

　　吴趼人的曾祖父虽然做过巡抚，但为官较少劣迹，家境并不十分富裕。到吴趼人随父回乡时，吴家由于功名不振，官越做越小，家道已经衰落。为养家小，吴趼人的父亲不得不只身赴浙江任补用巡检（九品）。吴趼人与母亲、妹妹在家度日，虽不说家徒四壁，日子也是不太好过的。

解读《二十年目睹之怪现状》

吴趼人于七岁那年启蒙读书，并习绘画。大约十三岁时去佛山书院求学。佛山书院是当时佛山的"最高学府"，有一些名学者在书院任教，后来梁启超、黄小配等人也曾在佛山书院读过书。

吴趼人十七岁时，父亲突然病死于浙江宁波任所。当他得到父亲病重的消息后，立即筹借旅费，匆忙经上海赶往宁波，到达时，父亲早已故去。父亲在临终前，曾嘱托吴趼人的三叔办理后事，还留下一些钱，而三叔却侵吞了这笔钱，并对大哥的丧事不管不问。后来吴趼人的二叔吴炽福去世时，三叔又是撒手不管，吴趼人料理完二叔的后事，又抚养两个堂弟。到1897年三叔去世时，又是吴趼人一手操办丧事。可见吴趼人是很重亲情的人。这些素材都被吴趼人写进谴责小说《二十年目睹之怪现状》中。

吴趼人在宁波处理父亲的后事，收殓奠祭之后，路途迢迢，把父亲的棺木运回佛山老家安葬。丧事之后，一家人的生计，就落在这个十七岁的少年身上。这时的吴家，家境已完全衰落，并愈加窘迫。吴趼人自幼不喜八股文，讨厌宋儒之学，他心里明白，靠走"正途"，读书考科举是没有希望的。便横下一条心，于1883年的秋天，只身前往上海谋生。这时他还不满十八周岁。

19世纪后期的上海，城市畸形繁荣，中西杂陈，新旧交汇。一个未成年的破落户弟子，一下子跌入这个万花缭乱的社会，一切都感到既陌生又新奇。吴趼人到上海后，先投靠同乡开办的裕昌茶庄，后又在江南制造局找到一个抄写员的职位，后来又当过绘图员，月薪甚微，只有八两银子。

当时的江南制造局是由李鸿章等人主办的，正是晚清官场的一个缩影。十余年江南制造局小职员的生活，开阔了吴趼人的眼界，为他日后的小说创作打下了坚实的生活基础。

1895年4月，清政府与日本签订丧权辱国的《马关条约》。5月，康有为联合十八省入京会试举人签名上书，要求"拒和""迁都""练兵""变法"，史称"公车上书"。吴趼人堂叔吴荃选参加了"公车上书"。这些重大历史事件，在吴趼人的思想上产生了极大的影响。

1897年，另一位晚清著名谴责小说作家李伯元在上海创办了《游戏报》，此后，各种文艺小报风靡上海。同年，吴趼人开始进入办报生涯，担任《字林沪报》编辑，同时也为李伯元的《游戏报》撰稿，由此与李伯元相识，并很快成为莫逆之交。二人不仅同为晚清著名谴责小说作家，也同是上海创办文艺报刊的先驱人物。

1898年6月，吴趼人主持《采风报》笔政，聘请当时著名翻译家周桂笙

名家解读古典名著
世情讽喻小说(中)

为《采风报》翻译了一些西方小品文和故事,二人因此结下终生文字之交。后来吴趼人又陆续主办过《奇新报》《寓言报》。也就是在这一年,发生了戊戌政变,慈禧太后再出"训政",光绪帝被软禁,百日维新运动宣告失败,谭嗣同等六君子被害,康有为、梁启超等人逃往日本。梁启超又在日本横滨创办《请议报》,宣传变法维新,鼓吹政治改良。

自1897年始,吴趼人的文风大变。在这以前,他的创作主要是旧体诗歌,且大多没有拿出来发表过。1897年前后,吴趼人受资产阶级改良派的影响,他目睹内困外辱的国事,目睹清末统治阶级的腐朽政治以及现实生活中的丑恶现象,义愤填膺,痛心疾首。他决心拿起笔来,抨击社会,改良社会。他开始大量创作讽刺小品文,以诙谐之笔对晚清官场、晚清社会的黑暗腐朽进行辛辣的讽刺,后结集出版的有《俏皮话》《新笑史》《新笑林广记》等。这些小品文创作,不仅锻炼了他的写作技巧,也使他的语言风格日具特色,为他以后的小说创作奠定了良好的文字基础。

1898年7月,吴趼人以"抽丝主人"的笔名,在上海书局出版了《海上名妓四大金刚奇书》。这部作品共一百回,是他早期的试笔,没有什么深刻的内容,无非是游戏之笔,所以用笔名刊行。

1900年8月,八国联军攻陷北京,四处焚杀淫掠,慈禧太后挟光绪帝西逃。清廷与帝国主义勾结,镇压义和团运动。次年,清廷与十一国公使签订《辛丑条约》,又开经济特科,湘乡曾慕陶荐举吴趼人参加。这时的吴趼人,与一切正直的中国人一样,对清廷完全丧失了信心,拒绝参加考试,很得当时舆论界的赞许。

1901年2月,沙俄向清政府驻俄公使提出书面约款十二条,企图全面剥夺我对东北的主权。消息传来,全国大哗,各地爱国志士纷纷集会,反对"俄约"。3月24日,上海各界爱国人士在张园举行反对"俄约"大会,到会者近千人。吴趼人在这次大会上,慷慨激昂地发表了演说,他说:

诸君亦知俄约若成,我等子孙之苦有甚于饥寒冻馁者乎!吾盖恐此约一成,则各国均持利益均沾之说以挟我,则波兰、印度、土耳其之覆辙即在日前矣。我等同志或竟联成一拒俄会以拒之。非谓有兵力足以拒之也,非谓有势力足以拒之也。合大众之热力以为拒之,庶几收众志成城之效,共勉卧薪尝胆之心,纵使不足拒强俄,亦使他国闻之,知我中国之民心尚在耳。

这次演说,充分表现了一个正直知识分子热爱祖国、不甘做亡国奴的激愤心情。

解读《二十年目睹之怪现状》

1902年初,吴趼人的思想发生了一些变化。这时他对办小报已感到厌倦,于1902年3月辞去《寓言报》主笔的职务,在家闭门谢客,作小品文《吴趼人哭》五十七则,以诙诡之辞,倾诉天下可哭之事,既发泄了对现实社会的不满,也表达了对新生活的追求。

正在他苦闷彷徨的时候,接到了《汉口日报》的聘书,赴武汉参加报纸的筹备工作,欲有一番作为。《汉口日报》是一家中英合资的报纸,聘吴趼人与他的一位朋友沈敬学为主笔。报纸大约于1902年秋天开馆见报。在吴、沈二人的主持下,《汉口日报》坚持进步的办报宗旨,针砭时弊,揭露官场的丑恶罪行,文风意趣并重,得到当时知识界的称许,但官府却畏如水火,既恨又怕。湖北巡抚端方、武昌知府梁鼎芬等人,因自己的劣迹屡遭报纸抨击讽刺,恼羞成怒,怀恨在心。便于1903年5月,将报纸改为官办,使报纸就于自己的势力范围。为此,吴趼人愤然辞去主笔职务,并写了一封给梁鼎芬的公开信,向公众表明自己的立场和态度,揭露了官府的阴谋,显示了一个新闻工作者为捍卫报纸的宗旨,维护个人尊严,不为权势所迫的高尚人格。

1903年对吴趼人来说,是极其重要的一年,是他生活道路上的一个重大转折点。《汉口日报》事件的挫折,对吴趼人刺激很大,使他又一次陷入困境。但吴趼人是个主动掌握自己命运的人,他性格刚毅,不可羁勒,且傲岸自异,不肯苟合于流俗。这时梁启超已于1902年10月在日本横滨创办了《新小说》杂志,鼓吹"小说救国论",得到人们的热烈响应,在全国掀起了一场小说界革命运动,揭开了我国小说近代化发展的序幕。吴趼人非常赞成梁启超的小说主张。同时,他的挚友李伯元开始发表谴责小说名作《官场现形记》《文明小史》、刘鹗的《老残游记》也陆续发表,对吴趼人触动很大。他感到,自由驰骋、任意发挥个人才能的小说创作,才是自己的理想归宿。于是,他毅然决然地踏上了职业小说作家的道路。

吴趼人于1903年6月从汉口返回上海,便致力于小说创作,并于这一年的10月出版的《新小说》杂志上同时发表了他的成名作《二十年目睹之怪现状》第一、二回,痛斥贾似道卖国求荣,歌颂文天祥抗敌救国的历史小说《痛史》第一、二、三回,以及演义的翻译小说《电术奇谈》第一、二回,从此一发而不可收。

后来,吴趼人在回忆自己于1903年开始进行小说创作的情景时说:我从幼年起便读书识字,成人后又陆续发表过一些文字,以表白自己的心愿。但所读之书,都没有什么价值,所写的那些文字,也都是雕虫小技。现在回想

名家解读古典名著
世情讽喻小说(中)

起来,实在感到汗颜。我在思想上一度陷入困顿。然而,落拓极而牢骚起,抑郁发而叱咤生,愤世嫉俗之念愈积愈深。自古以来,穷愁著书,我便以嬉笑怒骂之笔,发泄胸中块垒,于1903年开始创作章回小说。

这一年吴趼人担任了《新小说》杂志撰述,陆续自沪邮稿,并于岁末东游日本。

1904年,吴趼人开始在《新小说》连载抨击清廷吏治腐败的长篇小说《九命奇冤》,在李伯元主编的《绣像小说》上发表集中揭露封建迷信危害的小说《瞎骗奇闻》。

1905年的春天,吴趼人又应朋友之请,赴汉口编辑《楚报》。5月,美国政府拒绝修改原订(已期满)排斥、虐待华工之约。上海、广州及沿海各大商埠纷起反美运动,抵制美货,续而在全国掀起一场反美华工禁约运动。而《楚报》恰恰是美国人办的报纸。吴趼人激于爱国义愤,于当年7月毅然辞去《楚报》之职归沪。

吴趼人是一个敢于干预生活的人,也是一个正直的爱国者,回到上海后,他带着极大的热情,投身到这场声势浩大的爱国运动中。他奔走呼号,与各界爱国人士共谋抵制之策,他还多次参加群众集会,登台演讲。吴趼人能言善语,"所至讲坛,皆大哄曰:吴君来。君每发一语,必庄谐杂出,能瞭见人心理,不爽毫发,听者舞蹈歌泣。"(李葭荣《我佛山人传》)具有强烈的感染力和鼓动性。他又多次致函当时上海绅商领袖人物曾少卿,指出:抵制之举,坚持不变,必能达到目的。唯恐有人不能坚持到底。运动的发展,果然不幸被吴趼人言中:由于中外反动势力的破坏,这场运动竟以涣散告终了。同年2月,吴趼人在《南方日报》开始连载《新石头记》。在这部作品中,吴趼人借贾宝玉下山后的见闻,反映当时社会的面貌。又借贾宝玉游历"文明境地",写其理想的科学、文明社会,明确表达了作者的政治改革主张。吴趼人将这部小说称为兼理想、科学、社会、政治而有之的小说。

1906年9月,吴趼人在上海世界繁华报馆出版了揭露晚清官场卑污苟贱的中篇小说《糊涂世界》。10月,描写两对青年人离散悲欢,从侧面反映庚子事变、开近代鸳鸯蝴蝶派小说先河的中篇言情小说《恨海》,由上海广智书局出版。

同年11月,中国近代小说史上重要的专业小说杂志《月月小说》在上海创刊,吴趼人任总撰述,并在创刊号上发表《月月小说·序》,同时发表历史小说《两晋演义》。吴趼人在《月月小说·序》中正面论述了他的小说理论的主要观点，其中心论点就是"借小说之趣味之感情，为德育之一助"。吴趼人认为，晚清社会所以暗无天日，腐败不堪，是因为"世风不古"，"道德沦丧"。他主张恢复旧道德，并以此作为挽救社会危机的主要途径。他要求小说家必须以严肃的态度来考虑作品的客观效果，不论写何种体裁、何种内容的小说，都必须符合道德标准。只有这样，小说才能为社会改良尽到自己的责任。而吴趼人这里所说的"道德"，还是儒家的旧道德，究其本质，还是逃不出封建道德的樊篱。在资产阶级革命派已蓬勃兴起的 1906 年，他的这些理论已不能代表进步的政治倾向，而显得很落后了。从这一理论出发，要挽救国家沦亡的危机，即使有再强烈的救国热情，也找不到正确的出路。这就从根本上决定了吴趼人政治上的悲剧命运。

1907 年冬天，吴趼人与一些同乡开办居沪粤人广志小学，以相当大的精力从事学务，同时继续创作小说。著极力宣扬"恢复我固有之道德"的《上海游骖录》、描写华工及其家属悲苦生活的《劫余灰》、云南历史体裁小说《云南野乘》（未写完），以及痛斥汉奸买办为个人发财，不惜为虎作伥，出卖国家民族利益的无耻行径的中篇小说《发财秘诀》（又名《黄奴外史》）。

1908 年，美国国防部长来上海，当地绅商竟改变以前的抵制态度，大开阿谀奉承的欢迎会。吴趼人看到这般丑态，心中十分悲愤，含泪作短篇小说《人镜学社鬼哭传》，署"南海吴趼人挥泪撰"，以示其爱国之心。小说的背景是上海人镜学社社员冯夏威，当反美拒约运动开始时，便写下遗书，以自杀在美国领事馆门前来激励国人反抗到底。如今烈士尸骨未寒，却有人向帝国主义者屈膝投降。在这篇小说中，吴趼人以漫画性的手法，描绘了帝国主义分子的狂妄，痛斥了上海绅商奴颜婢膝的无耻丑态。

1910 年，吴趼人发表了《二十年目睹之怪现状》的续篇《近十年之怪现状》（未写完）、描写一对青年人爱情悲剧的《情变》（未写完）等作品。这年春天吴趼人的身体状况急剧下降，他平时饮酒过多，心脏和肺部都有病，卖文生活又很紧张，临终前还在赶写文章，于 1910 年 10 月 21 日病故于上海，年四十五岁。遗孀冯氏。曾有一子，早年夭折。女儿铮铮，年仅六岁。卒之日，家无余财，检其衣袋，仅余小洋六角，丧事只好靠朋友的捐助办理。

我们说吴趼人"生不逢时"，是说他生活在一个大动荡的年代里，就在他从出生到去世的四十五年间，内忧外患接连不断，世界帝国主义列强用大炮强迫中国政府"开放门户"，而当时的守门者又正是极端腐败、极端无能的满清王朝，这是世界上最窝囊、最无能的守门者。就在这几十年间，日本割去

名家解读古典名著
世情讽喻小说(中)

台湾,沙俄舰队攻占旅大,控制我东北,德国将山东划为其势力范围,法国强占广州湾,英国占威海卫。帝国主义者还迫使清廷与其签订了《中英烟台条约》《中俄伊犁条约》《中法越南条约》《马关条约》等一系列丧权辱国条约,接下来便是没完没了的割地赔款。特别是1900年八国联军攻占北京及次年《辛丑条约》的签订,更使中国半殖民地化的程度又大大加深了一步。

清政府对外屈膝投降,对内却大开杀戒。也是在这几十年间,清廷先后剿灭了太平军余部和捻军余部。义和团运动、戊戌变法运动也因清廷镇压而告失败。孙中山、黄兴等反清志士领导的兴中会、同盟会的多次武装起义,也接连失败。

就在国家和民族多灾多难、陷入水深火热之时,吴趼人的家庭也是连遭不幸,家道中落,父亲早逝,不满十八岁就不得不只身外出谋生,养家糊口。这是他的不幸,同时也是他的大幸。他从一个官宦子弟一下子跌入困顿,使他过早地踏上坎坷的人生旅途,从少年时代起,就生活在贫困的家庭环境中,深深体验了封建家庭的破落及其内部的尔虞我诈和人情冷暖,痛感世事的艰难,这就促使他比常人更能认清世人的嘴脸。十余年江南制造局小职员生活和数年办报生涯,广泛地接触了多方面的社会生活,丰富了他的阅历,也提高了他的文学修养,并为他以后的小说创作,提供了丰富的生活素材,创造了极为有利的条件。

吴趼人所生活的家庭环境和时代环境,使他没有过上几天安静日子。但也正是这种生活环境造就了他,促使他拿起笔,饱含着激愤的情绪,尽情地暴露和谴责了他所生活的那个黑暗的社会。虽然吴趼人还不能完全理解他所生活的那个时代,但由于他通过对许多反面人物和黑暗环境的描写,宣泄了人民大众对统治者的愤怒情绪,反映了晚清社会风雷激荡的时代面貌,也反映了作者本人正直而清贫的一生。

吴趼人在给他的挚友、《官场现形记》的作者李伯元作传时,无限感慨地说:呜呼!君之才何必以小说传哉?而竟以小说传。君之不幸,小说界之大幸也!这些话又何尝不是吴趼人自己的切身感受,何尝不是在感慨别人的同时,又感叹自己呢?

时代造就了吴趼人,吴趼人也以他的创作回报了造就他的时代。他那短暂而又高产、丰富的创作经历,给我们留下了长、中、短篇小说三十余种,另外还有诗歌、笑话、传奇、随笔等数十种。他的创作,使他成为一个有成就的小说家,并与李伯元、刘鹗、曾朴一起,名登晚清四大谴责小说家之列,在我国近代文学史上，具有不可忽视的影响和地位。

二 魑魅魍魉的生动写照

《二十年目睹之怪现状》是吴趼人的代表作，也是晚清四大谴责小说之一。全书一百零八回，五十余万言。作品最初于1903年10月开始连载于梁启超主编的《新小说》杂志，仅至第四十五回，《新小说》停刊。后由上海广智书局分册陆续出版，至1910年出齐，分订八册。目前流行的本子是人民文学出版社1959年7月出版的注释本。

作品以主人公"九死一生"为中心线索，以第一人称的叙述方式，讲述了他二十年间所见所闻的奇闻怪事。吴趼人在概括作品的特点和创作过程时说："借一人为机杼，写种种社会怪现状，皆二十年所亲见亲闻者，惨淡经营，历七年而未犹杀青。"（《自序》）可见这部作品所写大都是他自己的见闻，其主人公"九死一生"身上也有作者自己的影子。

所谓二十年，指的是从1884年的中法战争起至1904年的二十年间。作品一共写了近二百个小故事，其故事梗概如下：

"九死一生"十五岁那年，接到父亲从杭州商号里的来信，知父亲病重，便别了母亲，经上海赴杭州省父。谁知到杭州时，父亲已咽了气。办理父亲丧事时，父亲的一个朋友尤云岫从中大捞一笔。丧事之后，"九死一生"在一个伙计的帮助下，将商号卖与别人，得八千两银子，十条金条。"九死一生"将钱都交与在南京做候补官的伯父带走存入钱庄。

丧事之后，"九死一生"一家因生计艰难，母亲命"九死一生"往南京去找伯父支取利息。在往南京的轮船上，看到一个江苏候补知县做贼，偷旅客的东西，被失主擒获，当场出丑。"九死一生"对官场中人物有了初步认识。

到南京后，伯母谎称伯父外出，她又不认识"九死一生"，拒而不见。"九死一生"只得在客店住下。一住十几天，不见伯父回来，伯母又不肯接见，眼看盘费将尽，终日坐立不安。正在无可奈何之际，忽然碰上在江宁做官的同窗学兄吴继之，热情地将他接到自己公馆住下。此后，"九死一生"住在吴公馆，帮助吴继之办理一些公务，结识了督检司事文述农，耳闻目睹了许多官场中的奇闻怪事，诸如上海一家钱庄的跑腿伙计，娶了一个妓女，这妓女是某王府里奶妈的女儿，手上很有些积蓄，就为丈夫捐了一个二品道

名家解读古典名著
世情讽喻小说(中)

台;一个候补道为巴结上司,把自己的妻子送给上司玩弄后,马上就得了委任;还有在外面摆尽威风而囊中空空的观察苟才;长期补不上缺而穷困自缢的陈仲眉;不学无术,出钱请人作诗登在报上,以此沽名钓誉的斗方名士,等等,使初出茅庐的"九死一生"大开眼界。

又过了很久,"九死一生"终于见到了伯父、伯母,但伯父只给了八十两银子便把他打发了。这时,"九死一生"家乡的族长借修祠堂为名,摊派他家出一百两银子,其母不愿,族长便假借"九死一生"母亲之名,给他发了封"母病危,速回"的电报。"九死一生"急忙赶回家乡,了解了事情的真相,巧妙地应付了那些势利的族人。他感到在家乡再也无法住下去了,便瞒着族人,悄悄变卖了房地产,带着母亲、婶婶和堂姐来到南京,在吴继之家隔壁租房住下,继续帮助吴继之办理公务。两家来往密切。

"九死一生"伯父的小妾与奸夫合盗家财,图谋私奔,却又被奸夫拐财一人逃走,小妾羞于见人,投水自尽。伯母受气身亡。因伯父无子,"九死一生"充作孝子办理了丧事。伯父以让他继承家产相许,实则侵占了"九死一生"父亲病故时留下的遗产。这期间,"九死一生"又听人讲了一个臬台为给三个儿子捐官,一边做官,一边做贼,竟连续三夜去藩库偷银子,以及满清皇族后裔中破落户子弟的许多怪事。

一日,藩台老太太要过生日,吴继之让"九死一生"到上海购置寿礼,并托他到在上海开办的商号里查账。"九死一生"在上海花五十元钱从江南制造局赵小云手中购得小火轮模型,同时了解到江南制造局内部的许多贪污、腐败的风气,又结识了落魄文人蔡侣笙。回南京后,"九死一生"又受吴继之委托,往来于长江中下游各大城市,经营商店。

时值科举,吴继之受了闱差,担任考官,请"九死一生"进考场帮助他批改考卷。在考场中,"九死一生"目睹了许多科举考试中的舞弊行为,诸如请人代笔,用信鸽传递消息,私拆弥封,交考卷时加带银票等等。随后,吴继之被委任为江都知县,赴任后,"九死一生"继续帮他在各地照看生意,先后到了汉口、广州等地,又了解了许多商人们庸俗不堪的丑态,以及沿海地区拐卖猪仔和妇女的事。

不久,吴继之因得罪上司被撤任调省,与"九死一生"、文述农等商议,迁居上海,从事商业。新年后,"九死一生"回到故乡,一住三年,又回到吴继之身边,听文述农等人讲了上海官员嫖娼逢迎、外国人欺压中国老百姓的事情。

"九死一生"去天津办事,在水师营演武厅上看到一条小蛇被当作河神大王供奉,又听说了许多关于清廷军队中的种种怪事。"九死一生"又来到北京,看到满口仁义道德的京官符弥轩,百般虐待祖父,不给饭吃,甚至当众侮辱祖父,险些将祖父打死。钱铺恽掌柜与朝中周中堂内外勾结,卖官鬻爵。"九死一生"又来到宜昌,见到调至宜昌掣验做总办的伯父,知伯父舅老爷的女儿刘三小姐竟成了伯父的情妇,还生了私孩子。又听人说一个四川学政因四川女子便宜,任满离职时竟买了七八十个妇女回乡。四川某观察,号称"留心时务,学贯中西",突然大量购买、囤积煤炭,闹得煤价上涨。原来那位观察听人说可以从煤炭中提取煤油,后来方知上当,不敢在四川混下去,慌忙逃往江南。

"九死一生"路过汉口,正赶上看郧阳总镇娶亲,听得其中闹剧:总镇原名朱狗,因成了福建侯巡抚的男宠,改名侯虎,还当了把总,巡抚又将一个丫头赏给他做老婆。侯巡抚又升任两湖总督,侯虎便当上了郧阳总镇。侯虎妻病亡,湖北言巡抚要嫁女于他,而言太太却不愿意。言巡抚无奈,请陆观察想办法,陆便把自己家里的一个丫头冒充言巡抚之女,嫁给了侯虎。

"九死一生"回到上海。多年不见的苟才突然来拜见吴继之。原来苟才在南京做官时,被钦差参去差事,苟才花了几万两银子才保住功名。又打听得两江总督最喜爱的五姨太太才死不久。苟才便与妻子一起,硬逼着刚刚守寡的大儿媳妇去给总督做小妾,甚至给儿媳磕头下跪。苟才嫁了儿媳,不出十天,就委了两个差使。这时靠投机取巧当上苏州巡抚的叶伯芬,为表现政绩,参了总督的亲信江宁藩台。结果叶伯芬被贬往新疆,江宁藩台却升任苏州巡抚,苟才也代署了江宁藩台。不久,总督调任直隶总督,新任总督以"行止龌龊,无耻之尤"八个字的评语,将苟才免官。苟才又跑到天津找前任总督,同时又用巨额贿赂走了华中堂的门路。几经钻营,终于做上了安徽铜元局总办。在铜元局任上两年,苟才着实捞了一大把,一连娶了六房姨太太,连他自己公馆里一班不识字、永远也荐不出去的穷亲戚也都委了司事,一个个都支领起薪水来。苟才银子多了,多到不想再升官的地步,只想多当几年银元局总办。不料,第三年上又被钦差撤职查办。苟才得了怔忡之症,便带了家眷来上海治病。二儿子苟龙光和父亲的六姨太相好,又嫌老子给钱不痛快,便串通了江湖医生,用药送了苟才的老命。在此期间,"九死一生"又听说了莫可基冒堂弟莫可文之名,前往苏州任职,并夺弟媳做夫人的丑闻。

"九死一生"收到文述农发来的电报,告知他在山东做官的叔叔病故。

名家解读古典名著
世情讽喻小说(中)

"九死一生"赴山东吊丧后,带两个小堂弟回到上海时,吴继之的生意破产了。宜昌来电,告知"九死一生"的伯父亡故。他又赶到宜昌,而伯母家中一帮人怀疑他是来争夺遗产的。"九死一生"愤然离开宜昌,带了两个堂弟回故乡去了。

《二十年目睹之怪现状》的内容非常庞杂,几乎涉及了晚清社会的各个角落。以上我们讲述的故事梗概难免挂一漏万,遗漏了许多重要的内容。当然,它作为晚清谴责小说的代表作品之一,具备谴责小说的许多特点,如果我们将其概括一下,可以归纳为以下几点:

(一)暗无天日的"市利场"

晚清的官僚体系,是《二十年目睹之怪现状》着墨最多,鞭挞最有力的对象。晚清的官场,在作品中的表现是:昏天黑地,乌烟瘴气,已经到了不可救药的地步。书中人物卜士仁(谐音"不是人")对他侄孙说的一段话,表现得最为充分:

"官是拿钱捐来的,钱多,官就大点;钱少,官就小点。你要做大官小官,只要问你的钱有多少。做官,骨子里头第一个秘诀是要巴结,只要人家巴结不到的,你巴结得到;人家做不出的,你做得出……你千万记得,'不怕难为情'五个字的秘诀,做官是一定得法的。如果心中存了'难为情'三个字,那是非但不能做官,连官场的气味也闻不得一闻的了。"(第九十九回)。

至于官场中所使用的手段,正如"九死一生"所说:

"这个官竟然不是人做的。头一件先要学会了卑污苟贱,才可以求得着差使。又要把良心搁在一边,放出那杀人不见血的手段才弄得着钱。"(第五十一回)

大大小小的官员们,为了向上爬,为了搜刮钱财,竟然到了不择手段的地步。在这方面描写最成功的,是那个衣冠禽兽苟才。苟才靠着投机钻营的本领,谋得了差使,后又被撤职。他打听到总督最得宠的五姨太太死了,便诡称为总督物色了一个绝色的女子,求总督赏脸收纳。而这个所谓的绝色女子,就是他才死了的大儿子的妻子。我们来看看苟才的无耻行径:

苟才正对了少奶奶,又跪下去,摘了帽子,放在地下,然后咚咚咚磕了三个响头。原来本朝制度,见了皇帝,是要免冠叩首的,所以在旗的仕宦人家,遇了元旦祭祖,也免冠叩首,以表敬意。除此以外,随便见了什么人,也没有行这个大礼的。……苟才仍然跪着不动,道:"这里的大帅,前个月没了姨太太,心中十分不乐。常对人说,怎生再得一个佳人,方才快活。我想媳妇生就的沉鱼落雁之容,闭月羞花之貌。大帅见了,一定喜欢的。所以我前两天托人对大帅说定,将媳妇送去给他做了姨太太。大帅已经答应下来,务乞媳妇屈节顺从,这便是救我一家性命了。"(第八十八回)

儿媳妇被逼得实在无路可走,最后到丈夫的神主前大哭了一场,答应脱去孝服,这才了事。

总督得了这个新姨太太,不到十天,就赏了苟才两个差使,随后又令他代理了藩台的职务。不久总督调往直隶,新任总督得知苟才的为人,以"行止龌龊,无耻之尤"的评语革了他的功名。苟才又跑到天津,找直隶总督求情,又用贿赂走通了华中堂的门路,然后带着华中堂和直隶总督的两封"介绍信"来到安徽,当上了银元局总办,一年捞钱二百四十万。苟才宦囊丰满,甚至不再想升官,只想把这个差使多做几年。

到第三年,来了一个钦差,将苟才撤职查办。苟才花了六十万两银子保住了功名,还恬不知耻地说:"我只当代他白当了三个月差使罢了。"

苟才的这种卑鄙污浊行为,在官场中当然不是个别的,整部作品从头至尾,充满了对官场黑暗、丑陋的描写。作品在第七十五回中写到,慈禧太后最得宠的太监李莲英做生日,闽浙萧制军送的特殊礼物:三尺来高的一对牡丹花,白玉做的花盆,珊瑚碎的泥。用了一对白珊瑚作树,配的是玛瑙片穿出来的花,葱绿翡翠做的叶子。这两颗花共有十二个花朵,花心都是用金丝镶了金刚钻做的。"有人估过价,这一对花要抵得九万银子。"果然,这份礼送过之后,不上半年,那位萧制军便调了两广总督的缺,因为当时总督的职位,最苦的是闽浙,最好的是两广。

还有一位府道,送给周中堂的执见礼是用黄金打成约五十支金笔和十块墨锭,共用去黄金四百余两。因为他知道,周中堂表面上也不愿担受贿的名色,"想法做成这东西送去,人家看见,送的是笔墨,很雅的东西,就是受了也不伤廉。"由于送得巧,这位府道很快爬上了督抚的宝座。

作品还描写了晚清官场的金钱贿赂,可以开销一切罪行,"不怕天大官司,只要地大银子"。只要有了银子,一切罪犯都可以逍遥法外。第九十二回写一位乌将军犯有重罪,被人联名参劾,罪款七十多条,若按清代的法律,必定要处极刑。乌将军向宫中老公公纳上二百四十万两银子,又送了一百零八颗大朝珠,便消去了弥天大罪。苟才由于贪污过甚,声名狼藉,遭到钦差查办后,也是用巨额贿款征服了"煌煌天使",保住了功名顶戴。

名家解读古典名著
世情讽喻小说(中)

由此可见，贪污受贿之风，刮遍了整个统治机构，官场上的一器一物，都沾满了铜臭气。而这些衣冠禽兽的贪官污吏们，也正是当时的封建制度所培养、所庇护的。

这些唯钱是命、穷奢极欲的官僚们，同时又都是昏庸、愚昧、无能的。新上任的江苏巡抚惠福，在镇江河岸上看到许多从河里挖出来的河泥，寻思南京正在修马路，而南京城里又缺土，何不把这些河泥运到南京去填马路呢？于是糊里糊涂下了一道命令，用麻袋装上河泥，用船运到南京。开船时恰逢一场狂风暴雨，麻袋里水浆直流，闹得满船泥浆，自己也跌了一跤，狼狈不堪。结果泥土没有运成，搞得劳民伤财才算罢休。

作品还写到，江宁太守鸦片烟瘾大得出奇，糊涂的时间比清醒的时间多，每天从衙门回来，如同死了一大半，轿子一直抬到门口，几个丫头把他扶出来，姨太太事先在床上放了帐子，在里面吃鸦片烟，吃得云天雾地，用烟熏他，还吸了烟喷他，这样闹上半个小时，他才醒了过来，自己吃烟。

四川有一位被誉为"留心时务，学贯中西"的观察，道听途说一百斤煤中可以提炼出五十斤煤油，便打算从煤炭中提炼煤油，可以赚很多钱，于是动用巨款大量收购、囤积煤炭，弄得全省煤价上涨，并波及邻省，后来才知受骗上当，闹了一场大笑话，在四川立身不住，只好一走了之。

我们不难想象，由这样一批贪污、迷信、荒谬、无能的官僚来执政，国家会是什么样子！

我们读《二十年目睹之怪现状》，有一点要特别注意，就是清朝中叶以后，清廷为了大量搜刮钱财，便大量出卖官爵，准许有钱的人拿钱买官做，叫作捐纳。京官郎中以下，外官道员以下，都可以出钱捐买，而且官衔可以无限制地出卖，因为官照只是一纸空文。但官职的实缺，却是有一定数量的。因此，出钱买了官衔，只是具备了做官的资格，还必须经过候选和补用两个阶段，轮流补缺。但是如果捐官的人多出银子，就可以先补缺，以致按部就班轮流补缺的官员反而被搁置下来。《二十年目睹之怪现状》中，就有这类描写。一个制台的幕友来拜访吴继之，请吴继之"点戏"：

他在怀里掏出一个折子来递给我，我打开一看，上面开着江苏全省的县名，每个县名底下，分注了些数目，有注一万的，有注二三万的，也有注七八千的。……他附了我耳边说道："这是得缺的一条捷径。若是要想那一个缺，只要照开着的数目，送到里面去，包你不到十天，就可以挂牌。这是补实缺的价钱，若是署事，还可以便宜些。"（第五回）

这种官制的变化，比之清中叶以前，只有科举出身才能做官的"正途"，又多出用钱捐官的"杂途"。于是，有些人纷纷以此为做官的捷径。

没有补到实缺的官员，尽管是官，这个官只不过是一种头衔，一种资格，徒供炫耀而已，并没有职位，也没有丝毫的收入，有些人虽然官居四五品，也常常穷到苦不堪言的地步。另一方面，清廷为了更多地搜刮钱财，便大量抛售各种官衔，以至官照多得满天飞，甚至有些穷极无聊的人，拿它当作嫖妓的护身符。《二十年目睹之怪现状》中写道：

这个虽是官照，却又是嫖妓的护符。这京城里面，逛相公是冠冕堂皇的……唯有妓禁极严，也极易闹事……逛窑姐儿的人，倘给都老爷查着了，他不问三七二十一，当街就打。若是个官，就可以免打……大凡逛窑姐儿的，身边带上这么一张，倘使遇了都老爷，只把这一张东西交给他，就没事了……所以有人就备有几十张官照，可以卖，可以借，可以送……比方我今日请你吃花酒，你没有这东西，恐怕偶然出事，便不肯到。我有了这个预备，不就放心了么。（第七十五回）

这就是《二十年目睹之怪现状》中的晚清官场，简直是一座乌烟瘴气、暗无天日的"市利场"。这里的官吏们，营私舞弊、贪污受贿、贩卖人口、出妻献媳、卖友叛国，什么卑鄙无耻的事情都能干得出来。作品通过许多具体事例的描写，对晚清的官吏们作了深入骨髓的刻画，淋漓尽致地展示了他们污秽不堪的精神世界，集中地概括了晚清官吏种种丑态及其本质特点。更难得的是，作品还把这个责任归结到清政府身上，指出清政府也应该"担个不是"（第十六回）。尽管说法委婉，倒也是很可贵的了。

（二）亡国灭族的忧虑

我们在前文已经讲到，吴趼人是一位具有强烈爱国思想的小说家。当然，我们也并不讳言，吴趼人的爱国思想中，也含有狭隘的民族主义成分在内。但他在反对帝国主义的侵略这一方面，确实是以一个被压迫、被侮辱的中国人的身份向帝国主义者抗议的。同时，他还对中国沦为殖民地以后的惨状，表示出极大的痛心和忧虑。吴趼人在《二十年目睹之怪现状》中说：

外国人久有一句话说，中国人将来一定不能自立，他们各国要来把中国瓜分了的。你想，被他们瓜分了之后，莫说是饮酒赋诗，只怕连屁他也不许你放一个呢！

现在的世界，不能死守着中国的古籍做榜样的了。你不过看了《廿四史》

名家解读古典名著
世情讽喻小说(中)

上,五胡大闹时,他们到了中国,都变成中国样子,归了中国教化……此刻外国人灭人的国,还是这样吗?此时还没有瓜分,他已经遍地地设立教堂,传起教来,他倒想先把他的教传遍了中国呢;那么瓜分以后的情形,你就可想了。(第二十二回)

这就明确指出,帝国主义对中国的侵略,并不是割地赔款便能了事,而是要瓜分中国,灭亡中国,还要征服中国人的心,使其永世不再反抗。由此可见,作品正确地处理了帝国主义侵略中国、压迫中国人民这一重大题材,帝国主义并没有被美化,而是按其狰狞丑恶的面目加以描写的。

作品对于卖国求荣的清王朝及其官吏,表示出极大的愤慨,多次借书中人物之口,进行讽刺和抨击:"他们向来都是羡慕外国人的,无论甚么,都说是外国好,甚至于外国人放个屁也是香的。""只要看见一个没辫子的,哪怕他是外国化子,也看得他同天上神仙一般。""外国人说什么就是什么,如奉旨一般"。作品还指出,官场的恶习之一是"只要巴结上外国人,就可以升官,至于民间疾苦,冤枉不冤枉,那个与他有什么相干!"

作品第八十四、八十五回中写了这样一个故事:一个外国人到庐山旅游,见庐山山清水秀,要买块地盖所房子避暑。一个地痞串通庙里的和尚,冒充地主去卖地。外国人肯出四十元钱买一指地,地痞认为很合算。成交后便写了字据。外国人拿了字据到道署里去转地契,道台看了不懂,问他什么叫一指地,外国人说:"用手一指,指到哪里,就是哪里。"道台吃了一惊,说:"用手一指,可以指到地平线上去,我一个九江道,如何做得主?"道台连忙令德化县官去勘验,地痞、和尚早已逃之夭夭。外国人用手一指,指了一座牸牛岭。道台报到省里,省里又报到总理衙门。总理衙门一位大臣写了封信给省里抚台,说:"台湾一省地方,朝廷尚且拿他送给日本,何况区区一座牸牛岭,值得什么!将就送了他罢!况且争回来又不是你的产业,何苦呢!"

一座风景秀丽的庐山牸牛岭,就这样以四十元钱的价格"卖"给了外国人。这是何等荒唐的卖国逻辑,又是何等丑恶的卖国嘴脸!

牸牛岭事件的描写,表现了晚清政府奉行的"宁赠友邦,不与家奴"的投降主义和奴才主义的精神实质。而这种投降主义的产生,正是晚清为了维护其摇摇欲坠的统治地位,而乞求于帝国主义的利害关系所决定的。

封建社会的清官,自古就有"文官不贪钱,武官不惜死"之说。而晚清的官员们,恰恰是文官贪钱,武官怕死。让我们来看看作品第十六回对马江战事的描写:

至于马江那一仗，更是传出许多笑话来：有人说那位钦差，只听见一声炮响，吓得马上就逃走了，一只脚穿着靴子，一只脚还没有穿袜子呢。又有人说不是的，他是坐了轿子逃走的，轿子后面，还挂着半只火腿呢。

更有甚者，清廷南洋海军军官贪污成风，克扣军饷、冒领军费，到了战场上却贪生怕死，没有一点战斗力。作品第十六回写中法战争时，驭远轮兵舰管带远远看见海平面上有一缕浓烟，疑为法国兵舰来攻击：

管带大惧，开足机器，拟速逃窜。觉来船甚速，管带益惧，遂自开放水门，将船沉下，率船上众人，乘舢舨渡登彼岸。捏报：仓卒遇敌，致被击沉。

第八十三回写中日战争，清军军官更为可耻：平壤被日军围困，叶军门写信给日军指挥官，摇尾乞怜，请求日军退开一路，让其出走，保全性命，情愿将平壤奉送日军。结果日军不费一枪一弹，轻而易举地占领了平壤。叶军门在通敌投降、擅弃阵地后，又伪报战况，致电各地。

晚清的军官是这样，晚清的士兵又怎样呢？作品以揶揄的笔调揭开了它的内幕：

凡是神机营当兵的，都是黄带子、红带子的宗室，他们阔得很呢！每人都用一个家人，出起队来，各人都带着家人走，这不是五百成了一千了么……每一个家人，都代他老爷带了一杆鸦片烟枪，合了那五百枝火枪，不成一千么。并且火枪也是家人代拿着。他自己手里，不是拿了鹌鹑囊，但是臂了鹰。他们出来，无非是到操场上去操。到了操场时，他们各人先把手里的鹰安置好了，用一根铁条儿，或插在树上，或插在墙上，把鹰站在上头，然后肯归队伍。操起来的时候，他的眼睛还是望着自己的鹰；偶然那铁条儿插不稳，掉了下来，哪怕操到要紧的时候，他也先把火枪撂下，先去把他那鹰弄好了，还代他理好了毛，再归到队里去。你道这种操法奇么？（第二十七回）

清廷用这样腐败无能、怯懦贪生的军队来保卫中国的国防，难怪帝国主义侵略者可以在中国的土地上胡作非为、横行霸道。如此下去，焉有不亡国之理？

（三）封建伦理道德的彻底崩溃

《二十年目睹之怪现状》描写晚清社会的日趋没落，不仅表现在政治的黑暗、国防的腐败方面，同时也表现在封建伦理观念的破产上。在晚清时期，与封建官僚体制相联系的统治阶级的精神支柱——以程朱理学为核心的伦理

名家解读古典名著
世情讽喻小说(中)

道德,也已丧失了它维护封建秩序、调节封建关系的作用。作品对于那个衣冠禽兽的苟才的描写,最能说明这一点。

除此之外,作品还集中写了"九死一生"的伯父子仁,特别突出了他对家庭骨肉的凉薄无情,对孤侄寡嫂财产的侵吞诈骗。"九死一生"的父亲去世时,留下一笔钱,伯父说侄子年幼不懂事,帮助管理账目,先支走了一千八百两银子,临走时又从侄子手中骗去剩余的一百两黄金,五千两银子,说是存入钱庄生利息。侄子无以度日,到南京去找他,躲着不见。后来知道侄子有了安身之处才见面。当侄子向他要父亲留下的钱时,却只给了八十两银子,还弄了一张假官照,说是花了三千多两银子给侄子捐的官,最后终于全部侵吞了弟弟的遗产。他自己拿着这些钱,去养婊子,生私孩子。子仁身为政府官员,道貌岸然,但他在金钱的势力下,抛弃了兄弟亲情,甚至抛弃了一切伦理道德。

作品在第七十四回中,写一个吏部主事符弥轩,开口便讲仁义道德,闭口便讲孝悌忠信。天天对五岁的儿子讲"朱子小学",并常说:仁义道德是立身之基础,倘不是从小熏陶他,等到年纪大了,就来不及了。就是这样一个道学先生,三岁丧父,由祖父抚养成人,却拿祖父当作眼中钉、肉中刺。做官以后,撇下祖父,来到京城。祖父寻到京城找他,他却拒而不纳,致使老人要饭为生。后遭会馆同乡责备,逼他对祖父叩头认罪,接回宅子奉养,以为他不敢放肆了。而符弥轩却继续虐待老人,自己酒足饭饱,连一点残汤剩饭都不给老人吃,甚至百般虐待,非打即骂,一次竟用凳子照老人头上打去,险些将老人打死。

类似的故事作品中还有很多,有儿子与外人合谋害死父亲;儿子带领强盗抢劫父亲;哥哥逼弟弟自杀,又将弟媳卖入妓院;小叔子攫取寡嫂做妻,并以之作为钻营的诱饵;纵欲而死的纨绔子弟竟入了《孝子传》;一个候补道,把妻子送给上司玩弄,当作谋求差缺的手段,等等。

《二十年目睹之怪现状》所展示的这些伦常关系混乱、宗法规范堕落的现象,大都集中在政府官吏们身上,这就从客观上为我们做出一个结论:伦理道德在当时的社会生活中,特别是在官僚阶级的生活中,已经全面崩溃,沦落殆尽,表明了濒临死亡的封建阶级道德的败坏和精神的堕落。更有意思的是,作者还有意识地把这种道德的陵替和官场的腐败,作为一经一纬,交替描写,二者相互映衬,相互补充。这也就预示着这个阶级的必然灭亡。

（四）芸芸众生的白描画

吴趼人在《二十年目睹之怪现状》第五回的眉批中说，将"上中下三等社会一齐写尽"，在第九回的评语中又说："一路写来，多是官场丑态，至此忽插入骚人墨客，怨女痴男。可见无处无怪现状之可记也。"正如作者所说，作品的揭露重点是官场，但并不仅限于官场，它几乎囊括了晚清社会各个方面的怪现状，这也是本书的内容特点之一。

对于晚清社会的黑暗现状，吴趼人在作品一开头就做了一番概括描写："我出来应世的二十年中，回头想来，所遇见的只有三种东西：第一种是蛇虫鼠蚁，第二种是豺狼虎豹，第三种是魑魅魍魉。"作品将晚清社会描绘得一团黑暗，到处都充满了坑蒙拐骗和弱肉强食，到处都潜伏着社会危机，几乎看不到一丝光明。展现在读者面前的，是一幅色调阴冷、令人恐惧的王朝末日图，在客观上昭示着变革中国社会的迫切性。

晚清时期，整个中国半殖民地化了，旧的社会制度、伦理道德已经腐朽，发出令人窒息的恶臭气味。而随着帝国主义对中国军事、政治、文化侵略所带来的东西，又令人目眩头晕。当时的上海，是殖民化程度最严重的城市之一，光怪陆离，无奇不有。吴趼人从十八岁到上海谋生，除几次短期到外地工作、旅行外，一直在上海居住，他以丰富的阅世能力，熟悉了这个"冒险家的乐园"的底蕴，洞察其中情形，所以才能酣畅挥笔，大写众生相。在作品中，吴趼人写了许多恶棍、赌徒、骗子、狂生、强盗、掮客、讼师以及纨绔子弟、江湖庸医、小报文痞、斗方名士、人口贩子、洋行买办等等，他们简直像瘟疫一样，到处蔓延。这其中表现最充分的恐怕还是那些斗方名士。

这些斗方名士是上海畸形社会的产物，他们身上残存着许多封建文人的低级趣味，同时又由于他们身居半殖民地化的大都市，也就洋场化了。他们庸俗无聊、浅薄无知，却又故作风雅，而且他们还会利用近代的物质文明，作为他们招摇撞骗、猎取名利的工具。

作品第三十五回写一群洋场名士，仿小孩满月办汤饼宴之例，要替竹子做生日，又嫌"宴"字太俗，改为"会"字，称作"竹汤饼会"。届时来了一群诗人、词客、侍者（佛家侍奉长老的人），个个都起有稀奇古怪的别号。众人聚在一起，高谈阔论，目空一切。有的号称李白再生，有的要替杜甫改诗。有的把李商隐的号"玉溪生"送给了杜牧，又把杜牧的号"樊川"安到杜甫头上。还有一个说书法家颜鲁公（唐代人）书写过苏轼（宋代人）的《前赤

名家解读古典名著
世情讽喻小说(中)

壁赋》。那个自称是杜少陵一字师的人,竟说杜少陵一定是杜甫的老子。

通过这些描写,《二十年目睹之怪现状》淋漓尽致地表现了这些"名士""才子"们不学无术、清高狂放、可笑又可怜的悲剧。就这一内容来说,《二十年目睹之怪现状》与《儒林外史》有相通之处。

对于这些"名士""才子"的根底,作品中有详细介绍:

那一班斗方名士,结识了两个报馆主笔,天天弄些诗去登报,要借此博个诗翁的名色,自己便诳得个杜甫不死、李白复生的气概。也有些人,常常在报上看见了他的诗,自然记得他的名字;后来偶然遇见,通起姓名来,人自然说句久仰的话,越发惯起他的狂焰逼人,自以为名震天下了。最可笑的,还有一班市侩,不过略识之无,因为艳羡那些斗方名士,要跟着他学,出了钱叫人代作了来,也送去登报。(第九回)

像这种或自己作些歪诗,或出钱买诗借以出名的,还不是最下等的,还有那种窃取别人成果为自己有的名士:一种人是自己会画,但不能作诗。于是他画了画,请别人作诗抄上,便算自己的诗。日子久了,他把别人作的题画诗都收集起来,再画画时,就随便抄上一首,还写着"录旧作补白"。因为不懂诗,常常弄颠倒了,画了梅花却抄了题桃花的诗,画了美人却抄了题钟馗的诗。作品第三十八回写江雪渔能绘画,但不能作诗,他画了一幅美人捧石榴,"九死一生"题了一首七绝诗,他抄上去,下面署上自己的名字。当面就将别人的诗作攫为己有。

另一种人与此相反,自己能写两首诗,却不会作画。请人代笔画了,自己题上两句诗,写上一个款,便算是他画的了。这些会作诗的名士们还常常作些浅薄、庸俗、无聊的艳体诗,登在小报上,去吹捧一些妓女。倘若某个妓女得罪了他,他又写几首讥刺的诗去骂妓女,以作诗登报"做他嫖妓的机关"。这种"名士",比之沽名钓誉、不学无术之徒更是等而下之。

最能表现近代洋场"名士"特点的是那些"买办名士"。作品在第三十三回中所描写的唐玉生就是其中的典型代表。唐玉生原是一个洋行买办,看见别人咏诗作画,名气很大,便也动了心思,先给自己起了一个别号,叫"啸庐居士",然后请人画了一幅《啸庐吟诗图》,并请人题咏。题咏的人居然有二百多,诗、词、歌、赋什么体都有;写的字也是真、草、隶、篆式式全备。于是名声大震,便得意道:"做大名家也极容易。像我小弟,倘使不知自爱,不过是终身一个买办罢了。自从结交了几位名士,画了那《啸庐吟诗图》,请人题咏。那题咏的诗词,都送到报馆里登在报上。此刻哪一个不知道区区的小名，从此出来结交个朋友也便宜些。"自己本没有什么学问，却附庸风雅，有了名气，成了名士，容易结交朋友，做买办生意自然也就更方便一些。这是典型的半殖民地化的名士，形象地表现出晚清的时代特点。

《二十年目睹之怪现状》对晚清洋场及其斗方名士进行了绘声绘色的描写，在这一方面，它确实优于其他一些晚清谴责小说，它为我们画出了一幅外表清高狂放，骨子里却卑鄙无耻的洋场斗方名士的群丑图。

与讽刺洋场"名士"相关的，是对晚清科场的描绘。作品首先描写了科举考试中的舞弊情况。在第四十二回中，吴继之在一次科举考试中任考官，"九死一生"随吴继之来到考场，看到考场中有偷题目出去的，有传递文章进号的，有换卷子的，有私拆弥封的，有利用放鸽子传送题目的，还有把银票夹在卷子中行贿的。那些考官们，更是贪赃受贿，私通关节。江宁府的何太守，在做考官时通关节被人揭发，便装疯作傻，抓起桌子上的裁纸刀，撩开衣服，在肚子上划了一刀，这才阻止了别人的揭发。

晚清时期，科举制度还在实行，还有相当多的封建文人对此萦萦以求，巴望由此得一个功名。同时，由于国家门户开放，有一部分知识分子已经看清了科举制度禁锢思想、摧残人才的本性，不愿意再走这条死胡同。吴趼人就从未参加过科举考试，还曾拒绝别人推荐他参加经济特科的考试。吴趼人笔下的"九死一生"也不参加科举考试，还嘲笑那些赶考的人："作了几篇臭八股文，便算是个举人，到底有什么荣耀？这个举人到底有甚么用处？可笑那班人，便下死劲的去争他，真是好笑！"

另一方面，在晚清时期，捐纳大开，有钱就可以捐官，钱越多，官就越大，再多花些钱还可以优先补缺。而靠科举挣得功名的人，却未必就有官做。因为按当时的科举制度，考中进士后，再应一次朝考，成绩好的派在翰林院学习，叫作庶吉士。学习期满后，可以在翰林院任职，也可以外放做官。没有考中庶吉士的进士，虽也可以外放任职，但只是分发各省补用，不像庶吉士那样可以优先补缺。因此，一般的进士，不另外出钱，也就不容易有得缺的机会。更何况在当时用钱还可以捐秀才、监生。作品中就曾说过：挣了秀才，还望举人；挣了举人，还望进士；挣了进士，又望翰林。不点翰林还好，万一点了，两吊银子的家私，不上几年都光了。再没有差使，还不是仍然要处馆。这身外的功名，要它做什么用呢？

可见当时科名头衔已经大大贬值，实用价值降低了，许多知识分子对它不再向往，科场的争搏也不似《儒林外史》的那个时代激烈了。《二十年目

名家解读古典名著
世情讽喻小说(中)

睹之怪现状》中的这些描写，很能反映晚清的时代特征。

《二十年目睹之怪现状》所描写的另一个重点，是晚清的商界。商界中的蛇虫鼠蚁，从另一方面，衬托了对官场的描写。在作品中，官、商勾结，或合伙舞弊，或经商入官，或亦官亦商。如江南水师军官与商人串通起来，盗窃、克扣军用物资，"单只领料一层，就是了不得的了"，譬如军舰上买煤，领了一百吨的煤价到上海去，只买上二三十吨，剩下的七八十吨价当中，提出二成贿了卖煤的商人，叫他账上写一百吨。而且各舰都是这样，谁也不能独标高洁，否则，一天都不能容你。

更有甚者，商界的经济势力，已经开始左右官场。作品第七十五回写北京一个钱铺掌柜恽洞仙，就是一个握有潜势力的人物，周中堂卖官鬻爵的勾当，大都由他经手，有时周中堂也受他的支配。一些官员的升降保荐，走他的门路，就可以办成。还有第九十二回，开金子店的掌柜徐二滑子，大凡到京里来走路子的，都找他代为经手过付银钱。所开的金子店，不过是个名色罢了。一位乌将军犯了罪，本该处以死刑，经徐二滑子的手，往上送了三百万两银子，就轻轻地把罪免了。商界中的这些新特点，正是半封建半殖民地中国政治败坏的一种表现。虽然作者还没有意识到这些新特点的本质意义，但他却在作品中正确地反映了它，客观地勾勒了官僚资本主义的雏形。

《二十年目睹之怪现状》还以大量的篇幅描写了商界中的诈骗活动。作品在第五、六回中，写一个老板欺骗伙计的故事最为典型：骗子出身的包道守，因骗术精明，人称包到手，靠行骗发了大财，开了一家祥珍珠宝店。他先串通一个姓刘的人，带着家眷在珠宝店里后进院子租房住下。一住三个月，天天坐着轿子到外面拜客，俨然正经有体面人家。一天，姓刘的拿来一尊玉佛，一对白玉花瓶，一支翡翠如意，一个扳指，顶多不过值三千两银子，却要寄卖两万，还答应给店里伙计九五回扣。然后包道守又雇佣一个人来买这几件东西。来人批评东西的毛病，说那东西的出处，着实是个行家。买卖双方谈妥两万四千银子成交，先付五百两银子定钱，讲定十日内带银提货。若十日之内店家将东西卖掉，就要赔他十倍的钱，双方还立下了字据。到第九天，姓刘的谎称母亲死了，即日奔丧回籍，要取回珠宝。店伙计因明日即可卖出两万四千银子的好价钱，就扣除了寄卖费，算还了姓刘的一万九千两银子。但从此，那放定钱的人再也不来了。因这几件东西只值三千两银子，包老板便责令店伙计赔出一万六千两银子。

此外，作品还描写了许多商界诈骗故事，以及偷税、走私、卖假古董、卖假药等等，有些骗局甚至波及官场、波及一些高级官员。这些故事告诉我们，晚清时期的奸商、十里洋场的老板，多是靠诈骗发家致富的。

通过这一节的介绍，我们可以看到，《二十年目睹之怪现状》所反映的社会生活面十分广阔，特别是对于晚清官场以及半封建半殖民地中国城市的畸形发展的描写，更是绘声绘色：藏污纳垢、毒菌蔓延、群魔乱舞。这正是《二十年目睹之怪现状》内容的特点。

《二十年目睹之怪现状》全面而明确地反映了作者对晚清社会的具体看法，向黑暗的时代表示了自己的愤怒和抗议，一定程度上反映了广大人民群众对统治者的激愤情绪。作者所揭露的那些"怪现状"的客观效果，就是使人认识到这个社会已经腐败透顶，只有进行彻底的革命，推翻这个社会，而没有别的任何办法。作品所取得的这些思想成就，对于当时的人们，能够增加对于统治者的愤怒，即使对于今天的读者，也有一定的认识作用。这便是《二十年目睹之怪现状》问世近一个世纪以来，为广大读者所欢迎的原因之一。

三 苦闷中的探索

吴趼人是一个正直的中国人，是一个有强烈爱国思想的小说家。他在猛烈谴责晚清社会的黑暗腐败的同时，也在苦苦地寻求救国救民的道路，在为自己的理想而奋斗。作为一个生活在晚清时期的爱国者，他最大的理想，当然是希望中国强盛起来。在作品第二十二回中，王伯述的一段话表达了作者的这个理想：

我们年纪大的，已是末路的人，没用的了；所望你们英年的人，巴巴的学好，中国还有可望。总而言之，中国不是亡了，便是强起来；不强起来，便亡了；断不会有神没气的，就这样永存在那里的。

然而，吴趼人空有一腔爱国热血，却不知道怎样去救国救民，不知道怎样才能真正使中国强盛起来。他在迷惘中探索，试图以军事救国："只要上下齐心协力地认真办起事来，节省了那些不相干的虚縻，认真办起海防、边防来就是了"（第二十二回）。

他又试图以教育救国："无论哪一门，都有专门学堂"，再有宣传推广种种"新学"的书，有"实学"又懂"新学"的读书人出来做官，国家就会好起来（第二十二回）。

名家解读古典名著
世情讽喻小说(中)

看来吴趼人的社会理想中,还是资产阶级改良主义思想居多数。但历史事实已经证明,资产阶级改良主义是不能救中国的,所以,吴趼人在作品中所提出的使中国强盛起来的措施,显得多么陈腐、多么不切实际。他的《二十年目睹之怪现状》,就这个意义上说,乃是资产阶级改良主义失败的一曲挽歌。

吴趼人为了更具体、更形象地表达他的政治、经济、道德等方面的理想,他在作品中塑造了一个以吴继之为中心的正面人物集团,这个集团包括吴继之的得力助手"九死一生",以及蔡侣笙、文述农等人。这个正面人物集团,是贯穿全书的线索,他们既是社会"怪现状"的批判者,又是作者社会理想的体现者,在他们的性格描写中,都掺进了作者自己的气质、个性。

我们先来看看吴继之。吴继之是作品描写的正面人物集团的核心人物。在"九死一生"最困难时,吴继之把"九死一生"接到自己家里,当作亲兄弟看待,让"九死一生"当自己的私人秘书。后来吴继之集资经商,又全权委托"九死一生"代为经理。他们二人完全是真诚相待,而毫无勾心斗角、尔虞我诈之处。吴继之还是一个充满侠情义胆的热心人,常常对弱者表示出极大的同情,伸出救援之手。除了帮助"九死一生"外,他还曾帮助过蔡侣笙摆脱困境。他还为朋友的遗属代筹捐款,并不对外声张。

吴继之还是本省数一数二的大财主,中进士后不久,当了一任江都县令,因没有满足上司的仆人的索贿,被撤了职。这比起"行止龌龊、无耻之尤"的苟才,当然要高尚得多,在晚清也是难得的清官了。但他也不是绝对干净的,他在官场上也有化公为私的行为,"你说谁是见了钱不要的?……历来相沿如此,我犯不着把他叫穿了,叫又来接手的人埋怨我。只要不另外想出新法子来舞弊,就算是个好人了"(第十四回)。他做人的诀窍是"不要讨人嫌",不要让继任的人埋怨我。这不过是一种明哲保身的市侩哲学罢了。但在晚清官场中,也确实难为他了。他不过是一个小小的知县,除了不再设出"新法子来舞弊"之外,除了洁身自好之外,又能怎样呢?吴继之无可奈何,作者也无可奈何。

吴继之做官时,就一面做官,一面经商。丢官后,没有再巴巴地去弄个一官半职当当,而是从此离开了官场,并发了一通感慨:"随便他开了我的缺也罢,参了我的功名也罢。我读书十年,总算上过场,唱过戏了,迟早总有下场的一天,不如趁早走了干净。""以后的日子,我就要自己做主了。"于是吴继之完全转入了商界,在上海设立总店,在北京、天津、汉口、芜湖、南京、广州等处遍设分店，生意越做越大，资本达百万之多。但最后，惨淡经营的商业以失败而告终，生意彻底垮台了。吴继之成为中国近代地主阶级向资产阶级转化道路上的一个失败者。吴继之形象的塑造，反映了当时士大夫阶层思想意识上的某些变化。同时，亦有深刻的意味：在强大的封建势力的重压下，要发展资本主义是相当困难的。这也在客观上反映了吴趼人改良主义思想的幻灭。

"九死一生"，虽然受过封建正统教育，但他以经商自傲，蔑视科举，蔑视官场。他母亲希望他去考科举，走"正途"，他却说："这个官竟不是人做的。头一件先要学会了卑污苟贱，才可以求得着差使。又要把良心搁在一边，放出那杀人不见血的手段，才弄得着钱。这两件事我都办不到，怎么好做官！"（第五十一回）"九死一生"在吴继之的提携和教导下成长起来，忠实地为他服务，做他的秘书，做他的商业经理，忠心耿耿，勤勤恳恳，南北奔波。甚至扮作他的仆人，进考场帮他阅卷。作品把"九死一生"塑造成一个正人君子，一个愤世嫉邪又有侠义心肠的正面人物。他常常仗义勇为，他曾帮助被人拐卖到妓院的秋菊跳出火坑，他还曾代叔父办理丧事，并收养叔叔留下的两个孤儿。然而，"九死一生"的思想也无法超越作者的思想局限。对于晚清时期的各种社会问题，吴趼人拿不出正确的解决办法，"九死一生"也拿不出解决办法，他也只有随着吴继之的垮台而垮台，他也只有逃离现实，一走了之，他还能有什么办法呢？

蔡侣笙，曾入仕途做山东蒙阴县令，是一个正直、爱民的清官形象。他"非义不取，无功不受"，落魄时不卑污苟且，做官时"爱民如子，两袖清风"，被百姓称作"真正青天佛菩萨的老爷"。因地方上闹虫灾，百姓无以为食，蔡侣笙为了救济灾民，动用了公款，救活了蒙阴一带的百姓。但因邻县同是被灾的，县官非但不理，还匿灾不报。蔡侣笙赈灾的举动，反引起上头昏官的怀疑，蔡侣笙反倒落了个"捏报灾情，擅动公款，勒令缴还"的处分。闹得蔡侣笙典尽卖绝，连他夫人的首饰都变卖了，朋友的积蓄也都借了去，七拼八凑，还欠八千多两银子。最后还是被人参了，"奉旨革职严追。"

蔡侣笙的形象，与作品中大量描写的贪官污吏相对立，反映出作者追求吏治改良理想。然而，在阴森可怖的晚清官场中，这一丁点微弱的亮光也被黑暗势力吞没了。作者以忧伤绝望的笔调，描写了蔡侣笙被革职后，蒙阴县百姓送别蔡侣笙的情景，重重地涂上了一层凄惨的色调。

从以上的介绍中，我们可以看出，吴趼人在《二十年目睹之怪现状》中

名家解读古典名著
世情讽喻小说(中)

所表现的社会理想是：国家强盛、吏治清明、百姓安居乐业。但是，怎样才能实现这些理想，怎样才能根治晚清社会的弊病？吴趼人与当时的爱国人士一样，在苦苦探索，他按照自己的思路，提出了一些改良措施。但同时，他自己也感觉到，这不是治病的良方，他在作品中为几个理想人物安排的结局都是很悲惨的。这也说明，对于已经腐败透顶的晚清社会来说，仅仅依靠个别人的点滴改良，是不会有什么成效的。吴趼人自己也意识到这一点，他也意识到自己拿不出正确的解决方案。因为他没有当时资产阶级革命家的思想高度，他也不可能像资产阶级革命家陈天华那样，在自己的小说《狮子吼》中勇敢而明确地提出"把那皇帝、官府杀了，另建一个好好的政府"的主张。吴趼人与他笔下心爱的人物"九死一生"一起，"思前想后，不觉感触起来。不知此茫茫大地，何处方可容身。一阵的心如死灰，便生了个谢绝人生的念头。"于是，"交代明白，翻身就走，一直走到深山空谷之中，绝无人烟之地，与木石居，与鹿豕游去了。"他就这样带着低沉悲观的情绪，悄悄地逃离了现实的社会生活。

吴趼人没有给我们指明一条通往理想社会的正确途径，他只给我们留下了一个饱含忧郁之情的结尾，读后令人感到前途渺茫，表现了他悲观低沉的思想情绪。这正是：

悲欢离合廿年事，隆替兴亡一梦中。

四 观察人生的特殊视角

中国古代的白话小说，大多采用第三人称的全知全能的叙事方法。这种叙事方法，作者就是叙述者。作者本人虽不介入故事，但却以全知的观点交代一切人物和事件，乃至人物的内心世界，同时又可以自由地表达作者的主观判断。然而，由于这种全知叙事观点包办了一切，读者必须按照叙事者所提供的东西去理解、去体验，留给读者自己思考的余地就不多了。况且，叙事者的主观评判未必都是正确的。

到晚清时期，中国文学受到外来文学的大规模的冲击，大量的外国文学作品被翻译成中文，加之资产阶级改良派谴责小说和资产阶级革命派小说的大量涌现，不仅在内容上使中国小说发生了巨大的变化，在表现形式上，也开始学习外国小说。就小说的叙事方式来说，已开始有人尝试以第一人称的形式来叙述故事。吴趼人就是在外国小说的影响下，把第一人称的叙事方式，成功地运用到了《二十年目睹之怪现状》中去,这是当时中国白话小说的一个创新之举。

吴趼人在作品开头第一回先交代作品的由来:一个混迹于"冒险家乐园"十余年的少年,偶然从一位衣衫褴褛而又气宇轩昂的汉子手中得到一部笔记,题名《二十年目睹之怪现状》,署名"九死一生"。这位少年人将笔记从头至尾细看一遍,只见里面所讲的故事千奇百怪,看得他又惊又怕,就将这部笔记寄给《新小说》社发表出来。作品从第二回开始,就是"九死一生"以第一人称的形式记述的他二十年间耳闻目睹之事,直至结尾。

作品的叙事者——"我"(即"九死一生"),在作品开始时,还是个十五岁的天真少年,独身一人远离家乡,在朋友的衙门里当秘书。"我"的秘书工作使"我"有很多机会来观察当时的社会,特别是官场。由于"我"初出茅庐,涉世不深,在看到社会上的一些"怪现状"时,常常大惑不解,就处处请教"我"的朋友,使"我"逐渐了解到,先前觉得很奇怪的社会现象——贪污、受贿、舞弊、阿谀等等,其实都是当时社会上很普遍的现象,一点也不奇怪,别人都是见多不怪,只有"我"才是少见多怪。

随着"我"的年龄的增长,阅历的丰富,"我"开始为朋友经营全国各地的商号,常常南北奔波,来往于北京、天津、汉口、九江、上海、南京等地。"我"置身于漫漫旅途中,当然又会耳闻目睹许多奇闻怪事,这使"我"能从更广阔的角度来观察这个社会。但"我"并不是作家所要着力表现的历史事变和社会风貌的当事人,而只是一个旁观者,一个时代风云的见证人。由于"我"不属于"我"所观察的那个社会,而是以一个外乡人的角度来冷静地审视它,因此"我"能见人所未见。因为当地人都被日常习见所蒙蔽了,察觉不出这些事件的意义,却被"我"这个外来人揭示出来了。

由此可见,在作品中,吴趼人把整个故事都限制在"我"的视野之内,以"我"的见闻来展示故事。作者的笔随着"我"的脚步和眼睛的移动而移动。远不仅是叙事人称的变化或布局谋篇的技巧问题,它还构成了一个观察人生、思考问题的特殊的视角。这是第三人称叙事方式所无法代替的。

吴趼人把外来的第一人称叙事方式运用在《二十年目睹之怪现状》中,以叙述的逼真感来感动读者,给人以亲切、真实的感觉,强化了作品的感染力,取得了较好的艺术效果。当然,吴趼人在作品中运用第一人称的叙事方式还没有达到完美无缺的程度。这种叙事方式的使用,要等到"五四"新文学作品兴起之后,才达到日臻成熟的阶段。

名家解读古典名著
世情讽喻小说(中)

《二十年目睹之怪现状》在艺术形式上的另一个特点体现在它的情节结构上，在这方面它与同时期的另一部名作《官场现形记》不同。《官场现形记》基本上还是模仿《儒林外史》的结构方式，即全书没有主干，也没有主人公，由一个故事引出另一个故事，一个人物引出另一个人物，各个人物相继出场，又相继下场。前一回中的主要人物，在下一回或退居次要人物，或不再出场。这种结构形式显得有些散漫，因为它不过是短篇小说的连缀罢了。而这种结构方式却是晚清谴责小说常用的手法。

《二十年目睹之怪现状》采用了第一人称的方式来叙述故事，这就决定了作品必须以"我"为中心，来结构全书的故事情节。正如吴趼人自己所说："此书举定一人为主，如千军万马，均归一人操纵，处处有江汉朝宗之妙，遂成一团结之局"（《总评》）。

《二十年目睹之怪现状》安排"九死一生"作为全书的线索，通过"九死一生"将许多本不相关的故事串联起来，构成一部长篇。除第一回楔子外，全书所有的故事都是"九死一生"的所见所闻。这种情节结构当然还没有从根本上改变连缀短篇的性质，但因为"九死一生"在其中作为串联故事的线索，在结构上就不再显得过分松散；而同时，"九死一生"本人也有许多故事，所以他又具有小说主人公的意义。这种特殊的结构形式，也是《二十年目睹之怪现状》在表现方式上一大特点。

当然，《二十年目睹之怪现状》在艺术形式上的特点还不止这些，如它常常从现实生活中汲取素材，用白描手法直接加以生动、客观的描绘。它也很少使用工笔细描，而是惯用漫画式的方法，粗线条地勾画出人物的音容体态，用不多的笔墨，抓住人物一两个典型的细节、言行，或击中其要害，或突出其特征，使人物神情毕现。但作品在艺术形式上最突出的特点，最能反映时代特征的手法，还是第一人称的叙事方式和以"我"为中心的情节结构。

《二十年目睹之怪现状》在艺术描写上也多有可指责之处，鲁迅先生就曾批评过它"辞气浮露，笔无藏锋"。"描写失之张皇，时或伤于溢恶，言违真实，则感人之力顿微"。（《中国小说史略》）还有一些评论家批评它取材欠剪裁，情节缺少提炼，对现实生活的典型概括不够，人物缺少鲜明的个性，与第一流的中国古典小说中所创造的典型形象相距甚远，等等。这些艺术上的缺点在晚清小说中是普遍存在的，《二十年目睹之怪现状》也未能免俗。若探究其原因，可以归纳为以下几点：

第一，晚清小说是在当时的小说理论指导、影响下创作的，而当时的小说理论界，大肆鼓吹小说救国论，把民族的存亡、国家的盛衰都系于小说一身，过分夸大了小说的社会作用，忽视小说创作自身的特征和规律，一味强调小说为政治服务，达到登峰造极的程度。在这种理论指导下创作的小说作品，虽然很适合当时的社会形势，但当它赖以存在的社会环境一旦消失，它的价值也就大大降低了。

吴趼人也不能超越他所生活的时代，他也深受小说救国论的影响。他怀着极端愤怒的情绪投入到小说创作中去，去谴责那个可诅咒的黑暗社会。但他过于激动了，过于悲愤了。义愤填膺的时候最好去写战斗檄文，但写小说则需要保持一个冷静的距离。曹雪芹写《红楼梦》是在"一朝繁华梦觉"之后，被冷落在那"蓬牖茅椽"的环境里，他在那里静静地流泪，深沉地回忆，细腻地描摹，写出了一部永传后世的伟大著作。吴趼人却没有做到这一点。在晚清那个风雷激荡的时代里，吴趼人也卷入了时代的惊涛骇浪之中，时代的潮流迫使他没能做到既是当事人，又是旁观者，迫使他没有拉开一个冷静的距离，终使《二十年目睹之怪现状》不能入第一流古典小说名作之列。

第二，对描写对象缺乏足够的认识。《二十年目睹之怪现状》描写最多的是晚清官场。吴趼人虽然出身于官僚家庭，但他还在幼年时就同母亲回广东老家居住，父亲一人在外任职。他自己也从未做过官。作品中所写官场的故事，大都是记述朋友的谈论，抄录前人的笔记，剪裁当时的报纸，加以贯串演义。吴趼人的一个朋友包天笑曾谈过这方面的情况：

我在月月小说社认识了吴沃尧（趼人），他写《二十年目睹之怪现状》，我曾请教过他。他给我看一本簿子，其中贴满了报纸上所载的新闻故事，也有笔录朋友所说的。他说这都是材料，把它贯起来就成了。（《剑影楼回忆录》）

像这样缺乏自己切身感受，依靠第二手材料进行创作的小说，当然很难细致地刻画人物，创造出典型性格。

第三，小说商品化的刺激，导致小说创作的草率、粗糙。晚清时期，随着近代出版业的形成，作家的精神产品可以直接转化为生活资料，特别是受读者欢迎，发行量大，对出版商有利可图的小说作品。从现在能看到的材料中可知，起码在1907年以前，小说杂志的稿酬已经制度化了，这对于小说作者当然是一种刺激。吴趼人从事小说创作的时间不过七年，却写了长、中、短篇小说近三十种，许多中长篇作品都是边写边发表，难免有草率、急就、未经精雕细刻之处。

名家解读古典名著
世情讽喻小说(中)

　　吴趼人的家境并不富裕，卖文为生，写小说挣钱养家糊口也不是什么错。写得多、写得快也不一定质量不高。但小说创作是一种创造性的劳动，是一种复杂的精神劳动，过分追求数量时，只有拿质量来做牺牲了。吴趼人的一个朋友说他"下笔万言，不加点窜"。这固然是揄扬他的倚马可待之才，却也可使我们看到他写作时匆遽有余，严谨不足。

　　吴趼人嗜酒如命，有时以文易酒。他还曾为得到药商的三百元酬金，写了一篇《还我灵魂记》的文章，因此招来很多人的批评。以吴趼人的才学，他应该写出更好的小说作品来，而竟然没有。过分追求小说的商品效果，从而扼杀了他应有的艺术光彩。

名家解读古典名著
世情讽喻小说(中)

解读《孽海花》

欧阳健 著

《孽海花》是晚清"四大谴责小说"之一,1905年问世以后便立即风行海内,受到广大读者的热烈欢迎,同时它也一直是文坛的一个热门话题,激烈的争论几乎从未停息。本书对《孽海花》及相关话题做了全面、深入的解读,颇有新意。

名家解读古典名著
世情讽喻小说(中)

一 《孽海花》受到的热烈欢迎和评价《孽海花》的严重分歧

《孽海花》是晚清小说的名著之一。它的二十回本在 1905 年问世以后便立即风行海内,受到广大读者的热烈欢迎,"再版至十五次,行销不下五万部,赞扬的赞扬,考证的考证,模仿的、继续的,不知糟了多少笔墨,祸了多少梨枣"。(曾朴《修改后要说的几句话》)人们爱读《孽海花》,一方面是欣赏它"笔之诙谐,词之瑰丽"(《侗生丛话》)、"才情纵逸,寓意深远"(《负暄琐语》),在艺术上达到很高的境界;另一方面是肯定它"能举社会中积弊著为小说",是一部能"鼓荡国民英气之书"(林纾:《译馀剩语》),对推动现实的改革也有重大的作用。

一百多年过去了,《孽海花》并没有因无情岁月的冲激而消褪它的光彩。《孽海花》的新版本已多次重印,总数在一百万本以上。《孽海花》的读者中,既有阅世甚深的老人,也有稚气未除的青年,不论是崇尚中国古老文明还是倾慕世界现代新潮的人,也不论是喜欢曲折动人的故事情节还是善于理性思考的人,都可成为《孽海花》的知音。《孽海花》在中国小说史上的重要地位,可以说是毫无疑问的。

但是,关于《孽海花》的真正价值,一百多年来,人们的认识却并不是一致的;相反,激烈的争论,几乎贯串于阅读、研究、接受它的过程的每一个阶段。

1917 年 2 月 25 日,新文学运动的早期健将钱玄同,寄信给陈独秀说:"旧小说之有价值者,不过施耐庵之《水浒》,曹雪芹之《红楼梦》,吴敬梓之《儒林外史》,李伯元之《官场现形记》,吴趼人之《二十年目睹之怪现状》,曾孟朴之《孽海花》六书耳。"当时,陈独秀正高张"文学革命"的大旗,主张"推倒雕琢的阿谀的贵族文学,建设平易的抒情的国民文学","推倒陈腐的铺张的古典文学,建设新鲜的立诚的写实文学","推倒迂晦的艰涩的山林文学,建设明了的通俗的社会文学",并大力推崇明清小说,认为是"近代文学之粲然可观者"(《文学革命论》)。钱玄同在这种背景之下,将《孽海花》与《水浒》《红楼梦》相提并论,评价是相当高的。

但是,胡适却不同意钱玄同的观点,他在同年 5 月 10 日寄信给陈独秀,说《孽海花》只可居"第二流",不当与另外五书同列。他的理由是:"此书写近年史事,何尝不佳?然布局太牵强,材料太多,但适于札记之体(如近人《春冰室野乘》之类),而不得为佳小说也。"胡适并不否定《孽海花》内容上的价值,但他更看重"文学的结构",以为"文学者固当注重内容,然亦不当忽略其文学的结构,结构不能离内容而存在,然内容得美好的结构乃益可贵"。

鲁迅于1924年出版的《中国小说史略》中评述《孽海花》道:

……第一回犹楔子,有六十回全目,自金汮抡元起,即用为线索,杂叙清季三十年间遗闻逸事;后似欲以豫想之革命收场,而忽中止,旋合辑为书十卷,仅二十回。金汮谓吴县洪钧,尝典试江西,丁忧归,过上海,纳名妓傅彩云为妾,后使英,携以俱去,称夫人,颇多话柄。比洪殁于北京,傅复赴上海为妓,称曹梦兰,势甚张。书于洪傅特多恶谑,并写当时达官名士模样,亦极淋漓,而时复张大其词,如凡谴责小说通病;唯结构工巧,文采斐然,则其所长也。书中人物,几无不有所影射;使撰人诚如所传,则改称李纯客者实其师李慈铭字莼客,亲炙者久,描写当能近实,而形容时复过度,亦失自然,盖尚增饰而贱白描,当日之作风固如此矣。

鲁迅对《孽海花》的评价总的来讲是不高的,他认为书中"颇多话柄","时复张大其词""形容时复过度,亦失自然",有他所说的"谴责小说"在内容和技法上的种种通病。鲁迅所肯定于《孽海花》的,主要是"结构工巧,文采斐然"。由此可见,在《孽海花》的评价上,鲁迅所持的标尺,与胡适恰好是相反的。

1937年,陈子展在《中国文学史讲话》中,开始从内容和结构两个方面同时给《孽海花》以充分的肯定,他赞扬《孽海花》是晚清小说中的"一部杰作",它"不但以结构完整,文辞清丽见长,其所表现思想的进步,实超过了同时许多同类的小说,有同情革命的倾向"。

阿英在同年出版的《晚清小说史》中,更进一步作出结论说:"此书所表现的思想,其进步是超越了当时一切被目为第一流的作家而上的,即李伯元、吴趼人亦不得不屈居其下。盖李伯元与吴趼人之思想,虽代表了一种进步的倾向,但始终不能跳出'老新党'范畴,拥护清廷,反对革命。而《孽海花》则表示了一种很强的革命倾向。"对《孽海花》的评价,可以说已经推到了一个极境。

可是,问题恰恰出在这里。到了20世纪60年代,又有一种截然相反的观点出来，他们或者批评《孽海花》是"具有严重缺陷和毒素的作品"，"作者不但说不上具有一贯的革命观点，而且也说不上具有一贯的改良观点"，"其中宣扬封建正统思想和资产阶级腐朽观点的糟粕，在当时也无任何积极作用"（穆欣《如何看待晚清的文学和政治——从新版〈孽海花〉前言想起的》），或者指责"曾朴是个政治市侩"，"他和翁同龢、张謇等改良派人物保持关系，受到封建主义思想和反动的改良主义思想的熏陶。先后站在辛亥革命和中国共产党领导的新民主主义革命的反对面，积极奔走于各种反动政治集团之间，猖狂地反对革命。……他写《孽海花》之时正是他积极从事各种反革命活动之日。体现反对辛亥革命、拥护封建帝制、实行君主立宪这一政治主张的改良主义精神实质明明白白地注入《孽海花》中，成为小说的主题思想"（葛杰《关于〈孽海花〉的评价问题》）。

上面所列举的现象是非常令人困惑的：面对同一部受到广大读者欢迎、在社会上产生深远影响的《孽海花》，为什么学术界的评价会存在如此严重的分歧呢？

撇开 20 世纪 60 年代受极左思潮影响，视一切形式的"改良"为"反革命"（刘少奇《论共产党员的修养》的 1962 年版，都在"同反革命的斗争"的"反革命"一词后面，加上了"和改良派"四字），因而从根本上否定《孽海花》的错误倾向不谈，这一现象主要是由于缺乏实事求是和全面分析造成的。

《孽海花》是一部文学作品，要对《孽海花》有真正深入的了解，必须从它独特而曲折的成书过程，以及它的从艺术结构到思想内容的全部客观存在出发，经过科学的分析和综合，才能够得出恰如其分的结论来。

二 《孽海花》独特而曲折的成书过程

关于《孽海花》评价的分歧意见，相当程度上来源于它的独特而曲折的成书过程。在这里，让我们来重新做一番清理探究工作，问题可能会清晰起来。

在中国小说史上，由两位作者相继完成同一部作品，并不是个别的现象。比如《水浒传》，向有"施作罗续"的说法，有的学者甚至具体推断施耐庵先作了七十回，后三十回则由罗贯中接续而成；在晚清小说中，李伯元的《活地狱》，只作到三十九回他就病故了，以下第四十回至四十二回由吴趼人续作，第四十三回由欧阳钜元作，也是一个很典型的例子。不过，在这类作品的创作中，原作者是小说的主要设计者和构筑者，换句话说，作品是原作者独特的思维方式乃至独特的精神气质和心理结构的产物，是丰富的社会生活在原作者头脑中反映的产物，续作者只是在原作者已经基本建成的大厦上，从事了相对来说比较次要的善后工作而已。

《孽海花》的成书过程就复杂得多了。最初发表于日本东京同乡会主办的《江苏》杂志第八期的《孽海花》第一、二回，作者署"麒麟"。光绪乙巳(1905年)小说林二编二十回本，作者署"爱自由者起发，东亚病夫编述"。大家知道，"麒麟"和"爱自由者"是金松岑的笔名，"东亚病夫"是曾朴的笔名，因此也可以说《孽海花》是金松岑、曾朴二人相继完成的。不过，对《孽海花》来说，金松岑只是最初的"造意者"，曾朴才是真正的撰成者。也就是说，金松岑虽然"起发"并且和曾朴共同进行了《孽海花》的总体设计，在作品中打上了自己的思想烙印，但《孽海花》归根到底是属于曾朴个人的精神产品。在《孽海花》的写作过程中，金松岑和曾朴之间思想倾向、禀赋气质的巨大差距，曾朴在接手撰写任务之初的创作构想和日后写作实践中的调整变动，都是探明这部名著的"真义"所必须清楚地把握的首要关键。

金松岑（1874—1947年），江苏吴江人，初名懋基，后改名天羽、天翮，又名金一，字松岑，号鹤舫，笔名麒麟、爱自由者、天放楼主人等。江阴南菁书院肄业，1898年被荐试经济特科，未去，在家乡兴办教育。1903年去上海，参加爱国学社。爱国学社是中国教育会办的学校，由蔡元培任总理（校长）；"校内师生高谈革命，放言无忌"，金松岑也是活跃的一分子。他还被中国教育会派往故乡吴江同里，发起组织支部，"延柳弃疾（亚子）、林砺、陶赓熊等相助。由林砺教授兵操，成绩斐然"（冯自由《中国教育会与爱国学社》）。

在文字方面，金松岑"曾撰《女界钟》一书，启迪女界，收效颇著。邹容所著《革命军》，金曾出资助其出版"（冯自由：《兴中会时期之革命同志》），还翻译了写俄国虚无党史的《自由血》和日本宫崎寅藏所著写孙中山革命事迹的《三十三年落花梦》。

金松岑思想激进，他曾明白宣告："吾欲吾同胞速出所厌恶之旧社会，而入所歆羡之新社会，也，吾之心较诸译小说者而尤热。"又说："吾读《东欧女豪杰》《无名之英雄》而更崇拜焉，使吾国民而皆如苏菲亚、亚宴德之奔走党事，次安、绛灵之运动革命，汉族之光复，其在拉丁、斯拉夫族之上

名家解读古典名著
世情讽喻小说（中）

也。"（《论写情小说于新社会之关系》）《东欧女豪杰》为羽衣女士作，描述俄国虚无党人苏菲亚以暴力恐怖手段反对专制统治的故事；《无名之英雄》为法国迦尔威尼著，天笑生译，叙写加拿大革命志士次安运动推翻英国殖民统治的故事。金松岑崇拜这些英雄豪杰，目的正是鼓吹以激进的革命手段光复汉族。

关于金松岑撰写《孽海花》的思想动机，他自己1934年在答复范烟桥采访时回顾说：

"此书乃余为江苏留日学生所编之《江苏》而作。当时各省留日学生颇有刊物，如《浙江潮》等，而《江苏》所需余之作品，乃论著与小说，余以中国方注意于俄罗斯之外交，各地有对俄同志会之组织，故以使俄之洪文卿为主角，以赛金花为配角，盖有时代背景，非随意拉凑也。"

三年以后，金松岑在致友人书中再次强调：

"作此书之岁，帝俄适以暴力压中国，留日学生及国内志士，多组对俄同志会，（而洪氏前使俄，以重金购俄人所制中俄交界图，误将帕米尔之一部分界线划入俄国，俄人遂据之，为言官所劾。）赛金花于是岁方虐雏妓致死，系狱。同时系狱者，有名将苏元春、名士沈荩，得名妓而三。赛于八国联军入京时，因与瓦德西昵，赖一言而保全地方不少，故以赛为骨，而作五十年来之政治小说。"

拒俄运动是1903年全国的舆论所关注的热点，日本留学生义勇队，推举钮惕生、汤尔和归国，谒见北洋大臣袁世凯，请求发给饷械，至前敌与俄人决战。而张园每周开会演说，鼓吹革命，及《苏报》登载之言论，愈益激烈。不久，即发生了苏报案，章太炎、邹容被捕；又发生了沈荩案，沈荩被杖死于宛平狱中，"章邹之狱，已足鼓动全国之舆论，……乃不逾月而沈荩捶毙于满廷，于是舆论愈激昂，而热血愈腾涌，几若全国一致，以奔满洲，势汹汹骤不可夭阏。西人至谓：'沈荩之死，震动人心较之俄日开战尤当。'"（黄中黄《沈荩》）作为爱国学社的成员，邹容的挚友，金松岑自觉地同全国激昂腾涌的舆论相呼应，也同蔡元培等共同组织对俄同志会，发行《俄事警闻》日刊，警告全国，一致奋起与抵御强俄的活动相配合，开始着手创作《孽海花》。

十分清楚，金松岑的兴趣，在有关"俄罗斯之外交"等一系列热点事件，并借此以鼓吹革命。但光凭一系列的政治外交事件，构不成引人入胜的小说，于是便牵出了曾经使俄的洪文卿（钧）为主角，又把赛金花拉来作为配角，

解读《孽海花》

充当贯串一系列政治事件的线索，开始了《孽海花》的写作活动。由于金松岑"作六回而辍"，除第一、二回在《江苏》上刊出外，其余四回多经曾朴点窜涂改，难以窥知原貌。曾朴在1928年回顾说：

"金君的原稿，过于注重主人公，不过描写一个奇突的妓女，略映带些相关的时事，充其量，能做成了李香君的《桃花扇》，陈圆圆的《沧桑艳》，已算顶好的成绩了，而且照此写来，只怕笔法上仍跳不出《海上花列传》的蹊径。"

现在看来，曾朴的说法并不合乎实际。因为金松岑自己说过，他之"创为《孽海花》也，非为赛也"。在金松岑已经写出的前六回中，除了第一回中的骈文以外，并没有正面写到傅彩云（即赛金花），即便是曾朴的笔下，傅彩云也迟到第七回后半回才姗姗登场，以至有人批评道："彩云是此书主角，无论传奇，或章回小说，以体裁言，不应至第七回始发现。"（冒鹤亭《〈孽海花〉闲话》）况且金松岑对赛金花持有一种极为鄙薄的态度。1936年，赛金花死，北京张次溪拟请金松岑为作墓碣，金松岑严加拒绝，说："我有我之身份，不能为老妓谀墓。"又说："赛之淫荡，余不屑污笔墨。"即从文艺思想来看，金松岑对于"旖旎妖艳"之"写情小说"，更持有一种"摧陷廓清"的决绝态度，要他把《孽海花》写成李香君的《桃花扇》、陈圆圆的《沧桑艳》，似乎是不大可能的。

金松岑的思想倾向，加上他的禀赋气质，使他的小说创作必然走强化政治色调，把小说当作时代号筒的路子，而以象征手法作为最主要的艺术手段。

小说开头写了一个"地球五大洋之外"的孽海里的奴乐岛，说"那岛从古不与别国交通"，"从古没有呼吸世界自由的空气"；谁知到了19世纪中段，"那奴乐岛忽然四周起了怪风大潮，那时这岛根岌岌摇动，要被海若卷去的样子。谁知那一班国民，还是醉生梦死，天天歌舞快乐，富贵风流，抚着自由之琴，喝着自由之酒，赏着自由之花。年复一年，禁不得风潮日啮月蚀，到了一千九百零三年，平白地天崩地塌，一声响亮，那奴乐岛的地面，直沉向孽海中去"。

奴乐岛明明是中国的象征，但金松岑却虚晃一枪，说"这孽海和奴乐岛，却是接着中国地面，在瀚海之北，黄河之西，青海之东，支那海之北"；这还不够，他又用西文"Nolow"注出岛名，用"地近北纬三十度，东经一百十度"（按此方位查找地图，实在湖北省宜昌西南一百五十公里处的鹤峰附近）标出方位，以示其确有所本。

名家解读古典名著
世情讽喻小说(中)

金松岑笔名为"爱自由者",他在第一回楔子中提到"中国新近天降下二位自由之神",说"那神的丈六金身,已经拼为自由牺牲去的,然而那全国的人,因此哄动起来"。二位自由之神,不知确指,很可能就是指邹容、沈荩二人,否则爱自由者问讯自由神在何处,人们不至于"都像有不敢说的样子"了。

不过,就《孽海花》创作的题旨来说,不在彰扬"拼着为自由牺牲"的志士,而在警告全国,抵御强俄,所以小说在第一回的楔子以后,又以第二回"世界强权俄人割地"半回的篇幅安排了第二个楔子。叠床架屋的楔子后的楔子,备细叙述了俄罗斯国兴起的历史和1858年割占我国黑龙江以北地方,1860年割占乌苏里江以东地方的情况,以警醒国人,并为后半回洪文卿的得中状元及日后的出使俄国安下伏线。但是,因中俄外交而牵扯出洪钧,只是在特定时代背景下的一种随机的抉择。事实上,洪钧的故事,赛金花的故事,同1903年的拒俄运动,并无内在的联系,要演义成一部小说,是很困难的。金松岑在写成六回,刊出二回的情况下,自觉难以为继,就把《孽海花》交给曾朴去完成了。

曾朴(1872—1935年),江苏常熟人,初字太朴,后改字孟朴,又字小木、籀斋,号铭珊,笔名东亚病夫。曾朴年长金松岑两岁,但家世经历绝不相似。曾朴出生在"祖母笃爱,父母慈抚,诸姑姊妹围绕着的大家庭里,由孩提以迄成年,很享受些家庭的幸福"(曾虚白《曾孟朴年谱》,以下凡引此书,不再一一注出)。

父亲曾之撰,字君表,为时文名手,著有《登瀛社稿》。光绪乙亥(1875年)举人,纳资为刑部郎中。曾朴于十三四岁时,经名儒潘子昭指导,研讨课艺,然笃好文艺,每背人偷偷阅读名家说部及笔记杂集,由此奠定了文学基础。又遍求名师,先后随其父老友李慈铭(莼客)、内母舅吴大澂(愙斋)等受业,十九岁中秀才,二十岁中举人。中举前曾赴北京父亲处,与京中诸名士,如李石农、文芸阁、江建霞、洪文卿等相周旋,潜心研究《元史》西北地理及金石考古之学,那时他虽只有二十岁,可是悟性敏捷,前辈都为折服,引为"小友"。二十一岁捐内阁中书,在京供职,寄寓在岳父汪鸣銮(柳门)宅内,因得常出入于洪钧宅中,并初识赛金花于北京。曾朴1934年11月答记者问时介绍说:

"洪钧字文卿,为吾父之义兄,同时又为余闱师之师,谊属'太老师',故余当时每称赛金花为'小太师母'。……彼时赛丰度甚好,眼睛灵活,纵不说话，而眼目中传出像是一种说话的神气。譬如同席吃饭，一桌有十人，赛可以用手、用眼、用口，使十人俱极愉快而满意。"

1894年，甲午中日战争发生，曾朴出入翁相同龢之门，每以"国难至此，宁可坐以待毙"之说劝说翁同龢。他"目睹外侮之日急，这时候就觉悟到中国文化需要一次除旧更新的大改革，更看透了故步自封不足以救国，而研究西洋文化实为匡时治国的要图。……决心学习外国语言，致力于西洋文化的研讨，并认定外交官是为国宣劳的唯一捷径。"

经俞友莱介绍，他于1895年冬入专办对外交涉的总理衙门开设的同文馆特班学习外语。曾朴认为"英文只足为通商贸易之用，而法文却是外交折冲必要的文字，故决意舍英取法"，经几个月的孜孜兀兀昼夜苦读，打定了他法文的根底。1896年夏末秋初，曾朴应总理衙门考试，因主考张荫桓（樵野）与翁同龢不洽，见他平日出入于翁同龢之门，移恨曾朴身上，就未被录取，曾朴愤然拂袖出都，决心舍弃仕途，别寻发展的途径。

1897年，曾朴继承亡父遗志，赴上海拟相度形势，寻觅一个发展实业的机会。这时候，康梁力倡新政，谭嗣同、林旭、唐才常、杨深秀等一班力主改政的青年志士也常聚集沪上；这班人本来都是曾朴的旧交，于是朝夕过从，计议着团结力量，从事维新的计划。1898年，林旭等得康梁电，入都共成大业，约曾朴同行，曾朴"以父亲丧葬尚未料理，而沪上事业更难立时摆脱，因约期数月后，必北上参加"，并为之饯行，议论时政，慷慨激昂。曾朴为此未罹戊戌政变之难。曾朴有《哀杨叔峤文》传世，此文对戊戌罹难六君子之一的杨锐的惨死，表示了极大的悲悼之情："元伯告亡，巨卿长怀"，把杨锐比作东汉的张劭（元伯），自己比作张劭的好友范式（巨卿）。

据《后汉书》卷一一一《独行传》载，张劭死，托梦范式，范式驰往奔丧，未到丧已发，既至圹，柩不肯进，停柩移时，范式素车白马号哭而来，执绋引柩，于是乃前，遂留止冢次，为修坟树然后去。文章表达了他与杨锐"形影冥符，轨迹交绘"的深厚友情，又引用历代裴頠、张华、郭璞、陆机、陆云、嵇康、解系等人的典故，痛惜杨锐未能记取古人的教训，韬光敛锷，又不能及时远避，以致身罹祸殃。

戊戌变法虽然失败，但曾朴关注改革事业之热情并未消退。他与邑中新派人物张鸿、丁芝孙、徐念慈、殷潜溪创中西学社于塔前别峰庵，开全县办学风气之先，曾朴自任校长，与其姑丈、地方守旧派代表人物杨崇伊坚决斗争，争得一部分水利公产款项与修塔专款为办学经费。1900年1月，慈禧太

名家解读古典名著
世情讽喻小说(中)

后召亲贵王公大臣议诏立端王载漪子溥儁为"大阿哥",拟废光绪皇帝。上海电报局总办经元善联名千二百三十一人电请勿废光绪,曾朴亦参与此事。

曾朴在年轻的时候,满怀壮志,豪放不羁。他在《赴试学院放歌》中写道:"丈夫生不能腰佩六国玺,死当头颅行万里。胡为碌碌记姓名,日夜埋头事文史!"在《都门酒楼放歌》中写道:"此去长风经溟渤,回首昏昏暗双阙。安得倒翻万顷波,洗伐尘埃换毛骨!"酣畅抒发其壮志凌云的怀抱,愤懑地鞭挞现实,激情地向往未来。但是,就在这奋斗最高潮的时候,在他二十九岁到三十一岁时,他突然得了一场大病,前后三年,把他的生活整个儿由动变静,换了一个方式,从而结束了前期的社会活动,于1902至1903年间在上海经营丝业,亏累甚巨,终于彻底失败以后,便开始了他的文学活动。

曾朴的接手《孽海花》创作,正是他的一生"由动变静"的转换完成以后的事。1904年8月,曾朴与丁芝孙、徐念慈在上海创办小说林社,提倡译著小说。他与金松岑的交往,完全缘于新创立的小说林社,原先只是作者与出版者的关系。当金松岑将已经写成的《孽海花》六回书稿寄给曾朴,曾朴看了以后,认为是一个好题材,建议"借用主人公做全书的线索,尽量容纳近三十年来的历史,避去正面,专把些有趣的琐闻逸事,来烘托出大事的背景,格局比较的廓大",而金松岑以小说非己所喜,就顺水推舟,把继续这书的责任全卸到曾朴身上时,曾朴就成了金松岑所"起发"的创作计划的实际承担者了。

此时的曾朴不像金松岑那样,与现实的革命运动有那么密切的联系,由动入静的生活方式使他更倾向于脚踏实地地从事文学、教育活动,以"养成多数完全人格的百姓",而没有金松岑那种狂飙式的革命激进精神。所以,《孽海花》的创作由金松岑那里转到曾朴手中,就顿然产生了一个本质的变化,这就是从"适应当时形势需要""揭露帝俄野心"的政治小说,跃变为"以赛金花为经,以清末三十年朝野逸事为纬"的历史小说了。且看两份最好的原始证据:

光绪甲辰年(1904年)上海镜今书局发行的金一(松岑)的《自由血》书后,附有一份"爱自由者撰译书"广告,其中第三种为"政治小说"《孽海花》,广告文说:

此书述赛金花一生历史,而内容包含中俄交涉帕米尔界约事件,俄国虚无党事件,东三省事件,最近上海革命事件,东京义勇队事件,广西事件,日俄交涉事件,以至今俄国复据东三省止。

广告文很可能是金松岑所拟，完全可以看作是他最初的创作计划。

光绪乙巳（1905年）小说林社《孽海花》广告，改称"历史小说"，广告文说：

本书以名妓赛金花为主人，纬以近三十年新旧社会之历史，如旧学时代，中日战争时代，政变时代。

曾朴是小说林社的创办人，这则广告可以肯定出自他的手笔。

从两则广告的对比中可以看出，金松岑注重的是现实表层的政治，所以他的《孽海花》着重于一系列的外交政治事件，其目标是导向参与现实的政治斗争；曾朴注重的是历史深层的文化，他的《孽海花》着重于新旧时代的递嬗与变迁，其目标是为了唤起对于历史演进方向的思考。

当然，曾朴以续作者的身份，在接手之初，自然不能不尊重造意者的意见，所以在由他们二人共同拟就的全书六十回回目中，必然要包容若干属于金松岑原先的构思成分，如第四十八回"进成城钦使发威，闹公学秀才造反"，第五十三回"借法兵大动国民愤，对俄会组立学生军"，第五十五回"三名狱苏沈幽囚同话旧，九世仇章邹裁判细论文"等，都是金松岑早先设计的"最近上海革命事件，东京义勇队事件，广西事件"等的具体方案，这些内容都不能算是曾朴的思想份额，而且在以后的写作中，未曾写到相关的情节就已搁笔，故可略而不论。

需要特别指出的是，已经成稿的第四回"青年党唤起亡国魂"和第五回"奇士登坛民权导火"中所写的孙中山和兴中会的革命活动，以及预拟的第六十回回目"专制国终撄专制祸，自由神还放自由花"，往往受到研究者的推崇，并据此来论证曾朴的"革命倾向"，甚至推测小说中的"自由花神，付东风拘管"指的是辛亥革命，都是没有根据的。实际上，第四、五回写兴中会和孙中山，完全是金松岑思维定式下的产物。

第四回写陈千秋道："现在我国根柢不清，就是政体好到万分，也是为他人作嫁，于自己国民无益，所以缓进主义都用不着，唯有以霹雳手段，警醒二百年迷梦，扫除数千万腥膻，建瓴一呼，百结都解，何患不为亚洲盟主呢？"

孙一仙（中山）道："现在中国是少不得革命的了，但是不能用着从前野蛮的革命，无知识的革命。从前的革命，扑了专制政府，又添一个专制政府；现在的革命，要组织我黄帝子孙民族共和的政府。"

都是金松岑炽热的种族革命倾向的直接显露，而不是曾朴的思想观点，

名家解读古典名著
世情讽喻小说(中)

因而同《孽海花》全书的基调极不协调。曾朴到1928年,在真美善修改本中,就把这一段故事移到第二十九回,而且删去了陈千秋的一段话。虽然曾朴表白的理由是这段故事时间上提得太早:

"兴中会的组织,大约在光绪庚寅(1890年)、辛卯(1891年)间,而广州第一次的举事,事实却在乙未年(1895年)十月,这书叙金雯青中了状元,请假回南,过沪时就遇见陈千秋,以后便接叙青年党、兴中会的事。雯青中状元,书中说明是同治戊辰年(1868年),与乙未相差几至三十年,虽说小说非历史,时期可以作者随意伸缩,然亦不宜违背过甚。"

实际上也是看出了这基调的不协调。至于第六十回的"自由神还放自由花",也只是照应开头天降二位"已经拼为自由牺牲去的"自由之神,以金松岑所擅长的象征手法,虚写自由之花之遍地开放来收束全书,目的仍是为了种族革命的鼓吹。对于曾朴来说,他既不可能在甲辰(1904年)年间就预见到辛亥(1911年)革命的胜利,而且他压根儿就没有打算写到革命的胜利。曾朴之子曾虚白1935年答蔡元培的疑问时说:

"《孽海花》最初的动机是想写到辛丑年(1901年)的,可是后来重出修改本的时候,觉得庚子(1900年)之后,傅彩云就失掉了她做线索的作用,若把她跟瓦德西的一段浪漫史做全书的总结,倒是一个有力量的高潮结法,所以当时决心做到庚子就收束。"

如果说曾虚白这里讲的已经是1927年修改本的打算的话,那么还有一个晚清时代的证人,这就是包天笑。包天笑在小说林书社担任过编辑事宜,他在《钏影楼回忆录》中说:

"在小说林的时候,我们还有一个志愿,可惜到后来,这个志愿一个都没有偿,因为孟朴说,他的《孽海花》,写到庚子拳变,两宫回銮以后,就结束不写了,赛金花让她活下去吧,也就无关紧要了。因此徐念慈(小说林总编辑)说:'我想写一部长篇小说,记东三省红胡子的事。'在清代称红胡子为胡匪,又称为马贼,民间则有称为义勇军的,这时候正在崛起时代,他也起好了一个书名,正在搜集材料。他说这部小说正好接在《孽海花》之后,可以出版。我说:'我想写革命事迹。当时革命党东起西应,排满风潮热烈。恰有徐锡麟、秋瑾的一件事发生,秋瑾是中国女子中革命的第一人,我想把秋瑾做书中的主人,而贯串以各处革命的事迹。书名也已拟好了,叫作《碧血幕》。'"

徐念慈写红胡子的书,"正好接在《孽海花》之后",说明《孽海花》确实只计划写到庚子以后；包天笑写"革命事迹"的《碧血幕》，说明曾朴的初衷并没有写革命事迹的意向。因此，凭着《孽海花》中的零星材料就肯定曾朴"超越了当时一切被目为第一流的作家"，"表示了一种很强的革命倾向"，是不切实际的，因为那一些所谓"革命倾向"，实在不应该算在曾朴的账上。这并不是贬低了《孽海花》，而是还它一个历史的科学的地位：《孽海花》的真实价值，决不体现在那种种表面的"革命倾向"之上。

曾朴对于金松岑原先构想的重大突破，是将连缀若干政治外交事件的格局，改变为反映一整个历史时代风貌的长篇画卷。金松岑原本的叙事，起于1858年和1860年的俄罗斯割占中国东北的土地，之后以戊辰（1868年）洪文卿得中状元为正文之发端，而书中所要包括的内容，中俄交涉帕米尔界约事件，发生在1884年；俄国虚无党事件，起于19世纪中叶，俄皇亚历山大二世被刺，发生在1881年；其他东三省事件，上海革命事件，东京义勇队事件，广西事件，日俄交涉事件，等等，都发生在1902—1903年间，除了帕米尔界约事件以外，都与洪文卿毫无联系，加之时间、空间的跳跃幅度太大，对于做成一部艺术品的小说，难度是很大的。

曾朴以其高度成熟的历史的和审美的眼光，看准了连缀政治事件的不可取，提出"尽量容纳近三十年来的历史"、努力写出历史演进趋向的宗旨。在他手拟的广告中，这一历史包括"旧学时代""中日战争时代"和"政变时代"，而在他《孽海花》底稿第一册最后几页的一份人物名单中，又把这些人物分归于"旧学时代""甲午时代""政变时代""庚子时代""革新时代"和"海外运动"六大部分。有人据此判断曾朴原来的创作规划中，已经明确地划分为六个历史阶段，是不妥当的，因为"海外运动"在小说中不曾构成一个时代，其中的人物，大都穿插在各大时代里活动，如孙逸仙（孙汶），在小说林本是出现于第五回，属于"旧学时代"；真美善本移于第二十九回，亦未出"甲午时代"。

从"旧学时代"到"革新时代"，曾朴写出了中国"近三十年新旧社会之历史"，格局确实比较地廓大了。在这一相互衔接的长链中，"旧学时代""甲午时代""政变时代""庚子时代"的含义，都是非常明晰的，问题在于，紧接"庚子时代"的"革新时代"究竟是指的什么呢？毫无疑问，就是指作者创作此书的"当下"。曾朴把他所处的现实时代称为"革新时代"，是饶有深意的。

庚子事变之后，清廷于光绪二十六年十二月丁未（1901年1月29日）发

名家解读古典名著
世情讽喻小说(中)

布改革上谕,称:"法令不更,锢习不破;欲求振作,须议更张。着军机大臣大学士六部九卿出使各国大臣各省督抚,各就现在情弊,参酌中西政治,举凡朝章国政,吏治民生,学校科举,军制财政,当因当革,当省当并,如何而国势始兴,如何而人才始盛,如何而度支始裕,如何而武备始精,各举所知,各抒所见,通限两月内悉条议以闻,再行上禀慈谟,斟酌尽善,切实施行。"清廷的上谕,揭开了晚清改革的序幕。

《孽海花》第一回楔子,金松岑原作中国新近天降自由神,爱自由者赶来上海顶礼膜拜,而曾朴却改写为到上海来侦探奴乐岛的实在消息,"看看人来人往,无非是那班肥头胖耳的洋行买办,偷天换日的新政委员,短发西装的假革命党,胡说乱语的新闻社员,都如像没事的一般",心中大大不解起来。在这番带有贬义的叙写中,正透出了"革新时代"负面的社会特征。曾朴不满于"偷天换日"的新政委员和短发西装的假革命党,正说明他对于真正的改革和革命的真诚的拥护,对于这场自上而下的改革的真诚的响应。在他手拟的《孽海花》人物名单中,"革新时代"一栏下,既有主张君主立宪以实现民主富强的梁启超、严复和容闳(在"海外运动"栏下),也有主张种族革命以实现民主富强的章太炎、蔡元培、邹容,曾朴虽更倾向于缓过主义的改革,但并不敌视真正的革命人士,且同样视为革新时代的脊梁。曾朴对于改革积极参与的最具体的活动,就是创办小说林社。《小说林社总发行启》中说:

"泰西论文学,推小说家居首,诚以改良社会,小说之势力最大。我国说部极幼稚不足道,近稍稍能译著矣,然统计不足百种。本社爱发宏愿,筹集资本,先广购东西洋小说三四百种,延请名人翻译,复不揣梼昧,自改新著,或改良旧作,务使我国小说界,范围日扩,思想日进,由翻译时代而进于著作时代,以与泰西诸大文豪,相角逐于世界,是则本社创办之宗旨也。"

《孽海花》第十八回写谈瀛会众人议论"自强之道",马美菽力陈开通民智、改革文字的重要,且说:"还有一事,各国提倡文学,最重小说戏曲,因为百姓容易受他的感化。如今我国的小说戏曲太不讲究了,佳人才子,千篇一律,固然毫无道理;否则开口便是骊山老母、齐天大圣,闭口又是白玉堂,黄天霸,一派妖乱迷信的话,布满在下等人心里,北几省此风更甚,倒也是开化的一件大大可虑的事哩!"实可算是曾朴的夫子自道。总之,自觉以新小说为启发民智的利器,适应改革的形势,以收改良社会之效,正是曾朴创作《孽海花》的动机。小说林本第一回,曾朴在金松岑所写文字之外,添加了一段话："三十年旧事，写来都是血痕；四百兆同胞，愿尔早登觉岸。"

《孽海花》的真义在于，站在20世纪之初革新时代的历史基点上，回首中国三十年来走过的充满血痕的道路，启迪四百兆国民早登觉岸，去共同寻求中国的自强之道。

当曾朴怀着回首历史的动机进入创作过程的时候，他发现自己一下子掘开了一座蕴藏极丰的矿床。《孽海花》所要描写的形形色色的名士，就是他自己的同类，曾朴本人就是那一时代的名士堆中养育出来的。他笔下的当代名士，大都是他的尊长和师友，小说的主人公金沟（雯青），就是以他父亲的义兄、闱师之师、谊属"太老师"的洪钧（文卿）为原型的。他的两位业师李慈铭（莼客）、吴大澂（愙斋），在小说中是两位极重要的人物李治民（纯客）、何太真（珏斋）的原型。曾朴中举前在京中交往的几位名士李石农、文芸阁、江建霞，在小说中分别化名为黎石农、闻韵高、姜剑云，连他的岳父汪鸣銮（柳门），也改称钱端敏（唐卿），在《孽海花》中扮演了极重要的角色〔至于将他的父亲曾之撰（君表）易名曹以表（公坊），则是1927年以后修改本的事，姑不论〕。曾朴熟悉他们的生活和情感，诚如鲁迅所说："亲炙者久，描写当能近实。"这样一层关系，一下子就由金松岑为着时代号筒的需要、从外部拈来一曾任驻俄公使的洪文卿为主角的偶然机缘，质变为曾朴从生活蕴积的深层去挖掘其丰富内涵的必然决策了。洪文卿的题材既为曾朴所异常熟悉，此一题材所蕴含的题旨又与曾朴的救世之志异常投合，所以当他接受续完全书的任务以后，以高度的热情，"一面点窜涂改，一面进行不息，三个月工夫，一气呵成了二十回"。于光绪乙巳（1905年）正月和八月分成两编，由小说林社发行。这是曾朴写作《孽海花》的第一个阶段，也是最重要的阶段。

《孽海花》初、二编出版以后，意外地受到社会上的欢迎，作者于备受鼓舞之余，按理应该加紧写作，以求早日完篇方是；然而，曾朴却反常地放慢了写作的进度，到光绪丁未（1907年）一月，《小说林月刊》创刊，方在月刊的第一、二、四期上陆续刊出《孽海花》的第二十一至二十五回。这是曾朴写作《孽海花》的第二个阶段。

而后，作者竟一下子搁笔达二十年之久，直到1927年，曾朴在上海创办真美善书店，方对前二十五回进行了修改，并将经过修改的第二十一至二十五回，以及续写的第二十六回到三十五回，连载于《真美善杂志》一卷一期至五卷六期。小说的修改和续写工作，显得非常艰苦和吃力，以至于作者一再发出"江郎才尽"的感叹。尽管作者之子曾虚白在1928年8月发布预告，说曾朴"已经立下决心，在这两月之中，赶完第三、第四两集，大概十月中一定可以有单行本出版；五、六两集预备明年中赶完"，但是，终作者有生之年，《孽海花》一书仍然未得完稿，"曲终人渺"的缺憾，始终未得弥补。这是曾朴写作《孽海花》的第三个阶段，这一阶段，早已越出了晚清的历史界限，甚至也越过了以1919年为终点的"近代文学"的范围了。

《孽海花》的初意，是要容纳自庚申之变即1860年英法联军侵占北京以来，由旧学时代、甲午时代、政变时代、庚子时代和革新时代所前后相续的充满"血痕"，同时又展现希望的历史，但是，写于1905年的前二十回，加上写于1907年的五回，实际上只写完了旧学时代，但它正是《孽海花》的精粹。它不仅集中体现了作者所要传达的独特而鲜明的创作意图，而且也具备相对独立的有机的艺术结构。

评估《孽海花》在晚清小说史上的地位和它在思想艺术上的得失短长，就应该以小说林版的二十回为主，不能同二十年后的修改、续作混为一谈。在这方面，曾朴自己也有含混不清的地方，他在修改本的序言中，就把含英社同雅叙园、谈瀛会一道，作为"一时文化过程中的足迹"来看待。其实，写含英社的专做制艺，写曹公坊的狎玩相公，以及写龚定庵西林春的私情苟且，何珏斋的一味吹牛，等等，都是1927年以后添加到前二十五回中去的。"今天我们要研究考察这部书在近代文学史中所发生的影响和作用，事实上不能不强调保持原来面目的小说林本，而不是后来流行的经过修改的真美善本。"（魏绍昌《〈孽海花〉的两种版本》）

三 以金雯青为主人公的长篇艺术结构

五四新文学运动的代表人物，都喜欢拿晚清小说同《儒林外史》作比较，尤其喜欢在结构布局问题上比较它们的短长；对《孽海花》也不例外。胡适就说过这样的话：

"《官场现形记》《文明小史》《老残游记》《孽海花》《二十年目睹之怪现状》诸书，皆为《儒林外史》之产儿。其体裁皆为不连属的种种实事勉强牵合而成，合之可至无穷之长，分之可成无数短篇写生小说。此类之书，以体裁论之，实不为全德。"

在这种严厉的标准下，胡适对于《孽海花》的要求又特别地苛刻，以致要把它从其他书中剔出来,只给一个"第二流"的地位。鲁迅对《官场现形记》《二十年目睹之怪现状》的结构也很不满意,说这类小说往往"头绪既繁,脚色复夥,其记事遂率与一人俱起,亦即与其人俱讫,若断若续,与《儒林外史》略同"。与胡适不同的是,鲁迅却独独对《孽海花》给了一个"结构工巧"的赞语,可算是极为难得的了。

针对胡适说《孽海花》"布局太牵强,材料太多"的批评,十一年以后,曾朴自己出来辩解说:

"我的确把数十年来所见所闻的零星掌故,集中了拉扯着穿在女主人公的一条线上,表现我的想象,被胡先生瞥眼捉住,不容你躲闪,这足见他老人家读书和别人不同,焉得不佩服!但他说我的结构和《儒林外史》等一样,这句话我却不敢承认,只为虽然同是连缀多数短篇成长篇的方式,然组织法彼此截然不同。譬如穿珠,《儒林外史》等是直穿的,拿着一根线,穿一颗算一颗,一直穿到底,是一根珠练;我是蟠曲回旋着穿的,时收时放,东西交错,不离中心,是一朵珠花。譬如植物学里说的花序,《儒林外史》等是上升花序或下降花序,从头开去,谢了一朵,再开一朵,开到末一朵为止;我是伞形花序,从中心干部一层一层地推展出各种形象来,互相联结,开成一朵球一般的大花。《儒林外史》等是谈话式,谈乙事不管甲事,就渡到丙事,又把乙事丢了,可以随便进止;我是波澜有起伏,前后有照应,有擒纵,有顺逆,不过不是整个不可分的组织,却不能说它没有复杂的结构。"

胡适的批评和曾朴的辩解,谁更符合实际呢?首先,胡适的观点,至少对于《孽海花》是不适用的,因为《孽海花》的确不是由"不连属的种种实事勉强牵合而成"的,更不是像《儒林外史》那样,"合之可至无穷之长,分之可成无数短篇写生小说"。然而,作为小说作者的曾朴,在表述上也有相当含混不清的地方。比如,他一面强调《孽海花》"波澜有起伏,前后有照应,有擒纵,有顺逆"的复杂结构,一面又承认《孽海花》"和《儒林外史》《官场现形记》是一样的格局,并无预定的结构","不是整个不可分的组织",所不同的只是"联缀短篇成长篇"的"组织法"的差别而已。表述得含混不清,反映了曾朴动笔之前的主观设想与写作之中的客观实践之间的矛盾与变化。

曾朴在接手《孽海花》写作工作之初,确实有过把"数十年来所见所闻的零星掌故"牵合进小说的想法,经曾朴改写过的小说林本第一回,在揭载全书预定的六十回回目之后,又加上了一段金松岑原本上没有的文字作为结

名家解读古典名著
世情讽喻小说(中)

尾：

好一部齐齐整整六十回的奇文，洋洋洒洒三十万的大字。内中却包着数十年来怪怪奇奇的事迹，描写出百十来个夹夹杂杂的人物。说他是空中楼阁也可，说他是近世阳秋也未尝不可。列位不嫌烦絮，看他逐回道来。

曾朴的本意，原是要写"数十年来怪怪奇奇的事迹"和"百十来个夹夹杂杂的人物"。为了把这样繁杂的事迹和众多的人物连缀成小说，就需要寻找一条贯串始终的线索，这条线索，就是金雯青和傅彩云。鲁迅说"自金沟抢元起，即用为线索，杂叙清季三十年间遗闻逸事"，就是这样来理解主人公在结构上的作用的，他对于《孽海花》"结构工巧"的赞许，也是从线索的巧妙运用上着眼的。

但是，作为文艺作品的组织方式和内部构造，结构又不是单纯的形式问题和技巧问题，它受作者对于历史和现实生活的理解和评价的支配，并会在写作过程中不断进行必要的调整，以适应表达作者逐渐明晰起来的思想感情的需要。

也许连曾朴自己也不曾料到，当他一旦接手此事，进入《孽海花》的具体创作过程，他的生活积累和艺术素养以及题材自身所固有的逻辑力量，都促使他不得不改变仅仅以金雯青作为"连缀多数短篇成长篇"的线索的初衷，而把他推到小说真正主人公的位置上。换句话说，在曾朴笔下，金雯青早已不是一个随便拈来的、仅仅充当贯串史事线索的次等角色，而是在作品中占据主导地位、具有独特鲜明个性、深刻地反映了一定历史时期的本质和规律的典型人物。《孽海花》全书情节的展开以及其他人物的登场和表演，莫不以金雯青为中心来加以安排，从这个意义上讲，金雯青在长篇历史小说结构艺术中的线索作用并没有丧失，至于原先是要作为小说的基本元素的一系列掌故、学理、遗事、逸闻，都变成了主人公活动其间的背景了。

为了突现金雯青的主人公地位，《孽海花》虚构了一个"再世姻缘"的故事贯串全书，并独具匠心地以七支《彩云令》来预示金雯青一生的命运。应该说明的是，再世姻缘的故事，是金松岑的创造。在《江苏》杂志刊出的第一回原本中，就有一段上海《自由钟》小报记者的新近陆沉的孽海中奴乐岛上的新鲜故事。这个故事是用文言写的：

……乃有某君，以子胥吹箫之技，值兰成射策之年，游幕麓府，相识某妓，花欹近岸，柳暗抱桥，一回青波之眼，永矢白头之约。时当大比，某君行囊羞涩，本不愿行；妓劝之，且助金二百，临别谓曰："苟富贵，毋相忘!"某君颔之,遂去。自是捐弃故业,伫听好音。某君以一甲一名,大魁天下,负心忘恩,竟不迎妓。呜呼,人情蜀道,世事秋云。绣鞋有入梦之时,破镜无再圆之日。跋涉千里,叩邸求见。某使人谓曰:"绨袍恋恋,故人之意未尝或忘,请倍其数以偿。"赠五百金,麾之去。妓曰:"吾此来为践君之约也。云泥虽判,山海曾盟,岂索金哉?君既薄幸,妾复何言!"于是三尺红罗,一抔青冢,魂归离恨,劫转平康。某君逾十六年,为钦差大臣,道归珂里,娶得一妾,量珠论价,却扇回眸,不期一睹仙容,瞠目禁声,骇魂慑魄,盖似曾相识之燕,即无可奈何之花。影事依稀,庞形宛肖。始信断头香热,氤氲无可散之方;啮臂盟寒,冤业兆再来之梦。岂非人间之韵事,海外之奇闻乎?

这段故事到了曾朴手里,益发铺衍出大段缠绵悱恻的柔情文字来。第八回写金雯青在七里山塘的灯船上与傅彩云初次相见,"似曾相识,莫道无情"的情形道:

话说彩云扶着个大姐,走上船来。次芳暗叫大家不许开口,看他走到谁身边。彩云的大姐正要问哪位叫的,只说得半句,被彩云啐了一口道:"蠢货,谁要你搜根问底?"说着,就撇了大姐,含笑地挨到雯青身边一张美人椅上,并肩坐下。大家哗然大笑起来。山芝道:"奇了,好像是预先约定似的。"胜芝笑道:"不差呀,多管是前生旧约哩。"次芳就笑着朗吟道:"身无彩凤双飞翼,心有灵犀一点通。"

雯青本是花月总持、风流教主,风言俏语,从不让人,不道这回见了彩云,却心上万马千猿,又惊又喜。听了胜芝说是"前生旧约"这句话,更触着心事,任人嘲笑,只是一句挣不出。就是彩云,自己也不解何故,踏上船来,不问情由,就一直往雯青身边;如今被人说破,倒不好意思起来,只顾低着头弄手帕儿。雯青无精打采地搭讪着,向山芝道:"我们好开船了。"山芝就吩咐一面开船,一面在中舱摆起酒席来。众人见中舱挤着调排桌椅,就一拥都到头舱去了,有爬着栏杆上看来往船只的,有咬着耳朵说私语的。

雯青也想立起来走出去,却被彩云轻轻地一拉,一扭身就往房舱里床上坐着,雯青不知不觉,也跟了进去,两人并坐在床沿上,相偎相倚,好像有无数体己话要说,只是我对着你、你对着我地痴笑。歇了半天,雯青就兜头问一句道:"你知道我是谁吗?"彩云怔了一怔,道:"我很认得你,只是想不起你姓名来。"雯青就细细告诉了她一遍。彩云想一想,点点头儿。雯青道:"你今年多少年纪了?"彩云道:"我今年十五岁。"雯青脸上呆了半晌,

名家解读古典名著
世情讽喻小说(中)

却顺手拉了彩云的手,耳鬓厮磨地端相不了。

正在出神,忽然见彩云的粉颈中一线红圈,明若胭脂,细若丝缕,不禁诧异道:"你颈上红丝一条,是染的么?"彩云笑道:"这是我胎里带来的,擦也擦不掉;染的哪里有如此鲜明呢?"雯青听了,垂下头去,颜色渐渐惨淡,不知不觉两股热泪,从眼眶中直滚下来,口里念道:"当时只道浑闲事,过后思量总可怜。"彩云看着,暗暗吃惊,止不住就拿着帕子替他揾着泪,说道:"你怎的没来由哭起来?"口虽如此说,却自己也一阵透骨心酸,几乎也哭出来。雯青对着彩云,只是上下打量,低低念道:"愁到天地翻,相看不相识。"一面道:"彩云,我心里只是可怜你,你知道么?"彩云摸不着头脑,却趁势就靠在雯青身上道:"你只管伤心做什么?你回来等客散了,肯到我那里去坐坐么?我还有就正许多话要问你呢。"雯青点头。

曾朴竭力冲淡金松岑原本中对于金雯青"负心忘恩"的谴责色彩,而着意渲染他的多情忏悔的心态,很大程度就是为了结构的需要。直到第二十四回,写金雯青迭遭打击,神智错乱,濒临死亡的时刻,忽然看见墙上挂的一幅"德将毛奇的画像",便喊道:"你们看,一个雄赳赳的外国人,头顶铜兜,身挂勋章,他多管是来抢我彩云的呀!"又道:"好了,太太来了!我把彩云托给你,你给我好好收管住了,别给那些贼人拐了去!"后来看到镜台上一只火轮船雏形的八音琴,又喊道:"不好了,萨克森船上的质克,驾着大火轮,又要来给彩云寄什么信了!太太,这个外国人贼头鬼脑,我总疑着他。我告你,防着点儿,别叫他上我门!"忽然又"脸色一红,双眉直竖,满面怒容,两只手只管望空乱抓",道:"阿福这狗才,今儿我抓住了,一定要打死他!"最后和彩云打个照面,已经认不清是谁了,张夫人说是彩云,雯青咽着嗓子道:"你别冤我,哪里是彩云?这个人我认得的,就是……"说到此咽住了,倒只管紧靠了张夫人道:"你救我呀,他是来报仇……"一言未了,就厥了过去,终于医治无效,含恨而亡。

金雯青的心病,莫不通向对于逼死善良妓女的忏悔和自责。再世姻缘的根由,写得影影绰绰,却借以把金雯青与傅彩云一生中的主要画面,在他临死前一幕幕在心头回闪,堪称结构艺术的神来之笔。到了真美善改写本中,曾朴才坐实了彩云的前世叫梁新燕,是赠银送考的烟台妓女,金雯青中了状元,背了旧约,梁新燕才上吊身亡,从结构功能上看,并无多大的必要。

《孽海花》再世姻缘的情节,也受到了胡适的批评,他说:"其中记彩云为某妓后身,生年恰当某妓死时,又颈有红丝为前身缢死之证云云,皆属迷信无稽之谈，钱先生所谓'老新党头脑不甚清晰之见解'者是也。"

曾朴答辩说："我以为小说中对于这种含有神秘的事是常有的。希腊的三部曲，末一部完全讲的是报应固不必说，浪漫派中，如梅黎曼的短篇，尤多不可思议的想象。如《姊尼斯铜像》一篇，因误放指环于铜像指端，至惹起铜像的恋妒，掰死新郎于结婚床上。近代象征主义的作品，迷离神怪的描写，更数见不鲜，似不能概斥它做迷信。只要作品的精神上，并非真有引起此观念的印感就是了。"

文学作品中"因果报应"之类的情节，是不是就等于封建迷信？似乎不宜简单化地下结论；一般来说，曾朴的答辩是有道理的。不论如何，《孽海花》之写金雯青、傅彩云的再世姻缘，在小说总体结构上的作用，是不言自明的。

另一个起着提示全书总纲作用的是金雯青与谢山芝、潘胜芝、贝效亭、匡次芳在灯船上相聚的七支酒令。酒令非常新鲜雅致，借着女主人公的芳名，叫作《彩云令》。这个酒令"用《还魂记》曲文起句，第二句用曲牌名，第三句用《诗经》，依首句押韵""再用唐诗一句，有'彩云'两字相连的飞觞"。有位美国学者指出，用《还魂记》曲文来作酒令的起句，是寓有深意的。

《还魂记》即《牡丹亭》，明代汤显祖的传奇剧本，写南安太守杜宝之女丽娘梦中与书生柳梦梅相爱，醒后感伤而死。柳梦梅到南安养病，拾得丽娘自画像，深为爱慕，朝夕对画呼唤，丽娘鬼魂与柳梦梅相见，并复生与之结为夫妇。

《还魂记》与《孽海花》"都有一段女主人公死而复活的情节"，不同的是杜丽娘是死而复生，傅彩云是转世再生，"两位女主人公美丽动人，她们都是死而复生。但是，前者的男女主人公获得美满的结局，后者却以悲剧告终"（皮特·李《〈孽海花〉的戏剧结构》）。七支酒令，借着"彩云"一词的双关含义，十分巧妙地预示了金雯青一生的命运。

第一支酒令是：

甚蟾宫贵客傍雯霄，集贤宾，河上乎逍遥。彩云箫史驻。

蟾宫，即月宫。月中有桂树，古称登科为"折桂"。雯，云形成的文采，和"彩云"义近。"蟾宫贵客傍雯霄"，指金雯青之得中高魁，并和彩云相会于嘉宾聚集的河间灯船之上。箫史，又作萧史，传说为春秋时人，善吹箫。秦穆公把女儿弄玉嫁给他，还为他们造了一座凤台住在上面。一天晚上，箫史吹箫引凤，和弄玉一道升天仙去。此句以箫史弄玉比雯青彩云，十分贴切，

名家解读古典名著
世情讽喻小说（中）

所以贝效亭有"应时对景"的评语。

第二支酒令是：

迤逗的彩云偏，相见欢，君子万年。学吹凤箫乘彩云。

"相见欢""君子万年"，都是吉祥语，所以大家评道："吉祥艳丽，预卜状元郎夫荣妻贵。""学吹凤箫乘彩云"，仍用箫史典故，借以再次祝福金、傅二人的美满姻缘。

第三支酒令是：

昨夜天香云外，谒金门，莺声哕哕。断续彩云生。

大家评道："这句话是明明祝颂雯翁起服进京升官的预兆。"而飞舠已透露出渐生是非的端倪。

第四支酒令是：

又怕为雨为云飞去了，念奴娇，与子偕老。化作彩云飞。

这支酒令为金雯青所自作，含义深长。大家听了前三句，评道："白头偕老，金大人已经面许了，彩云你须记着。"听了飞舠以后，则笑道："老前辈不放心，只要把一条软麻绳，牢牢结住裙带儿，怕他飞到那儿去！"金雯青爱怜傅彩云，发愿与之白头偕老的真心同怕她不守本分的担忧交织在一起，暗示了傅彩云感情的不能专一给金雯青带来的内心的痛苦。

第五支酒令是：

他海天秋月云端挂，归国遥，日月其迈。碧箫曲尽彩云动。

胜芝道："你怎么说到海外去了？不怕海风吹坏了人，金大人要心痛的呢！"山芝道："雯翁通达洋务，安知将来不奉使出洋呢？这正是佳谶。"这支酒令确实是预示金雯青出任驻德、俄公使及其在海外的漫长生活，但海风并没有把傅彩云吹坏，而是使她更加放荡变心了。

第六支酒令是：

美夫妻图画在碧云高，最高楼，风雨潇潇。彩云易散玻璃薄。

这支酒令又是金雯青作的，他本来是准备收令的，但匡次芳评道："这句气象萧飒，做收令不好。"因为"美夫妻图画在碧云高"，本意是要吟咏男女状元的美姻缘，但却是一幅有名无实的图画，且楼高易惹风雨，气象萧飒，不是吉兆，后面再添上一句"彩云易散玻璃薄"，就更预示着金雯青的病死和美姻缘的彻底破灭，充满了悲剧的气氛。

第七支酒令是：

雨迹云踪才一转。玉堂春，言笑晏晏。桥上衣多抱彩云。

说这支酒令的谢山芝虽欲以"吉言"收令,但"雨迹云踪才一转",仍是欢娱短暂的悲凉气象,后三句索性预示傅彩云最终之离开金家,重张艳帜,另寻新欢。

事情非常清楚,作为小说的主人公,金雯青一生的经历和命运,贯串始终,构成了《孽海花》故事情节的主干。至于曾朴创作构想中要写的"数十年来怪怪奇奇的事迹"和"百十来个夹夹杂杂的人物",在小说中虽然有时也不免给人一种是"孤立的短篇"的感觉,但实际上莫不同金雯青有着有机的联系,并且同他的思想、感情以至命运息息相关。

《孽海花》的故事,是从同治戊辰(1868年)金雯青得中状元开始的。但作者并不急于叙写金雯青的行止,却从容不迫地记述了苏州城内元妙观前雅聚园茶坊几位名士的清谈和名妓梁聘珠家的宴会。雅聚园的话题由金雯青中状元引起,梁聘珠的宴会则是为将赴上海与金雯青会面的陆莘如饯行,二者都同金雯青有关,可以说是为即将登场的主人公烘托时代氛围的序幕。

从得中高魁到丁忧回苏,是金雯青人生经历的第一阶段。第三回"金殿撰归装留沪渎",写金雯青登场地点,不选择他供职的北京,也不选择他要去省亲的故乡苏州,而选择了途中短暂停留的"五方杂处"的上海,并且突出描写他在名利栈与冯桂芬的谈话,在一品香与薛淑云、吕顺斋、李台霞、马美菽、徐忠华等人的谈话,以及他的内心感受。随着金雯青省亲已毕回京供职,小说又借着金雯青的体验,全面展开了京师这"首善之区"里名士们的精神生活。通过他和钱唐卿、何珏斋品评"京师第一流人物"的笔势,小说拈出了庄寿香、庄伦樵、祝宝廷几位大名士,又在保和殿的大考中,让三位名士聚到一块亮了相。在这一阶段中,金雯青固然起到了"蟠曲回旋""时收时放、东西交错"的穿珠的线索的作用,但从根本上讲,金雯青仍处于结构的中心:他对周围的人和事,有吸取,也有输出,是互相交流的中介;他对周围的人和事,有观察,也有评价,是价值判断的主体。

当金雯青在服丧期间与傅彩云相遇,"金殿大魁"与"蕊宫榜首"一旦结合,一直到他任驻德、俄公使任满回国的第二阶段,《孽海花》更以主要笔墨专写金、傅二人在国外的生活。其中唯有因在船上试验外国催眠术而结识俄国虚无党人夏雅丽,顺势叙写了俄国无政府主义者的斗争;又因在德京重价购得一幅中俄交界地图,写信托陆莘如呈送总理衙门,把远在海外的金雯青同京师诸名士的活动联系起来。在这一阶段中,金雯青的主人公地位,更是毋庸置疑的。

名家解读古典名著
世情讽喻小说（中）

第十八回写金雯青任满回到上海，参加了味莼园的谈瀛会。这次聚会，既是金雯青海外生涯的总结，又是他人生第三阶段的开端。谈瀛会由薛淑云发起，应邀参加者，"或持旄历聘，或凭轺偶游，足迹曾及他洲，壮游逾乎重译者"。最有戏剧性的，是如薛淑云所说："我们还是那年在一家春一叙，一别十年，不想又在这里相会。最难得的仍是原班，不弱一个。不过绿鬓少年，都换了华颠老子了。"

这里需要作一点小小的订正：当年金雯青大魁天下，时当同治戊辰（1868年），任满归国是在光绪庚寅（1890年），应在二十年以上，所以"绿鬓少年，都换了华颠老子了"。当初金雯青在席间听人议论西欧，茫无头绪，坐立不安；此番有了三年的外洋阅历，多少有一点发言权了，他说："小弟只记得那年畅闻高谕，所谈西国政治艺术，天惊石破，推崇备至，私心窃以为过当；如今靠着国家洪福，周游各国，方信诸君言之不谬。"然而，金雯青并未因此在新任的总署衙门中发挥作用，相反因了庄小燕的挟嫌报复，又为误刻地图受到参揭，加之傅彩云苟且之事一再败露，终于在极度悔恨痛苦中结束了一生。

由此可见，《孽海花》尤其是1905年写成的二十回，加上1907年写成的五回，并不是那种"连缀多数短篇成长篇"的《儒林外史》式的结构——不论说它是"珠练"还是"珠花"，是"上升花序"还是"伞形花序"，都是不贴切的。《孽海花》不是用"不连属的种种实事勉强牵合而成""合之可至无穷之长，分之可成无数短篇写生小说"的札记体作品，它是"波澜有起伏，前后有照应，有擒纵，有顺逆"的，以主人公的升沉荣辱的命运为经，以若干重要场景为主体组织得较为完美统一的长篇小说。

需要特别指出的是：金雯青的主人公地位固然可以由全书的布局结构方面加以确认，但是，曾朴创作《孽海花》的主观命意，确实并不在于仅仅讲述一个新式的"金殿高魁"和"名花榜首"遇合遭际的"雄艳风流"的故事，潜藏于金雯青一生命运和通过他联系的一群当代名士的行踪之中的，是更为深层的历史演化的轨迹。曾朴说过这样的话：

这书主干的意义，只为我看着这三十年，是我中国由旧到新的一个大转关，一方面文化的推移，一方面政治的变动，可惊可喜的现象，都在这一时期飞也似的进行。我就想把这些现象，合拢了它的侧影或远景和相联系的一些细事，收摄在我笔头的摄影机上，叫他自然地一幕一幕的展现，印象上不啻目击了大事的全景一般。

在这"由旧到新"的大转关时期里，金雯青是一个具有两重性的典型人物。他是旧学中的翘楚，文章书法，数一数二，史论一门，纲鉴熟烂。他呕心血，绞脑汁，终于蟾宫折桂，成了群仙领袖，天子门生，好不显焕得意，但他又是一个留心时事、愿意接受西方传来的新学的人物，以一个状元的身份，悟到科名鼎甲是靠不住的，对自己之于西方政治艺术瞢然无知而暗自惭愧，还是难能可贵的。他是小说中钱唐卿、陆菶如、何珏斋、庄寿香、庄伦樵、祝宝廷等旧派形象体系中杰出的一员，也具备了厕身薛淑云、吕顺斋、马美菽、李台霞、徐忠华等新派人物序列的资格。金雯青的这种身份和心态，使他成了联系和比较新、旧两派人物的极好的中介和纽带。

由于历史的机缘，金雯青担任了驻西方国家的公使，亲身踏上了异国的土地，目睹了西方的政治文化、民情风俗。在他来讲，一方面由于身临其境的体察和感受，对于世界大势有了新的认识，与旧派的人物有了更大的距离，但又因了自身旧名士的劣根性，他在当时一班通达西学的人物中，又只能是相形见绌的平庸的一员。但不管怎么说，时代的推移，迫使一切都处在变动不居的状态之中，赞同新学的人在变，固守旧学的人也在变，因此，金雯青又同时成了联结昔与今之间的中介和纽带。从这个意义上说，《孽海花》以金雯青为主人公所构成的整体布局，包括人物关系的建立，文学形象体系的组成，故事情节的安排，环境背景的处置，都是较为得宜的。围绕着金雯青这一中心人物，曾朴将《孽海花》结构成一个和谐、匀称的有机整体，显示了比晚清一般作家大为成熟的艺术才能。

四 一代名士从晦蒙否塞到开眼世界的三十年心路历程

《孽海花》前二十五回，写了金雯青从同治戊辰（1868年）得中状元到光绪癸巳（1893年）含恨而死的一生，叙事的上限为庚申（1860年）之变，下限为甲午（1894年）中日宣战前夕，在曾朴预想的包括旧学时代、甲午时代、政变时代、庚子时代和革新时代的宏伟规划中，只写完了第一个旧学时代。

什么叫"旧学"？"旧学"相对于"新学"而言。没有"新学"，也就无所谓"旧学"。毛泽东说："在'五四'以前，中国文化战线上的斗争，是资产阶级的新文化和封建阶级的旧文化的斗争。在'五四'以前，学校与科举之争，新学与旧学之争，西学与中学之争，都带有这种性质。"在一定意义上讲，从西方引进的包括技术艺能、思维范畴、学说体系、社会理想等等在内

名家解读古典名著
世情讽喻小说(中)

的"西学",就是当时所谓"新学"的主要内涵。

中国闭关锁国的历史太长久了。当"旧学"的概念尚未产生,整个中国还处于严格意义的"旧学时代"的时候,中国人对于世界大势不识不知的状况却是十分惊人的。康有为1898年3月在北京保国会的演说中说,中国自古为"大一统国",盲目自大,竟然把新起的英、法等西方资本主义大国,看成像缅甸、朝鲜、安南、琉球那样可以随意"鞭箠使之"的小国,连"博极群书"的大学问家,也闹出了许多常识性的笑话。

如曾经校订《四库全书》的纪昀(1724—1805年),把意大利传教士艾儒略(1582—1649年)所著介绍五大洲各国风土民情以及哥伦布等远航新大陆的地理学著作《职方外纪》,比利时传教士南怀仁(1623—1688年)据利玛窦所绘世界地图撰作的《坤舆图说》,说成是古代"瑶台""阆苑"式的寓言和神话;长于史学、考据精赅的赵翼(1727—1814年)毫无根据地说在俄罗斯以北有一个"以铜为城"的准噶尔大国;主编《经籍籑诂》,对于天文、历算、地理有丰富知识的阮元(1764—1849年)不相信地圆说,以为是"抵足而行"。他还谈到,道光十二年(1832年),英国以轮船二艘犯广州,两广总督卢坤以三千师船、二万兵抗衡,结果大败亏输。"洋船极大",落后了就要挨打,这个道理,在吃了苦头的卢坤心中是清楚了,可是道光皇帝没有亲眼看到,却根本不相信。后来又遭到一连串的"非常之变",道光皇帝终算明白了"洋人之强"在于"船坚炮利",甚至命人加以仿制,但西方究竟为什么强大,还是不得要领,士大夫们仍然固守着陈腐的"华夷之辨",对西方"以犬羊视之,深闭固拒"。

马克思说:"与外界完全隔绝曾是保存旧中国的首要条件,而当这种隔绝状态在英国的努力之下被暴力所打破的时候,接踵而来的必然是解体的过程,正如小心保存在密闭棺里的木乃伊一接触新鲜空气必然要解体一样。"世界的大势,逼迫中国由闭关走向开放。从19世纪60年代开始,中国的政治、经济和思想文化领域,开始发生一系列质的变化。1840年鸦片战争以后继续推行了二十年的"剿夷"、"抚夷"的对外政策已经破产,与世隔绝的"一统天下"的观念,不得不让位于如《孽海花》中由冯桂芬明确揭示的"五洲万国交通时代"的观念。

咸丰十一年(1861年),因外交事务日繁,特设总理各国事务衙门,总署章京办事设英国股、法国股、俄国股、美国股、海防股,于是军机处与总理衙门,皆为政令所从出,总署且有渐夺军机处实权之趋势,这一近代意义的政府机构的设立，表明中国已经不得不适应同世界建立联系的需要，把自己纳入世界体系的运转之中。在经济上，近代意义的资本主义企业开始创立，《孽海花》第六回写到的中国用三百万银子买了旗昌洋行轮船，改名招商轮船局，就是有代表性的事例。

在思想文化领域内，全新的"世界"观念引进了中国士林，"西学"取代了"夷狄"，一批近代型的知识分子从旧派人物中分化出来，"学贯天人，中西合撰的大儒"如冯桂芬、郭嵩焘、薛福成、马建忠、黄遵宪等人，热情宣扬新学，冲击着旧的封建文化。曾朴站在20世纪起点"革新时代"的历史高度，截取19世纪60年代至90年代的三十年，来记录由于西方文化的冲击所带来的"文化的推移""政治的变动"，把"中国由旧到新的一个大转关"中一系列可惊可喜、"飞也似的进行"的现象，收摄在自己笔头的摄影机上，无疑是独具慧眼的。

鲁迅称赞《孽海花》"写当时达官名士模样，亦极淋漓"，小说前二十五回登场的近九十个人物中，虽不乏尚书侍郎、学士翰林之类的达宦显贵，但着眼点不在他们的理政治民，而在他们作为"名士"的行踪和心态。名士群像，是《孽海花》描写的主体。

名士由何而来？由科名而来。曾朴在接过金松岑的原稿以后，对第二回进行了彻底改动，增写了一大段关于科名的痛快淋漓的议论："当着那世界人群掷头颅、糜血肉、死争自由最剧烈的时代，正是我国民呕心血、绞脑汁、巴结科名最高兴的当儿。"一下子就从世界大势的高度，揭示了迷信科名的民族悲剧，并严峻指出："这便是历代专制君主束缚我同胞最毒的手段。""所以自从'科名'两字出现于我国，弄得一般国民有脑无魂，有血无气，看着茫茫禹甸，是君主的世产，赫赫轩孙，是君主的世仆，任他作威作福，总是不见不闻，直到得异族凭陵，国权沦丧，还在那里呼声如雷，做他的黄粱好梦哩。"

在科名牢笼下挣挫出来的名士，固然是一群"有脑无魂""有血无气"的麻木人物，但名士之所以被称为名士，又有他具有相当文化素养和复杂心理结构的一面。《后汉书·方术传论》说："汉世之所谓名士者，其风流可知矣。虽弛张趣舍，时有未纯，于刻情修容，依倚道艺，以就其声价，非所能通万物，弘时务也。"名士的恃才放达，不拘小节，反映了他们"风流"的一面，而不能"通万物""弘时务"，则反映了他们麻木的一面。如果说在封闭迟滞的古代社会里，名士还有自己存在的一席之地的话，那么到了"外国势

名家解读古典名著
世情讽喻小说（中）

力日大一日，机器日多一日"的五洲万国交通的时代，硁硁自守、泥古不化的名士者流，就完全失掉了生存的任何意义了。

《孽海花》写的，就是一群这样的名士。由于处在"旧学时代"，由科名而取得其名士资格，对世界大势反应迟钝的旧派人物依然占据主要的地位；与此同时，勇于正视现实，千辛万苦向西方国家寻找真理的新派知识分子应运而生，他们的蓬勃生气，愈益反衬了传统名士的迂腐颟顸，这一存在本身，就反映了旧营垒的分化和新思想的萌生，从而构成了由旧的一极向新的一极的流动。时代在前进，人们的观念、心理，不论是旧派新派，都不可能一成不变。旧派的阵地不可能固守到底，新派的认识也不会停留在一个水平上，这样，新旧两派也在自身的格局中进行流动，终至于由片断的思想汇聚成普遍的思潮，为而后的变法改革准备了思想和舆论的前提。

所谓新派和旧派，都不是孤立的个人，《孽海花》成功地描画了他们各自的形象序列或者说形象体系。但是，曾朴对于新旧两种文化，极少采取正面论辩交锋的方式来处理，对于新旧两派人物，也较少安排他们展开直接的冲突，换句话说，"由旧到新的大转关"，不是通过表面化的戏剧性的情节、而是通过一代名士由晦蒙否塞到开眼世界的心路历程的细腻入微的描摹来实现的。而小说的主人公金雯青自身的心路历程，同由他联系着的新旧两派人物的心路历程，构成了三股相互纽绞而又向同一方向运动的曲线，抓住了这一点，就把握住了《孽海花》有别于其他作品的思想艺术的独特个性。

《孽海花》第二回"杏林话旧茗客谈天"，是旧学中人晦蒙否塞心境的显微烛隐。金雯青的得中状元，引起了苏州名士的谈兴，纷纷夸耀苏州考中状元之多，而墨裁高手钱唐卿犹嫌未惬其意，还故作惊人之语，说"苏州状元的盛衰，与国运很有关系"，因为据他考证，乾隆年间，苏州状元极盛，而在嘉庆、道光以后，日渐递减，到咸丰手里，"一发荒唐，索性脱科了"。清代自乾隆盛世以后，确实每下愈况，"国运是一代不如一代了"，其间原因极其复杂，但决不会如钱唐卿所说，是因为苏州状元的盛衰"关着阴阳消息"。把两件本无联系的事凑在一起，硬说其中一件是另一件产生的根源，反映了对于科名的迷信之深。

其后，他们的话题又由苏州转到了上海。站在"东吴文学之邦"、盛产状元的苏州的立场，来评论"五方杂处"，实际上是西方文明最早占领的阵地的繁华世界的上海，他们的注意点，却是自己旧生活轨道中所熟习的戏曲与菜肴。陆莘如道："从前兄弟进京会试，虽经过几次，闻得近来一发繁华。即如苏州开去大章、大雅之昆曲戏园，生意不恶；而丹桂茶园、金桂轩之京戏亦好。京菜有同兴、同新，徽菜也有新新楼、复新园；若英法大餐，则杏花楼、同香楼、一品香、一家春，尚不曾请教过。"

其次是字画和印书。何珏斋道："上海虽然繁华世界，究竟五方杂处，所住的无非江湖名士，即如写字的莫友芝，画画的汤壎伯，非不洛阳纸贵，名震一时，总嫌带着江湖气，比到我们苏府里姚凤生的楷书，杨咏春的篆书，任阜长的画，就有雅俗之分了。"钱唐卿道："上海印书叫作什么石印，前天见过一本《直省会墨》，真印得纸墨鲜明，文章就分外觉得好看。所以书本总要讲究板本，印工好，纸张好，款式好，便是书里面差一点，看着总觉豁目爽心。"

在这班传统型名士的眼中，上海虽然出了一些新鲜事物，但他们或不加涉及（如英法大餐），或存心贬抑（如藐视上海书画的"江湖气"）。石印是从西方传入的先进印刷术，但他们关心的不是它普及文化的贡献，而是外在的形式。后来又谈到了轮船，总该关心一下它所代表的西方科学技术和生产力了吧？不，大家感兴趣的却是那轮船的名字多借用中国地名人名，走长江的船竟叫作"孔夫子"，"大家听了愕然，既而大笑"。谈叙之中还涉及"西法开山之祖"前明徐相国文定（光启）的墓地，变成了"繁华总汇"，不能保其佳城石室，感叹之中不无幸灾乐祸之意。这就是当日名士的心！

随着金雯青的入京供职，小说全面展示了这"首善之区"亦即旧学最坚固的堡垒的诸名士的众生相：

"唐卿顿时把'且夫''尝思'丢在脑后，喜欢讲究讲究板本，买几部宋元刻，写写小篆，看几张经书小学。珏斋性情更是活动，一时间画画画，写写字，居然风流名士；一时间讲程朱，说陆王，又是道学先生；买些古铜古玉，就论金石；翻翻《六韬》《三略》，自命兵家。肇廷本来懂些词章之学，更不消说了。只有犖如一人，还是一部高头讲章，几句八股腔调，一毫也不肯添些花样。"

钱唐卿督学湖北三年，"不过遵师训，不敢陨越"；陆犖如被派做磨勘官，一心想吹毛求疵来显示自己的才学，不想好容易抓住试卷中"感慨"的"慨"字写成"概"字，反受到旁人的嘲讽，愤然道："我们做翰林的本分，该依着《字学举隅》写，才是遵王的道理；偏要寻这种僻字吓人，不但心术坏了，而且故违公令，不成了悖逆吗？"一字的写法尚不敢越雷池一步，就更不能指望他睁目去看那"欧洲各国，民权大张，国势蒸蒸日上"的现实了。

名家解读古典名著
世情讽喻小说(中)

一般的名士既无用若此。但名士中那些负有时望、不肯与权贵同流合污的"清流",却仍不免给人以良好的印象。《孽海花》第六回,写清流党的黄叔兰死了母亲,另一位清流党庄仑樵送了一副八尺长的挽联,上联是:

看范孟博立朝有声,尔母曰:教子曰斯,我瞑目矣。

长联中提到的范孟博,就是东汉有名的清流范滂(137—169年)。范滂曾担任清诏使,有意澄清吏治,每至州境,贪污之守令皆闻风离去。范滂后来因与太学生结交,反对擅权乱政的宦官,被系黄门北寺狱。到了灵帝建宁二年,大杀党人,诏下急捕滂等。范滂知之,主动投狱自首,范母与之诀别,说:"汝今日与李(膺)、杜(密)齐名,死亦何恨!"范滂的清望气节,范母的深明大义,一直受到后人的赞扬。庄仑樵等清流,正是以范滂自诩的。

《孽海花》写金雯青等品评"京师第一流人物"时,有人以为"挥翰临池,自然让龚和甫独步;吉金乐石,到底算潘八瀛名家;赋诗填词,文章尔雅,会稽李纯客是一时之杰",上面提到的三人,分别影射翁同龢、潘祖荫、李慈铭,都是当时第一流的大名士,但讨论的结果,还是一致推崇"大刀阔斧,气象万千"的庄寿香,"才大心细,有胆有勇"的庄仑樵,"方闻君子"的黄叔兰、王忆莪、旗人里头"标标"的祝宝廷——这些就是当时有名的清流。

但是,小说紧接着就把读者带到了名士们隐秘的内心世界,依次让大家窥见了庄仑樵的穷极无聊、庄寿香的偷香忘客、祝宝廷的狎妓丢官,道出了作者对于清流的真正评价。其中最有深意的,要算庄仑樵的发迹变泰史了。

庄仑樵被称为"可以担当大事"的人物。他虽然大考考了一等第一名,授了个翰林院侍讲学士,却穷得连饭都有一顿、没一顿的。他发恨道:"这瘟官做他干吗?我看如今那些京里的尚侍、外省的督抚,有多大能耐呢?不过头儿尖些、手儿长些、心儿黑些,便一个个高车大马、鼎烹肉食起来。我哪一点儿不如人?就穷到如此没顿饱饭吃,天也太不平了!"

庄仑樵的怨愤是有理的,而当他听说闽浙总督纳贿卖缺、贵州巡抚侵占饷项、直隶总督骄奢罔上等事,"趁着胸中一团饥火,夹着一股愤气,直冲上喉咙里来,就想趁着现在官阶可以上折子的当儿,把这些事情,统做一个折子,着实参他们一本,出出恶气,又显得我不畏强御的胆力。便算因此革了官,那直声震天下,就不怕没人送饭来吃了,强如现在庸庸碌碌的干瘪死"。虽有杂念,仍不失为正义之举。不想上了折子之后,得了"上头"的奖励,情势就完全变了个样:

谁知仑樵自那日上折得了个彩,自然愈加高兴,横竖没事,今日参督抚,明日参藩臬,这回劾六部,那回劾九卿,笔下又来得,说的话锋利无比,动人听闻,上头竟说一句听一句起来。半年间,那一个笔头上,不知被他拔掉了多少红顶儿。满朝人人侧目,个个惊心,他到处,屁也不敢放一个。就是他不在那里,也只敢密密切切的私语,好像他有耳报神似的。仑樵却也真利害,常常有人家房帏秘事、曲室密谈,不知怎地被他囵囵囫囫的全端出来,于是愈加神鬼一样的怕他。说也奇怪,人家愈怕,仑樵却愈得意,米也不愁没了,钱也不愁少了,车马衣服也华丽了,房屋也换了高大的了。正是堂上一呼,堂下百诺,气焰熏天,公卿倒屣,门前车马,早晚填塞。雯青有时去拜访,十回倒有九回道乏,真是今昔不同了。

庄仑樵突然间获得的神鬼一般的威慑力,并不来自他的不避凶险、敢于直言,而是来自最高统治者的"说一句听一句"的偏信,这就从专制体系弊端的总根上,揭示了清流党的实质。当然,清流党敢于参揭贪官污吏,毕竟可以起到制衡和调节统治集团内部关系的作用,所以并非全无意义。但一旦碰到对外交涉这样全新的事情,传统的凭个人意气的清流党,却是完全不顶用的了。

第六回写越南被法兰西侵占,越南王求救的消息传来,庄仑樵还未来得及闹清法国的实际情况,就拍着手道:"着啊,啊!目下我们兵力虽不充,还有几个中兴老将如冯子材、苏元春,都是百战过来。我想法国地方,不过比中国二三省,力量到底有限,用几个能征惯战之人,死杀一场,必能大振国威,保全藩属,也叫别国不敢正视。"谁知朝廷恰恰用他做了福建船政大臣,给了他一个"大抒伟略,建立奇勋"的机会,无奈他不晓世界大势,又死搬古人的一套,"看法国兵船到了,要想学诸葛武侯空城计吓退他,哪晓得外国人最不会闹这种小聪明,只架着大炮打来。仑樵左思右想,原要尽忠的,无奈当不起炮火无情,只好头上顶着个三寸厚的铜盘,赤着脚钻在难民潮里,逃回省城来了"。

如果说庄仑樵的讥弹朝政、借以营私,是属于个人品质的偶然因素起作用的话,那么马江之败则完全是基于清流党之暗于世界大势、空谈误国的必然结果。攘夷主义,不能有效地抵御列强的入侵,不知"兵凶战危"的道理,盲目低估西方资本主义的力量,以为可以谈笑指挥、坐摧强敌,更是自取败亡之道。唯一正确的选择,只能是放弃闭关锁国的政策,实行向西方学习的开放政策。

名家解读古典名著
世情讽喻小说（中）

同治五年（1866年），主管总理各国事务衙门的恭亲王奕䜣等，以"查自各国换约以来，洋人往来中国，于各省一切情形日臻熟悉；而外国情形，中国未能周知，于办理交涉事件，终虞隔膜"，奏派斌椿等到法国、荷兰、丹麦、瑞典、芬兰、俄国、普鲁士、比利时等国游历，"令其沿途留心，将该国一切山川形势、风土人情，随时记载，带回中国，以资印证"，斌椿因此成了"东土西来第一人"。

斌椿在近四个月亲身深入西方的游历中，对于西方文化获得了初步的感性印象，他在答瑞典太后接见时说："中华官从无远出重洋者，况贵国地处极北，使臣非亲到，不知有此胜境。"

曾朴向怀"外交官是为国宣劳的唯一捷径"的思想，因而在《孽海花》中，把一批曾经游历外国、担任过外交使臣的人，当作冲破长期封闭所造成的对于外部世界懵然无知的偏见和漠不关心的病态心理的新型人物，把匡时救国的希望寄托在他们身上。薛淑云、吕顺斋、李台霞、马美菽、徐忠华、云仁甫、王子度，就是这种新型人物的代表。

上面的几位人物，都有自己的原型。如薛淑云影射薛福成。薛福成，字叔耘，号庸盦。他继承林则徐、魏源"师夷长技以制夷"的思想，主张"夺其所长而乘其短"，派"胆识兼优，才辩锋生者"为出洋使节，派能工巧匠出洋游历，探求西方科技的奥妙。1889年1月，薛福成被任命为出使英、法、比、意大臣，在欧洲度过了四年半时间，通过实地考察，他完全相信了郭嵩焘关于"西洋国政民风之美"的判断，并且总结了"通民气""保民生""牖民衷""养民耻""阜民财"五大端"西国富强之原"，说："有此五端，知西国所以坐致富强者，全在养民教民上用功；而世之侈谈西法者，仅曰'精制造、利军火、广船械'，抑亦末矣。"在向西方学习的问题上，薛福成反对"讳疾忌医"和"因噎废食"两种偏向，是很有见地的。

吕顺斋影射黎庶昌。黎庶昌，字莼斋，1876年起，先后任驻英、法、德、日使馆参赞，又为出使日本大臣，著有《西洋杂志》一书，向国内介绍了欧洲各国的国政民俗、社会生活、交通途径、风土人情。

李台霞影射李凤苞。李凤苞，字丹厓，同文馆学生，1876年，派为监督，率出洋生徒赴英法两国分置肄业，1877年任出使德国大臣，旋兼使奥、意、荷三国。"凤苞数参赞使事，虽未著绩，而勤求西学，著述斐然。"（沃立仲子《近代名人小传》）

马美菽影射马建忠。马建忠，字眉叔，年轻时愤外患日深，放弃科举道路，悉心讲求西学。1876年被派赴法国留学并任清使馆翻译，精通英文、法文、希腊文、拉丁文等。他在到法国留学的第二年，给李鸿章写信说："窃念忠此次来欧一载有余，初到之时，以为欧洲各国富强专在制造之精，兵纪之严；及披其律例，考其文事，而知其讲富者以护商会为本，求强者以得民心为要。护商会而赋税可加，则盖藏自足；得民心则忠爱培切，而敌忾可期。他如学校建而智士日多，议院立而下情可达。其制造、军旅、水师诸大端，皆其末焉者也。"（《上李伯相言出洋功课书》）

徐忠华影射徐建寅。徐建寅，名仲虎。他和父亲徐寿（号雪村），都是著名的科技专家，译著了大量有关化学、物理学、机器学、造船学的科学著作。1878年，徐建寅以驻德参赞名义，被派往德国定购铁甲兵船，同时深入考察各国兵工、机械、化学工厂，阅时三年，归来写成《欧游杂录》，对于欧洲先进的科学技术、先进的管理方法，乃至议院章程，都表示了极大兴趣。

云仁甫影射容闳。容闳，号纯甫，1847—1854年在美留学，就读于孟松学校及耶鲁大学，一心要使西方现代文明传播于中国，使中国变成现代国家。回国以后，容闳在中国建成了第一座完善的机器厂——江南制造局，又组织了四批官费留学生出洋，并担任了中国政府驻美副使。通过亲身失败的经历，容闳认识到，"中国根本上的变革"，是"不容稍缓之事"，终于走上了和康有为、梁启超等一道谋求变法维新的道路。

王子度影射黄遵宪。黄遵宪，字公度，1877年任驻日使馆参赞，1882年起又相继任驻美国圣弗朗西斯科（旧金山）及新加坡总领事。黄遵宪编著有《日本国志》，详细介绍日本的历史、政治制度、风土人情等，希望中国效法日本"近世贤豪，志高意广，竟事外交，骎骎乎进开明之域，与诸大争衡"，而"向使闭关谢绝，至今仍一洪荒草昧未开之国耳"，可见开放是何等的重要。

以上诸人，都是曾朴心目中非常推崇的人物，是旧学时代第一批"志高意广"的新型知识分子的代表。但小说并没有介绍他们的出身经历，甚至也没有正面叙写他们的理想和抱负，目的只是为了腾出篇幅来描写小说的主人公金雯青，因为正是受到他们的感染和驱动，金雯青的心灵深处，才滋生了向西方学习的意念，从而影响到他的人生道路的。

金雯青凭着自己"数一数二"的学问，"一领红袍，三声胪唱"，一下子攀到了科名的顶峰。身为头名状元，"一种富贵聪明，那苏东坡、李太白还要退避三舍，何况英国的培根、法国的卢梭呢"。可是，金雯青尚未来得及自

名家解读古典名著
世情讽喻小说（中）

鸣得意，作者就让他首先领受了冯桂芬关于"现在读书，最好能通外国语言文字，晓得他所以富强的缘故"的教训，而后又安排他游览上海的公家花园，参观英领事署的赛花会，听人说外国话，"茫然不知所谓"；见中外名花列着标帜，"却因西字，不能认识"。当此之时，金雯青正处于一种"一物不知，学者之耻"的潜意识状态，这种潜意识，是不明确的，不易觉察的，然而却是确确实实存在的。当他参加了一品香的聚会，听到席间众人议论西国政法艺学，亦即由"茫然不知所谓"的外国语言文字所负载的"所以富强的缘故"的海外学问，他的认知、情绪和意向，顿时产生了一个飞跃：

雯青在旁默听，茫无把握，暗暗惭愧，想道："我虽中个状元，自以为名满天下，哪晓得到了此地，听着许多海外学问，真是梦想没有到哩。从今看来，那科名鼎甲是靠不住，总要学些西法，识些洋务，派入总理衙门当一个差，才能够有出息哩。"

"西学"这一陌生领域的初步展现，冲破了金雯青自以为"清华高贵"，"算得中国第一流人物"的心理平衡，惭愧、惶惑、焦虑，一时充塞了他的心头。为了同已经变化了的社会环境相适应，他从心理上作出了"学些西法，识些洋务"的自我选择，并把"派入总理衙门当一个差"，乃至"派往各国交涉事件"，作为满足他的"自我实现的需要"的最高目标。

金雯青心理上的自我选择，导致了行为的调整。他主动"读了些徐松龛《瀛环志略》、陈资斋《海国闻见录》、魏默深《海国图志》，也渐渐通识国势起来。"所以，他在中法战争发生时，驳斥钱唐卿以为法兰西"是个新国，总没有英国大"的无知妄说以及要"借此稍示国威""驾驭群夷"的迂阔之论，说："不然。法国倒是个古国，国土大似英吉利，百姓也比英国猛鸷。数十年前有个国王，叫拿破仑，各国都怕他，着实利害。近来听说为德国所败，国力差一点，我们与他开衅，到底要慎重些，不要又像从前吃亏。"

由于对外情知之较多，所发表的议论就比较切实慎重。当马江大败，依靠空言误国的清流救国的希望破灭以后，金雯青的认识又有了新的提高。他回到十多年不踏的故乡土地，"想着从前乡先辈冯景亭先生见面时勉励的几句好言语，言犹在耳，而墓木已拱。自己虽因此晓得了些世界大势，交涉情形，却尚不能发抒所学，报称国家，一慰知己于地下，不觉感喟了一回"。金雯青这个时候，已经开始把学习洋务同"报称国家"的目标联系在一起了，这是他心灵历程的重大升华。

随着时局的变更，沧桑的屡改，号称通达洋务的金雯青，终于被派出使俄罗斯、德意志、荷兰、奥地利四国。他在饯贺宴上谈交涉的方略道：

"第一是联络邦交，第二是检查国势。语云：'知彼知己，百战百胜。'我国交涉吃亏，正是不知彼耳。不知国情，固是大害；不知地理，为害尤烈。远事不必说，就是伊犁一案，彼趁着白彦虎造反，就轻轻占据了，要不是曾继湛力争，这块地面就不知不觉地送掉了。兄弟向来留心西北地理，见那些交界地方，我们中国记载，影响都模糊得很。俄国素怀蚕食之心，不知暗中被占了多少去了！只苦我国不知地理，哑子吃黄连，说不出的苦。兄弟这回出去，也不敢自夸替国家争回什么权利，不过这地理上头，兄弟数十年苦功，总可考察一番，叫他疆界井然，不能再施鬼蜮手段罢了。"

金雯青清醒地看到俄国蚕食中国领土的野心，要凭借自己对西北地理的研究所得来保全国家的疆土，这份爱国热肠，是应该肯定的。金雯青关于"不知地理，为害尤烈"的见解，实源于魏源四十年代的《海国图志》"同一御敌，而知其形与不知其形，利害相百焉；同一款敌，而知其情与不知其情，利害相百焉"，但他只抓住"知地理"的一端，把它放在比"知国情"更重要的地位，更没有达到魏源"以夷攻夷""以夷款夷""师夷长技以制夷"的思想高度，这就必然会舍本逐末。加之金雯青之"知地理"，又未脱传统型名士习气，即如在宴会上谈到的何珏斋在吉林勘界，"仿着马伏波的故事"，立了一个三丈来高的铜柱，上刻"疆域有表国有维，此柱可立不可移"的事。金雯青本该虚心向何珏斋讨教他是如何以不畏强敌的精神，通过艰巨的勘界谈判，收复被俄国非法占据的黑顶子地方的成功经验，以为日后折冲樽俎的借鉴，但金雯青并未留意于此，却单单注意到铜柱拓本的古雅，从书法艺术角度称赞《铜柱铭》"将来定可与《阙特勒碑》《好大王碑》并传千古"，正是这种名士的心态，预示了金雯青的西方之行，将会所获无多。

当金雯青登上德船萨克森号之初，就碰到一个坐几等舱的问题。金雯青以为不必坐头等，属下回答以往有人坐了二等舱，"被外国人耻笑得了不得"，况且"随员等坐的是三等，都开报了二等，这里头核算过来差不多，大人乐得舒服体面"；接下来的是启程日期，金雯青关心的是否"黄道吉日"，听说是最精河图学的余笏南检定的，方才放心：种种陋规旧习，皆不能免。启程以后，经过热闹的香港、新加坡、锡兰诸码头，"不知看见多少新奇的事物，听见了多少怪异的说话"，但最最引起兴趣的，偏是外国人的催眠术。对异己文化的接受，是要以自身文化为本底的，身为钦差的金雯青不觉着迷，还以计激外国人去试验标致的女洋人，差一点惹出一场大祸来。"一语惊人

名家解读古典名著
世情讽喻小说(中)

新钦差胆破虚无党",金雯青因此一惊,总算付了一笔学费,听俄国虚无党人夏雅丽上了一堂不要说中国传统的经典上学不到,连他所钦慕的冯桂芬、薛福成也不曾讲过的一课:

雯青又问起:"这姑娘到底在什么会?"毕叶道:"讲起这会,话长哩。这会发源于法兰西人圣西门,乃是平等主义的极端。他的宗旨,说世人侈言平等,终是表面的话,若说内情,世界的真权利,总归富贵人得的多,贫贱人得的少;资本家占的大,劳动的人占的少,哪里算得真平等!他立这会的宗旨,就要把假平等弄成一个真平等:无国家思想,无社会思想,无家族思想,无宗教思想;冲决种种网罗,打破种种桎梏;皇帝是仇敌,政府是盗贼。国里有事,全国人公议公办;国土是个大公园,银钱是个大银行;国里的利,全国人共享共用,一万个人合成一个灵魂,一万个灵魂共抱一个目的。现在的政府,他一概要推翻;现在的法律,他一概要破坏。掷可惊可怖之代价,要购一完全平等的新世界。他的会派,也分着许多,最激烈的叫作虚无党,又叫作无政府党。这会起源于英、法,现在却盛行到敝国了。也因敝国的政治,实在专制,又兼我国有一班大文家,叫作赫辰及郅尔克纳夫的,以冰雪聪明的文章,写雷霆精锐的思想,这种议论,就容易动人听闻了,就是王公大人,也有入会的,这会的势力,自然越发张大了。"

雯青听了,大惊失色道:"照先生说来,简直是大逆不道、谋为不轨的叛党了!这种人要在敝国,是早已明正典刑,哪里容他们如此胆大妄为呢?"毕叶笑道:"这里头有个道理,不是我糟蹋贵国,实在是贵国的百姓仿佛年纪还幼小,不大懂得世事,正是扶墙摸壁的时候;他只知道自己该给皇帝管的,哪里晓得天赋人权,万物平等的公理呢?所以容易拿强力去逼压。若说敝国,虽说政体与贵国相仿,百姓却已开通,不甘受骗,就是刚才大人说的'大逆不道,谋为不轨'八个字,他们说起来,皇帝有'大逆不道'的罪,百姓没有的;皇帝可以'谋为不轨',百姓不能的。为什么呢?土地是百姓的土地,政治是百姓的政治,百姓是主人翁,皇帝、政府不过是公雇的管账伙计罢了。这种说话,在敝国皇帝听了,也同大人一样的大怒,何尝不想杀尽拿尽,只是杀心一起,血花肉雨,此饷彼酬,赫赫有声的世界大都会彼德堡,方方百里地,变成皇帝百姓相杀的大战场了。"

雯青越听越不懂,究竟毕叶是外国人,不敢十分批驳,不过自己咕噜道:"男的还罢了,怎么女人家不谨守闺门,也出来胡闹?"毕叶连忙摇手道:"大人别再惹祸了!"雯青只好闭口不语,彼此没趣散了。

对于什么是"平等"尚且毫无知觉的"年纪还幼小,不大懂得世事,正是扶墙摸壁的时候"的中国人来说,要弄清"真平等""假平等"的区别,晓得"天赋人权""万物平等"的公理,确实是太难了。但通过这新的一课,毕竟使金雯青第一次听说,世界上还有一种与"只知道自己该给皇帝管的"传统学说完全相反的理论——"土地是百姓的土地,政治是百姓的政治,百姓是主人翁,皇帝、政府不过是公雇的管账伙计",因此"国里有事,全国人公议公办","国里的利,全国人共享共用"。

在这骇人听闻的民主观及以其为核心的西方近代文化的进攻面前,中国传统的思想武器已经失灵:金雯青起初想以"大逆不道,谋为不轨"的大帽子相压,毕叶反驳道,"皇帝有'大逆不道'的罪,百姓没有的;皇帝可以'谋为不轨',百姓不能的",因为百姓已经成了主人翁;金雯青又抛出一顶"女人家"应"谨守闺门"的帽子,毕叶连忙摇手道:"大人别再惹祸了!"金雯青已经领教了夏雅丽那雪亮的手枪,只好闭口不语了。

无政府主义19世纪上半叶产生于欧洲,认为国家是产生一切罪恶的根源,鼓吹个人绝对自由,反对一切权力和权威。"现在的政府,他一概要推翻;现在的法律,他一概要破坏。掷可惊可怖之代价,要购一个完全平等的新世界"。《孽海花》对于无政府主义宗旨的概括,基本上是准确的。

无政府主义于清末传入中国,由于其矛头所向,是腐朽的封建专制制度,所以立刻获得了广泛的响应,与反专制、争民主的时代风潮汇合在一起,其积极影响的一面占了主导地位。

曾朴突破了原来的写作计划,在第十五回"斯拉夫民族死争自由天"之后,另加上了第十六回"席上逼婚女豪使酒,镜边语影侠客窥楼"、第十七回"辞鸳侣女杰赴刑台"一回半的篇幅,以酣畅淋漓的笔墨极写夏雅丽为民族死争自由天的忍辱负重、慷慨赴死的胆魄,从而使金雯青睁眼看到了另一世界上悲壮的一幕,并在心灵上受到猛烈的刺激和震动。但金雯青终究太名士气了,夏雅丽可歌可泣的壮举,只换得他一句"到底不是好货,怎么想杀起皇帝来?这也太无理了。到底逃不了天诛,免不了国法,真何苦来!"的评语。

庄子说:"井蛙不可以语于海者,拘于虚也,夏虫不可以语于冰者,笃于时也;曲士不可以语于道者,束于教也。"由于受到空间、时间以及传统名教的限制和束缚,金雯青的心理结构,同西方文化的现实是太不能相容了,因而时时处于新的不平衡之中。遗憾的是,他不是沿着原先发动的方向果敢地向前挺进。而是采取了退缩到自己旧有心理状态的选择。金雯青作为一个

名家解读古典名著
世情讽喻小说(中)

驻外使节,已经深入到西方世界的腹地,却完全丧失了主动开眼看世界、了解西方并向西方学习的主体意识。小说写道:"幸值国家闲暇,交涉无多,虽然远涉房庭,却似幽栖绿野,倒落得逍遥快活。没事时,便领着次芳等游游蜡人馆,逛逛万生院,坐瓦泥江冰床,赏阿尔亚尼园之亭榭,入巴立帅场观剧,看葡蕾塔跳舞,略识兵操,偶来机厂,足备日记材料罢了。"

当然,金雯青毕竟没有忘记考察外国地理,做到"知彼知己",为国效劳的使命,他所得意的,是购得了一幅中俄交界图,以为得了这图,"一来可以整理整理国界,叫外人不能占据我国的寸土尺地,也不枉皇上差我出洋一番;二来我数十年心血做成的一部《元史补证》,从此都有了确实证据,成了千秋不刊之业,就是回京见了中国著名的西北地理学家黎石农,他必然也要佩服我了"。

前一层意思,表现了金雯青天真的爱国心愿,后一层则纯然是书生"文章者,经国之大业,不朽之盛事"的脾性,倒是傅彩云劈头劈脑的批评道出了要害:"你一天到晚抱了几本破书,嘴里叽里咕噜,说些不中不外的不知什么话,又是对音哩、三合音哩、四合音哩,闹得烟雾腾腾,叫人头疼,倒把正经公事搁着,三天不管,四天不理,不要说国里的寸土尺地,我看人家把你身体抬了去,你还摸不着头脑哩!我不懂,你就算弄明白了元朝的地名,难道算替清朝开了疆拓了土吗?"

事情的结局不幸被傅彩云所言中,金雯青误购了地图,不仅给国家造成损失,也几乎断送了自己的政治前程,这两点,都是与金雯青的主观意愿完全相反的。

不管怎么说,自从有了这一番国外生活的经历,金雯青终于获得了在由薛淑云发起的、由"或持旄历聘,或凭轺偶游,足迹曾及他洲,壮游逾乎重译者"参加的、以"借他山攻错之资,集世界交通之益"为目的的谈瀛会上发言的资格。他说:"小弟只记得那年畅闻高谕,所谈西国政治艺术,天惊石破,推崇备至,私心窃以为过当;如今靠着国家洪福,周游各国,方信诸君言之不谬。"金雯青心态的改变,几乎就是那一代名士心理轨迹的代表:

台霞道:"那时中国风气未开,有人讨论西学,就是汉奸。雯兄,你还记得吗?郭筠仙侍郎喜谈洋务,几乎被乡人驱逐;曾劼刚袭侯学了洋文,他的夫人喜欢弹弹洋琴,人家就说他吃教的。这些粗俗的事情尚且如此,政治艺术,不要说雯兄疑心,便是弟辈也不能十分坚信。"美菽道:"如今大家眼光,比从前又换一点儿了。听说俞西塘京卿在家饮食起居,都依洋派,公子小姐出门常穿西装,在京里应酬场中,倒也没有听见人家议论他,岂不奇怪!"

三十年中,风气转移,是令人吃惊的,但弹洋琴、穿西装,所取法于西方文化的,都是极表层的东西。谈瀛会的成员,都曾亲身出洋,耳闻目睹了西方政治文化的活生生的现实,对于世界大势有了清醒的认识,他们所欲取法于西方文化的,是更为深层的东西,并且用于自强的目的。薛淑云道:"现在各国内力充满,譬如一杯满水,不能不溢于外。侵略政策出自天然,俄皇的话就算是真心,哪里强得过天运呢。孙子曰:'毋恃人之不来,恃我有以待之。'为今之计,我国只有力图自强,方足自存在这种大战国世界哩。"

1840年,西方的大炮轰开了中国的大门,但当时的中国人,误以为入侵者不过是历史上未开化的夷狄,仍然大摆其"天朝上国"的架子,企图以传统的"剿"、"抚"两手制服之,并使之"输诚向化"。骄矜自大,完全建筑于对于西方世界的无知。经过几十年的较量,终于达到了上述认识的水平,无疑是一个飞跃。

开眼世界,是为了抵御侵略,实现自强。在这共同的目标之下,不同的方案被提出来了:

薛淑云首先从"交涉"即外交方面提出了两件必须力争的事:"第一件,该把我国列入公法之内,凡事不至十分吃亏;第二件,南洋各埠都该添设领事,使侨民有所依归。"

匡次芳从内政着眼,以为"当以练兵为第一,练兵之中,尤以练海军为最要",并对海军衙门要款常有移作别用提出尖锐批评,说:"一国命脉所系,岂容儿戏!"

徐忠华是自然科学家,他以"化学"术语为喻,以为"兵事尚是混合体,决非原质",据他考察,"各国立国,各有原质。如英国的原质是商,德国的原质是工,美国的原质是农。农工商三样,实是国家的命脉,各依其国的风俗、性情、政策,因而有所注重。我国倘要自强,必当使商有新思想,工有新技术,农有新树艺,方有振兴的希望哩。"

容仁甫赞成徐忠华的观点,以为是"探本之论"。根据他游历英、美,留心工商界的观察,"觉得现在有两件怪物,其力足以灭国殄种,我国所必当预防的:一是银行,一是铁路。银行非钱铺可比,经其规制,一国金钱的势力听其弛张了;铁路亦非驿站可比,入其范围,一国交通的机关受其节制了。我国若不先自下手,自办银行、自筑铁路,必被外人先我着鞭,倒是心腹大

名家解读古典名著
世情讽喻小说(中)

患哩!"

李台霞站得似乎更高一点,他说:"西国富强的本原,据兄弟愚见,却不尽在这些治兵、制器、惠工、通商诸事上头哩。第一在政体,西人视国家为百姓的公产,不是朝廷的世业,一切政事,内有上下议院,外有地方自治,人人有议政的权柄,自然人人有爱国的思想了。第二在教育,各国学堂林立,百姓读书归国家管理,无论何人不准不读书,西人叫作'强逼教育'。通国无不识字的百姓,即贩夫走卒也都通晓天下大势,民智日进,国力自然日大了。又不禁党会,增大他的团结力;不讳权利,养成他的竞争心。尊信义,重廉耻,还是馀事哩。我国现在事事要仿效西法,徒然用心那些机器艺术的形迹,是不中用的。"

俞西塘以为,政体一层,一时恐难以改变,只有教育一层,万不可缓。他说:"现在朝廷如肯废了科举,大开学堂,十年之后,必有收效。"又说:"现办学堂,这些专门高等的倒可从缓,只有普通小学堂最是要紧。因为小学堂是专教成好百姓的,只要有了好百姓,就不怕他没有好国家了。"马美菽补充说:"现在我国民智不开,固然在上的人教育无方,然也是我国文字太深,且与语言分途的缘故。"因此,他主张另造一种通行文字,和白话一样方便,并提倡文学,重视戏曲小说对百姓的感化作用。

谈瀛会的议论,对于西方文化的引进,沿着器物层面、制度层面和思想行为层面的线路逐渐深化,几乎概括了当时思想界所涉及的一切重大问题,并从理性上思考救国之方。这一大段看似枯燥的议论,代表了那一时代的最强音,对于当时的读者,无疑具有极大的振聋发聩的作用。尤其巧妙的是,在这场"你一句,我一句"的兴高采烈的议论中,小说的主人公金雯青,最终竟不能置喙其间,也可以说是对他平庸的外交生涯的一种春秋笔法罢。

在谈瀛会的前前后后,《孽海花》并没有忘记一班旧派名士心路变迁的观照。他们虽然总体上说来,还在旧的轨道上滑动,仍旧在孜孜以求地追逐科名、沉湎诗酒,但形势的发展,又不能不使他们有所变化。位高德劭、学问渊博的礼部尚书潘八瀛,专门提倡古学,尤喜讲《公羊春秋》的绝学,还特别推崇注《公羊春秋》的汉代的何休,邀集了一班同志在拱宸堂公祭,将北宋本《公羊春秋何氏注》陈列祭坛,"只见那书装潢华美,澄心堂粉画冷金笺的封面,旧宣州玉版的衬纸,上有宋五彩蜀锦的题签,写着'百宋一廛所藏北宋小字本公羊春秋何氏注'一行,下注'千里题'三字",里头有两个图章:一个是"荛圃过眼",还有一个"曾藏汪阆源家"六字。喜讲古学,考究版本，娓娓道来，如数家珍，都不脱旧名士的脾性；然而，就在这古香古色的"公羊学"中，竟然也孕育着"石破天惊的怪论"！小说写新科进士姜剑云说：

这部《春秋》，是我夫子一生经济学问的大结果。起先夫子的学问，本来是从周的主义，所以说"郁郁乎文哉，我从周"。直到自卫反鲁，他的学问却大变了。他晓得周朝的制度，都是一班天子、诸侯、大夫定的，回护着自己，欺压平民，于是一变而为"民为贵"的主义，要自己制礼作乐起来，所以又说"行夏之时，乘殷之辂，服周之冕"，改制变法，显然可见。又著了这部《春秋》，言外见得凡做了一个人，都有干涉国家政事的权柄，不能逞着一班贵族任意胡为的。自己先做个榜样，褒的褒，贬的贬，俨然天子刑赏的份儿。其实这刑赏的份儿，原是百姓的，从来倒置惯了，夫子就拿这部《春秋》去翻了过来罢了。孟夫子说过："《春秋》，天子之事也。"这句还是依着俗见说的；要照愚见说，简直道："《春秋》，凡民之天职也。"这才是夫子做《春秋》的真命脉哩！当时做了这书，就传给了小弟子公羊高。学说一布，那些天子诸侯的威权，顿时减了好些，小民之势力，忽然增高了。天子诸侯哪里甘心，就纷纷议论起来，所以夫子又有"知我罪我"的话。不过夫子虽然有了这个学说，却是纸上空谈，不能实行，倒是现在欧洲各国，民权大张，国势蒸蒸日上，可见夫子《春秋》的宗旨是不差的了，可惜我们中国没有人把我夫子的公羊学说实行出来。

时代的变化，给公羊家学说赋予了新的内涵。早在西汉时，公羊学说大盛，就有孔子之作《春秋》，是"托古改制"的说法，但正如公羊学大师董仲舒所言，"道之大原出于天，天不变，道亦不变"，所以孔子的"改制"，不过是"改正朔，易服色，以顺天命而已；其馀尽循尧道，何更为哉？故王者有改制之名，亡（无）变道之实"（《汉书董仲舒传》），所要改的只是"正朔"与"服色"，为的是维护封建王朝的"大一统"。东汉何休作《公羊传注》，又把《春秋公羊传》依据孔子个人经历划分的"所见之世""所闻之世""所传闻之世"的"三世"，变成了"据乱世""升平世""太平世"的"三世"。

1897年，梁启超根据康有为"三世说"的历史进化论，进一步发挥"《春秋》张三世之义"，说："治天下者有三世，一曰多君为政之世，二曰一君为政之世，三曰民为政之世"，且把这"三世"分属"据乱世""升平世""太平世"，为民主政治的实现制造舆论。《孽海花》所介绍的缪寄坪（廖平），

名家解读古典名著
世情讽喻小说(中)

就是康有为的先声,他把孔子的学说分成两个时期:"孔子反鲁以前,是《周礼》的学问,叫作古学;反鲁以后,是《王制》的学问,是今学","古学是纯乎遵王主义,今学是全乎改制变法主义",从孔子学说的阶段性发挥出"凡做了一个人,都有干涉国家政事的权柄,不能逞着一班贵族任意胡为的",这种令人闻而却走的怪论,将西方文化的时代内容和革命灵魂,注入传统文化的躯壳之中,使其获得古典的民族文化形式,也反映了传统型名士心态的变化,这种变化的趋向,与新型知识分子可以说是殊途同归的。

但是,曾朴并没有陷入对形势的盲目乐观之中。《孽海花》在上海的谈瀛会之后,紧接着就写了北京云卧园的祝寿。其时在座的十七人,"都是台阁名贤,文章巨伯。主贤宾乐,酒旨肴甘,觥筹杂陈、履趾交错,也算极一时之盛了"。主人成伯怡提议各人以古老的"柏梁体",自夸"家藏珍物",边吟边评,写得真是神完气足,洋溢着一种与谈瀛会截然异趣的艺术氛围。诚然,席间所吟珍物,如黎石农的《西岳华山碑》,钱唐卿的宋元刻十三行本《周官》,易缘常的四五百通隋唐经幢石拓,庄小燕的百幅王石谷绘画,任莲孙的王士禄《然脂集》稿本,姜剑云的十幅《马湘兰救驾》,段扈桥的汉碑秦石,荀子佩的古《陈茂碑》,成伯怡的董小宛画像,等等,都堪称中国传统文化的精品。然而,这班"台阁名贤,文章巨伯",自我陶醉的心绪,妨碍了他们睁眼看世界的主体意识,相形之下,倒是金雯青就他新刻中俄交界图所说的"长图万里瓯脱坚",还顾念到所处的时代。

曾朴在《孽海花》中不仅清醒地反映了旧派的势力仍然大大压倒新派的势力,中国仍处于"旧学时代"的严峻现实,而且敏锐地提出,以新学为投机钻营的新的危险正在滋生。这里不仅有甘心投降外国,甚至无耻地说"这个天下,与其给本朝,宁可赠给洋人"的龚孝琪式的民族败类,更有借"外开门户,内事逢迎"的庄小燕式的机会主义分子。

身为总理衙门大臣的庄小燕,借着"给老佛爷和佛爷办洋货"的差使之便,买了"无数的真珠盘金表、钻石镶嵌的小八音琴,还有各种西洋精巧玩意儿"进贡给"小主人",且美其名曰"要借这种小东西,引进上头推行新政的心思"。仗着他"仿佛是皇帝的好朋友,太后的老总管",即便是"斗大的红顶儿",只要轻轻一拨,"保管骨碌碌地滚下来",更不必说恃势强夺孤儿寡妇的精品《长江万里图》了。

庄小燕自命为新派人物,却刻意奉承大名士李纯客,为他花钱请相公,为的是"君相的斧钺,威行百年,文人的笔墨,威行千年",要趁李纯客尚未得势时"烧烧冷灶",而对于同在总理衙门共事、勤慎从公的金雯青,却深怀妒忌之心,借交界图之事阴谋陷害,以至于送了金雯青的命。曾朴对于庄小燕一流借新政钻营投机的人物,是投以鄙夷的一瞥的。

但是,《孽海花》还是从总的方面写出了三十年来,由于时局的变化,现实的教训,使得所有的名士,不论原来是硁硁自守、深闭固拒的还是勇于开拓、大胆引进的,都不得不在自己原先的基点上向前推移。人是历史活动的主体,人在历史活动中的各种心理反应,是渗透在整个历史进程和社会运转中的机制。《孽海花》以开阔的历史视野,通过一代名士从晦蒙否塞到开眼世界的三十年心路历程的细腻描摹,真切地反映了旧学时代的历史演进过程,并给予理性的反思,这正是《孽海花》在晚清小说史上独特的价值所在。

五　傅彩云的配角地位和《孽海花》难以终篇的内在原因

从接受的角度看,《孽海花》中最有吸引力的人物是傅彩云(赛金花),以至许多读者径直把她看作小说的主人公,对她倾注了过分的热情。据时萌《〈孽海花〉评价与考证集纂》所辑录的现存散见于诸家笔记及报章杂志有关《孽海花》评议与考证的二十一条资料中,涉及赛金花的有十三条,专为赛金花而发的有十条,就充分证明了这一点。

人们对于赛金花产生兴趣,原因当然是多方面的。首先,赛金花体态风流,丰姿绰约,被时人誉为"花榜状元",头名状元洪文卿娶她为妾,又让她以"夫人"的身份随往出使德、俄等国,"万里鲸天,鸳鸯并载"(天梦先生《后彩云曲序》),备极一时之荣,这种一代名妓的风流韵事,自然容易惹动一般读者的浓厚兴趣。

其次,洪文卿死后,赛金花从船上脱逃,到上海"重张艳帜",八国联军入北京时,赛金花应联军统帅瓦德西之召,日夜陪伴瓦德西,骑马招摇过市,红极一时,北京市民号之曰"赛二爷","凡瓦之欲使中国过于难堪者,金花必争之,以故中国之隐获其惠者实不少"(柴小梵《梵天庐丛录》)。由于赛金花"与'国难史'有一段不可分离的关联",后人或褒贬抑扬,或借题发挥,更有做不尽的文章。

第三,当金松岑发起创作《孽海花》时,"赛金花于是岁方虐雏妓致死系狱,同时系狱者,有名将苏元春,名士沈荩,得名妓而三",沈荩在狱被杖

名家解读古典名著
世情讽喻小说(中)

毙以后,"血肉狼藉于地。狱卒牵苏元春入,苏元春不忍睹,请以三百金别易一室。狱卒又牵南妓赛金花入,赛同时因案被逮故也。赛叹曰:'沈公,英雄也!'遂自掬其碎肉,拌以灰土,埋之窗下"(铁屑《中国大运动家沈荩》)。"三名狱"为哄动一时的新闻热点,赛金花的胆气又足以令人肃然起敬。

最后,赛金花晚年"流连颠困,诚有令人生商妇琵琶之感者"(《稗乘谈隽》),许多慕名得见赛金花晚年景况的文人,又纷纷撰写"访问记",编写"本事考",甚有况夔笙一类的人,"具纸笔,造妆阁","徵其往事","愿载笔为传"(黄濬《花随人圣庵摭忆》),《赛金花之一生》《孽海名花赛金花别记》《犹在人间之赛金花》《彩云易散金花老》之类的文章,一时充斥报章。

以上因素汇集在一起,便形成了几十年来有关赛金花的似乎说不尽的话题,做不完的文章。正如阿英在1936年所总结的那样:"赛金花这个人物在文学作品里出现,从清季一直到现在,共有三个时期:第一,是在清末,东亚病夫以她来贯串晚清数十年史事,写小说《孽海花》。第二,是在'一·二八'中日战争爆发以后,在'不抵抗'的愤激情绪中,大家怀念到这位庚辛之际曾经为国家服务的女人,借她来讽刺当局,或者阿Q似的,希望再有这样的女人。第三,是在近顷,夏衍作戏剧《赛金花》,用她作一个骨干,来写当时的史实,以完成反帝国主义反汉奸的任务。"(《小说四谈》)

但是,人们对于赛金花的过分的关注,实际上只是由《孽海花》引发出来的,或者说只是读者对于赛金花这个历史人物的理解和接受,与作为文学作品《孽海花》中的艺术形象的傅彩云的评价,并不是一回事。曾朴于晚清时期写成的《孽海花》前二十五回,只写到1894年甲午战争前夕;即便是他在1930年续写的第二十六至三十五回,也只写到1895年的台南陷落及康有为在万木草堂讲学,都没有来得及写到1900年的庚子事变和1903年的"三名狱"。所以,上面所提到的有关赛金花的种种议论,大都逸出了《孽海花》的范围,科学的态度应该是回到作品本身的内容上来。

那么,究竟应该如何看待《孽海花》所塑造的傅彩云这一人物形象呢?蔡元培在1935年说:

我对于此书,有不解的一点,就是这部书借傅彩云作线索,而所描写的傅彩云,除了美貌与色情狂以外,一点没有别的。在第二十一回中叙彩云对雯青说:"你们看着姨娘,本不过是个玩意儿,好的时候抱在怀里、放在膝上，宝呀贝呀的捧；一不好，赶出的，发配的，送人的，道儿多着呢。就讲我，算你待我好点儿，我的性情，你该知道了；我的出身，你该明白了。当初讨我时候，就没有指望我什么三从四德七贞九烈；这会儿做出点儿不如你意的事，也没什么稀罕。"似乎有点透彻的话，可以叫纳妾的男子寒心，然而他前面说："我是正妻，今天出了你的丑，坏了你的门风，叫你从此做不成人，说不响话，那没有别的，就请你赐一把刀，赏一条绳，杀呀，勒呀，但凭老爷处置，我死不皱眉。"可见他的见地，还是在妻妾间的计较，并没有从男女各自有人格的方面着想。所说"出丑"，"坏门风"，"做不成人，说不响话"，完全以男子对于女子的所有权为标准，没有什么价值。(《追悼曾孟朴先生》)

　　蔡元培讲这番话的时候，曾朴已经去世，他的儿子曾虚白出来表白说："蔡先生举出彩云的两段说话，怀疑《孽海花》作者表现彩云的性格有不足当书主人之处。其实，这并不足疵。傅彩云在《孽海花》的组织上是一个重要的人物，最少，像蔡先生所说的，是一个重要的线索，这是不错的。可是，组织上重要的人物，不一定是一个必须有特点的人，即平凡得像阿Q之类的人也还足胜此任，何况彩云还有她的'美貌'与'色情狂'。以'美貌'与'色情狂'的女人做小说中心人物者，欧美名家小说中固然是举不胜举，即中国的旧小说中，也自不乏例证，所以我想这倒不是值得怀疑之点。"

　　曾虚白所强调的是：第一，"在《孽海花》本身的中心意义上说，她是一个无关文化的推移，无关政治的变动的绝不相干的人物"，因而只不过是在组织技巧上的一个重要的工具——"利用她来联络许多绝不相干的事件而完成整个作品的统一性"而已；第二，作者之写傅彩云的谈吐，"本意是要表现彩云的刁恶，和她挟制雯青的手段，纯粹是设身处地客观地描写彩云应付这样难题的巧妙，并不是在表现彩云处世的人生观"，因而不能希望从中得到什么"警世的教训"。

　　曾虚白为了抹去《孽海花》给人的傅彩云"美貌"与"色情狂"的印象，所摆出来的理由，不仅有悖于曾朴创作的初衷，也不符合《孽海花》的实际情况，因为傅彩云并不是与《孽海花》本身的"中心意义"绝不相干的人物，在曾朴笔下，"富于色彩，复杂多姿"的傅彩云的形象，也不止有"刁恶""挟制"一种色调。

　　张毕来大约看出了这一点，所以他避开傅彩云形象的社会意义，专从人物描写技巧着眼，赞扬"彩云这个人物，有见地，有手腕；又温顺，又泼辣；

名家解读古典名著
世情讽喻小说(中)

刚毅果断，伶俐聪明；既苦于受人虐待，又善于虐待他人。她早年的可怜的卖笑生涯，迫使她锻炼出一副讨人喜欢的伶俐性格；后来的豪侈的命妇地位，又使她养成一种令人痛恨的残忍心肠。这些，作者都描写得很好。全书凡写到彩云的地方，莫不有声有色"（《〈孽海花（增订本）〉前言》）。

但技巧不能脱离内容，近来又有学者试图从"妓女形象"的角度评估傅彩云形象的"独立的意义"，认为傅彩云"是个非常成功的形象，是一个'放诞的美人'，是一个被娼妓、纳妾制度扭歪了性格的女性形象"，"彩云除风流放荡外，还有聪明伶俐、有见识，比较善良，有一定的反抗性等特点"，"因此，对于彩云形象，一方面应看到它不仅仅是'色情狂'，除生活放荡外，它也具有丰富的内容；另一方面更要分析其风流放荡性格形成的原因，看到她性格被扭歪是社会的罪恶。所以对彩云形象应重新评价，必须抛弃基于旧道德观念得出的结论，从封建主义的羁绊中彻底摆脱出来，从人权、人道的角度加以认识。这样，我们就不会片面指责彩云的过失，就会同情她的遭遇，充分评价形象的意义，肯定它对非人性制度的有力揭露与鞭挞"（王祖献《〈孽海花〉论稿》）。

这一尝试为《孽海花》的研究开一生面，也有相当的说服力，但归根到底，傅彩云形象的价值，不在于她的"独立的意义"，而在于她是小说有机结构的重要部件。对于傅彩云形象的评价，离不开对于作品总体倾向的认识。

诚然，作者在写作《孽海花》之初，确曾有以赛金花之充满传奇色彩的一生来"做全书的线索，尽量容纳近三十年来的历史"的意图，但金松岑和曾朴又都声言："此书述赛金花一生历史"，"本书以名妓赛金花为主人"，这当然不能简单地看作是一种招徕读者的广告术。同以洪钧为原型的金雯青一样，以赛金花为原型的傅彩云，一旦进入由作者的创作动因所驱动的写作过程，他们就确实扮演了小说所展示的历史活剧中有声有色的主人公，并且通过他们富于戏剧性的活动，寄寓了作者丰富而复杂的思想情感。

当然，金、傅二人虽说同是小说的主人公，如再严加区分，傅彩云又只是"主中之宾"，是金雯青的一个配角，一个具有特殊作用、打上了时代烙印的配角。换句话说，傅彩云由一个与"中国由旧到新的一个大转关"本无多少关连的仅仅充当组织全书线索的工具，变成活跃在历史舞台上的与"文化的推移""政治的变动"牵扯在一起的重要配角，是由一定的社会历史条件促成的。如果她不是以"夫人"的身份伴随金雯青出使西方外国，她和金雯青的结合，充其量只能是旧式的"名花入手""艳福如君"的状元美人的故事而已,即便作者有如椽之笔,想借其中"琐闻逸事,描写尽情",力求"精彩焕发,趣味浓深",也无补于事,因为那样写出来的傅彩云,纵然有其"独立的意义",却是游离于《孽海花》写一代名士由晦蒙否塞到开眼世界的主旋律之外的。

傅彩云虽然得到金雯青的宠爱,面许要与她白头偕老,但在森严的封建礼法下,她只是一个没有社会地位的"妾",她本来是不能梦想得到社会过分的尊重的;然而,也正是同一个封建礼法,使金雯青"名门出身"的正夫人张氏,因为弄不惯外国"公使夫人一样要见客赴会,握手接吻"的风俗礼节,拒绝随同金雯青出国赴任,将标志夫人身份的"诰命补服"暂借给傅彩云代行夫人的职分。这种出于不得已的权宜之计,使得傅彩云合法地"妆饰越礼",出乎常情地获得了崇高的社会地位。这样,从金雯青携了傅彩云登上德国萨克森号轮船的时候起,两个人物由于社会地位、文化素养和性格气质的不同,就在同西方世界的交往上有了恰当的分工:金雯青主要从政治上、外交上与西方国家建立正式的联系,而傅彩云则主要从社会生活、风俗民情上与西方社会建立了日常的交流。这两条中西方联系交流的曲线,时而重合,时而偏离,构成了一幅奇妙的图象。

一方面,是身负重任的驻外使臣的金雯青,由于不能克服自我的心理障碍,不能适应西方光怪陆离的现实环境,以他传统型名士习气"杜门谢客,左椠右铅,于俎豆折冲之中,成竹素馨香之业",过他独一无二的外交官生涯;另一方面,作为公使夫人的傅彩云,却"伸出外交的敏腕",成了一个异常活跃的人物。她的天性,她的"蕊宫榜首"的经历,决定她较少受到中国传统礼法的拘缚,而具有一种开拓外向的心理状态。她看不惯金雯青"一天到晚抱着几本破书","倒把正经公事搁着,三天不管,四天不理"的做法,主动要求与西方社会进行交往。

她初到德国都城柏林,就恃着自己学得几句德语,向金雯青撒娇撒痴地要去觐见德皇及皇后。金雯青承认,"公使夫人本来是应该觐见的",也就是说,傅彩云的要求是正当的,是属于公使夫人职分之内的外交活动;但又说"中国妇女素来守礼,许多公使夫人都不肯这样做",担心"小家女子"的傅彩云闹出笑话,不能给自己争面子,于是就搬出大名鼎鼎的外交家曾小侯(曾纪泽)的夫人觐见各国皇帝的佳话,问傅彩云道:"你要学她,不晓得你有她的本事没有?"彩云回答道:"你别瞧不起人!曾侯夫人也是个人,难道她有三头六臂么?"显示了作为中国妇女走向世界舞台的胆气和自信。

名家解读古典名著
世情讽喻小说(中)

　　傅彩云不但有胆,而且有识,为此,小说有意识地拿她同"偬傥得很,一到西国居然与西人弄得来,往来联络得很热闹"的曾侯夫人作了对比的描写。曾侯夫人引得外国人佩服的,是她参加手工赛会的事。"这会原是英国上流妇女集合的,凡有妇女亲手制造的物件,荟萃在一起,叫人批评比赛,好的就把金钱投下,算个赏彩,到散会时,把投的金钱大家比较,谁的金钱多,系谁是第一"。曾侯夫人虽然没有东西可赛,但为了为国争口气,决定赴会。到了赛会的那天,曾侯夫人"坐在那桌子旁边一把矮椅上,桌上却摆着十几个康熙五采的鸡缸杯,几把紫砂的龚春名壶,壶中满贮着无锡惠山的第一名泉,泉中沉着几撮武夷山的香茗,一种幽雅的古色,映着陆离的异彩,直射眼帘;一股清俊的香味,趁着氤氲的和风,直透鼻官。许多碧眼紫髯的伟男、蜷发蜂腰的仕女,正是摩肩如云、挥汗成雨的时候,烦渴的了不得;忽然一滴杨枝水劈头洒将来,正如仙露明珠,琼浆玉液,哪一个不欢喜赞叹?顿时抛掷金钱,如雨点一般"。

　　曾侯夫人这事,确实办得聪明、写意,她的为国争光的精神状态,也确实不同凡响,但曾侯夫人所以在赛会上获胜,不是由于自己手艺的灵巧,而是得力于中国古老文化的优势,由鸡缸杯、龚春壶、惠山泉、武夷茗所组成的中国茶文化的精品,又选择了一个最好的时机奉献出来,所以才获得了最佳的社会效果。

　　相比之下,傅彩云下定决心"偏要显个手段胜过侯夫人",所依恃的却是自身的禀赋和才干。"彩云容貌本好,又喜修饰,生性聪明,巧得人意",在西方上流社会,兴高采烈,到处应酬:"今日某公爵夫人的跳舞,明日某大臣姑娘的茶会,朝游缔尔园,夜登兰妮馆",弄得艳名大噪起来,偌大一个柏林城,几乎没个不知道傅彩云是"中国第一个美人",都要见识见识,连铁血宰相的郁亨夫人也来往过好几次。郁亨夫人又介绍认得了一个自称维亚太太的贵妇人,两人一见,非常投契。不想维亚太太就是联邦帝国大皇帝的飞蝶丽皇后,世界雄主维多利亚的长女维多利亚第二。她以贵妇人的身份与傅彩云相处半月有零,又邀请她到皇宫游览,摄影留念,传为美谈。

　　同"金一般、玉一般的尊贵"的曾侯夫人相比,傅彩云只能是"脚底下的泥、路旁的草也不如"的卑微的妇女,但她坦坦然以公使夫人的身份,置身异国的文化氛围中,洒脱大方,不卑不亢,在上流社会进行正常的平等的社交活动,总地来说,是成功的,有益的,是在中国外交史上值得书上一笔的。

曾朴在小说中把傅彩云比作汉代女使节冯嫽，有诗句"却看冯嫽锦车来"可证。据史载："楚主侍者冯嫽，能史书习事，尝持汉节为公主使，行赏赐于城郭，诸国敬信之，号曰冯夫人。"宣帝时，令"冯夫人锦车持节诏乌就屠诣长罗侯赤谷城，立元贵靡为大昆弥，乌就屠为小昆弥，皆赐印绶"（《汉书·西域传》）。冯嫽不过是汉朝嫁给乌孙王的解忧公主的侍者，她所涉足的是当时比汉朝要落后得多的乌孙诸城郭，而傅彩云涉足的却是与东方文化完全相异的西方世界。当中国大多数人"几不知天地之大，九州之外更有何物"（王广业《〈西海纪游草〉序》），中国不少官僚士大夫对于西方大国仍"以犬羊视之，深闭固拒"的时候，傅彩云却冲出了那"螺蛳壳公使馆"，在西方的广阔天地里，似鱼得水，我们怎么能说她是"无关文化的推移，无关政治的变动的绝不相干的人物"呢？

傅彩云出身于妓女，以自身的色相为商品，在她的头脑中，本来就较少受三从四德的封建伦理观念的束缚，一旦进入西方这一完全不同的环境，无疑最能迅速接受西方的价值观念和生活方式。德国皇后所以要隐去尊贵的身份与傅彩云平等交往，为的是要让对方的"风情韵致"泄露在自己眼前，否则就恐怕把真趣艳情拘束住了，这种人际关系的新颖见解，已与中国传统的"正名分"的观念截然不同；而"天地间最可宝贵的是两种人物，都是有龙跳虎踞的精神、颠乾倒坤的手段，你道是什么呢？就是权诈的英雄与放诞的美人。英雄而不权诈，便是死英雄；美人而不放诞，就是泥美人"，更与中国封建伦理纲常背道而驰。尤其是这番惊世骇俗的怪论竟然出自一位按中国传统观念来看是"母仪天下"的皇后之口，其意义就更非同寻常了。

《毛诗·关雎序》说："《关雎》，后妃之德也，风之始也，所以风天下而正夫妇也。"孔颖达疏说："美后妃之德者，以夫妇之性，人伦之重。故夫妇正则父子亲，父子亲则君臣重。"

中国儒家学说把"夫妇之性"看作是"人伦之重"，因为有夫妇，才可以派生出父子，有父子，才可以派生出君臣，是治国平天下的根本所系。而西方的皇后，却竭力推崇"放诞的美人"，称赞为"天地间最可宝贵的人物"，显示了中西文化的本质差异。正是由于受到西方文化的感染和熏陶，傅彩云"放诞美人"的本性，益加解除了外界和内心的束缚，得到了更为恣纵的发展，于是在个人的生活道路上，她逐渐走向了"堕落"。她与阿福的关系，不脱旧时代主奴私通的模式，可置而不论；但她与瓦德西的交往，却包含着若干新的两性关系的因素。

名家解读古典名著
世情讽喻小说(中)

小说把"中国第一美人"傅彩云与"金发頳颜、风采奕奕"的德国陆军中尉瓦德西的异国奇缘,写得一折三叹,娓娓动人。虽说"好色之心,中外是一样的",这种"涉外"的两性关系,也仍脱不了"色"的诱惑,但二人的相互吸引,倒确实排除了感情以外的各种因素的支配。小说写傅彩云与瓦德西的三次相遇,写瓦德西的求爱,写两人在缔尔园的约会,说的种种体己话,洒的点点知心泪,都纯然是西方式的恋爱。

由于这样一段经历,促使了傅彩云的伦理观、价值观的巨变,她因此敢于公开藐视中国传统的礼法,明白地向金雯青宣告:"你们看着姨娘,本不过是个玩意儿,好的时候抱在怀里、放在膝上,宝呀贝呀的捧;一不好,赶出的、发配的、送人的,道儿多着呢!就讲我,算你待我好点儿,我的性情,你该知道了;我的出身,你该明白了。当初讨我时候,就没有指望我什么三从四德、七贞九烈;这会儿做出点儿不如你意的事情,也没什么稀罕。你要顾着后半世快乐,留个贴心服伺的人,离不了我;那翻江倒海,只好凭我去干。要不然,看我伺候你几年的情分,放我一条生路,我不过坏了自己罢了,没干碍你金大人什么事。这么说,我就不必死,也犯不着死。若说要我改邪归正,阿呀,江山可改,本性难移,老实说,只怕你也没有叫我死心塌地守着你的本事嗄!"

傅彩云这种决绝的态度,固然是金雯青一贯宠幸的结果,但其精神支柱,却是西方的爱情观和婚姻观。她的这套"句句刺心,字字见血"的话,曲折地反映出女性人格的初步觉悟。一般说来,傅彩云一味追求自我享乐,无视伦理规范,似乎"除了美貌与色情狂以外,一点没有别的",但在封建礼法的森严统制下,敢于大胆接受西方的爱情观、婚姻观,并以之作为指导自己行动的准则的,不正是像傅彩云这样的出身和性格的人吗?

总之,在曾朴的笔下,傅彩云在国外的"外交敏腕",是对金雯青作为外交家却闭门谢客的"好古的热心"的反衬,她的泼辣大胆,潇洒脱略,更与金雯青一接到俄国政府一角公文就吓了一跳,"当是什么交涉的难题目来了"的心态形成了鲜明的对照,因而,在某种程度上讲,她是出色地完成了作为金雯青的配角的使命的。

张毕来认为:"《孽海花》描述这三十年政治文化变迁情况,是以金沟和彩云的关系及其发展作为一条线索来贯串全局,目的在于借此使许多不相连的情节连成一气,还可以使他所描述的政治文化变迁情况更富于'浪漫'色彩。书中所写的三十年的大事很多,其中有一些,彼此之间又无密切关系,作者为了把它们连成一气，煞费苦心。其实金沟和彩云都不是恰当的人物。金沟一生言行，除了印地图一事而外，同当时的政治文化斗争的关系并不密切。他并未处在斗争的中心，不是在这些斗争中代表前进势力的人物。彩云更是这样。她的生活虽然与全书所描写的主要人事同始终，但是，她到底是一个局外人。"

诚然，金雯青不是"处在斗争的中心"的"代表前进势力的人物"，但却是由科名得来的大名士中的开明者、出使西方外国使臣中的平庸者，正因为他处于旧与新、昔与今的中间状态，所以他恰可混迹于两界之间，以之为小说的核心，来组织起三十年的文化推移史。傅彩云则确实是一个"局外人"，在中国由旧到新的大转关的"旧学时代"，本来是没有她的历史位置的；她在小说中获得的价值，只限于以公使夫人的身份在西方的社交活动，从而成为构成小说总的交响乐中的一支和谐的乐章。金雯青一旦回到中国，傅彩云一旦交还了张夫人暂借给她的"诰命补服"，她在小说中的独特价值，就已经丧失殆尽。

《孽海花》写到第十八回的谈瀛会，小说所要表现的主旋律已经神完气足；写到第二十回的地图事件，已经临近尾声。正是在这种境况下，《孽海花》尽管受到社会上热烈的欢迎，殷切呼唤及早完篇的声音频频传来，曾朴在一气呵成前二十回以后，即搁笔了整整两年，无心为继。待到1907年再度命笔，写下的第二十一回"背履历库丁蒙廷辱，通苞苴衣匠弄神通"、第二十二回"隔墙有耳都院会名花，宦海回头小侯惊异梦"、第二十三回"天威不测蛮语中词臣"，就偏离了金雯青的主线，也偏离了小说的主题，大写鱼伯阳、庄稚燕、郭裁缝等贿赂苞苴的内幕，只不过是《官场现形记》的翻版，没有任何堪称独创的价值，连曾朴自己也不得不说是"抛荒本题"，原因就在于，随着"旧学时代"的完结，作为这一时代的中介人物的金雯青，已经失去了其固有的价值。当金雯青在甲午前夕死去，中心人物的消失，更使题材固有的逻辑态势完全中断，文情固有的气韵完全中泄，小说包孕的主题也完全转移。而作为配角的傅彩云，由于脱开了原先的组合关系，就真地完全置身于局外了。她的种种故事，哪怕再香艳动人，已经与小说的主旋律毫不搭界了，这大约就是《孽海花》难以终篇的内在原因罢。

六　民族传统形式和西方艺术技巧的融合

　　1927年，曾朴在着手写作"青年时代的自传"《鲁男子》时，说要"运用自己所吸收的西欧文化，融合我国固有的优美艺文，然后凭熟练的技巧和细腻的描写，写出一生的历史"。曾朴的这番表白，完全适用于《孽海花》的创作，尽管当时他也许还没有达到充分自觉的程度。

　　曾朴自幼就奠定了坚实的中国传统文化的素养，"十三四岁时，经名儒潘子昭先生的指导，开始课艺的研讨。然先生笃好文艺，每背人窃读名家说部以及笔记杂集，当时目为斫丧性灵的书籍，虽师长叱责不顾焉。实则先生的文学基础，就在这种偷偷摸摸的行动中打定的"。至1900年，二十八岁的曾朴已先后撰写了诗集《未理集》《羌无集》《响沫集》《毗辋集》，文集《推十合一室文存》，读书札记《执丹璞语》，史学考证《补〈后汉书·艺文志〉并考证》《历代别传》，曲本《雪昙梦院本》等，可见他于传统文化涉猎之广，造诣之深。他笔下的《孽海花》，首先是继承传统民族形式的典范。

　　所谓传统的民族形式，是指各民族逐渐形成起来的具有本民族特点的独特的艺术形式，它主要表现在创作文艺作品所使用的艺术手段以及作品的结构、体裁和艺术手法等方面。中国古代小说所独有的民族形式，是与它和说唱艺术的关系密不可分的，如每一回有对仗的回目，"各以诗起，次入正文，又以诗结，总是一段一段的有诗为证"，"起首先说一个冒头，或用诗词，或仍用故事，名叫'得胜头回'——'头回'是前回之意；'得胜'是吉利语——以后才入本文"，"每回的结尾上，总有'不知后事如何？且听下回分解'的话"（鲁迅《中国小说的历史的变迁》），等等，都是古代说唱影响于小说的艺术形式。

　　《孽海花》在深层的文化层面的开掘上，有着新颖的追求，而在艺术形式上，曾朴不仅没有抛弃传统的民族形式，在相当程度上，还使它更臻于圆熟和完美。《孽海花》有对仗的回目，回目的字数，少则七字，如第六回"名士偷香忘贵客，学臣狎妓弃微官"，多则十二字，如第十回"一语惊人新钦差胆破虚无党，十年话旧侯夫人名噪赛工场"，对仗都极精巧工稳。

　　《孽海花》以一阕《台城路》开卷：

　　江山吟罢精灵泣，中原自由魂断。金殿才人，平康佳丽，闲气钟情吴苑。辎轩西展，遽瞒着灵根，暗通瑶怨。孽海飘流，前生冤果此生判。群龙九馗宵战,值钧天烂醉,梦魂惊颤。虎神营荒,鸾仪殿辟,输尔外交纤腕。大千公案,又天眼愁胡,人心思汉,自由花神,付东风拘管。

这阕开卷词,连同第一回关于孽海、奴乐岛的"冒头",以象征手法将闭关锁国、醉生梦死的中国同欧风美雨席卷而来的大势作了惊心动魄的隐喻,既点明了作品的题旨,又概括了主要人物和情节。"金殿才人,平康佳丽"是指金雯青、傅彩云的相识结合,"牿轩西展"是指金雯青出使外国以及傅彩云与瓦德西的交往,"虎神营荒,鸾仪殿辟,输尔外交纤腕"是指庚子事变,八国联军占领北京,傅彩云与瓦德西相周旋。末句展示了对自由未来的希望。

第一回"真薄幸转劫离恨天"是全书的楔子。像《红楼梦》假托青埂峰下一块"蒙茫茫大士、渺渺真人携入红尘"的顽石,自叙"历尽离合悲欢炎凉世态的一段故事",由空空道人抄录回来,又经曹雪芹"披阅十载,增删五次"而成一样,《孽海花》也假托一位"螓首蛾眉,桃腮樱口"的绝代佳人,交给爱自由者"一段新鲜有趣的历史",爱自由者"恐怕日久忘了,却慢慢写了两回出来。正写着,忽然把笔一丢道:"呸,我疯了,现在我的朋友东亚病夫现成的开着小说林,专门编译这种新鲜小说,我只要细细告诉了他,不怕他不一回一回地慢慢地编出来,岂不省了我无数笔墨吗?"这种开篇的方式也是中国的民族形式。

《孽海花》每一回的终了,又有以"正是"二字提头的对偶句式,以概括本回的内容,或阐明题旨,或抒发感慨,再以"欲知后事,且听下回"的话收束。如第一回:

正是: 三十年旧事,写来都是血痕;
　　　四百兆同胞,愿尔早登觉岸。

第二回:

正是: 磊落眼前多俊物,
　　　光华海上耀文星。

都是很有深意的。

以诗词入小说是中国民族传统的特点之一。鲁迅在谈到宋代的"话本"时说:"至于诗,我以为大约是受了唐人的影响:因为唐时很重诗,能诗者就是清品;而说话人想仰攀他们,所以话本中每多诗词。"《孽海花》以名士为描写对象,故立意高雅,很少像古代通俗小说那样用"有诗为证"的形式来描写景物、刻画肖像、品评人物、吊古伤今。它主要用来表现人物的情志襟怀,是人物内心世界的袒露。如第八回写金雯青与傅彩云初次相会(实则是再世重

名家解读古典名著
世情讽喻小说(中)

逢),作者即为金雯青代拟了四首七律:

山色花光映画船,白公堤下草芊芊。
万家灯火吹箫路,五夜星辰赌酒天。
凤胫烧残春似梦,驼钩高卷月无烟。
微波渺渺尘生袜,四百桥边采石莲。

吴娘似水艳无曹,貌比红儿艺薛涛。
烧烛夜摊金叶格,定场春拥紫檀槽。
蝇头试笔蛮笺腻,鹿爪拈花羯鼓高。
忽忆灯前十年事,烟台梦影浪痕淘。

胡麻手种葛鸦儿,红豆重生认故枝。
四月横塘闻杜宇,五湖晓网荐西施。
灵箫辜负前生约,紫玉依稀入梦时。
只有伤心说不得,凭栏吹断碧参差。

龙头劈浪凤箫哀,展尽芙蓉向月开。
细雨银荷中妇镜,东风铜雀小乔台。
青衫痕渍隔年泪,绛蜡心留未死灰。
肠断江南歌子夜,白凫飞去又飞回。

这首题作"谶情生写诗彩云旧侣慧鉴"的诗,曲折婉转地表现了金、傅二人的"再世姻缘"和金雯青的温柔多情。20世纪30年代《大晶报》发表了一篇绵蛮的《孽海名花赛金花别记》,文章中附了金雯青这四首七律,阿英一时失察,竟误以为是洪钧的真作,惊叹"这却是不易得的",且不无惋惜地说:"唯此诗录自何处,绵蛮未加说明,殊为遗憾。"又说:"我们借此可以看到所谓洪状元也者,当时是怎样倾倒于赛。"(《小说四谈》)曾朴的拟作竟瞒住了后世的专家,不能不令人叹服。

有趣的是,德国飞蝶丽皇后也用中国古代的长歌赞叹起傅彩云来了:

美人来兮亚之南,风为御兮云为骖,微波渺渺不可接,但闻空际琼瑶音。吁嗟乎彩云!

美人来兮欧之西,惊鸿照海天龙迷,瑶台绰约下仙子,握手一笑心为底。吁嗟乎彩云!

山川渺渺月浩浩，五云殿阁琉璃晓，报道青鸾海上来，汝来慰我忧心捣。吁嗟乎彩云！

劝君酒，听我歌，我歌欢乐何其多。听我歌，劝君酒，雨覆云翻在君手。愿君留影随我肩，人间天上仙乎仙。吁嗟乎彩云！

歌词典雅优美，几乎使人忘记这是德国皇后的歌唱。

在人物描写上，《孽海花》也继承了古代小说善于通过对话和行动来显示人物个性的白描手法。第十三回写为天下所推崇的"天章巨眼"为龚、潘二人，龚和甫"每阅一文，翻来覆去，至少看十来遍，还要请人复看"，而潘八瀛"却只要随手乱翻，从没有首尾看完过"。有人不解地请教潘八瀛，这样做"怎么就知好歹呢"？他笑着回答："文章望气而知，何必寻行数墨呢！"小说抓住龚、潘二位"名流宗匠，文学斗山"阅卷的不同做法，一下子就把性格的差异写出来了。潘八瀛的"文章望气而知"，何尝没有道理，只是未免过于迷信自己的直觉，一份卷子"大略翻了一翻"，就断定是自己一心要取的名士章直蜚，千方百计把已经定下来的会元的卷子给撤了。谁知拆开弥封一看，被他看中的偏偏不是，而那撤掉的会元卷上，倒写着章直蜚的大名！潘尚书一气之下，竟固执地拒绝接见会元公，直到经人说情，才同意勉强一见：

……且说那会元公正在老等，忽见潘公出来，面容很是严厉，只得战战兢兢铺上红毡，着着实实磕了三个头起来。尚书略招一招手，那会元公斜签着身体，眼对鼻子，半屁股搭在炕上。尚书开口道："你的文章做得很好，是自己做的吗？"会元公涨红了脸，答应个"是"。尚书笑道："好个揣摩家，我很佩服你！"说着，就端茶碗。那会元只得站起来，退缩着走，冷不防走到台级儿上，一滑脚，恰正好四脚朝天，做了个"状元及第"。尚书看着，就哈哈笑了两声，洒着手，不管他，进去了。

不怪自己"文章望气"望走了眼，却怪人家"揣摩"暗合了自己的标准，一位身居高位的大名士形象，就这样跃然纸上。

以作者业师李慈铭为原型的李纯客，"年纪是三朝耆硕，文章为四海宗师"，在他的大门口，贴着一副"写得英秀瘦削、历落倾斜"的门对：

保安寺街，藏书十万卷。

户部员外，补阙一千年。

这副门对，其实就是李纯客无声的独白。相传潘祖荫有一室，榜书"非读五千卷者不得入"。一次，赵㧑叔与李慈铭同往拜访，潘祖荫接待了赵㧑叔，却不让李慈铭入内，李慈铭为此很恨赵㧑叔（冒鹤亭《〈孽海花〉闲话》）。光

名家解读古典名著
世情讽喻小说(中)

绪十二年（1886年）底，李慈铭写了一副"藏书粗足五千卷，开岁便称六十翁"的春联贴在客厅里（徐一士《赣闽乡科往事漫谈》），大约就是为了发泄胸中的怨愤。李纯客的性格中，又有极端矫饰造作的一面，他"本来好好儿一手捋短须，坐在一张旧竹榻上看书"，高吟"淡墨罗巾灯畔字，小风铃佩梦中人"，但一见有客人来，就"连忙和身倒下，伏在一部破书上发喘"起来。众人要为他祝寿，他其实心里要去得很，却故意装病推辞，直到三个得宠的相公托人带来催请的诗信，李纯客便"秋兴勃生"。连声道"去休去休"，顿时"显得红颜白发，风致萧然"了。

《孽海花》的立意之一，就是通过琐闻逸事、学理掌故的"描写尽情"，来点染一代名士的性行人品，以中国传统的笔法，来写属于传统文化畸形产物的名士的作态，二者是极为适应的。如第五回，写朝廷要大考了，一班大小翰林个个都忙着调墨浆，金雯青也自己动手，"调了一壶极匀净的墨浆"。为什么要如此郑重呢？小说写道：

"原来调墨浆这件事，是本朝做翰林的绝大经济，玉堂金马，全靠着墨水翻身：墨水调得好，写的字光润圆黑，主考学台放在荷包里；墨水调得不好，写的字便晦蒙否塞，只好一世当穷翰林，没得出头。所以翰林调墨，与宰相调羹一样的关系重大哩。"

"调羹"一语，出于《〈尚书·说命〉下》："若作和羹，尔惟盐梅。"盐和梅都是调味品。商王武丁立傅说为相，说治理国家就像调和羹汤使之协调一样，后世就把"调羹"作为宰相职责的喻称。小说借用这一典故，将调墨浆这样的琐事比作宰相的调羹，含有深刻的讽刺意味；而这一细节又完全是从生活中撷取来的。据说龚自珍的叔父为尚书，就曾对新入翰林的小门生说："凡考差，字迹宜端秀，墨迹宜浓厚，点画宜平正，则考时未有不入彀者。"龚自珍听了，忽鼓掌说："翰林学问，原来如此！"（裘毓麟《清代佚闻》）可见曾朴对于琐事逸闻的熟悉和学理掌故运用得得心应手。

但是，《孽海花》所要反映的，又是"旧学时代"由旧到新的文化推移，在内容上包含了中、西两种异质文化的撞击、冲突以及渗透、交融的过程，而作为创作主体的曾朴，恰好又兼备了中国传统文化与西洋外来文化的两方面的素养。

早在1898年前，曾朴在上海经林旭介绍，结识了"在法侨居多年，与法国第一流的文学家如佛朗士等常相往还"，故深通法国文学的朋友陈季同，引起了他对法国文学的爱好。1928年，曾朴在给胡适的信中回顾当时的情形道：

"我自从认识了他,天天不断去请教,他也娓娓不倦地指示我;他指示我文艺复兴的关系,古典和浪漫的区别,自然派、象征派和近代各派自由进展的趋势;古典派中,他教我读拉勃来的《巨人传》、龙沙尔的诗、拉星和莫利哀的悲喜剧、白罗瓦的《诗法》、巴斯卡的《思想》、孟丹尼的小论;浪漫派中,他教我读服尔德的历史、卢梭的论文、嚣俄的小说、威尼的诗、大仲马的戏剧、米显雷的历史;自然派里,他教我读弗劳贝、左拉、莫泊桑的小说,李尔的诗,小仲马的戏剧,泰恩的批评;一直到近代白仑内甸的《文学史》和杜丹、蒲尔善、佛朗士、陆悌的作品;又指点我读法译本的意、西、英、德各国作家的名著;我因此沟通了巴黎几家书店,在三四年里,读了不少法国的文哲学书。我因此发了文学狂,昼夜不眠,弄成了一场大病。"

曾朴广泛地涉猎了法国文学的各种流派,深得个中真谛,在《孽海花》的创作中,自然融进了西方的文艺技巧,从而求得了艺术形式与作品内容更加和谐的统一,这主要表现在汲取西方文学向主观意识深化的观念,采用所谓从表现心理场的角度观照物理境的内倾性的手法,在环境描写、情节处理和人物塑造上,都进行了与传统手法迥异的尝试。

中国古代小说,不大喜欢大段孤立的环境描写,一般只用一两个细节来点明地点、时间等具体环境,为人物活动创造一个特定的生活氛围。《孽海花》却将环境描写同人物的主观感受融合在一起,使之成为人物心理活动的有机组成部分。如第三回写金雯青与陆菶如在上海同游公家花园的情景:

……那马夫抖勒缰绳,但见那匹阿剌伯黄色骏马,四蹄翻盏,如飞的望黄浦滩而去,沿着黄浦滩北直行,真个六辔在手,一尘不惊。但见黄浦内波平如镜,帆樯林立。猛然抬头,见着戈登铜像,矗立江表;再行过去,迎面一个石塔,晓得是纪念碑。二人正谈论,那车忽然停住。二人下车,入园门,果然亭台清旷,花木珍奇。二人坐在一个亭子上,看着出入的短衣硬领、细腰长裙、团扇轻衫、靓妆炫服的中西士女,正在出神,忽见对面走进一个外国人来,后头跟着一个中国人,年纪四十余岁,两眼如玛瑙一般,颔上微须,亦作黄色,也坐在亭子内,两人唰叫呱罗,说着外国话。雯青、菶如茫然不知所谓。

第四回写二人参观英领事署赛花会的情景:

……见门外立着巡捕四人,草地停着几十辆马车,有两人上来问讯,二人照例各输了洋一元,发给凭照一纸。迤逦进门,踏着一片绿云细草,两旁矮树交叉,转过数湾,忽见洋楼高耸,四面铁窗洞开,有多少中西人,倚着

名家解读古典名著
世情讽喻小说(中)

眺望。楼下门口青漆铁栏杆外，复靠着数十辆自由车。走进门来，脚下法兰西的地毯，软软的足有三寸多厚。举头一望，但见高下屏山，列着无数中外名花，诡形殊态，盛着各色瓷盆，列着标帜，却因西字，不能认识。

戈登（1833—1885），1863年任由外国亡命之徒组成的"常胜军"统领，配合清兵攻打太平军，赏提督头衔，后任苏丹殖民总督，1885年被苏丹人民起义军击毙。外国殖民者的铜像，居然矗立在黄浦江边，上海英领事署中，却又中西士女满座，这种与昔完全不同的环境变化，都从金雯青的眼中写出，而"叽里呱啦"茫然不知所谓的外国话与中外名花标志上不能认识的西字，都无形中构成了金雯青心理上的压力，由此变成驱迫他学习西学的内在力量。

曾朴非常重视展示人物的心理过程，创造性地把小说的情节纳入主要人物的心理现象的描写之中，既使情节得到婉曲生动的叙写，又使之成为烘托主要人物性格的有效手段。如第五回写金雯青拜访大考考了一等第一名的庄仑樵：

……他们本是熟人，门上一直领进去，刚走至书房，见仑樵正在那里写一个好像折子的样子，见雯青来，就往抽屉里一摔，含笑相迎。彼此坐着，讲些前天考试的情形，又讲到寿香狼狈样子。说笑一回，看看已是午饭时候，仑樵道："雯兄在这里便饭罢。"雯青讲得投机，就满口应承。仑樵脸上却顿了一顿，等一会儿就托故走出，去叫着个管家，低低说了几句，就进来了。仑樵进来后，却见那个管家在上房走出，手里拿着一包东西出去了。雯青也不在意，只是腹中饥炎上焚，难过得很，却不见饭开上来。仑樵谈今说古，兴高采烈，雯青只好勉强应酬。直到将交未末申初，始见家人搬上筷碗，拿上四碗菜、四个碟子。仑樵让坐，雯青已饿极，也不客气，拿起饭来就吃，却是半冷不热的，也只好胡乱填饱就算了。正吃得香甜时，忽听得门口大吵大闹起来，仑樵脸上忽红忽白。雯青问是何事，仑樵尚未回答，忽听外面一人高声道："你们别拿官势吓人，别说个把穷翰林，就是中堂王爷，吃了人家米，也得给银子！"

庄仑樵由穷极无聊而激发起来的愤懑不平，由愤懑不平而激发起来的参揭疆臣的胆气，都在金雯青心理场的收摄下，得到充分而经济的表现。

又如第十二回写傅彩云与德后的交往，若用中国小说历来喜欢采用的全知角度的叙事方法，一般应首先交代德后向傅彩云隐瞒自己身份的原因，是因为她有一种以为天地间最可宝贵的人物是"权诈的英雄"与"放诞的美人"的癖见，为了让傅彩云的风情韵致泄露在自己眼前，所以假托"维亚太太"

与之无拘无束相处了半月有零,以免引起读者的疑问。而曾朴却完全改变了传统的写法,一切都从傅彩云的心理感受写出:她经铁血宰相的郁亨夫人介绍,认识了一位体态端丽的维亚太太,非常投契,但一提登门造访的话,维亚太太"总把别话支吾";不想有一天,维亚太太忽然派车来接,傅彩云还没看清那车子的大小方圆,就被猛然推进车来,关上车门,"弄得彩云迷迷糊糊,又惊又吓",来接的妇人解释说,主人的住处不肯轻易叫人知道,彩云"更加狐疑","心里不免突突跳个不住":

……正冥想间,那车忽然停了,车门咔地开了,那中年妇人先下车,后来搀彩云。刚跨下地,忽觉眼前一片光明,耀耀烁烁,眼睛也睁不开。好容易定睛一认,原来一辆朱轮绣幰的百宝官车,端端正正地停在一座十色五光的玻璃宫台阶之下,那宫却是轮奂巍峨,矗云干汉。宫外浩荡荡,一片香泥细草的广场,遍围着郁郁苍苍的树木,点缀着几处名家雕石像,放射出万条异彩的喷水池。彩云不及细看,就被那妇人不由分说扶上台阶,曲曲折折,走到一面大镜子面前,那妇人把镜子一推,却呀的一声开了,原来是个门儿。向里一望,只见是个窈窕洞房,满室奇光异彩,也不辨是金是玉,是花是绣,但觉眼光缭乱而已。就有几个华装女子听见门响,向外一望,问道:"来了吗?"那妇人道:"来了。"忽听嘤然一声,恍如凤鸣鹤唳,清越可听道:"快请进来。"那当儿,彩云已揭起了绣帷,踏上了锦毯,迎面袅袅婷婷来了个细腰长裙、锦装玉裹的中年贵妇,不用说就是维亚太太了。见了彩云,就抢上一步,紧握住彩云的双手,回头向那些女子说道:"这就是中国第一美女,金公使的夫人傅彩云呀!你们瞧着,我常说她是亚洲的姑娄巴、支那的马克尼,今儿个你们可开开眼儿了。"说完,就把彩云拉到了一张花磁面的圆桌上首坐下,自己朝南陪着。彩云此时迷迷糊糊,如在五里雾中,弄得不知所措,只是婉婉地说道:"贱妾蒲柳之姿,幸蒙太太见爱,今日登宝地,真是三生有幸了。只是太太的住处,为何如此秘密?还请明示,以启妾窦。"

但德后仍然不肯明言,却发了一通关于"放诞美人"的议论,"彩云不听这太太的话,心里倒还有点捉摸,如今听了这番议论,更糊涂了"。直到次日金雯青觐见德皇,带回来皇后赐给夫人的锦匣,内有傅彩云与"维亚太太"的合影,这时读者才和傅彩云一道恍然大悟。整段情节,全都化成了人物的心理演变过程,充满了一个又一个的悬念,引人入胜。

第二十三回写金雯青与傅彩云的矛盾由激化到缓解,完全纳入张夫人的心理流程,更是神来之笔。张夫人对金雯青过于宠爱傅彩云,心下是不以为

名家解读古典名著
世情讽喻小说（中）

然的，当她瞧破了机关，"料想雯青这回必然要扬锣捣鼓地大闹"；谁知道直候到二更以后，总是寂无人声，不免有点失望："难道就这么罢了不成？"张夫人毕竟是名门出身，贤淑端庄，"忽一念转到雯青新病初愈，感了气，不要有什么反复吗？"想到这里，倒不放心起来，更深人静，独自个来房探看：

……正要揭起软帘，忽听雯青床上悉悉索索地响。响过处，就听雯青低低儿地叫了"彩云，彩云"两声，并没人答应。张夫人忖道："且慢，他们要说话了，我且站着听一听。"这当儿，张夫人靠在门框上，从帘缝里张进去，只见靠床一张鸳鸯戏水的镜台上，摆着一盏二龙抢珠的洋灯，罩着个碧玻璃的灯罩儿，发出光来，映得粉壁锦帷，都变了绿沉沉的。那时见雯青一手慢慢地钩起一角帐儿，伸出头来，脸上似笑不笑地倚着靠西壁一张如意软云榻，只管发愣。张夫人连忙随着雯青的眼光看去，原来彩云正卸了晚妆，和衣睡着在那里，身上穿着件同心珠扣水红紧身儿，单束着一条合欢粉荷洒花裤，一搦柳腰，两钩莲瓣，头上枕着湖纹绿小洋枕，一挽半散不散的青丝斜拖枕畔，一手托着香腮，一手掩着酥胸，眉儿蹙着，眼儿闭着，颊上酒窝儿还揾着点泪痕，真有说不出、画不像的一种妖艳，连张夫人见了心里也不觉动了一动。忽听雯青叹了口气，微微地拍着床道："嗐，哪世里的冤家！我拼着做……"说到此咽住了，顿了顿道："我死也不舍他的呀！"说话时，雯青就挣身坐起，喘吁吁披上衣服，套上袜儿，好容易把腿挪下床沿，趿着鞋儿，摇摇摆摆地直晃到那榻儿上，挨着彩云身体倒下，好一会儿，颤声推着彩云道："你到底怎么样呢？你知道我的心为你都使碎了！你只管装睡，给谁呕气呢？"原来彩云本来睡着，只为雯青不理他，摸不透雯青是何主意，自己怀着鬼胎，只好装睡。后来听见雯青几句情急话，又力疾起来反凑他，不免心肠一软，觉得自己行为太对不住他，一阵心酸，趁着此时雯青一推，就把双手捧了脸，钻到雯青腋下，一言不发，呜呜咽咽哭个不停。雯青道："这算什么呢？这件事你到底叫我怎么办呢？有这会儿哭的工夫，刚才为什么拿那些没天理的话来顶撞我呢！"说着，也垂下泪来。彩云听了，益发把头贴紧在雯青怀里，哽噎着道："我只当你从此再不近我身的了。我也拼着把你一天到晚千怜万惜的身儿，由你去割也罢，勒也罢，你就弄死我，我也不敢怨你。我只怨我死了，再没一个知心着意的人服伺你了。我只恨我一时糊涂，上了人家的当，只当嬉皮赖脸一会儿不要紧，谁知倒害了你一生一世受苦了！这会儿后悔也来不及了！"雯青依定彩云，紧紧地拉了她手，一手不知不觉地替她拭泪道："你真后悔么？你要真悔，我就不恨你了。谁没有一时的过失？我倒恨我自己用了这种没良心的人来害你了。这会儿没有别的，好在这事只有你知我知，过几天儿借着一件事，把那个人打发了就完了。可是你心里要明白，你负了我，我还是这么呕心挖胆地爱你，往后你也该体谅我一点儿了！"彩云听了这些话，索性撒娇起来，一条粉臂钩住雯青的脖子，仰着脸，三分像哭，二分像笑地道："我的爷，你算白疼了我了！你还不知道你那人的脾气儿，从小只爱玩儿，这会儿闷在家里，自个儿也保不定一时高兴，给人家说着笑着，又该叫你犯疑了！我想倒不如死了，好叫你放心。"雯青道："死呀活的做什么？在家腻烦了，听戏也罢，逛庙也罢，我不来管你就是了。"雯青说了这话，忽然牙儿作对地打了几个寒噤，彩云道："你怎么了？你瞧，我一不管，你就着了凉了。本来天气怪冷的，你怎么皮袍儿也不披一件就下床来呢！"雯青笑道："就是怕冷，今儿个你肯给我先暖一暖被窝儿吗？"说时，又凑到彩云耳边，低低地不知讲些什么，只见彩云笑了笑，一面连连摇着头坐起来，一面挽上头发道："算了吧，你别作死了！"那当儿，张夫人看了彩云一派狂样儿，雯青一味没气性，倒憋了一肚子的没好气，不耐烦再听那间壁戏了，只得迈步回房，自去安歇。

这一场景完全从张夫人眼中写出，既继承了以《水浒传》为代表的古典小说的传统手法，又是学习西方技巧的成功尝试。

鲁迅说《孽海花》"书中人物，几无不有所影射"。曾朴在第二十一回中也指出："在下这部《孽海花》，却不同别的小说，空中楼阁，可以随意起灭，逞笔翻腾，一句假不来，一语谎不得，只能将文机御事实，不能把事实起文情。"

《孽海花》中的一二百个人物，大都有自己的原型，但《孽海花》不是历史的机械摹写，而是在作者的"文机"驾驭统率下，经过筛选并重新编排了的"第二历史"。曾朴把这么多的历史人物收摄在笔底，不是为了记录他们个人的升沉荣辱和琐细的日常生活流程，而是为了表现特定历史变迁在他们心灵上的投影，为了表现那一时代名士们所共同体验过的心理内容。分散来讲，它属于许多单个的个人，他们之间的体验有深有浅，呈现方式有同有异，但归拢为一个整体，它就是那特定时代所指明的前进方向。

曾朴本人，就是从名士堆中出来的，就是作品所要表现的名士群中的一名成员，因此，《孽海花》所写的一切，实际上也就是曾朴自己内心所深切体验过的，小说的人物形象和情节结构，莫不渗透着曾朴的主体意识，投射了曾朴的主观情致。不过，曾朴比自己的同类站得更高一些，看得要深一些，因此他既能洞察幽邃，得宜允中，又能高屋建瓴，鞭辟入里；既能"举社会中积弊"，鼓吹"改革而从善"，又能婉转多情，谑而不虐，恪守诗人忠厚之旨。所谓"词气浮露，笔无藏锋"，所谓"张大其词""特多恶谑"，用到《孽海花》上面，都是不恰当的。

当然，由于曾朴对于历史趋向的哲学把握的不足，也由于曾朴的用世之心过于急切，在《孽海花》中，凡是体现正面理想的人物，如冯桂芬、薛淑云等，以及集中体现作品主旨的场面，如一品香、味莼园的聚会等，往往采用了大段议论为主的非审美的手段。其中虽然看不到富有个性的人物形象，也没有曲折动人的故事情节，但由于其中所表达所宣扬的，是那一时代的最强音，所以仍然有着撼魂摄魄的力量，而那些以救国救民为己任的志士仁人，通过那非同凡响的言辞，也同样显得英气勃勃，俊伟感人。这种以非审美的议论见长的手段，在梁启超的《新中国未来记》中已有淋漓尽致的发挥，而更为西方许多文学巨匠所擅长，这大约也是曾朴取法西方技巧的另一个侧面罢。

七　曾朴的后半生和他对《孽海花》的改续

曾朴曾经有过宏伟的《孽海花》的创作规划。可是，当《孽海花》的前二十五回于1907年发表以后，曾朴却出乎常情地搁下了笔，而且一搁就是二十年。直到1927年，曾朴才开始对旧稿进行了修改，又断断续续续写到了第三十五回。那时，历史不光早已越出了晚清的阶段，而且越出了文学史家所划定的"近代文学"的范畴了。对于曾朴后半生的历史，向来有不少的非议；有些总地来说是倾向于肯定曾朴的学者，也无法否认他晚年的"反动"，下面的观点，具有相当的代表性：

……辛亥革命前夕，作者还一度当过满人端方的幕友，并在宁波官地局做过会办。革命爆发，作者才卸职返沪。入民国后，曾氏加入了以张謇为首的共和党，做了江苏省的议员，并与国民党有联系。军阀时代，他屡任江苏省各财政机关的头脑，周旋于卢永祥、齐燮元、张宗昌、孙传芳等大军阀之间。从上述曾氏的简历看，他在清末确是一个思想激进的旧民主主义者。辛亥革命以后，他就变成一个依附于反动势力的落后的官僚地主了。他晚年的政治立场和文学思想则显然与新民主主义革命的路线背道而驰。我们把《孽海花》的初印本和修改本拿来比较一下，就可以看出作者的思想是在开倒车。

因为在修改本里，艺术技巧虽然显得更成熟一些，而在初印本里面的激烈的言论，却有很多被删掉了。（吴小如《古典小说漫稿》）

　　胡适称曾朴为"老新党"，这也许并没有什么恶意。曾朴赞同过康梁的维新变法，也对清廷在庚子以后实行的改革寄予过希望，《孽海花》创作规划中，紧接"庚子时代"的是"革新时代"，就是证据。两江总督端方，戊戌变法时得光绪皇帝信任，督办新设的农工商局，1905年又奉派出洋考察各国宪政，积极倡议预备立宪，时论有岑春煊"不学无术"、张之洞"有学无术"、袁世凯"不学有术"、端方"有学有术"之说，可见在主张改革的大臣中，端方的声望还是不错的。曾朴以为，端方"身虽满族，颇知潮流趋向，也是力主新政大员之一，因思入他的幕中，未尝不可以从内部策动政治的改革"，因此才应聘入端幕之宾。一年后，端方调到北洋，曾朴以候补知府分发浙江，委为宁波清理绿营官地局会办，这也是改革中新设的机关。端方是满族人，站在排满的激进主义立场，自然视入端幕为不足道，而对于主张缓进主义的曾朴来说，却是入情入理的。

　　曾朴的思想，本较张謇先进，但由于社会地位和所处地域的关系，曾朴参加了"以张謇、孟昭常、许鼎霖、雷奋、汤寿潜为中心的预备立宪公会"，成为"这个团体的中坚分子"。预备立宪公会的社会基础，是以江、浙、闽三省的实业界人物为核心的"新绅士"集团。

　　随着晚清政治形势的急遽变化，新绅士们的政治态度也发生了巨大的变异，由费正清主编的《剑桥中国晚清史》引用列宁的话，说"1908年至1911年之间发生的一切是上层阶级中较活跃的一部分人不再需要旧的方式，而上层阶级的其余部分人变得不能再按旧方式行事了"；具体说来，"大部分商会、学习会、自治会和其他新的组织的成员依然是忠诚的臣民，但是他们正在开始把自己看成公民。他们对清朝的要求增加了。到1908年，他们的期望惊人地发展了。例如，只在十二年前，大部分文人感到康有为过于激烈，不得不支持慈禧太后去反对他。但同样是这个清朝的领导集团自己来了一个一百八十度的大转弯，并且超过了康有为曾经打算做的一切，'新绅士'们却立刻断言朝廷还走得不够远，不够快"。曾朴加入以推进立宪为宗旨的预备立宪公会，也是历史潮流推动下的选择，不能视为"政治市侩"的行为。

　　客观地讲，在这一阶段，曾朴参加过在上海味莼园召开的反对向英国借款兴建沪杭甬铁路的大会，"与马相伯、雷奋等，激昂慷慨地演说，轰动一时"；曾朴还联名致电朝廷，抵制残害秋瑾的原浙江巡抚张曾敭调抚江苏，

名家解读古典名著
世情讽喻小说(中)

"风潮逐渐扩大,清廷为之侧目,曾密电捕先生等三人,先生屹然不为动",表现了凛然的正气。

辛亥革命改变了中国历史的进程。应该指出的是,武昌起义发动之时,连当事人也无必胜的把握;同盟会的领导人中,在香港的黄兴和在上海的宋教仁,对起义能否立即成功也持悲观态度。当时旅行在美国的孙中山对计划毫无所知。辛亥革命在全国范围内的胜利,主要不是通过武装斗争,而是由各省以新绅士为骨干和核心的咨议局宣布独立来实现的。

"在新绅士的身上,近代主义和传统主义兼备,但两者决不是半斤八两的;其进步主义和保守主义也是一团混沌,难以分清。具有这类思想的人普遍受到尊敬,因为他们有能力,为人正直,并且集过去、现在和未来的思想于一身,但正是他们,最后感到被清朝出卖了。他们成了半心半意的革命派,一方面把革命打扮得十分体面,但又保证使它成为最低限度的革命。"(《剑桥中国晚清史》)

辛亥革命爆发时,曾朴正在宁波清理绿营官地局会办任上,对于以预备立宪为标志的"革新运动"的中断以及新的共和制度的出现,看来是没有思想准备的,所以他卸任返沪以后,心情比较苦闷,与朋友交往,"所谈多小说家言,兼及时流掌故,而政论甚鲜,如是者一年有余"(陈泠《纪念曾孟朴先生》)。但曾朴总归是新绅士集团中的成员,新绅士集团既然以自己的响应促成了共和制度的建立,自然要求在新的社会体制中占有自己的份额,以自己的政治观点来影响政局。

1911年11月,在雷奋、杨廷栋的策动下,江苏巡抚程德全宣布独立,江苏咨议局改为江苏临时议会,推张謇为议长。杨廷栋特地赶到常熟,力劝曾朴参与选举运动。杨廷栋字翼之,是曾朴在《时报馆》息楼俱乐部的朋友。在曾朴的同意下,黄谦斋等友人为之作选举活动,到1911年年底当选为江苏省议员。曾经幻想通过君主立宪来实现中国的民主与富强的曾朴,却在突然变成现实的共和新体制下,当上了省议员、江苏省财政方面的要员,甚至"变成了历次省政变迁的中心人物"了:

1913年,作为江苏省的代表出席在北京召开的全国各省财政会议,在会上"侃侃陈辞,直斥冯国璋挟大批军队坐食于江苏的不当,力争江苏军事负担的减缩,袁世凯为之动容"。"为免除江苏受军阀的鱼肉计,不得不先从自己攫得财政机关入手,因建议财部整理沙田和整理官产两大计划。"

1914年,到北京投呈平政院,要求弹劾主持发行"江苏省八厘公债"营私舞弊的财政司长应季中,"起初他满腔义愤,还认为坚持上控,此案必定可以水落石出。谁知道,他奔走匝月,枉费唇舌"。

1915年,袁世凯称帝,蔡锷通电声讨,庄蕴宽、钮永建、冷御秋谋江苏方面响应反袁运动,曾朴参加了秘密讨袁军事会议,"慨然以筹款之责自任。翌日,囊括其私蓄尽以充军实"。

1916年至1920年,处于军阀混战的情况下,曾朴等努力使江苏省议会保持它的尊严,使"江苏人士不为军阀利用"。

1921年,苏督齐燮元不满意省议会的倔强,想趁省议院改选的机会,"把省会制造成一个自己御用的机关"。曾朴等"预知其谋,因奔走布置,广集同志,一致拥戴苏绅张仲仁为候选的议长"。齐燮元以威胁利诱操纵选举,激怒了南京的青年学生,全体出动先占遍了议场的座位,又组织跪哭团四出劝阻,军阀被迫放弃了操纵议会的野心。

1924年,被上海总商会等各团体推为代表,漏夜渡吴淞江,由乡间小道赶到真如,劝阻齐燮元息兵,奔走和平,几夜不睡。

1925年,与早年参加同盟会、辛亥革命时策划江苏独立的陈陶遗同赴南京,跟新占江苏的孙传芳谈判,得孙传芳明白表示:"愿以全力维护省政的独立,不论用人行政,他愿督同所部绝对遵守不加干涉的誓言",于是陈陶遗任江苏省长,曾朴任江苏政务厅长。

1926年9月,国民革命军北伐,孙传芳入赣督师,要求省署加征亩捐二角以应急,陈陶遗与曾朴力持不可,要求孙氏遵守不加干涉的诺言,孙传芳不顾利害,强迫实行,曾朴因而称病,与陈陶遗一道辞职,脱离了政治生涯。

热心致力于中国的民主与富强的曾朴,在《孽海花》中描绘了他的憧憬,也构筑了他心目中的蓝图,而后二十年的宦海浮沉,从表面上看,仿佛依违于各大军阀之间,有悖于他的初衷,但从曾朴的主观意愿而言,又何尝不是想借从政的机会来实现自己的抱负呢?曾朴的努力,尽管无甚成效,但对于他的正直进取,尤其是任职期间的耿介清廉、拒腐不沾,还是应该给予肯定的,称曾朴为"依附于反动势力的官僚政客",是有失公允的。

曾朴的本色是书生,"吏事非其所习"。在那军阀混战的黑暗时代,一个中下层的官吏,也根本无法尽其所长。他终于失望了,下决心退出了政界。他在1927年向外甥吴琴一说:"我生不患功名之不显,而患事业之无成。眼看到从前上海省教育会一班至好,朋侪高风,更滋惭恧。有的视厅长若敝屣,有的薄总长而不为(沈信卿不就湖南教育厅长和黄任之拒任教育总长事),他

名家解读古典名著
世情讽喻小说(中)

们始终尽瘁于教育事业,百年大计。我呢,宦海浮沉,半生饱系,毫无政绩,愧对桑梓父老。及今而后我知免夫!"

这段话中提到的沈信卿,名恩浮,黄任之,名炎培,都是清代举人,也是曾朴息楼的朋友。沈恩浮拒绝出任湖南教育厅长,而就任上海龙门师范学堂的校长,学高望重,人呼之为"信先生";黄炎培在国民党统治时代,当局屡次请他出来任教育部长,他都没有应允,只在上海办职业教育社。曾朴慨叹自己从政半生,毫无建树,羡慕沈恩浮、黄炎培之尽瘁于教育事业,百年大计,决定重操旧业,返回文艺界,开设真美善书店,发行《真美善》杂志。

大约由于《真美善》杂志版面的需要,曾朴重又拿起笔来,准备写完《孽海花》以了夙愿,并满足读者的需要。但是,和二十三年前相比,中国的现实已经完全不同了,作者的心境也完全不同了。在1904年的当儿,曾朴站在"革新时代"的历史新制高点上,回首中国三十年来的文化的推移和政治的变动,对未来的憧憬使他具有充沛的激情和坚定的自信,但到了1927年,中国的社会现实似乎比以往更加黑暗,而"时代消磨了色彩的老文人"的曾朴,抚摸饱经磨折的苍凉的心灵,有的只是对已逝的叹惋和悲悼,加之社会的思潮,个人的观念,已经发生了极大的变化,曾朴"想完成自己未了的工作,停隔已久,不要说已搜集的材料,差不多十忘八九,便是要勉力保存时代的色彩,笔墨的格调,也觉得异常困难"。曾朴对《孽海花》的修改和续写,就是在这种情势下进行的。

1927年11月,《真美善》创刊号刊登了一则《〈孽海花〉发行预约》的广告,上面说:"《孽海花》一书是病夫二十几年前的旧作,历来文坛评论,很得一些声誉,可是病夫自己却觉得这里头很有几处毛病,每每想要动笔修改,总不得空儿。近来闭户著书,就决心要大大地拿它来重新整理一下子,却还是竭力保留着本来面目,不失著作者时代的精神。"由此可以大略看出曾朴对《孽海花》的自我评价和修改续写的初步设想。1928年1月6日,曾朴又具体地谈到书中"几处毛病"的所在和修改的要点:

第一,是为了把孙中山先生革命的事业、时期提得太早了。兴中会的组织,大约在光绪庚寅、辛卯间,而广州第一次的举事,事实却在乙未年十月,这书叙金雯青中了状元,请假回南,过沪时就遇见陈千秋,以后便接叙青年党、兴中会的事。雯青中状元,书中说明是同治戊辰年,与乙未相差几至三十年,虽说小说非历史,时期可以作者随意伸缩,然亦不宜违背过甚,所以不得不把它按照事实移到中日战争以后。既抽去了这么一件大事,篇幅上要缺少两回的地位，好在这书里对于法越战争，叙得本来太略，补叙进去，并非蛇足。

第二，原书第一回是楔子，完全是凭空结撰；第二回发端还是一篇议论，又接叙了一段美人误嫁丑状元的故事，仍是楔子的意味，不免有叠床架屋之嫌，所以把它全删了。其余自觉不满意的地方，趁这再版的机会，也删改了不少。看起来，第一编几乎大都是新产品了。

曾朴所修改的第一点，是把孙中山与青年党、兴中会的事情移到中日战争以后，以求与历史的进程相吻合，这是正确的。所修改的第二点，是对于"楔子"的重新处理。《孽海花》实际上有两个楔子：一个是金松岑原作中关于孽海与奴乐岛的象征描写，一个是曾朴续撰中关于科名的议论。从闭关到开放这一历史趋向看，写"从古不与别国交通"的奴乐岛，固然有引发下文的作用，然而从小说描写的主体——一代名士的心路历程来看，写科名之残害国民，弄得人人"有脑无魂、有血无气"，却更有提挈全书的作用。当初，曾朴在楔子之外再加上一个楔子，自有其内在的需要。然而到了1927年，废除科举早已从现实的切近目标变成了历史的陈迹，经历了军阀混战的无穷苦难的人们，开始悟到单单废除科举，并不能够消除封建专制，改变"异族凭陵，国权沦丧"的悲惨局面。为了避免"叠床架屋"，把后一个楔子删除，也是顺理成章的事。

对旧稿改动最大的其实是第二十五回，这一回的回目原来是"送鹤求书侠魁持战议，张灯宴客名角死微辞"，修改本改为"疑梦疑真司农访鹤，七擒七纵巡抚吹牛"。有人评论道：

"这一回的故事是正当甲午风云日紧的时刻，尚书龚和甫被偷了一只鹤，悬赏十两银子寻鹤。大刀王二把鹤送来，但不愿得银，要求龚和甫的墨迹，因为龚和甫在这时是主战的。王二并说要等龚和甫主战决定后，才悬挂，因为王二家中'只有硬汉的劣书，没有庸臣的妙墨'。接下来写的是祖钟武家中的堂会，京剧名丑赶三儿在舞台上讽刺了以李鸿章为首的投降派的卖国行为。这个内容无论如何多少反映了人民反对帝国主义的要求，但这些是曾朴不满意的，不喜欢的，在修改本中统统删去。前者增加了龚和甫写的'失鹤零丁'文，代替王二的故事，填满空白，通过人物的嘴赞美龚和甫字写得'纵恣崛强'，'文章也做得古拙有趣'。赶三儿的故事则换成何珏斋带兵出关的事，大肆渲染何珏斋的儒将风度。从这一段修改中，可见曾朴眼中只有上层官僚的闲情逸致、雍容风雅，而没有人民的抗敌的要求，连对投降派的极其轻微

名家解读古典名著

世情讽喻小说(中)

的讽刺,曾朴也是不满意的。"(徐梦湘《评〈孽海花〉的思想内容和社会内容》)

这种责难,不仅不符合事实,而且毫无道理,因为曾朴是在修改自己的旧稿,而不是在篡改他人的作品。曾朴所以要作这样的修改,反映了他的思想和情绪的变化。想当年,三十三四岁的曾朴,血气方刚,很容易把"主战""主和"与"爱国""投降"并不是同格的两组概念混为一谈;到而今,五十六七岁的曾朴,阅历已深,观察思考问题就要深沉得多了,至少他已经认识到,李鸿章不能救中国,龚和甫(翁同龢)也不能救中国。"七擒七纵巡抚吹牛",正是历史的严酷事实迫使他对"主战派"的行为反思的结果。

何珏斋是以曾朴的母舅和座师吴大澂为原型的,《孽海花》第三回起就出现了何珏斋的身影,他被写成一位喜讲程朱之学、不会寻花问柳的正人君子,当金雯青奉使出国时,何珏斋赞同他考究地理疆界、不让俄国"再施鬼蜮手段"的决心,还以自己在吉林"仿着马伏波的故事,立了一个三丈来高的铜柱"的经历相鼓励,总地来讲,都是出以正笔。到了改写的第二十五回,又以浓墨重彩写何珏斋"听见牙山消息,愤激得了不得,情愿牺牲生命,坚请分统海军舰队,直捣东京;倘这层做不到,便自率湘军出关,独当陆路",这种"安安稳稳的抚台不要做,要告奋勇去打仗"的书生从戎、投笔请缨的慷慨壮举,在修改本中竟标出了一个"七擒七纵巡抚吹牛"的回目,狠狠地嘲弄了他的好高骛远和纸上谈兵,应该说是很有深意的。

何珏斋的爱国热肠是令人钦佩的,只是他对于世界大势是太不了解了。他自命为"文武全才",做了几章《孙子十家疏》,刻了一篇《枪炮准头说》,新练了专门打靶的三百虎贲营,就以为胜券稳操,目空一切。他根本不知双方实力的对比异势和斗争形势的严峻,却幻想他这一"当今陆伯言"一出马,日本侵略者就会立刻俯首就擒,所以用北魏的书法写了一扇五六尺高的"投诚免死牌",又仿黄山谷体写了一张晓谕日本的告示,内有:

"两军交战之后,凡尔日本兵官,逃生无路,但见本大臣所设投诚免死牌,即缴出刀枪,跪伏牌下,本大臣专派要员,收尔入营,一日两餐,与中国人民,一律看待。事平之后,送尔归国。本大臣出此告示,天神共鉴,决不食言。若竟执迷死拒,与本大臣接战三次,胜负不难立见。迨至该兵三战三北之时,本大臣自有七纵七擒之计,请鉴前车,毋贻后悔!"

面对着经过明治维新、进入资本主义工业大国行列的日本,何珏斋还想搬用诸葛亮征南蛮七擒孟获的故技以取胜,岂非荒谬至极?黄遵宪在《度辽将军歌》中，也十分形象地表现了吴大澂的狂妄自大：

酒酣举白再行酒，拔刀亲割生麑肩。
自言平生习枪法，炼目炼臂十五年。
目光紫电闪不动，袒臂示客如铁坚。
淮河将帅巾帼耳，萧娘吕姥殊可怜。
看余上马快杀贼，左盘右辟谁当前？
鸭绿之江碧蹄馆，坐令万里销烽烟。
坐中黄曾大手笔，为我勒碑铭燕然。
么么鼠子乃敢尔，是何鸡狗何虫豸。
会逢天幸遽贪功，它它籍籍来赴死。
能降免死跪此牌，敢抗颜行聊一试。
待彼三战三北余，试我七纵七擒计。

然而，力量的对比是无情的，"两军相接甫交战，纷纷鸟散空营逃。弃冠脱剑无人惜，只幸腰间印未失"。据史载，吴大澂"前部方及田庄台，遽与敌遇，甫交绥，即奔溃。大澂乘骡车，驰至沟帮子，魂始定，辎重尽为敌有"。曾朴所写何珏斋的夜郎自大、轻敌致败，在嘲讽之中又深怀惋惜之情，这种书生投袂的悲剧，又何尝不包含曾朴对于自己二十年宦海升沉的自嘲呢？

可以想到，1927年以后的曾朴，既然已经消磨了改革进取的锐气，续改小说，就无形中变成一种怀旧的手段。小说林本第五回，写金雯青省亲回苏，只有"与肇廷、唐卿、珏斋、䓕如等文酒相聚，住了数月"寥寥数字，到了真美善本中，却增添了一位倾注了强烈感情的人物——金雯青十年前的患难之交，连着唐卿、珏斋，当时号称"海天四友"之一的曹公坊。《孽海花》书中人物出于影射，而这位新增的人物曹公坊，原型竟是曾朴的父亲曾之撰！

曾朴始撰《孽海花》时，其父去世未久（曾之撰死于1896年），遵中国"为尊者讳"的古训，不便将其父的事迹写入书中。而到了修改续写的1927年，曾之撰死去已三十年，不忍埋没其父事迹的怀旧感情，使曾朴将他写入小说，扮演了一个极为重要的角色。何况曾之撰确是一位名士，与小说的整个格局是彼此相容的。曾朴在《修改后要说的几句话》中说，他"写雅叙园、含英社、谈瀛会、强学会、苏报社，都是一时文化过程中的足印"，已经径直把后补的含英社，加入了一系列文化过程的序列。从次序来看，含英社的时间要比雅叙园早得多，可以追溯到咸丰庚申（1860年）之变之后，亦即《孽海花》所写的"旧学时代"的开端。当时，金雯青、钱唐卿、何珏斋、曹公坊在京结成了"专做制艺工夫"的含英社。

站在"革新时代"的历史制高点，回顾这种为了预备科举考试的活动，本来不应有多少值得一提的价值，充其量只不过是晦蒙否塞充斥弥漫到极致的产物而已；不想三十年以后，曾朴却津津有味地写道："哪里晓得正当大乱之后，文风凋敝，被这几个优秀青年，各逞才华，大放光彩，忽然震动了京师，一艺甫就，四处传抄，含英社的声誉一天高似一天"，其中，曹公坊尤为杰出：

他的文章和别人不同，不拿时文来做时文，拿经史百家的学问，全纳入时文里面，打破有明以来江西派和云间派的门户，独树一帜。有时朴茂峭刻，像水心陈碑，有时宏深博大，如黄冈石台，龚和甫看了，拍案叫绝道："不想天崇国初的风格，复见今日！"怂恿社友把社稿刊布。从此，《含英社稿》不胫而走，风行天下，和柳屯田的词一般，有井水处，没个不朗诵《含英社稿》的课艺，没个不知曹公坊的名字。

《含英社稿》就是曾之撰的时文《登瀛社稿》。在这段违背《孽海花》原作的逻辑思路的叙述背后，起支配作用的除了作者个人感情因素之外，更重要的是由于时代的变迁，使作者当初激烈抨击八股制义的锐气，转变为稳健的有所保留的评价。曹公坊说："现在大家都喜欢骂时文，表示他是'通人'，做时文的叫'时文鬼'。其实时文也是散文的一体，何必一笔抹倒！名家稿子里，尽有说理精粹，如周秦诸子，言情悱恻，如魏晋小品，何让于汉策唐诗，宋词元曲呢！"这段话中的"现在"，与其说是针对已经逝去的"旧学时代"，不如说是针对尚在运行的新文学运动。

因添加了曹公坊的故事，又生发出妓女褚爱林家的聚会，且在龚孝琪身上另生枝蔓。小说林本第三回写梁聘珠书寓的谈天，已提到龚定庵的儿子龚孝琪，说他议论荒唐，大发"这个天下，与其给本朝，宁可赠给洋人"的谬论，惹得成木生道："这种人不除，终究是本朝的大害！"而在修改本中，却大写龚孝琪的"脾气古怪"，说他和龚定庵闹翻，成了漂泊无家的浪子，因为自己"五伦"都无，只爱着小妾褚爱林一人，所以起个别号叫"半伦"。他做了英使威妥玛的幕宾。后来又和他翻了脸，"人家骂他汉奸，他是不承认；有人恭维他是革命，他也不答应"。他骂龚定庵是个"盗窃虚名的大人物"；集子里头有"很多不通的、欺人的、错误的"东西，他要"给他大大改削，免得贻误后学"。又说他主张火烧圆明园，全是替老太爷报仇，因为龚定庵是给满洲人毒死的。

解读《孽海花》

龚孝琪的原型是龚橙，据说庚申之变，"英使在礼部大堂议和时，龚橙亦列席，百端刁难。恭王大不堪，曰：'龚橙世受国恩，奈何为虎傅翼耶？'龚厉声曰：'吾父不得官翰林，吾贫至糊口于外人，吾家何受恩之有？'恭王瞠目看天，不能语。谭仲修云，尝见其收藏多圆明园中物，后亦斥卖尽净"（《〈孽海花〉闲话》）。龚橙投靠外人，为虎作伥，而续作解释成替父报仇，民族感情大为减退。

因了龚孝琪的故事，又牵出了龚定庵与太清西林春的风流艳情。龚定庵曾为宗人府主事，顾太清则是管宗人府的贝勒奕绘的侧福晋，清代有数的女词家之一。有关龚、顾二人风流故事的传说，李伯元《南亭四话·庄谐诗话》、徐珂《清稗类钞》都有记载。太清《天游阁集》中一诗说："太平湖畔太平街，南谷春深葬夜来。人是倾城姓倾国，丁香花发一低徊。"而龚定庵《己亥杂诗》也有一诗说："空山徙倚倦游身，梦见城西阆苑春。一骑传笺朱邸晚，临风递与缟衣人。"自注道："忆宣武门内太平湖之丁香花。"更令人怀疑的是，顾太清丈夫奕绘的邸第恰在宣武门内之太平湖畔，这样，围绕龚、顾二人艳情的有无，竟酿成了一桩"丁香花公案"，信者，疑者，聚讼纷纭，孟森为此写有《丁香花公案》，力辩并无其事。曾朴在修改本中加入了这段妙笔生花的文字，更起了推波助澜的作用。但总地来说，这一段新添的近乎猥亵的描写，与小说的主旋律并无关涉，只不过增加了小说的若干吸引力而已。

在《孽海花》的前二十五回原本中，除了傅彩云和俄国的夏雅丽以外，没有出现其他以正笔浓墨描绘的女性形象，但到了以后的改续中，女性的形象显得突出了。顾太清西林春是其中的一位。此外，还有黑旗军刘永福的姨太太花哥（第六回），台湾抗击日寇英勇献身的郑姑姑（第三十三回），为光绪所宠爱的清丽文秀的金妃、宝妃（第二十六回），甚至还有日本有智有勇的下女花子（第二十八回），连同小说续作中竭力渲染的傅彩云"青阳港好鸟离笼"，她与孙三八的斗法、与向菊笑的调情，以及陈骥东与外国夫人的传奇故事，都是为了迎合都市读者的趣味以扩大作品销路的一种努力。如果要联系到小说原本的主题，恐怕只有第三十四回写戴胜佛（谭嗣同）与杨云衢、陆皓东关于改革与革命的讨论了，然而那终究是强弩之末，随着主线人物金雯青的逝去，《孽海花》匆匆地跨过了"甲午时代"，进入"政变时代"的前夜，就不了了之了。

一个时代有一个时代的文学。《孽海花》只能属于晚清的"革新时代"，也只有在"革新时代"，它才有自己的独特价值和历史地位。郁达夫称《孽海

名家解读古典名著
世情讽喻小说(中)

花》的作者曾朴是"中国新旧文学交替时代的一道大桥梁,中国20世纪所产生的诸新文学家中的一位最大的先驱者"(《记曾孟朴先生》)。郑君平说:"曾先生是清末一群维新作家的一颗灿烂的巨星,《孽海花》是清末无数说部中一部伟大的杰作。"(《悼念〈孽海花〉的作者曾孟朴先生》)这些评论,都充分肯定了《孽海花》高度的艺术成就和它在中国小说史上的崇高地位,同时,又对《孽海花》的未能最终完篇,表示了深深的遗憾和惋惜。然而,在二十年以后,在新的历史大潮中,已不处于潮流中心的曾朴,实际上是一个落伍者了,因此他对《孽海花》的改续,都必然是要大为逊色的。不过,曾朴已经为中国小说史作出了自己的杰出贡献,后人又何必以自己的"进步"去苛求那执着而多病的老人呢?